GEMMA BURGESS

Da haben wir den Glückssalat

Buch

Eben erst ist Pia nach New York City gezogen, um mit ihren vier Freundinnen in Brooklyn zusammenzuwohnen. Die erste Party war ein voller Erfolg, und am nächsten Morgen wacht sie mit einem sexy Typen im Bett auf. Doch dann nimmt Pias Leben eine unerfreuliche Wendung von ziemlich cool zu ziemlich desaströs. Nicht nur hat eine Überschwemmung während der ausgelassenen Feier die Decke des Untermieters in Mitleidenschaft gezogen, sodass Pia nun ihre letzten Ersparnisse zusammenkratzen muss, um für den Schaden aufzukommen. Dazu verliert sie ihren Job, und die ständigen Gedanken an ihren Exfreund muntern sie auch nicht gerade auf. Als ihre Eltern ihr kurz darauf ein gnadenloses Ultimatum stellen, ist die Katastrophe komplett: Entweder sie hat in acht Wochen einen Job und ihr Leben auf die Reihe gekriegt, oder ihre Zeit in New York ist zu Ende, bevor sie richtig angefangen hat. Pia ist schockiert. Sie setzt alle Hebel in Bewegung, um Geld aufzutreiben, und landet bei einem dubiosen Kredithai. Schließlich muss man erst mal etwas investieren, wenn man sein eigenes Business auf die Beine stellen will. Das Schlankmobil, ein fahrbarer Essenslieferservice für gesundheitsbewusste und berufstätige Frauen, scheint gut anzurollen – doch in Wahrheit hat das Chaos gerade erst begonnen ...

Autorin

Gemma Burgess zog mit 22 Jahren nach London. Sie arbeitete in einer Werbeagentur und suchte das Glück. Acht Jahre später entschloss sie sich, die wichtigsten Erkenntnisse dieser schönen und turbulenten Zeit schriftlich zu verarbeiten. Ihre Romane hat die Autorin für selbstbewusste, kluge und witzige Frauen mit Stil geschrieben – sie zu lesen ist wie eine lange Unterhaltung und ein Glas Wein mit der besten Freundin.

Von Gemma Burgess ist bereits erschienen:
Männerfrei (37561) – Der letzte Single fängt den Mann (37777)

Gemma Burgess

Da haben wir den Glückssalat

Roman

Aus dem Englischen
von Claudia Geng

blanvalet

Die Originalausgabe erschien 2013
unter dem Titel *Brooklyn Girls*
bei St. Martin's Press, New York

MIX
Papier aus verantwortungsvollen Quellen
FSC® C014496

Verlagsgruppe Random House FSC® N001967
Das FSC®-zertifizierte Papier *Holmen Book Cream*
für dieses Buch liefert Holmen Paper, Hallstavik, Schweden.

1. Auflage
Deutsche Erstausgabe September 2013
bei Blanvalet, einem Unternehmen der
Verlagsgruppe Random House GmbH, München

Published by Arrangement with Gemma Burgess
Dieses Werk wurde vermittelt durch die Literarische Agentur
Thomas Schlück GmbH, 30827 Garbsen

Umschlaggestaltung: bürosüd, München, unter Verwendung von
Motiven von © Plainpicture/Anja Lubitz und Getty Images/Vetta/Alija
Redaktion: Margit von Cossart
DF · Herstellung: sam
Satz: Buch-Werkstatt GmbH, Bad Aibling
Druck und Bindung: GGP Media GmbH, Pößneck
Printed in Germany
ISBN: 978-3-442-37965-1

www.blanvalet.de

1

Gehe nie mit dem Bruder deiner Mitbewohnerin ins Bett!

Eine einfache Regel, aber eine gute. Und ich habe sie letzte Nacht gebrochen. Zwei Mal.

Uups.

Wenigstens war die Party super. Damit werde ich es versuchen, falls Julia sauer ist. Und falls ihr Haus demoliert ist. Was ziemlich sicher ist. Meine Einweihungsfeier ist nämlich ein bisschen ausgeartet.

Jedes Jahr am 26. August trinke ich nämlich, um zu vergessen. Dieses Jahr habe ich das mit Pauken und Trompeten getan. Ich wünschte, Mike würde einfach gehen, ohne dass ich … mit ihm reden muss.

Mein nackter Hintern streift die Wand, als ich von Mike wegrücke. Findet ihr das nicht auch eklig? Verlangt nicht die One-Night-Stand-Etikette, dass *er* an der Wand liegt?

Ich frage mich, was Madeleine, seine Schwester, dazu sagen würde, wenn sie dahinterkäme. Wahrscheinlich würde sie mich wie Luft behandeln, was sie in letzter Zeit ohnehin meistens tut. Ich wünschte, Julia hätte sie nicht gefragt, ob sie einziehen möchte.

Julia, meine beste Freundin vom College, hat dieses Haus von ihrer verstorbenen Tante geerbt. Die Wohnung im Erdgeschoss ist bewohnt, und sie hat ihrer kleinen Schwester Coco, Madeleine und mir angeboten, mit ihr in die beiden oberen Stockwerke zu ziehen. Wir brauchten noch eine fünfte, also fragte ich meine Freundin Angie. Wir sind ein bunt gemischter Haufen: Coco ist der häusliche Typ, Angie ist ein Modefreak, Julia ist superschlau und ehrgeizig, und Madeleine ist nervös wie ein Hemd. Und ich? Ich bin … na ja, es ist unmöglich, sich selbst zu beschreiben, oder? Sagen wir, ich bin ein laufendes Projekt.

Wir sind vor zwei Wochen hier eingezogen. Das Sandsteinhaus, das wir manchmal liebevoll unser »Nest« nennen, steht auf der Union Street in Carroll Gardens, einem Viertel in Brooklyn. Keine von uns hat jemals in New York gewohnt (ich habe die ersten vier Jahre meines Lebens hier verbracht, aber das zählt ja wohl nicht wirklich). Wir sind also alle neu hier.

Carroll Gardens ist eine seltsame Mischung aus alten Leuten, die wahrscheinlich schon immer hier gelebt haben, jungen Berufseinsteigern wie uns, die – sehen wir den Tatsachen ins Gesicht – sich keine Wohnung in Manhattan leisten können, und modernen jungen Paaren mit kleinen Kindern. Im Viertel herrscht eine Atmosphäre wie in einem richtigen Dorf mit traditionellen italienischen Bäckereien und urigen Restaurants neben schicken kleinen Kneipen. Ich mag schicke kleine Kneipen.

Ich hatte schon viele Schlafzimmer in meinem Leben – siebenundzwanzig, wenn man jeden Zimmerwechsel im Internat und im Studentenwohnheim dazuzählt –, aber noch nie eins wie dieses hier. Hohe Decke, Erkerfenster zur Straße hinaus, verspiegelte Einbauschränke von der Decke bis zum Boden. Okay, das Spiegelglas ist milchig, und die Tapete mit dem verblassten Rosenmuster könnte aus einem alten Film sein. Aber das Zimmer fühlt sich genau richtig an. Als müsste es so aussehen.

Und so sieht es im ganzen Haus aus. Freundlich ausgedrückt, würde ich den Einrichtungsstil als urtümlich und liebevoll bezeichnen. Altmodisch und schäbig träfe es allerdings besser. Der Linoleumboden in der Küche ist beige, orangefarben und braun geblümt. Nein, das ist kein Scherz! Aber ich bin einfach glücklich, weit weg von meinen Eltern in New York zu sein, in der aufregendsten Stadt der Welt, mit einem Job in einer PR-Agentur in SoHo. Mein Leben findet endlich statt.

Darf ich ehrlich zu euch sein? Ich hätte mit Mike nicht ins Bett gehen sollen. Nicht, wenn die Dinge bereits … wie soll ich sagen … kompliziert sind mit Madeleine. Gelegenheitssex funktioniert nur mit jemandem, den man danach nie wiedersieht. Aber wie gesagt, es war der 26. August (auch bekannt als der Eddie-Neeson-Gedenktag oder der Nie-wieder-Tag), und am 26. August passiert immer Mist.

Was ist das für ein nervtötendes Klingeln?

»Ich glaube, da klingelt einer an der Tür.«

Waah! Mike! Wach! Direkt neben mir. Ich blinzle heimlich durch meine Wimpern. Wie Madeleine sieht Mike absurd gut aus. Ich vermute, das liegt an ihrer chinesisch-irischen Abstammung. Ist eine gute Kombination.

»Mhm … irgendeiner wird schon aufmachen«, murmle ich.

Mein Atem riecht wie ein offenes Grab. Nicht, dass es eine Rolle spielen würde. Weil ich eigentlich nicht auf Mike stehe. Auch wenn ich letzte Nacht … bah. So ein Scheiß! Gott, mach die schlimmen Gedanken weg! Es gibt keinen Grund, nach einem One-Night-Stand alberne puritanische Schuldgefühle zu haben. Das Ganze war lediglich eine schlechte Idee. Ich bin eine emanzipierte Frau, oder?

Es klingelt wieder.

»Pia … Komm her, du kleine Wildkatze«, sagt Mike und zwängt seinen Arm unter meinen Körper.

»Ich geh besser mal an die Tür. Es könnte was Wichtiges sein«, sage ich in bemüht unbekümmertem Ton, während ich um ihn herumklettere und dumpf auf dem dunkelgrünen Teppichboden lande.

Ich winde mich in meinen Slip hinein, rücklings auf dem Boden liegend, und versuche, einen coolen und ungenierten Eindruck zu machen, dann streife ich mir das erstbeste T-Shirt über, das mir in die Finger kommt. Es gehörte früher Smith, einem Typen vom College, mit dem ich mal zusammen war (na ja, mit dem ich ein paarmal in der Kiste war). Hinten auf dem T-Shirt steht: Ich bremse auch für Cheerleader … SCHARF. Hastig schlüpfe ich in meine abgeschnittenen Lieblingsshorts und meine Elmo-Pantoffeln und stecke mein Handy in die Hosentasche.

»Freut mich, dass du für Cheerleader bremst«, sagt Mike. »Eine vom Aussterben bedrohte Rasse.«

»Äh … absolut«, sage ich und würge ihn ab, indem ich die Tür hinter mir zuknalle.

Mike! Gott! Was für ein Albtraum!

Ich schließe die Augen und versuche, mich an die letzte Nacht zu erinnern. Es fällt mir beunruhigend schwer. Ich war nicht besonders gut drauf, nachdem Thompson (der Blödmann, mit dem ich ein paarmal aus … na ja … im Bett war) meine SMS ignorierte (*»Hola. Superfete. Bring Fluppen mit, wenn du kannst …«* Guter Text, nicht? Ironischer Gebrauch von veraltetem Jargon, Auslassungspunkte statt einem langweiligen Smiley etc.). Und Zurückweisung steht mir nicht gut. Nicht am 26. August.

Also trank ich mehr. Und mehr. Und noch mehr.

Ich weiß noch, dass ich getanzt habe. Auf dem Tisch vielleicht? Ja, irgendwie klingelt da was bei dem Wort Tisch … Und ich glaube, ich habe im Achtziger-Aerobic-Stil getanzt. Egal, ich hatte Spaß. Gewöhnlich mache ich mir nicht viele Gedanken, wenn ich Spaß habe.

Und Mike hat Liegestütze gemacht, und das ziemlich schlecht, was mich zum Lachen brachte, und dann bin ich gestolpert, und bevor ich wusste, wie mir geschah, waren Mikes Lippen auf meinen. Ich küsse für mein Leben gern, wirklich. Und Mike küsst ziemlich gut, und außerdem war ich betrunken, also hab ich vorgeschlagen, auf mein Zimmer zu gehen. Und dann … O mein Gott. Nichts brennt so schlimm wie Scham in verkatertem Zustand.

Der Besucher an der Tür möchte unbedingt hereingelassen werden. *Dingdongdingdongdingdong.*

»Ich komme!«, rufe ich und bahne mir einen Weg zwischen den Flaschen und Zigarettenkippen die Treppe hinunter.

Ich hoffe, es sind nicht die Bullen. Ich *glaube* zwar nicht, dass auf der Party Drogen konsumiert wurden, aber man kann nie wissen. Auf meinem zweiten Internat dachte ich einmal, mein damaliger Freund Jack hätte eine Zwangsstörung, weil er ständig Talkumpuder zu Linien zog, aber es stellte sich heraus …

Augenblick. Zurück zu dem Albtraum.

Ich öffne die Haustür und stoße ein erleichtertes Seufzen aus. Es ist nur ein alter Mann. Sein Kopf, der einer großen Rosine mit spitzen Elfenohren ähnelt, sitzt auf einem langen, schmalen Körper.

»Junge Dame, wo ist Ihr Vater?«, fragt er mit einem starken Brooklyner Akzent.

»In Zürich, Sir«, antworte ich höflich. (Und da heißt es immer, ich hätte keinen Respekt vor Älteren.)

»Sind Sie eine Verwandte von Julia?«

»Sch… ich meine, Schande, nein.«

»Nun, das hätte ich mir denken können. Ich wüsste nämlich nicht, dass Pete wieder geheiratet hat. Und Sie sind eindeutig irgendetwas Halbes.«

Ernsthaft?

»Ich bin ein Ganzes und kein Halbes. Meine Mutter

stammt aus Indien, mein Vater ist Schweizer. Bitte kommen Sie später wieder.« Ich versuche, die Tür zu schließen, aber er stellt seinen Fuß dazwischen.

»Ich muss mit Miss Russotti sprechen.«

»Mit welcher? Es gibt zwei. Russotti, die Ältere, auch als Julia bekannt, und Russotti, die Jüngere, auch als Coco bekannt.«

»Welche auch immer für die laute Feier bis heute Morgen um fünf, die meine Küchendecke zum Einstürzen gebracht hat, verantwortlich ist.«

Ich keuche erschrocken auf. Er muss der Mieter aus der Erdgeschosswohnung sein. Ich überlege fieberhaft. Wie kann ich das in Ordnung bringen?

»Oh, das tut mir sehr leid, Sir. Ich werde den Schaden bezahlen, ich …«

»Gehe ich recht in der Annahme, dass keine Eltern anwesend waren?«

»Ja, aber ich glaube, meine Mitbewohnerin Madeleine hat Erfahrung als Babysitter, zählt das auch?«

»Kommen Sie mir nicht mit schlauen Sprüchen.«

»Man hat mich noch nie als schlau bezeichnet«, erwidere ich.

Verlegen spiele ich mit einer Haarsträhne, um dem Mann ein Lächeln abzuringen. Niemand kann wütend bleiben, wenn er lachen muss, das ist eine Tatsache. Seine Gesichtszüge werden tatsächlich etwas freundlicher, fallen dann aber wieder zusammen, als wäre es ihm zu anstrengend, nett zu sein.

»Holen Sie einfach Julia.«

»Ja, Sir. Möchten Sie hereinkommen?«

»Wenn Sie glauben, dass ich sehen will, in was für einem Zustand das Haus heute Morgen ist, dann sind Sie auf dem Holzweg.«

»Auf dem Holzweg?«

»Ja, auf dem Holzweg.«

»Ich werde Julia holen.«

Ich laufe, das Partychaos ignorierend, die Treppe wieder hoch und klopfe an Julias Schlafzimmertür.

»Juju?« Ich werfe einen Blick in ihr Zimmer.

Keine Julia, nur Angie und ein großer englischer Lord, den sie im Sommer beim Londoner Cartier Poloturnier kennengelernt hat (doch, ernsthaft). Das Letzte, was ich von den beiden gesehen habe, war, dass sie im Wäscheraum herumgeknutscht haben, nach dem Spiel »Wahrheit oder Pflicht«, das Angie in »Pflicht oder Peitsche« umgetauft hatte. O Mann, ich hoffe, sie haben es nicht auf der Waschmaschine getrieben. Julia würde ausflippen, wenn sie das mitbekäme.

»Angie! Wach auf, verdammt!«

Ich schüttle sie, aber sie dreht sich stöhnend von mir weg. Sie sieht aus wie ein gefallener Engel, der nicht mit Eyeliner umgehen kann.

Julia und Angie sind noch nicht richtig warm miteinander geworden. Meine Schuld: Ich habe Julia überredet, Angie bei uns aufzunehmen. Angie hatte über ihre Eltern einen Job als Assistentin einer Lebensmittelfotografin in Chelsea bekommen und brauchte dringend eine Unterkunft. Außerdem ist sie praktisch von Geburt an meine beste Freundin. (In buchstäblichem Sinn. Unsere Mütter haben sich auf der Entbindungsstation kennengelernt.) Als ich sie Julia vorstellte, sagte Angie: »Das ist zwar eine alte Bruchbude, aber sie hat Stil. Damit kann ich mich arrangieren.« Dann zündete sie sich eine Zigarette an. Julia war nicht besonders begeistert.

»Angie! Steh. Auf. Verdammt.«

»Pia …« Sie blinzelt durch ihre langen weißblonden Haare zu mir hoch. »Ich musste mich hier ablegen. In meinem Bett fand ein Dreier statt.«

»Iih …«, sage ich und schneide eine Grimasse, während ich Angie auf die Beine helfe. »Ich brauche dich. Große Katastrophe. Mach schon! Beeilung!«

»Du bist so eine verdammte Dramaqueen. Hugh, Süßer, aufwachen.«

Hugh klettert schwankend aus dem Bett. Er hat einen sehr vornehmen britischen Akzent. »Grandiose Party.« Hugh ist sehr attraktiv, wie der junge Prinz William, aber mit mehr Haaren.

Kaum ist er verschwunden, leckt Angie über ihren Handrücken, riecht daran, um ihren Morgenatem zu checken, und verzieht das Gesicht.

»Wo brennt's denn, Süße?«, fragt sie gähnend.

»Überall. Wir müssen dringend Julia finden.«

»Roger.« Angie trägt noch ihr kurzes grünes Partykleid vom Abend zuvor und steigt nun in ein Paar Snowboots aus Julias Schrank. »Du hast übrigens einen Knutschfleck am Hals.«

»Baah! Wer macht denn heute noch Knutschflecke?«

Ich schnappe mir Julias Grundierungscreme, um die Verfärbung zu kaschieren. Dann gehen wir nach oben.

Angie starrt auf ihre geschlossene Zimmertür. »Gott, ich finde Dreier zum Kotzen.«

»Ich auch. Das ist pure Angeberei.«

Angie grinst, dann kickt sie im Karatestil die Tür auf. »Die Show ist zu Ende, ihr Luder! Sofort raus aus meinem Zimmer!«

Zwei Mädels, die mir völlig fremd sind, und ein großer dunkelhaariger Typ, den ich flüchtig vom College kenne, schlendern gemächlich aus Angies Zimmer.

»Pia, Baby!«, sagt der Typ und knöpft sein Hemd zu. »Lass uns mal wieder zusammen Spaß haben. Weißt du noch damals, auf der Erstsemesterparty? Ein bisschen Vicodin, ein bisschen Tequila mit Zitronensaft …«

Ich fröstle. Jetzt erinnere ich mich wieder. Der Typ ist widerlich.

»Hau ab«, faucht Angie ihn an. »Sofort.«

»Schlampe«, ruft er, während er die Treppe hinuntergeht.

»Ich werde die Bettwäsche verbrennen«, murmelt Angie.

Ich höre eine Tür quietschen. Es ist Madeleine, die in einem blütenweißen Morgenmantel aus dem Bad kommt, die Haare unter einem perfekt gewickelten Handtuchturban verstaut.

»Morgen!«, sage ich und lächle so unschuldig wie möglich.

Madeleine marschiert in ihr Zimmer und knallt die Tür hinter sich zu. Typisch. Gut, dass ich nicht »Dein Bruder liegt übrigens nackt in meinem Bett« hinzugefügt habe.

Ich stapfe die restlichen Stufen zum Dachgeschoss hoch und klopfe an Cocos Zimmertür. Julia muss hier sein. Es gibt keine andere Möglichkeit.

»Ich bin es …«, sage ich und drücke langsam die Tür auf.

Julia hockt auf dem Bett, in denselben Klamotten wie am Vorabend. Trotzdem macht sie wie immer einen sportlich-gepflegten Eindruck. Neben ihr sitzt Coco, deren blonder Bob über einen Plastikeimer gebeugt ist und … o Gott. Sie erbricht sich gerade.

»Coco!«, rufe ich. »Geht es dir nicht gut?«

»Wie spitzfindig, Sherlock!«, entgegnet Julia.

»Alles okay!« Cocos Stimme hallt näselnd aus dem Eimer. »Alles gut. O Gott, doch nicht gut …« Es folgen eklige Würge- und Brechgeräusche. »Ach du lieber Gadget! Das ist ja grün! O Julia, es ist grün. Ist das schlimm?«

»Das ist Galle«, antwortet Julia, streicht sanft über Cocos Rücken und funkelt mich böse an. Wütend und schwesterlich gleichzeitig. »Ich muss mal eben mit Pia reden. Versuch, nicht mehr zu würgen, okay?«

Julia hat eine tiefe, selbstsichere Stimme, vor allem in letzter Zeit. Es ist, als hätte sie ab dem Moment, in dem sie mit dem Studium fertig war, beschlossen, sich um jeden Preis erwachsen zu verhalten.

»Vielleicht verliere ich ja so ein bisschen Gewicht …«, kommt es kläglich aus dem Eimer.

Ich folge Julia hinaus auf den kleinen Treppenabsatz und ziehe die Tür hinter uns zu. Mir ist schlecht. Ich hasse Auseinandersetzungen.

»Es tut mir leid«, sage ich sofort. »Ich nehme an, du bist sauer wegen der Party und …«

»Es war die Rede von einer kleinen Einweihungsfeier«, unterbricht sie mich. »Aber hier ging es zu wie auf einer Semesterparty, die außer Kontrolle geraten ist, nur nicht so stilvoll.«

Ich hasse es, einen Anschiss zu bekommen. Es ist ja nicht so, als wüsste ich nicht, wann ich Mist gebaut habe. Oder als würde ich das mit Absicht machen.

»Ich habe gesagt, keine wilden Partys. Darauf haben wir uns beim Einzug geeinigt. Wir sind jetzt erwachsen und keine Teenager mehr. Du hast die Leute mit Tequila abgefüllt wie ein verdammter Cocktailmixer!«

»Ja, das hat sich … äh … irgendwie so ergeben …«, sage ich und nage an meiner Lippe. »Und das tut mir auch alles sehr leid, aber … an der Tür steht ein alter Mann, der behauptet, dass seine Küchendecke runtergekommen ist. Ich werde für den Schaden natürlich aufkommen! Ich habe genug Geld und …«

»Vic?«, fragt Julia bestürzt. »Verdammt, Pia, ich schwöre dir bei Gott, ich kann nicht mit dir unter einem Dach wohnen, wenn so etwas hier zur Tagesordnung wird. Das ist mein Ernst!«

Will sie mich rauswerfen?

»Das kommt nicht wieder vor!«, beteuere ich. »Es tut mir schrecklich leid! Bitte, tu nichts Unüberlegtes!«

»Fang an aufzuräumen!«, erwidert sie und stapft polternd die Treppe hinunter.

Sie wird mich vor die Tür setzen. Und ich dachte, ich hätte endlich eine Bleibe gefunden, die ich mein Eigen nennen kann, eine Bleibe, die nicht nur vorübergehend ist, eine feste Bleibe. Wieder einmal bin ich Herr meines eigenen Untergangs. Herrin. Was auch immer.

Ich gehe zurück in Cocos Zimmer. »Brauchst du was, Süße? Ich habe noch irgendwo Rehydrationssalz …«

»Nein …«, antwortet Coco krächzend und lächelt mich aus ihrem Eimer wie ein Engel an. »Ich habe mich gestern Abend prächtig amüsiert. Du warst so witzig.«

»Oh, na dann, gut«, sage ich. Was zum Teufel habe ich getan?

Hunderte Bücher stapeln sich auf dem Boden in Cocos Zimmer. Ich glaube, die stehen sonst unten im Wohnzimmer im Bücherschrank. Sie sind schon alt und abgegriffen, darunter Titel wie *What Katy did* von Susan Coolidge und *Are you there, God? It's me, Margaret* von Judy Blume. Ich erinnere mich, dass ich früher ein großer Fan war von *What Katy did*. Die Fortsetzung, *What Katy did at school*, war einer der Gründe, warum ich dachte, auf dem Internat wäre es toll. Blödes Buch.

»Was machen die ganzen Bücher hier?«, frage ich.

»Ich wollte nicht, dass sie … du weißt schon, bei der Party Schaden nehmen«, antwortet Coco. »Also habe ich mir die ganzen Lieblingsbücher meiner Mom geschnappt und nach oben gebracht.«

»Das muss eine Weile gedauert haben«, sage ich.

»Nach jedem Gang habe ich mir einen Kurzen genehmigt …« Coco muss sich wieder übergeben.

»Hey, Mädels«, ruft Angie, kommt die Treppe hoch und schlendert ins Zimmer, eine unangezündete Zigarette im Mundwinkel. »Für dich, Miss Coco.« Angie hat irgendwo eine eisgekühlte Cola aufgetrieben.

»Wow, danke! Normalerweise trinke ich ja nur Cola light, aber …«

»Glaub mir, die kommt besser. Okay, ich bin offiziell über dieses Partychaos hinweg. Lasst uns aufräumen.«

In diesem Moment klingelt mein Handy. Unterdrückte Nummer.

»Hallo?«

»Pia, hier ist Benny Mansi.«

Benny ist der Direktor der PR-Agentur, in der ich arbeite. Meine Eltern sind mit seiner Familie bekannt und haben einen Vorstellungstermin für mich arrangiert, und letzte Woche habe ich dort angefangen. Warum ruft er mich am Sonntag an?

»Ist Ihnen bewusst, dass auf Facebook ein Foto von Ihnen zu sehen ist, auf dem Sie oben ohne auf einem Tisch tanzen und aus einer Captain-Morgan-Rumflasche trinken?«

Ich fühle mich, als hätte ich gerade eine Ohrfeige bekommen.

»Äh … i… ich …«

»Pia, Sie werden uns vor Ablauf der Probezeit verlassen müssen.«

»Sie wollen mich feuern … weil ich gefeiert habe?«

»Captain Morgan ist einer unserer größten Kunden«, erwidert Benny. »Als Angestellte repräsentieren Sie unsere Agentur. Außerdem sind Sie und Ihre neuen Kollegen Facebook-Freunde. Ihr Foto wurde getaggt, alle haben es gesehen. Ich begrüße ja Ihre humorvolle Herangehensweise an innerbetriebliche Beziehungen, aber dieses Verhalten ist einfach … es ist unprofessionell, und es ist untragbar, Pia.«

»Ich weiß.« Ein unangenehmer, kalter Schauer durchrieselt mich, und ich starre auf die vergilbten Leuchtsterne an der Dachschräge in Cocos Zimmer. Sie leuchten schon lange nicht mehr … O Gott, es kann nicht sein, dass ich gefeuert bin. Es kann nicht sein, dass ich nach *einer Woche* gefeuert bin. »Es tut mir schrecklich leid, Benny.« Schweigen. »Haben Sie … es meinem … äh … Vater schon gesagt?«

Er seufzt. »Ich habe ihm heute Morgen eine E-Mail geschrieben. Allerdings habe ich ihm nicht den Grund für die Kündigung genannt.« Ich erwidere nichts, und sein Ton wird sanfter. »Sehen Sie, Pia, es ist kompliziert. Wir mussten vor ein paar Monaten Personal entlassen. Ihre Einstellung hat bei einigen Mitarbeitern für Unmut gesorgt, und nun dieses Foto … Mir sind die Hände gebunden. Tut mir leid.« Er legt auf.

Ich spüre, dass Coco und Angie mich anstarren, aber ich bringe keinen Ton heraus. Ich habe meinen Job verloren. Und ich werde wahrscheinlich auch bald meine Unterkunft verlieren. Nach nur einer Woche in New York.

Mein Handy klingelt wieder. Es sind meine Eltern. Ich starre für ein paar Sekunden darauf, weil ich weiß, was am anderen Ende der Leitung los ist, was mich erwartet … Ich frage mich, ob Coco etwas dagegen hätte, wenn ich mir ihren Kotzeimer leihe.

Ich muss allein sein für das, was gleich auf mich zukommt, also gehe ich wieder hinaus und setze mich auf den Treppenabsatz. Aus Madeleines Zimmer eine Etage tiefer kann ich Depri-Mucke hören, in die sich Julias besänftigende Stimme und Vics Grummeln aus der Diele mischen.

Ich drücke auf »Annahme« und versuche, wie eine gute Tochter zu klingen. »Hi, Daddy!«

»Du bist deinen Job also bereits los. Was hast du zu deiner Verteidigung zu sagen?«

»Es …«

Meine Stimme ist weg. Das passiert manchmal. Und zwar immer dann, wenn ich sie am meisten brauche. Es kommt nur ein leises Piepsen heraus.

»Sprich lauter!«, herrscht mein Vater mich an. Er hat einen unheimlich klingenden Schweizer Akzent, obwohl er zwanzig Jahre in den Staaten gelebt hat.

»Es … tut mir leid. Ich werde mir einen neuen Job besorgen, ganz bestimmt, und …«

»Pia, wir sind dermaßen enttäuscht von dir!« Meine Mutter hört auf dem Nebenapparat mit. Sie hat einen indischen Akzent, der nur richtig durchschlägt, wenn sie sauer ist. So wie jetzt. »Du wolltest den Sommer mit Angie verbringen, also haben wir dir den Urlaub spendiert. Du wolltest arbeiten, also haben wir dir einen Job vermittelt. Du hast gesagt, dass du perfekt untergebracht bist, also haben wir uns bereit erklärt, die Miete zu übernehmen, obwohl Brooklyn weiß Gott nicht der perfekte Ort zum Wohnen war, als ich es zuletzt gesehen habe …«

»Dir fehlt jegliche Arbeitsmoral! Du bist ein verwöhntes Partygirl! Schnüffelst du wieder Drogen?«

Sie haben ihr Strafpredigtwechselmanöver im Laufe der Jahre wahrhaftig perfektioniert.

»Keine Arbeitsmoral. Dein Vater hat recht. Du hast in deinem Job total versagt … Lass mich dir eine Geschichte erzählen …«

Ich lasse den Kopf auf die Knie sinken. Meine Eltern besitzen die für das Selbstvertrauen tödliche Kombination aus hohen Maßstäben und niedrigen Erwartungen. Außerdem haben sie die Fähigkeit, alles so zu verdrehen, dass ich schlecht aussehe. Sie haben gesagt, sie würden mir den Urlaub als Belohnung für gute Examensnoten spendieren und dass ich nie auf eigene Faust einen Job finden würde. Sie boten mir außerdem einen monatlichen Unterhalt an, also habe ich natürlich Ja gesagt! Wer hätte das nicht?

»… und so habe ich deinen Vater kennengelernt, und dann haben wir geheiratet und dich bekommen, und danach lebten wir – wie sagt man? – glücklich bis in alle Ewigkeit …«

Ja, klar. Meine Eltern reden kaum miteinander. Sie lenken sich ab mit Arbeit (mein Vater) beziehungsweise mit einem regen Gesellschaftsleben (meine Mutter). Meine Eltern haben sich in New York kennengelernt, wo ich geboren bin, später zogen sie nach Singapur, London, Tokio, Zürich … Ich besuchte diverse internationale Schulen, bis ich zwölf war, und danach schickten sie mich in ein Internat.

»Das Leben beginnt mit einem Job, Pia. Du denkst wohl, dass wir ewig für deine Fehler geradestehen, dass das Leben eine einzige Party ist. Uns ist ja klar, dass du nie die große Karriere machen wirst, aber ein fester Job …«

»… ist ein Grund, morgens aufzustehen!«

»Du musst lernen, was das Geld wert ist. Verstehst du mich?«

Ich nicke törichterweise und starre auf die Wand neben mir, auf die altmodische Rosentapete. Die untere Kante löst sich bereits ab und rollt sich auf. Es hat etwas Tröstendes.

»Pia!«, schreit meine Mutter. »Warum hörst du nicht zu? Müssen wir wieder mit Bild telefonieren?«

»Nein, nein, das geht nicht. Mein Skype funktioniert nicht«, sage ich rasch. Ich bin nicht in der Lage, mit meinen Eltern zu skypen. Das ist so verdammt intensiv.

»Wir werden ab sofort deinen monatlichen Unterhalt einstellen. Keine Miete mehr, keine Kreditkarte für den Notfall. Du bist jetzt auf dich allein gestellt.«

»Was? A… aber es kann eine Weile dauern, bis ich einen neuen Job finde«, stammle ich erschrocken.

»Die Mom-und-Dad-Bank ist jedenfalls ab sofort geschlossen. Du kommst zu uns nach Zürich und suchst dir hier einen Job. So lautet der Deal.«

»Niemals!« Ich weiß, ich klinge hysterisch, aber ich kann es nicht verhindern. »Meine Freundinnen sind hier! Mein Leben ist hier!«

»Wir möchten, dass du in Sicherheit bist«, sagt meine Mutter in einem etwas sanfteren Ton. Plötzlich schießen mir Tränen in die Augen. »Wir machen uns Sorgen. Und es hat den Anschein, dass du nur bei uns sicher bist.«

»Ich bin hier sicher.«

»Und wir möchten, dass du glücklich bist«, fügt sie hinzu.

»Ich bin hier glücklich!« Meine Stimme bricht.

Mein Vater schaltet sich wieder ein. »So lautet wie gesagt der Deal. Wir fliegen in zwei Monaten nach Palm Beach. Wenn du bis dahin keine bezahlte Arbeit gefunden hast, nehmen wir dich auf dem Rückweg mit nach Zürich. Das ist das Beste für dich.«

Meine Tränen sind nicht mehr zu halten. Ich weiß, dass ich vor ein paar Jahren Fehler gemacht habe, aber ich habe bei Gott versucht, sie wieder auszubügeln. Ich habe fleißig gelernt, ich habe einen Platz an einer Elite-Uni bekommen … aber es ist nie gut genug.

Wie kommt es, dass niemand auf der Welt es schafft, mich dermaßen runterzuziehen wie meine Eltern?

»Okay, die Botschaft ist angekommen«, sage ich. »Ich muss jetzt Schluss machen.«

Ich lege auf und starre auf die sich kringelnde Rosentapete. Dann befeuchte ich den Zeigefinger und versuche, sie wieder anzudrücken. Aber sie springt sofort wieder hoch.

Mit einer einzigen Party habe ich mein Leben in New York City zerstört. Bevor es überhaupt begonnen hat.

2

Als Julia gleich darauf die Treppe hochstapft, rot vor Wut, krampft sich mein Magen zusammen. Ich hasse Streit. Und Jules ist ziemlich gut im Streiten. Sie hätte Anwältin werden sollen.

»Vics Küchendecke ist ruiniert«, fährt sie mich an. »Ruiniert. Seiner Schwester ist heute Morgen ein Stück Putz auf den Kopf gefallen. Verdammt, Pia, die Frau ist über achtzig!«

»Ist sie okay? O mein Gott …«

»Es geht ihr gut«, fällt Julia mir ins Wort. »Offenbar war es nur ein kleines Stück. Aber Vic ist stinksauer.«

»Ich werde für den Schaden aufkommen«, sage ich. »Ich habe ungefähr noch tausendsechshundert auf dem Konto. Er kann alles haben.« Das ist wirklich der letzte Rest Geld von meinen Eltern, mehr habe ich nicht, aber im Moment muss ich Julia davon überzeugen, mich nicht rauszuschmeißen. »Es tut mir wahnsinnig leid, Julia. Ich hatte keine Ahnung, dass die Feier so ausartet.«

»Was dachtest du denn? Du weißt doch, dass nie was Gutes dabei herauskommt, wenn du Hochprozentigen ausgibst.«

»Ja … Ich dachte nur … Ich hielt es für eine lustige Idee … Alle sollten ihren Spaß haben.« Ich kann ihr nicht sagen, dass ich mich betrunken habe, weil gestern der 26. August war. Ich rede nie über Eddie. Nur Angie kennt die Geschichte. »Ernsthaft, Juju, es war nicht meine Absicht, dass jemand zu Schaden kommt … beziehungsweise die Decke von diesem alten Knaben … Ich meine, Vic.«

»Vic und Marie wohnen hier schon seit einer Ewigkeit. Lange bevor ich auf der Welt war oder meine Mom«, entgegnet Julia. »Sie sind für mich wie Familie, okay?«

Plötzlich verstehe ich. Julias Mutter ist in diesem Haus aufgewachsen. Sie starb vor ungefähr acht Jahren an Brustkrebs. Julias Vater hat sich seitdem in stummer Trauer vergraben, und dann starb ihre Tante Jo. Darum nehme ich an, dass Vic und Marie – und das Nest – eine Art Verbindung zu ihrer Mutter sind. Kein Wunder, dass sich Julias Beschützerinstinkt meldet.

»Ich werde den Schaden an der Decke reparieren lassen«, sage ich und greife nach Julias Hand. Sie zieht sie nicht zurück, was ich als ein gutes Zeichen auffasse. »Und ich werde einen Blumenstrauß besorgen und mich bei Vic und Marie entschuldigen. Heute noch. Und ich werde in Zukunft darauf achtgeben, dass dieses Haus nie wieder Schaden nimmt. Ehrenwort.«

Julia holt tief Luft und lehnt sich gegen die Wand, mit geschlossenen Augen. Sie bricht jeden Morgen um sechs zu ihrer Arbeit auf und kommt abends nicht vor sieben Uhr nach Hause. Sie arbeitet als Trainee in einer Investmentbank in Manhattan. Es ist Schritt eins ihres Plans, die Welt zu erobern. Julia wirkt so erschöpft, sie sieht richtig grau aus. Und dabei ist sie nicht einmal verkatert.

»Ich hatte übrigens gestern richtig Spaß.«

»Was?«, sage ich.

Sie öffnet ein Auge, den Hauch eines Grinsens auf den Lippen. »Die Party war super. Ich habe mich köstlich amüsiert. Bis zu dem Moment, in dem Coco anfing zu strippen – in der Küche.«

Ich schlage die Hand vor den Mund. »Nee, oder?«

»Ich habe sie nach oben gebracht. Egal, sag ihr nichts davon. Sie hat einen Filmriss. Ich denke, das ist besser so.«

»Oh, schon klar«, erwidere ich. »Du hast schließlich auf

der Semesterparty letztens nicht mal ansatzweise deine Unterwäsche gezeigt.«

»Richtig. Mist, ich wünschte, ich hätte an dem Abend einen String getragen.«

Wir grinsen uns kurz an bei der Erinnerung. Das ist die Julia, die ich kenne und liebe. Die Frau, die hart arbeitet, aber auch hart feiert. Und die Frau, die immer alles in Ordnung bringen möchte. Aber ich kann ihr noch nicht sagen, was mit meinem Job und mit meinen Eltern ist. Ich muss das erst verarbeiten (sprich: so tun, als wäre nichts gewesen).

»Augenblick mal.« Julia mustert mich mit schmalen Augen. »Bettfrisur, Pandaaugen, gerötetes Kinn. Piepie, du hattest wohl eine heiße Nacht!«, ruft sie.

»Hatte ich nicht! Und nenn mich nicht Piepie!«

»Na, vertragen wir uns wieder?«, sagt Angie, die den Kopf aus Cocos Zimmer streckt. Sie schlingt das abgesehen von dem Moonboot nackte Bein um die Tür und bewegt es lasziv auf und ab wie eine Wetterfee beim Tabledance. »Sind wir jetzt alle wieder Freunde?«

»Das sind meine Stiefel«, kreischt Julia. »Warum hast du meine Stiefel an?«

»Hast du vielleicht vor, demnächst in Skiurlaub zu fahren? Wohl kaum.« Angie tänzelt an uns vorbei und stellt sich auf eine Treppenstufe. »Schließlich haben wir August. Du bekommst deine Boots in einwandfreiem Zustand zurück, sobald der Partymüll im Haus beseitigt ist, okay, Mami?«

Julia rollt mit den Augen und geht nach unten. »Fangt an zu putzen.«

Angie zeigt Julias Rücken den Mittelfinger.

»Sehr erwachsen, Angie.«

»Ach, lass mich doch in Ruhe!«

»Ich habe Hunger.«

»Du hast immer Hunger. Lass uns aufräumen.«

Irgendwie heitert mich das Herumalbern mit Angie in meinem verkaterten Zustand auf und lenkt mich prima von meinen »Verdammt, was mache ich jetzt nur?«-Gedanken ab. Angie stöhnt entsetzt bei jeder leeren Flasche und jeder Kippe, die sie entdeckt, auf, und wir kichern ausgelassen herum.

»Hier sieht es aus, als hätten wir ein Saufrodeo veranstaltet«, sagt Angie.

»Wenn ich später mal eine eigene Wohnung habe, kommt mir da kein Teppich rein«, sage ich. »Ein Teppichboden schreit geradezu nach Ärger.«

»Hat hier einer seinen Schuh verloren? Und warum laden wir jemanden zu unserer Party ein, der Mokassins trägt?«

»Ist das Rotwein oder Blut? Nein. Warte. Das ist Tomatensoße. Iihhh!«

»Willst du über den Knutschfleck reden, Süße?«

Ich erwidere Angies Blick und knabbere verlegen an meinem Zeigefinger.

»Du hattest also Sex? Du kleines Luder …«

»Mit ihrem Bruder«, flüstere ich und deute auf Madeleines Tür. »Das war ein Ausrutscher. Sag Jules nichts davon. Sie würde es nur Maddy erzählen, und dann haben wir den Salat.«

»Geht klar, Daaahling«, erwidert sie, eine perfekte Imitation ihrer Mutter, die mit britischem Akzent spricht. »Du warst gestern Abend richtig kamikazemäßig drauf.«

»Es war der 26. August. Das ist der Internationale Pia-auf-dem-Kamikazetrip-Tag, schon vergessen? Absturz vorprogrammiert.«

Es entsteht eine kurze Pause. »Oh, Süße, tut mir leid. Das habe ich ganz vergessen. Eddie.«

Ich kann mich nicht überwinden, Angie anzusehen.

Nur sie hat mich an jenem Tag erlebt, nur sie weiß, wie schlimm es war. Sie nennt mich immer eine Dramaqueen, aber sie weiß, dass dieser Kummer echt war. So einen Zusammenbruch täuscht man nicht vor.

»Ich möchte nicht darüber reden«, sage ich.

Angie macht sich wieder ans Aufräumen. »Scheiß auf ihn, Pia. Okay? Scheiß auf Eddie! Das ist jetzt vier Jahre her.«

Ich nicke und schrubbe so fest, wie ich kann, an dem Tomatensoßenfleck herum. Es ist vier Jahre her, seit wir uns getrennt haben. Und ich sollte endlich darüber hinweg sein. Glücklicherweise wechselt Angie das Thema.

»Ich werde demnächst nach L.A. ziehen«, sagt sie. »Ich gehöre nicht wirklich hierher nach Brooklyn, weißt du?«

Diese Neuigkeit zieht mich noch mehr runter, aber es ist sinnlos, mit Angie zu diskutieren. Sie macht sowieso immer nur das, was sie will. Also schrubbe ich noch energischer, während wir uns Treppenstufe um Treppenstufe, Fleck um Fleck nach unten arbeiten. Angie macht Musik an, wir putzen zu dem Sound der Ramones. Ich höre, dass Julia und Coco in der Küche leere Flaschen einsammeln und hin und wieder spitze Schreie ausstoßen, wenn sie etwas Ekliges entdecken. O bitte, lieber Gott, bloß keine Drogen oder gebrauchte Kondome. Verschon mich einfach …

»Bis wie viel Uhr ging die Feier eigentlich?«, frage ich Angie.

»Bis fünf. Als Lord Hugh und ich die letzten Gäste verabschiedet haben, ging gerade die Sonne auf.«

»Er macht einen ziemlich … lordmäßigen Eindruck.«

»Er ist ein Lord.« Sie nickt. »Und er kennt sich aus mit Waschmaschinen.«

»Habt ihr etwa …«, ich zögere kurz und grinse sie an, »… eine volle Ladung durchgezogen?«

»Nur eine halbe. Aber wir haben gründlich gespült.

Sehr gründlich … Oh, sieh mal, ein angerauchter Joint. Wie nett.«

Wir arbeiten uns bis in den ersten Stock hinunter und helfen anschließend Julia und Coco in der Küche, sämtliche Oberflächen von einem klebrigen Film zu befreien. Nichts klebt so gut wie Wodka auf siebzig Jahre altem Linoleumboden.

»Das war krass«, sagt Julia und wischt sich mit dem Unterarm über die Stirn. »Im Wäscheraum gab es eine Überschwemmung. Deshalb ist Vics Decke runtergekommen.«

»Ich regle das«, sage ich wieder.

»Oh, das weiß ich.«

»Ich habe die Bäder geputzt«, höre ich eine eisige Stimme. Ich hebe den Kopf und sehe Madeleine, die einen Mopp und einen Eimer trägt. »Es war absolut ekelhaft.«

»Danke, Moomoo«, sagt Julia.

Madeleine verdreht die Augen, als Julia sie bei ihrem Spitznamen nennt, den sie bekanntermaßen hasst, und drückt sich an ihr vorbei zur Spüle, wobei sie liebevoll an Julias Pferdeschwanz zieht. Eigentlich ist Madeleine richtig nett hinter dieser kühlen, kontrollierten Fassade, nur nicht zu mir, nicht mehr.

Okay, hier kurz die Geschichte mit Madeleine: Madeleine und ich waren früher einmal Freundinnen. Richtig gute Freundinnen. Tatsächlich waren Madeleine, Julia und ich ab dem ersten Semester praktisch unzertrennlich, dabei sind wir grundverschieden. Aber aus irgendeinem Grund hat es trotzdem zwischen uns gefunkt. Gegensätze ziehen sich nun einmal an. Dann, nach einem Jahr an der Uni, gab Madeleine sich zum allerersten Mal die Kante und erklärte mir aus heiterem Himmel, sie hasse mich. Während ich damit beschäftigt war, ihre Haare zurückzuhalten, weil sie sich übergeben musste, sagte sie wieder und wieder: »Ich hasse dich. Ich hasse dich, Pia. Ich hasse dich.« Dann wurde sie ohnmächtig. Am nächsten Tag versuchte ich, mit ihr darüber zu reden, aber sie machte dicht, und seitdem herrscht zwischen uns Kalter Krieg. Und nun liegt ihr Bruder nackt in meinem Bett.

Hmm.

Unter uns gesagt, ich wäre hier nicht eingezogen, wenn ich vorher gewusst hätte, dass ich mit Madeleine unter einem Dach wohnen würde. Jules hatte wahrscheinlich gehofft, dass wir uns wieder versöhnen, dass aus uns allen beste Freundinnen würden wie in *Eine für vier* oder so. Ich kann mir das nicht vorstellen. Vor allem deshalb nicht, weil Julia inzwischen ihren eigenen Kalten Krieg mit Angie begonnen hat.

Eine Stunde später sind die Partyfolgen im Haus beseitigt, Brummschädel nicht inbegriffen.

»Perfekt«, sagt Julia lächelnd, und ihr Blick schweift durch das Wohnzimmer.

»Bitte? Die alte Bruchbude hat seit der Eisenhower-Regierung nicht mehr so geglänzt«, sagt Angie.

»Nenn dieses Haus nie wieder ›alte Bruchbude‹«, faucht Julia sie an. »Wenn du es hier so ätzend findest, kannst du ja ausziehen.«

»Wer hat gesagt, dass ich es hier ätzend finde?«, erwidert Angie.

»Ich mag das Haus genau so, wie es ist«, sage ich.

»Und ich *liebe* es. Genau wie Brooklyn. Aus mir wird noch eine eingefleischte Brooklynista.« Angie schenkt uns ein süßes Lächeln.

»Können wir was zu essen organisieren?«, frage ich, um von einem drohenden Streit abzulenken. »Ich habe tierischen Kohldampf.«

»Ich mache uns French Toast!« Typisch Coco. Sie versucht, uns mit Hausmannskost zwangszuernähren, seit wir hier wohnen. »Alle Mann Abmarsch in die Küche!«

Höchste Zeit, mich um Ihr-wisst-schon-wen zu kümmern. Ich husche über den Flur in mein Zimmer.

»Hey.« Mike streckt sich verschlafen in meinem Bett. Glatt rasiert und im gebügelten Hemd sieht er wesentlich besser aus. »Wo warst du so lange? Willst du kuscheln?«

Ich lache. »Kuscheln?«

»Das machen alle coolen Kinder. Komm schon …«

Ich setze meine Pilotensonnenbrille auf und hole tief Luft. »Mike, deine Schwester wird mich umbringen, wenn sie das mit uns rausfindet. Lass uns einfach … so tun, als wäre nichts passiert, okay?«

»Klar. Okay. Gut.«

Wow, er reagiert beleidigt, wenn es nicht nach seiner Nase läuft.

»Das ist mein Ernst. Sie kann mich nämlich nicht leiden.«

»Nein?«

»Nein …« Plötzlich wird mir bewusst, dass es nicht besonders schlau ist, mich bei Mike über seine Schwester auszulassen. »Äh … aber … du weißt schon. Wahrscheinlich interpretiere ich da nur was falsch.«

»Maddy ist ziemlich schwer zu durchschauen«, sagt er. »Sie kommt nie aus ihrer Deckung. Nicht einmal bei mir, und ich bin ihr Bruder. Ich glaube, sie ist einfach nur unsicher.«

Ich unterdrücke das Bedürfnis, die Augenbrauen hochzuziehen. Ich bin es leid, dass alles immer auf Unsicherheit geschoben wird. Das ist schließlich kein Freifahrschein.

»Wie auch immer. Wir sitzen alle unten in der Küche. Warte noch zehn Minuten. Dann kannst du verschwinden, ohne dass es jemand sieht.«

»Warum klettere ich nicht einfach aus dem Fenster und rutsche am Regenrohr runter?«

»Das wäre perfekt! Glaubst du, du schaffst das?«, erwidere ich, nur um seine Reaktion zu testen.

»Mhm.«

»Das war ein Scherz. Bis dann.«

Ein Glück, dass das erledigt ist. Ich habe wichtigere Dinge, über die ich mir Gedanken machen muss. Zum Beispiel darüber, dass ich arbeitslos, pleite und von der sogenannten Mom-und-Dad-Bank abgeschnitten bin und mir droht, New York bald verlassen zu müssen.

Wenn man eine Küche als großmütterlich bezeichnen könnte, dann wäre es diese hier. Sie ist riesig und trotzdem urgemütlich, wie aus einer alten Sitcom aus den Sechzigerjahren. Wisst ihr, die Sorte Küche, in der Kuchen und Kekse und Aufläufe gebacken werden. Meine Mutter hat noch *nie* gebacken.

Wir sitzen am Küchentisch, Lionel Ritchie singt im Hintergrund, und während wir uns Cocos unglaublichen French Toast mit karamellisierten Bananen schmecken lassen, schütte ich den anderen schließlich mein Herz aus. Wegen des Fotos auf Facebook, wegen meines Jobs, sogar wegen meiner Eltern.

»Kurz gesagt, ich habe unser Nest verwüstet, ich bin arbeitslos, nicht vermittelbar und pleite«, sage ich kläglich und schiebe den Toast auf meinem Teller hin und her. »Ich habe keine Ahnung, was ich tun soll. Wer wird schon nach einer Woche gefeuert? Ich bin so ein Loser … Wenn ich keinen neuen Job finde, werden meine Eltern mich zwingen, wieder bei ihnen zu wohnen.«

»Das kannst du nicht machen!«, sagt Angie, die es schafft, selbst dann cool zu wirken, wenn sie mit vollem

Mund spricht. »Das würdest du niemals überleben. Die können dich zu nichts zwingen!«

»Du weißt doch, wie meine Eltern sind«, sage ich. »Ich komme nicht gegen sie an. Ich tue einfach immer, was sie sagen, und gehe ihnen aus dem Weg.«

»Klingt gesund«, bemerkt Julia.

Ich zucke mit den Achseln. Wer hat schon eine gesunde Beziehung zu seinen Eltern?

»Ich kann nicht glauben, dass man dich gefeuert hat!«, sagt Coco. »Das war bestimmt schrecklich.«

Sie beugt sich zu mir, um mich kurz in den Arm zu nehmen. Zum zweiten Mal muss ich heute Tränen wegblinzeln. Ich schwöre, ich fange eher an zu weinen, wenn man nett zu mir ist, als wenn man mich gemein behandelt.

»Ja«, sagt Madeleine. »Wer hätte gedacht, dass ein Oben-ohne-Tanz auf einer Party dermaßen nach hinten losgehen kann?«

»Ich hatte noch meinen BH an!«

»Pia, der war durchsichtig.«

»Lass gut sein, Maddy.« Julia spießt eine weitere Toastscheibe auf ihre Gabel und lädt sie auf ihren Teller. Mir wird bewusst, dass sie nichts darüber gesagt hat, dass ich ausziehen soll.

»Hör zu, Pia, ich habe genug Geld. Du musst also weder Hunger leiden noch Durst.« Angie nimmt sich mit den Fingern eine knusprige Bacon-Scheibe und tunkt sie in einen Klecks Ahornsirup, dann senkt sie ihre Stimme. »Außerdem glaube ich, die Überschwemmung im Wäscheraum war unsere … äh … meine Schuld. Ich werde den Schaden bezahlen.«

»Ich kann dir auch was leihen, Pia«, sagt Julia rasch. Ihr Konkurrenzdenken ist geweckt.

»Seid nicht albern.« Ich kann und werde keine Almosen annehmen. »Sollte ich tatsächlich dringend Geld brauchen, gehe ich zur Bank und nehme einen Kredit auf.«

»Bist du verrückt? Einen Kredit? Du müsstest Wucherzinsen bezahlen, und die Raten würden immer höher und höher steigen, bis sie dir über den Kopf wachsen! Dann ist deine Kreditwürdigkeit ganz im Eimer! Das würde dein Leben zerstören!« Wow, Julia regt sich wirklich auf über meine Idee mit dem Kredit.

»Schon gut, ich werde nicht zur Bank gehen«, sage ich. »Egal, darum geht es auch nicht. Es geht darum, dass ich einen Job brauche. Und ich habe nicht den leisesten Schimmer, in welchem Bereich.«

»Was war denn dein Hauptfach?«, fragt Coco.

»Kunstgeschichte.«

»Du bist … Kunsthistorikerin?«

Alle am Tisch fangen an zu kichern.

»Ja, ich habe ein abstraktes Hauptfach gewählt. Und nein, ich weiß nicht, warum.«

»Wahrscheinlich, weil es cool klingt«, sagt Angie, die mir ihr bestes Ich-will-dir-nur-helfen-Lächeln schenkt.

Ich ziehe eine Augenbraue hoch. »Das ist nicht sehr hilfreich.«

»Ich könnte mir dich gut bei einer Modezeitschrift vorstellen«, sagt Coco und springt von ihrem Stuhl auf. »Noch jemand Kaffee?«

»Ja, ich, bitte«, antworten Julia und Angie gleichzeitig und sehen sich stirnrunzelnd an.

»Ich kann keine Texte schreiben«, sage ich. »Außerdem geht es da doch so *Der-Teufel-trägt-Prada*-mäßig zu. Neben den ganzen Models würde ich mir nur fett vorkommen.«

»Es ist sowieso verdammt schwer, in die Modebranche reinzukommen«, sagt Angie.

Einen Augenblick lang frage ich mich, ob sie aus persönlicher Erfahrung spricht, aber bevor ich sie fragen kann, nimmt sie ihr Handy, um eine SMS zu lesen, die sie gerade bekommen hat.

»Ja, und ich muss schnell Geld verdienen«, sage ich.

Mein Jahresgehalt in der PR-Agentur – nicht annähernd so cool wie ein Job in der Modebranche oder im Fernsehen oder wo auch immer – betrug fünfunddreißigtausend Dollar, was umgerechnet, zieht man die Kosten für Miete und Lebenshaltung ab, circa fünfundzwanzig Dollar am Tag macht. Ich meine, eine anständige Gesichtsbehandlung kostet in New York hundertfünfzig Dollar. Wie soll man mit diesem Hungerlohn überleben? Je cooler der Job, desto lausiger die Bezahlung.

Julia ist nun in ihrem Das-bringen-wir-in-Ordnung-Modus. »Lass uns eine Liste machen mit deinen Fähigkeiten und deinen Erfahrungen, die du in der PR-Agentur gemacht hast!«

Ich überlege. »Ich habe so getan, als würde ich nicht die ganze Zeit chatten, ich habe an Meetings teilgenommen, ohne ein Wort zu verstehen, und ich habe wie besessen auf die Uhr gestarrt … Ich schwöre, ich bin mindestens zwanzigmal beinahe an meinem Schreibtisch eingeschlafen.«

Alle (außer Madeleine) lachen, obwohl es, ehrlich gesagt, irgendwie deprimierend war. Ist das wirklich meine Bestimmung für den Rest meines Lebens?

»Wenn du dringend Geld brauchst, such dir einen Job, in dem du schnell verdienst«, sagt Julia. »Als Kellnerin oder Barfrau.«

Ich blinzle sie an. »Du meinst körperliche Arbeit?«

Madeleine stößt ein kurzes Schnauben aus, als würde sie ein Lachen unterdrücken. Ich ignoriere sie.

»Mit so einer Prinzessinneneinstellung kannst du es gleich ganz vergessen«, sagt Julia.

»Ich will einen richtigen Job. In einem Büro. Irgendeinen, mit dem ich meine Eltern beeindrucken kann.«

»Dann bewirb dich bei den Personalagenturen in Manhattan«, sagt Julia zuversichtlich. »Zeig denen, wie intelligent und schlau und genial du bist. Jede PR-Agentur in Manhattan könnte sich glücklich schätzen, dich zu beschäftigen!«

»Okay.«

Gott, manchmal ist es so gut, eine Freundin zu haben, die einen herumkommandiert.

3

»Pia Keller?«

Ich stehe auf und setze mein »Hallo! Ich bin absolut geeignet«-Lächeln auf, das ich in meinen vorherigen vierzehn Bewerbungsgesprächen perfektioniert habe.

Bridget, die Personalberaterin, die sich widerwillig bereit erklärt hat, mit mir »Möglichkeiten durchzusprechen«, lächelt dünn und bietet mir eine knochenlose Hand an. Meine Mutter beurteilt Frauen nach ihren Schuhen, aber ich habe in der vergangenen Woche gelernt, Frauen nach ihrem Händedruck zu beurteilen. Ein schlaffer Händedruck ist kein gutes Zeichen.

Ich folge Bridget aus dem Empfangsbereich durch einen schmalen Flur zu einem kleinen Sitzungsraum. Einen Augenblick lang überlege ich, ob ich mich umdrehen und wieder gehen soll. Ich weiß genau, was gleich passieren wird, und ich kann es fast nicht ertragen, das noch mal durchzumachen. Aber ich brauche einen Job. Die Rechnung für Vics Küchendecke belief sich auf gut zweitausend Dollar, die ich mir mit Angie geteilt habe (sie bestand darauf, obwohl ich mir nicht sicher bin, dass die Überschwemmung tatsächlich von ihr und Lord Hugh verursacht wurde – der Installateur meinte, dass das Abflussrohr mit Zigarettenkippen verstopft gewesen sei), und in den vergangenen zehn Tagen habe ich meine letzten fünfhundert Dollar verbraucht, nur für Essen und die U-Bahn und Feinstrumpfhosen und Tampons und Shampoo – ihr wisst schon, lebensnotwendiges Zeugs eben. Es ist leider genauso offensichtlich wie schmerzhaft, aber

New York City ist eine teure Stadt. In dieser Sekunde habe ich noch genau acht Dollar im Portemonnaie. Und auf meinem Girokonto ist nichts mehr übrig. Null.

Also ist Abhauen keine Option.

»Nehmen Sie Platz.« Bridget zieht ein kleines Fläschchen mit Desinfektionsschaum aus ihrer Blazertasche, drückt einen Schaumklecks heraus und verreibt ihn zwischen ihren Handflächen. »Erzählen Sie mal ein bisschen von sich.«

»Na ja …« Ich versuche, einen selbstsicheren Eindruck zu machen, statt eines bankrotten und verzweifelten. »Äh … mein Name ist Pia Keller, ich bin zweiundzwanzig Jahre alt und habe Kunstgeschichte studiert, an der Brown …«

»Warum Kunstgeschichte?«

»Mir gefällt die Art, wie Kunst das politisch-soziale Klima reflektiert in der Zeit ihrer Entstehung«, antworte ich. Das klingt gut, nicht? »Leider sind die beruflichen Möglichkeiten nach diesem Studium stark eingeschränkt, außer man will Kunsthistoriker werden.«

Ich lächle. Bridget nicht. Sie lächeln nie. Ich sollte diesen Satz wirklich weglassen.

»Was ist mit Praktika?«

»Äh … meine Eltern wohnen in Übersee. Da wir uns sehr nahestehen, habe ich die Semesterferien immer bei ihnen verbracht und hatte so kaum Gelegenheit, ein Praktikum zu machen.«

Wie man sich denken kann, ist das nicht die ganze Wahrheit. Ich wusste einfach nie, was für ein Praktikum ich machen sollte, und Angie hatte immer gute Pläne, also schloss ich mich lieber ihr an.

»Und nun möchten Sie in der PR-Branche arbeiten. Warum?«

»Weil mich die Arbeit fasziniert! Ich möchte helfen, die

Menschen durch das richtige Medium gezielt zu informieren. Ich …« Ich unterbreche mich und versuche mich zu erinnern, warum ich die PR-Branche einmal spannend fand. Weil es aufregend klang und ich nicht wusste, was ich sonst tun sollte? »Ich möchte die Firmen unterstützen, das richtige Image zu entwickeln, und ich möchte Events organisieren, die auf dem Markt für Aufsehen sorgen werden und die moderne Gesellschaft verändern.«

Oh, Pia. Du Spatzenhirn. Das war erbärmlich.

»Hier ist mein Problem, Pia.« Bridget faltet die Hände, als würde sie beten. »Sie sind noch sehr jung. Sie haben keine fachrelevanten Qualifikationen. Sie haben keine praktische Berufserfahrung. Sie haben keine Vorkenntnisse. Sie sind im Grunde unvermittelbar.«

»Aber …«

»Warum sollte Ihnen jemand ein Monatsgehalt zahlen, wenn Sie dem Unternehmen nicht helfen können, Geld zu verdienen? Ganz zu schweigen von der Zeit und dem Personalaufwand, die für Ihre Einarbeitung notwendig sind. Und das alles, ohne vorher zu wissen, ob Sie es wert sind.« Sie hebt die Hände hoch, die Handflächen nach oben, als würde sie prüfen, ob es regnet. »Keine Berufserfahrung, kein Job.«

Jedes einzelne Vorstellungsgespräch, das ich bis jetzt hatte, endete genau an diesem Punkt. »Aber ich kann keine Berufserfahrung sammeln, solange ich keinen Job habe!« Es gelingt mir nicht, den panischen Unterton in meiner Stimme zu unterdrücken. »Was soll ich denn machen?«

Bridget lächelt süffisant. Manche Menschen haben Spaß daran, anderen Menschen mitzuteilen, dass sie gearscht sind, ist euch das auch schon mal aufgefallen?

»Die PR-Branche ist knallhart. Genau wie die Werbung, das Marketing, die digitalen Medien es sind. Nur die Besten und Klügsten dürfen dort mitmischen.«

»Ich also nicht«, sage ich, um ein Lächeln zu bekommen.

Bridget steht auf, Todesverachtung auf den Gesichtszügen. »Bevor Sie gehen … wir pflegen hier ein kleines Ritual. Jeder Bewerber stellt sich in einem kurzen Videoporträt vor, unabhängig davon, wie aussichtslos seine Chancen sind.«

»Einem … was?« Aussichtslos? Blöde Kuh.

»Einem Videoporträt. Für unsere Akten«, sagt sie und führt mich in ein Großraumbüro. Sie klatscht in die Hände, um die Kollegen auf sich aufmerksam zu machen. »Alle mal herhören! Das ist Pia. Dave, dein Part!«

Ein Kerl mit zu viel Gel in den Haaren richtet eine Digitalkamera auf mich. »Wer sind Sie? Und was suchen Sie?«

Alle im Raum starren mich mit Gesichtern, die von desinteressiert bis gleichgültig variieren, an. Helle Panik übermannt mich. Ich hasse es, vor Publikum zu sprechen. Selbst wenn meine Stimme mitspielt. In diesem Moment hasse ich mich auch noch dafür, dass ich ein hoffnungsloser Fall bin. Ich fühle mich wie eine Dumpfbacke.

Ich kann das nicht.

»Los!«, sagt Dave.

»Mein Name ist …«, beginne ich.

Meine Stimme versiegt. Mein Kopf pocht heftig, während Daves Worte darin widerhallen. *Wer sind Sie? Und was suchen Sie?*

»Lauter!«, ruft Bridget.

Ich räuspere mich kurz und beginne haspelnd wieder von vorn. »Mein … Name ist Pia Keller. Ich bin … zweiundzwanzig Jahre alt.« Alle sehen mich an, alle halten mich für doof, ich weiß das. Dabei möchte ich einen schlauen Eindruck machen, ich möchte, dass sie sich an mich erinnern – o Gott, dieser Druck. »Und ich suche einen Job … Ich meine, ich suche einen Beruf … den … ich … lieben kann.« Wie kann man so einen Stuss von sich geben, Pia! »Das ist das, was ich … Das ist, was … Ich bin … ja.«

Halt einfach die Klappe, Pia.

Dave lehnt sich zurück und macht ein »Oje!«-Gesicht. Er scheint anzunehmen, dass ich sehbehindert bin. Ein nervenzermürbender Moment des Schweigens. Ich schäme mich so sehr, dass es wehtut.

Sekunden später wenden sich alle wieder ihren Laptops zu. Ich bin weg, vergessen, eine belanglose Unterbrechung in ihrem Arbeitsalltag. Wieder so ein Frischling von der Uni, der keinen zusammenhängenden Satz herausbringt.

Vor dem Aufzug reicht Bridget mir ihre knochenlose Hand.

Ich versuche zu lächeln.

Ich werde nie einen Job bekommen.

Ich werde nie Geld verdienen.

Ich werde nie in der Lage sein, die Miete für mein Zimmer zu bezahlen.

Nicht, dass es von Belang wäre, weil ja schließlich meine Eltern hier auftauchen und mich zwingen werden, mit ihnen nach Zürich zu gehen und in einem stinklangweiligen Job zu arbeiten. Ich werde für immer allein sein, für den Rest meines Lebens.

Als die Aufzugtür sich schließt, habe ich plötzlich das Gefühl, als würde die Luft aus der Kabine entweichen. Ich sinke gegen die Wand und fange an zu hecheln – o Gott, bitte nicht, bitte keine Attacke, keine Panikattacke, nicht jetzt. Aber mein Magen zieht sich zusammen, und mein Gesicht fängt an zu kribbeln, und plötzlich weiß ich ganz genau, was in den nächsten drei Sekunden passieren wird.

Ich muss mich gleich übergeben.

Ich drücke sämtliche Knöpfe, und der Aufzug hält mit einem Ruck im vierten Stock. Ich stürze hinaus und halte verzweifelt nach einem WC-Schild Ausschau. Wo sind die Toiletten? O verdammter Mist, ich werde mich gleich übergeben, ich weiß es, ich weiß es …

Einen Sekundenbruchteil später lasse ich mich auf die Knie fallen und erbreche mich in einen leeren Schirmständer am Eingang eines Büroflurs. Es ist ein säuerlicher, wässriger Schwall, den ich nicht kontrollieren kann, und als alles heraus ist, wische ich mir mit dem Ärmel meiner Jacke den Mund ab und lehne die Stirn an die Wand. Erleichtert atme ich auf.

Angstkotzen nennt man das, nicht? Wenigstens war es keine ausgereifte Panikattacke. Ich hatte schon seit ein paar Jahren keine mehr, nicht einmal eine halbe, seit … Richtig, ihr ahnt es bereits, seit jenem 26. August.

Ich werfe einen Blick zurück auf meinen Kotzeimer. Ich kann ihn nicht so stehen lassen, sonst muss ihn irgendwer saubermachen. Und das ist ekelhaft.

Fünf Minuten später marschiere ich so selbstsicher wie möglich hinaus auf den Broadway, einen geklauten Schirmständer mit Erbrochenem unter dem Arm.

Wieder so ein unglaublich erfolgreiches Vorstellungsgespräch. Ein Hoch auf mich. Gut gemacht!

Wie immer, wenn ich in Manhattan bin, schaue ich unwillkürlich an den Wolkenkratzern hoch. Habe ich schon erwähnt, dass ich große Städte liebe, und New York am meisten?

Wirklich. Ich liebe die Menschen, den Verkehr, den Lärm, die Kneipen und Restaurants, dieses fast unbeschreibliche, vielbeschworene Pulsieren … Ich liebe es zu wissen, dass hier immer was los ist, an jeder Ecke. Ich bin in New York geboren, aber wir sind weggezogen, als ich vier war. Darum hatte ich nie die Chance, mir die Stadt zu eigen zu machen so wie die Menschen, die hier aufgewachsen sind. Ich bin an keinem Ort wirklich heimisch geworden, ich gehöre nirgendwohin.

Ich gehe den Broadway entlang und beobachte die Menschen, die an mir vorübereilen, mit ihren coolen Gesichtern und beschäftigten Mienen. Warum machen alle anderen so einen *gelassenen* Eindruck? Was unterscheidet sie so sehr von mir? Alles, was ich spüre, ist Panik, ein Flattern in der Brust bei dem Gedanken, dass ich vielleicht nicht zu dem fähig bin, was allen anderen offenbar so leichtfällt …

Vielleicht sollte ich mir erst einmal überlegen, wie ich mir mein Leben überhaupt vorstelle, denke ich und entsorge den gestohlenen Schirmständer mitsamt seinem Inhalt in einem Mülleimer. Positives Denken, richtig?

Ich möchte hart arbeiten und in meinem Beruf aufgehen, möchte richtig gut darin sein. Wirklich. Ich möchte mein eigenes Geld verdienen. Ich möchte ein eigenes Zuhause haben (begehbarer Kleiderschrank ist ein Muss!), das mir keiner wegnehmen kann, und ich möchte meine Freundinnen für immer behalten. Oh, und ich möchte tolle Männer kennenlernen und eines Tages heiraten und Kinder bekommen und so weiter und so fort.

Wie komme ich denn jetzt darauf? Ich bin arbeitslos, mittellos und vollgekotzt.

Ich wünschte, ich könnte mal eben schnell vorspulen.

Mit einem schweren Seufzen mache ich mich zu Fuß auf den Weg zurück nach Brooklyn. Ein Taxi kann ich mir nicht leisten, und für die U-Bahn ist es zu heiß. Schon nach der Canal Street habe ich die ersten Blasen an den Füßen, also kaufe ich mir ein Paar Flipflops für drei Dollar und binde meine hochhackigen Sandalen an den Henkel meiner Handtasche. Nun habe ich noch genau fünf

Dollar übrig. Was kriege ich für fünf Dollar? Das war's. Es ist vorbei.

Als mein Magen zu knurren beginnt, kaufe ich einen griechischen Joghurt und einen Proteinriegel. Sinnlos, Cookies zu kaufen. Ein Zuckerschock würde meinen Tag nicht besser machen.

Kein Geld. Ich sollte einfach meine Eltern anrufen und ihnen sagen, dass ich sofort zurückkomme.

Als ich an dem Kriegsdenkmal in Brooklyn vorbeikomme, sehe ich auf der anderen Straßenseite eine alte, obdachlose Frau. Trotz der Hitze trägt sie mehrere Kleiderschichten übereinander, um ihre Füße sind Kartons gebunden. Ich wette, sie hat ganz schlimme Blasen an den Füßen, denke ich, während ich sie beobachte. Vielleicht sollte ich ihr meine Flipflops schenken. Ich bin fast zu Hause – warum nicht den restlichen Weg barfuß gehen?

Unsere Blicke treffen sich, und ich schenke ihr ein Lächeln. Und einen Augenblick lang denke ich, sie wird es erwidern.

Dann öffnet sie den Mund. »DU!«, kreischt sie los. »VERPISS DICH! AB NACH HAUSE! DU BIST HIER NICHT WILLKOMMEN!«

Ich wende sofort den Blick ab und gehe weiter, aber schaue dann verstohlen zurück. Die Frau bewegt sich in meine Richtung. Ich beschleunige meine Schritte und höre ihr schrilles Lachen.

»ICH KOMME! ICH KOMME! LAUF SCHNELL WEG!«

Ich spurte los und drängle mich zwischen den Leuten durch, aber niemand macht mir Platz, ich werde nicht einmal wahrgenommen. Eine Frau rempelt mich an und stößt mir ihren Ellenbogen ziemlich hart in die Brust. Vor Schmerz keuche ich auf und fange an, unkontrolliert zu schluchzen. Große, dicke Tränen kullern über mein

Gesicht, und ich ringe nach Luft. Ich bin durcheinander und verzweifelt und habe soeben mein fünfzehntes Vorstellungsgespräch vermasselt, und ich weiß nicht, was als Nächstes kommt.

Ich überquere die Atlantic Avenue, bleibe dann kurz stehen, um zu Atem zu kommen und mir das Gesicht abzuwischen. Ich fühle mich, als würde ich am Rand eines Abgrunds stehen. Soll ich mich umdrehen, oder soll ich springen?

Ein Taxi hält neben mir. Ein Mann im Anzug steigt aus, und er sieht so dermaßen gut aus, dass ich augenblicklich aus meinem Elend gerissen werde. Gebräunte Haut, braune Haare, die blauesten Augen, die ich je gesehen habe … Ich bleibe wie angewurzelt stehen und starre ihn an. Er stutzt, und unsere Blicke treffen sich. Ich fühle tatsächlich mein Herz schlagen.

Dann schenkt der Fremde mir ein langsames, lässiges Lächeln, und ich lächle zurück, während ich denke, du bist perfekt. Und dabei habe ich so ein merkwürdiges Déjà-vu-Gefühl, als wäre ich ihm schon einmal begegnet, als würde ich ihn kennen.

Und ja, ich gebe zu, das klingt ziemlich abgedroschen.

»Hi«, sagt er mit brüchiger Stimme.

Es klingt so seltsam, dass wir beide lachen müssen.

In diesem Moment löst sich ein Schuh von meiner Handtasche und fällt auf den Boden. Der Unbekannte bückt sich sofort danach, hebt ihn auf und streckt ihn mir entgegen. Am liebsten würde ich jetzt den Aschenputtel-Spruch zitieren, aber meine Stimme ist schon wieder weg. Also nehme ich den Schuh und sage nichts.

Mein Kavalier steht auf, fährt sich geistesabwesend durch die Haare und öffnet gerade den Mund, um etwas zu sagen, als …

»Herrgott, kannst du mir vielleicht mal helfen?«, höre

ich eine weibliche Stimme mit englischem Akzent, und zupp, der Bann ist gebrochen.

Der schöne Mann wendet sich sofort von mir ab, um seiner Freundin aus dem Taxi zu helfen: einer Frau, die genauso umwerfend aussieht wie er, in Röhrenjeans, Seidentop, Stilettos, wehendem Chiffonschal und auf diese lässig-chaotische Londoner Art mit Tüten bepackt.

Als ich sie sehe, senke ich den Kopf und gehe sofort weiter. Dem Drang, mich noch einmal umzudrehen, um mich zu vergewissern, ob er mir nachschaut, widerstehe ich. Ich kann ihre Stimme hören, die in der Straße widerhallt, bevor sie die Sweet Melissa Pâtisserie betreten. »Und weißt du, ich fragte, warum, und – ooh! Waffeln! Himmlisch! – und er sagte, hör zu, Schatz, du hast von Anfang an gewusst, dass es so laufen wird …«

Und dann sind sie weg. Der perfekte Mann … und seine perfekte Freundin. Ich bin immer noch im Endorphinrausch, weil wir uns angelächelt haben. Ist das seltsam? Wahrscheinlich schon. Und vor allem oberflächlich nach meiner kleinen Endzeitstimmung ein paar Minuten zuvor.

Gleich darauf nehme ich in einem Schaufenster mein Spiegelbild wahr und stoße ein Wimmern aus: Ich bin vollgekleckert, verschwitzt und verschmiert mit Wimperntusche. Bah. Warum muss ich immer dann einem Traummann begegnen, wenn ich aussehe wie eine Kanalratte nach einem Kampf um Leben und Tod?

Egal, ich bin ohnehin nicht an einer ernsthaften Beziehung interessiert. Nicht mehr seit meinem Absturz wegen Eddie. Selbst meine flüchtigen Abenteuer haben die Tendenz, mich in den Arsch zu beißen. Ich habe seit jenem Sonntag drei SMS und zwei Anrufe von Mike ignoriert. Wenigstens hat Madeleine nichts davon mitbekommen. Noch nicht.

»Ach, wenn das mal nicht die kleine Miss ›Ich bin ein Ganzes‹ ist«, höre ich eine Stimme.

Ich hebe den Kopf. Es ist Vic, der verschrumpelte alte Mann, der im Erdgeschoss wohnt.

»Hi! Ich meine, guten Tag! Mr. … äh …«

»Vittorio Bartolo«, sagt er mit einer schwungvollen Handbewegung. »Nennen Sie mich Vic.«

»Ich bin Pia … Pia Keller. Und ich möchte mich nochmals entschuldigen wegen Ihrer Küchendecke.« Ich habe ihn seit jenem Sonntagmorgen nicht mehr gesehen: Julia hat die Vermittlerrolle übernommen. »Ist sie jetzt wieder … äh … in Ordnung?«

»Ja, wie neu. Danke.« Er grinst, was witzig aussieht, weil er so viele tiefe Furchen im Gesicht hat. Plötzlich habe ich aber den Eindruck, er findet das Ganze wirklich lustig. »Verzeihen Sie mir, dass ich Sie neulich etwas Halbes genannt habe. Ich wollte Sie nicht beleidigen.«

»Das haben Sie nicht. Wie geht es Ihrer Schwester?«

»Marie geht es gut«, antwortet er. »Sie ist in New Jersey bei ihren Enkelkindern. Sie verbringt immer die halbe Woche dort unten und die andere Hälfte bei mir. Das gibt ihr das Gefühl, beliebt zu sein. Und, verraten Sie mir, warum Sie so schnaufen, als wollten Sie das Haus umblasen? … Oh, hoppla, Verzeihung. Falsche Wortwahl.«

»Ha«, sage ich. Er scheint ein richtiger Komiker zu sein. »Äh … ich meine, ich brauche einen Job. Ich muss Geld verdienen.«

»Willkommen in New York«, erwidert er in liebenswürdigem Ton. »Das ist kein Grund zum Weinen. Bleiben Sie einfach am Ball. Die Zukunft wartet auf Sie.«

»Aber wenn ich es nicht schaffe, muss ich gehen. Mein Leben in New York wird vorbei sein, bevor es richtig begonnen hat.«

»Nichts für ungut, aber so wie ich das sehe, sind die einzigen Leute auf dieser Welt, die Geld verdienen, die Unternehmer«, sagt er. »Denken Sie sich eine Geschäftsidee aus, setzen Sie sie um, verkaufen Sie sie weiter.«

»Das klingt machbar … bis auf die Sache mit dem Weiterverkaufen. Und bis auf die Sache mit der Umsetzung. Oh, und bis auf die Sache mit der Geschäftsidee.«

Vic bricht in ein pfeifendes Lachen aus. Einen Augenblick lang habe ich Angst, seine Lunge könnte kollabieren.

»Tatsächlich habe ich schon mal versucht, ein Geschäft aufzuziehen, als ich vierzehn war«, sage ich. Das fällt mir auf einmal wieder ein. »Ich habe gebrauchte Jeans billig bei ebay ersteigert, zu ausgefransten Shorts umgearbeitet und als Einzelstücke im Retro-Design auf Etsy verkauft.«

»Ich habe kein Wort verstanden.«

»Ja, das hat niemand. Die Idee war nicht so toll. Ich bin nur ungefähr die Hälfte losgeworden.« Ich seufze bei der Erinnerung an die alten, abgeschnittenen Jeans, die monatelang zu Dutzenden aus sämtlichen Kommodenschubladen in meinem Zimmer quollen. Angie wollte mir ursprünglich helfen, die Shorts individuell zu gestalten, aber sie versetzte mich in jenem Sommer. »Und mit elf habe ich versucht, einen Kinderclub zu gründen. Wir waren im Urlaub in Südfrankreich, und ich hatte die Idee, Freizeitaktivitäten für die jüngeren Kinder zu organisieren, die auch mit ihren Eltern dort waren … Eine Art Partyveranstalterin. Aber die Eltern der anderen hatten Bedenken, mir die Verantwortung für ihre Kinder zu übertragen, wissen Sie? Darum ist nichts daraus geworden.«

»Nun, klingt trotzdem wie eine tolle Idee.« Wir grinsen uns kurz an.

»Haben Sie Hunger?«, fragt er mich und zeigt in Richtung Court Street. »Esposito and Sons. Die besten Reisbällchen im ganzen Viertel. Wir können uns auf dem Rückweg über Ihre beruflichen Perspektiven unterhalten.«

Das Esposito ist eine Ode an das Geschmackloser-geht's-nicht-Dekor, draußen neben dem Eingang steht eine grotesk hässliche Schweinestatue in Metzgerkleidung.

»Wow«, sage ich.

»Man weiß, dass man mit dem Laden nichts falsch machen kann, wenn es ihn schon seit 1922 gibt, oder?«, sagt Vic.

Jeder im Esposito ruft freundlich »Vic!«, als wir hereinkommen.

»Eine richtige Berühmtheit«, murmle ich, aber Vic hat mich gehört.

»Ich ziehe Kiezgröße vor«, erwidert er.

Vic bestellt vier Reisbällchen mit Schweinehack, ein italienisches Sandwich und eine Portion Lasagne.

»Kommt sofort, Chef«, sagt der Mann hinter der Theke. »Marie ist wohl wieder weg, was? Wie sieht es denn momentan mit deinem Cholesterin aus?«

»Wenn du auch nur ein Sterbenswörtchen zu meiner Schwester sagst …«

Ich lächle in mich hinein und betrachte die angerichteten Speisen hinter der Glasscheibe. Dies hier ist also Vics heimliches Laster.

»Und Sie, Miss Pakistan? Was darf es sein?«

»Miss Pakistan?«, wiederhole ich.

»Sorry. Miss World. Ist das besser?«

Findet ihr es nicht auch super, wenn man auf seine Hautfarbe reduziert wird? Aber wahrscheinlich würde der Mann mich »Miss Schweden« nennen, wenn ich blond wäre. Zumindest rede ich mir das ein.

»Äh …«

»Was kann ich Ihnen anbieten, hübsches Kind?«

Das hier ist ähnlich, als wäre man eingeladen und würde das Essen ausschlagen, das der Gastgeber extra für einen zubereitet hat. Aber ich habe nur noch ein paar Cent.

»Äh … nichts, ich bin …«

»Sind Sie eine Freundin von Vic?«

»Ja«, sage ich, im selben Moment wie Vic »Nachbarin« sagt.

»Dann können Sie sich glücklich schätzen. Vic wird auf Sie aufpassen. Hier, bitte sehr, Engelchen. Geht aufs Haus.«

Kurz darauf verlassen wir die Metzgerei, ich mit einem Reisbällchen in der Größe eines Baseballs in der Hand.

»Toller Laden«, sage ich und probiere einen Bissen. »O mein Gott, das ist superlecker!«

»Das sind die besten. Wenn Sie also wirklich Arbeit suchen, mein Neffe hat ein Restaurant, gleich drüben auf der Smith Street, das Bartolo's. Mein Bruder hat es vor über fünfzig Jahren eröffnet.«

»Wirklich?«, sage ich, und meine Miene hellt sich auf.

»Mein Neffe sucht immer Personal. Das Bartolo's ist ein alteingesessenes Lokal im Viertel. Die Gäste geben gutes Trinkgeld. Wenn Sie mich dorthin begleiten, kann ich Sie gleich dem Chef vorstellen«, erklärt er.

»Wow, herzlichen Dank!«

Kellnern! Ich könnte kellnern gehen! Meine Vorbehalte gegen körperliche Arbeit kommen mir plötzlich ziemlich albern vor.

»Sie werden kein Vermögen verdienen, aber es ist immer noch besser, als nur herumzusitzen und über das Leben zu jammern. Vorausgesetzt, Sie scheuen sich nicht vor ein bisschen harter Arbeit.«

»Nein, ich meine, ja, ich weiß, ich meine … *danke.* Ich scheue mich nicht vor harter Arbeit! Das wäre großartig!«

Wir schlendern langsam die Union Street entlang, vorbei an unserem Nest in Richtung Smith Street, und genießen den lauen Abend.

»Und, haben Sie sich schon eingelebt?«

»Äh … ja.«

Ich bin mir nicht sicher, was er meint. Ich habe mich bisher nirgendwo eingelebt – ich habe einfach eine Weile an einem Ort übernachtet, bis sich das Leben änderte und ich woanders übernachten musste. Aber dieses Mal nicht. Hoffe ich.

Ich blicke an den Sandsteinfassaden hoch, an denen wir vorbeigehen, hoch zu den Bäumen, die sich über unseren Köpfen in den blauen Himmel recken. Häuser, Eingangstreppen, Fenster sind einander ähnlich und doch einzigartig, durch kleine individuelle Feinheiten der ehemaligen und gegenwärtigen Bewohner … Es ist, als hätte jeder, der hier gelebt hat, seinen Abdruck hinterlassen.

»Die Union Street ist wirklich schön«, sage ich nachdenklich. »Sie hat so was Persönliches, im Gegensatz zu den meisten anderen Straßen. Jedes Haus wirkt wie ein Zuhause.«

Vic nickt. »Die Straße hat Charakter. Darum bin ich nie von hier weggegangen, selbst damals nicht, als das Viertel noch richtig verrufen war. Ich kann Ihnen sagen … Meine Eltern waren italienische Einwanderer aus einer kleinen Stadt namens Pazzollo. Viele Menschen aus Pazzollo sind nach New York ausgewandert. Die haben hier sogar eine Straße nach uns benannt.«

»Wirklich? Ihre Eltern sind den ganzen Weg von Italien gekommen?« Wir biegen ab und schlendern auf der Smith Street weiter. »Direkt hierher nach Carroll Gardens?«

Vic verzieht das Gesicht. »Nicht Carroll Gardens. Das hier ist South Brooklyn. Das war schon immer South

Brooklyn. Und nicht Carroll Gardens oder Cobble Hill oder BoCoCa.«

»Ja, Sir.«

»Meine Mutter und mein Vater kamen 1927 auf Ellis Island an. Da waren sie erst einundzwanzig. Die Überfahrt war ihre Hochzeitsreise … Sie wohnten in den ersten paar Monaten in der Lower East Side, schafften aber ziemlich schnell den Absprung. Irgendwann kaufte mein Vater das Haus, in dem wir jetzt wohnen, zusammen mit seinem Bruder. Zwei Familien, jede mit fünf Kindern, können Sie sich das vorstellen? In diesem Haus?«

»Wahnsinn. Und was ist dann passiert?«

»Nun, mein Vater wurde 1944 in Frankreich getötet.«

»Oh, das tut mir sehr leid …«, sage ich rasch.

»Schon gut, das war vor langer Zeit.« Vic schenkt mir wieder sein witziges Grinsen. »Sein Bruder ist nach Jersey gezogen. Und meine Mutter und ihre Schwester haben das Haus in eine Pension umgewandelt. Wir haben Untermieter aufgenommen, hauptsächlich Kriegsinvaliden.«

»Das ist unglaublich.«

Ich frage mich, wer schon alles in meinem Zimmer gewohnt hat. Es ist merkwürdig, sich vorzustellen, dass Menschen nach New York kamen, um dort ihr Leben zu beginnen, genau wie wir. Es ist, als würde sich nichts jemals ändern, jedenfalls nicht wirklich.

Wir halten an der Sackett Street. Vic deutet auf eine Reihe idyllischer Sandsteinhäuser und erklärt mir, wo seine Cousins und Freunde früher lebten.

»Und meine erste Freundin wohnte hier …« Vic deutet auf eines der Häuser mit hohen Erkerfenstern und Rosensträuchern im Vorgarten.

»Herrliche Rosen«, bemerke ich.

»Diesen Strauch dort habe ich ihr bei unserer zweiten Verabredung geschenkt.«

»Oh! Und, was ist passiert? Haben Sie sich getrennt?«

»Nein, ich habe sie geheiratet. Sie ist gestorben.«

Ich überlege, was ich sagen soll, aber mir fällt nichts ein, also hake ich mich stattdessen einfach bei ihm ein. Sein Arm kommt mir viel kräftiger vor, als er aussieht. Bestimmt war Vic einmal ein starker Mann in jungen Jahren.

»Hier sind wir!«, sagt er eine Minute später.

Ich sehe ein großes Restaurant mit einem Schild über dem Eingang, auf dem in verschnörkelter Fünfzigerjahreschrift Bartolo's steht.

Körperliche Arbeit, ich komme.

4

Nachdem ich drei Tage im Bartolo's gekellnert habe, tut mir der Rücken weh, ich habe Blasen an den Füßen, meine Ohren klingeln von dem Kindergeschrei, und meine Haare riechen nach Knoblauch und Bratfett.

Aber ich verdiene Geld.

Und das ist notwendig, damit ich in New York bei meinen Freundinnen bleiben und mein Leben beginnen kann. Ich weiß nicht, was als Nächstes kommt, aber im Moment brauche ich diesen Job einfach, um zu überleben.

Das Bartolo's ist die Sorte Restaurant, die ich normalerweise meide, aber nachdem ich dreiunddreißig Stunden dort gearbeitet habe, liebe ich es. Die gesamte Einrichtung wurde von Vic und seinem Bruder 1948 konzipiert und installiert. Heute ist der Boden wellig und abgetreten, und das Geschirr passt nicht zusammen, weil man das ursprüngliche, das vor sehr, sehr langer Zeit angeschafft wurde, nicht mehr nachkaufen kann. Die hintere Wand ziert ein schlecht gemaltes italienisches Landschaftsporträt, an den übrigen Wänden hängen unzählige Fotografien. Im Hintergrund dudeln Frank Sinatra, Tony Bennett und Perry Como in einer Endlosschleife.

Aber das Lokal strahlt dieselbe nachbarschaftliche Wärme aus, die ich schon im Esposito wahrgenommen habe. Die Gäste kommen nicht hierher, weil sie durch Werbung darauf aufmerksam geworden sind oder weil das Bartolo's zum Top-Restaurant des Monats gekürt wurde, sondern weil die Küche gut ist und man hier immer herzlich willkommen geheißen wird.

»Pia!«, brüllt Angelo. Er kommt in die Küche gelaufen, wo ich gerade ein Schwätzchen mit seinen Cousins Ricky und Vinnie, den Köchen, halte. »Was hast du schon wieder hier verloren? Tisch zwei!«

»Sie hat uns bloß mit dem Rucola geholfen.« Vinnie findet Rucolasalat zum Schreien komisch: Es ist das einzige neue Gericht auf der Speisekarte seit zehn Jahren. Mittlerweile zieht anscheinend jedes andere Restaurant in Brooklyn seinen Salat im eigenen Biogarten.

Tatsächlich haben Ricky und Vinnie mich gerade über Jonah aufgeklärt, den süßen Barmann (stellt euch eine Mischung aus Cowboy und Surfer vor, sehr blond, sehr scharf). Heute Abend haben wir zum ersten Mal zusammen Schicht, und wir haben ein paar tiefe Blicke gewechselt. Aber mir ist nicht verborgen geblieben, dass er auch mit einer der anderen Kellnerinnen flirtet, Bianca (eine Mischung aus Punk und Hipster mit einem verkniffenen Gesicht und abrasierten Haaren auf einer Seite – ihr wisst schon, die Sorte Mädchen, die andere Mädchen nicht leiden kann). Laut Vinnie ist zwischen den beiden nichts gelaufen, aber Ricky meint, dass Bianca sich letztes Wochenende an Jonah rangeworfen hat. Ich schwöre, Männer sind die schlimmsten Tratschweiber.

An Tisch zwei sitzen eine sehr hübsche junge Mutter und ein Vater mit ihren beiden Kindern. Der kleine Junge, der ungefähr drei oder vier sein muss, erzählt gerade etwas.

»Und dann … Mom? Mom? Mom? Mom, da war ein Hund, der hat überall rumgeschnüffelt …« Er ist so aufgeregt, dass er die Worte kaum herausbringt. »Und dann hat er laut gepupst!« Er kreischt auf und fällt kichernd von seinem Stuhl.

Ich muss lachen und bücke mich, um ihm hochzuhelfen.

»Oh, danke«, sagen die Eltern im Chor.

Sie tragen beide tadellosen Brooklyn-Chic. Ich bin mir ziemlich sicher, dass die Jeans des Vaters mehr gekostet haben, als ich heute Abend verdienen werde, und für die Jacke seiner Frau gilt das ganz bestimmt.

»Gabe, keine Pupsgeschichten am Tisch«, tadelt die Mutter. Ich sehe, dass sie Mühe hat, ernst zu bleiben.

»Ich kann nicht glauben, dass du gerade ›Pupsgeschichten‹ gesagt hast«, sagt der Vater mit leiser Stimme. Er wendet sich an das Mädchen. »Pia, Schatz, und auch kein iPad am Tisch.« Die Kleine runzelt die Stirn, ignoriert ihn aber.

»Heißt du Pia?«, frage ich das Mädchen, das älter ist als Gabe und zwei Zöpfe trägt, die aussehen, als hätte die Kleine sie selbst geflochten. Die Kleine nickt schüchtern. »Ich heiße auch Pia! Dann sind wir ja fast so was wie Zwillinge. Möchtest du die Dessertkarte?«

Ich spreche in gedämpftem Ton, damit es wie ein großes Geheimnis klingt. Pia nickt wieder und legt das iPad weg. Ich liebe Kinder. Für jeweils sechs bis acht Minuten.

»Juchu! Dessert!«, kräht Gabe.

»Danke.«

Die Mutter lächelt mich an, als ich den Kindern die Dessertkarte gebe. Sie kann nicht viel älter als dreißig sein, denke ich bestürzt. Das bedeutet, dass sie höchstens vierundzwanzig war, als sie ihr erstes Kind bekam. Scheiße, das sind nur noch zwei Jahre. Mir läuft allmählich die Zeit davon, um eine junge Mutter zu sein.

»Tisch fünf«, zischt Angelo mir zu, als ich das schmutzige Geschirr in die Küche bringe. »Mehr Knabberstangen.«

»Danke schön, neues Fräulein«, sagt gleich darauf einer aus der Runde an Tisch fünf, ein dicker Mann mit einem starken Brooklyner Akzent wie dem von Vic.

»Du hattest genug Knabberstangen«, fährt seine Tischnachbarin ihn an. »Angelo! Vorsicht mit den Kohlenhydraten bei dem hier!«

»Ich tue nur, was man mir sagt«, erwidert Angelo, während er an uns vorbeischwirrt.

»Das ist, weil er nie vergisst, dass ich ihn damals in der fünften Klasse vor Conor Barrys Faust gerettet habe!«

Die Hälfte der Gäste an diesem Abend scheint Angelo, Ricky und Vinnie schon ihr ganzes Leben lang zu kennen. Brooklyn ist das größte Dorf der Welt. Perry Comos *Papa loves Mambo* erklingt aus den Lautsprechern, und ich muss gegen das Bedürfnis kämpfen, laut mitzusingen.

»Wissen Sie schon, was Sie bestellen möchten?«

»Wir nehmen die Paprikapfanne mit Würstchen, das Huhn Romano, die Knoblauchspaghetti mit extra viel Knoblauch und eine große weiße Pizza für die Kinder. Ricky weiß, was damit gemeint ist. Bringen Sie uns noch etwas Knoblauchbrot, und sagen Sie Vinnie, mit extra Salbei und Zwiebelsalz.«

»Wird erledigt«, antworte ich. Sonderwünsche in einer kleinen Trattoria. Mutig.

»Ich will einen Saft!«, schreit das sommersprossige Kind neben dem Dicken.

»Beim letzten Mal, als du Saft getrunken hast, hast du angefangen zu sabbern und zu randalieren«, antwortet der Dicke. »Nein.«

»Er reagiert empfindlich auf Zucker«, erklärt die Frau.

»Er ist zuckersüchtig«, sagt der Mann.

Ich muss mich beherrschen, um nicht loszuprusten (die beste Menschenstudie aller Zeiten kann man beim Kellnern machen), und notiere die Bestellung. Ich lächle freundlich, wiederhole alles, und sie lächeln zurück. Dann gehe ich weiter, um die Bestellung in der Küche abzugeben, immer noch ein dämliches Grinsen auf den Lippen. Ich hätte nie gedacht, dass mir das Kellnern so viel Spaß macht. Das ist eine Art bezahltes Leutekennenlernen.

»Miss! Entschuldigung, Miss?«

Ich drehe den Kopf und sehe zwei Tische weiter ein paar Gäste, die verzweifelt winken. Sie sitzen nicht in meinem Bereich, aber ihre Kellnerin, Bianca, ist wie vom Erdboden verschluckt. Ich eile lächelnd zu ihnen hinüber.

Zwei Männer und zwei Frauen, vielleicht Mitte vierzig, in T-Shirts und zu kurzen Shorts. Sie sind von Einkaufstüten umgeben, die sie mit einem Schnürsenkel zusammengebunden haben – für den Fall, dass einer sie beklauen möchte, vermute ich. Zweifelsohne Touristen, die sich hier in einem Hotel einquartiert haben, um die hohen Übernachtungskosten in Manhattan zu sparen. Sofort wappne ich mich innerlich. Ich hatte in den letzten Tagen vier oder fünf ähnliche Tische mit Touristen und wurde jedes Mal wie eine Bürgerin zweiter Klasse behandelt. Einmal dürft ihr raten, warum.

»Wie kann ich …«

»Karte?«, sagt einer aus der Runde, ein Mann mit einer Schirmmütze, auf der PETE'S GYM steht. Er schwitzt stark von der Anstrengung, die es seinen Körper kostet, um zu existieren. »Wir wollen Karte.«

»Wir wollen Essen bestellen«, artikuliert seine Sitznachbarin überdeutlich, eine ungepflegte Blondine mit einer Bauchtasche und künstlichen Fingernägeln. Sie zeichnet in der Luft ein großes Rechteck.

»Karte! Hunger!«, sagt PETE'S GYM, wobei er auf seinen Mund zeigt und Kaubewegungen macht.

Ich lächle knapp, drehe mich um und schnappe mir vier Speisekarten. Wenn die denken, dass ich kein Englisch kann, spare ich mir die Mühe, das richtigzustellen. Ich verteile die Karten mit einem Lächeln und mache mich wieder auf den Weg in die Küche, wo ich das Knoblauchbrot für Tisch fünf mitnehme. Danach bringe ich die Desserts an Tisch zwei, wo Pia, das kleine Mädchen, gerade ein Lied über Matsch singt.

»Danke, Pia!«, kräht sie.

»Kein Problem, Pia!«, rufe ich zurück.

Ich gehe wieder an den Touristentisch, da von Bianca immer noch nichts zu sehen ist. Sie geben ihre Bestellung auf, wieder laut und überdeutlich sprechend, als wäre ich minderbemittelt. Ich lächle einfach und schreibe alles auf. Es macht keinen Sinn, dagegen anzugehen.

»Gottchen, in New York wimmelt es nur so von denen«, tuschelt Bauchtasche. »Ich würde mich hier nicht sicher fühlen, nie im Leben …«

Seht ihr, die halten mich für eine gefährliche Person aus dem Nahen Osten, wahrscheinlich für eine Muslima, und aus diesem Grund stelle ich eine Bedrohung für die nationale Sicherheit dar. Ich sollte mich eigentlich inzwischen daran gewöhnt haben, aber mein Herz beginnt zu hämmern vor Wut, vor Rachsucht, vor … (füge HIER ein extremes Gefühl deiner Wahl ein!), und bevor ich etwas sagen kann, werde ich von Jonah, dem heißen Barmann, sanft zur Seite geschubst.

»Guten Abend, Leute! Ich bin Jonah, und ich bin hier, um Ihre Getränkebestellung aufzunehmen. Sie, Sir, sehen aus wie ein Mann, der sich mit Wein auskennt.« Bei Jonahs texanischem Akzent tauen die Auswärtigen sofort auf. »Habe ich recht?«

»Wir trinken keinen Wein.« Künstliche Nägel lächelt Jonah an, als wäre er die Reinkarnation von Billy Graham, dem Erweckungsprediger.

»Vier große Cola light«, sagt PETE'S GYM.

»Meine ohne Eis«, fügt der andere Mann hinzu und starrt auf meine Brüste. O Mann, ich hasse das. »Die tun nämlich sonst mehr Eis rein als Cola«, murmelt er, nicht gerade leise.

»Alle vier ohne Eis«, sagt der Fettkloß mit der Schirmmütze und zwinkert dem Brüsteglotzer zu.

»Sehr wohl, Sir, und, wenn ich so sagen darf, eine hervorragende Wahl.« Jonah trieft geradezu vor texanischem Charme. »Das Aspartam ist ganz ungefährlich. Ich schicke Ihnen gleich die Kellnerin mit Ihren Getränken …«

Jonah greift um meine Taille und zieht mich weg. »Wo zum Teufel ist Angelo, wenn man ihn braucht?«

»Die haben gesagt … Die waren …«, stammle ich vor Wut, während wir zur Theke gehen.

»Ich weiß. Na ja, ich weiß nicht, aber ich kann es mir vorstellen.«

»Ach ja?«, entgegne ich scharf. »Sag mir, Blondie, wie oft wurdest du schon mit einem wahnsinnigen Dschihadisten verwechselt?«

»Beruhige dich, Prinzessin.« Jonah schenkt vier Gläser Cola light ein. »Das sind einfach Ignoranten. Bianca!«

»Was?«, sagt Bianca, die nun lässig hereinschlendert, dicht gefolgt von einer Fahne Zigarettenqualm. »Ich habe nur kurz mit meinem Business Manager telefoniert.«

»Mit Cosmo?«, erwidert Jonah. »Cosmo ist ein Kredithai. Mach ihn nicht größer, als er ist.«

»Cosmo ist nett!«, widerspricht Bianca und boxt Jonah scherzhaft in die Rippen. Flirten für Anfänger.

»Kümmerst du dich bitte um deinen Tisch?«, presse ich zwischen zusammengebissenen Zähnen hervor.

»Immer schön cool bleiben«, entgegnet sie und nimmt das Tablett mit den Gläsern von der Theke.

Ich blicke zu Jonah. »Mein Name ist übrigens Pia und nicht Prinzessin.«

»Ich weiß«, sagt er und zeigt mir sein Filmstarlächeln, weißer als weiß. »Aber Prinzessin passt zu dir.«

Ich sehe hinüber zu Bianca, die gerade die Cola light serviert. Die vier Gäste beugen sich vor und tuscheln eindringlich mit ihr, während sie verstohlene Blicke in meine Richtung werfen.

Ich bekomme keine Luft, mir ist übel, o scheiße, ich glaube, eine Panikattacke ist im Anmarsch. Bitte, lieber Gott, nicht schon wieder …

Bianca kehrt zu uns zurück, mit geschürzten Lippen.

»Was haben die gesagt?«, bringe ich heraus.

»Ignorier sie einfach.«

»Sag mir, was da getuschelt wurde.«

Bianca seufzt. »Sie haben mich gebeten, dass ich dafür sorge, dass du ihre Teller nicht anfasst. Vergiss es einfach, es ist belanglos.«

Ich starre sie einen Moment lang an. Wie kann sie so etwas sagen? »Nein, ist es nicht. Das ist alles andere als belanglos.«

Wisst ihr, ich bin die Kommentare gewohnt, die Annahme, dass ich kein Englisch spreche, die ständige Frage »Wo kommst du her?« Es ist nervig, aber es ist nun einmal so. Ich sehe eben nicht aus wie jedermann. Ich habe es kapiert.

Aber hier geht es um mehr. Das ist Rassismus. Früher haben mir solche Äußerungen richtig Angst gemacht. Innerlich habe ich mich total aufgeregt, nach außen hin tat ich so, als hätte ich nichts mitbekommen, und ergriff die Flucht.

Dieses Mal werde ich nicht die Flucht ergreifen.

Ich habe ein paar wirklich schlimme Wochen hinter mir, und ja, meine Probleme sind alle hausgemacht, aber ich gebe mein Bestes, um mein Leben in den Griff zu bekommen. Ich kann so einen Mist nicht brauchen. Man mag mich für meine Unerfahrenheit kritisieren, für mein Prinzessinnengehabe, für meinen Mangel an gesundem

Menschenverstand unter dem Einfluss von Tequila … Aber mich wegen meiner Hautfarbe zu verurteilen, ist falsch. Punkt.

»*Call me … irresponsible*«, säuselt Sinatra aus den Lautsprechern.

Ich nehme meine kleine weiße Schürze ab und lege sie auf die Theke, bevor ich ohne Eile gezielt zu dem Touristentisch gehe. Dort beuge ich mich vor, stemme die Hände auf die Knie und beginne mit meiner lieblichsten Stimme meine Rede.

»Ich bin Amerikanerin, ihr Schwachköpfe. Ich bin in New York geboren, ich habe einen amerikanischen Pass, und der Grund, warum ich so aussehe, ist der, dass ich das Kind von einem Schweizer und einer Inderin bin. Inder sind Hinduisten und keine Muslime. Die beiden Religionen sind grundverschieden. Aber ob ich nun muslimisch bin, buddhistisch, griechisch-orthodox oder dem verdammten Spongebob Schwammkopf huldige, ich habe immer noch das Recht, Sie zu bedienen, ohne mir Ihre rassistischen Beleidigungen anhören zu müssen. Außerdem geht Sie das alles einen feuchten Dreck an, weil wir in einem freien Land leben. Und Sie …«, ich wende mich an den Brüsteglotzer und weise auf meinen Busen, »… die hier sind nicht zu Ihrem optischen Vergnügen erfunden worden. Nehmen Sie gefälligst Ihre dreckigen Augen weg. Und jetzt scheren Sie sich alle zum Teufel.«

Ich richte mich auf, mit gerötetem Gesicht und zitternd. Kleinlaut stehen die vier auf und watscheln so schnell aus dem Lokal, wie ihre scheuernden Oberschenkel es erlauben. Ich weiß nicht, wo Angelo ist, aber es wird nicht lange dauern, bis er davon Wind kriegt.

»Bist du okay?«, fragt Jonah, der plötzlich hinter mir steht. Ich frage mich, wie lange schon.

»Ich hasse Konfrontationen«, sage ich mit plötzlich zitternder Stimme.

Jonah lacht, und sein blondes Haar fällt ihm in die Augen. »Pia, ich bin zwar kein Experte, aber ich würde sagen, du gehst dafür wirklich gut mit ihnen um.«

Ich sehe ihm in die Augen. »Ich bin erledigt, wenn Angelo das erfährt. Er wird mich rausschmeißen. Verdammt, ich würde mich ja selbst dafür rausschmeißen.«

»Ich dich auch. Außerdem schuldest du mir das Trinkgeld, nachdem du meinen Tisch vergrault hast«, sagt Bianca im Vorbeigehen.

»Wen kümmert es?«, sagt Jonah. »Das hier war sowieso nie dein Traumberuf, oder?«

»Ich bin auf diesen Job angewiesen. Ich habe gerade einen kleinen finanziellen Engpass.«

»Willkommen im Club. Ich jobbe hier nur, um meinen Schauspielkurs zu finanzieren.«

»Schauspielkurs?«

Jeder Barmann in New York ist Schauspieler. Ich frage mich immer, ob die alle keinen Flug nach L.A. bekommen haben.

»Ich bin auch Tänzer!«, sagt Jonah und tänzelt mit weichen Steppschritten zur Theke.

Dann tippt Angelo mir auf die Schulter. »Pia, wir müssen uns unterhalten. Ich werde dich entlassen.«

»Komm schon, ist das dein Ernst?«, sagt Jonah. »Du kannst sie nicht feuern, nur weil sie sich verteidigt hat.«

»Mir sind die Hände gebunden. Wir dürfen es uns mit den Hotels hier in der Nachbarschaft nicht verderben, wenn wir an deren Gästen verdienen wollen. Die schicken nämlich viele Leute auf Empfehlung zu uns rüber …« Angelo faltet sorgenvoll die Hände und bewegt sich rückwärts zur Küche. »Ich werde dich ausbezahlen, du behältst dein Trinkgeld, und wir sind quitt.«

Ich stoße ein tiefes Seufzen aus und schließe die Augen. Ich bin so müde.

»Hey … Pia?«, sagt jemand.

Ich hebe den Kopf. Es ist die coole junge Mutter von Tisch zwei.

»Hey«, sage ich und versuche zu lächeln. »Wie kann ich Ihnen helfen? O Gott … die Rechnung?«

»Nein, keine Sorge, wir haben das Geld für die Rechnung auf den Tisch gelegt. Aber das hier wollte ich Ihnen persönlich geben«, sagt sie und drückt mir ein paar Scheine in die Hand. »Ich wollte Ihnen außerdem sagen, dass wir die Szene eben beobachtet – und gehört – haben. Sie haben alles richtig gemacht. Und *illegitimi non carborundum*.«

»Danke! Lass dich von den Bastarden nicht unterkriegen … Das ist nicht so einfach.«

Ich kenne dieses pseudolateinische Zitat, weil mein Vater es gern benutzt, wenn er am Rad dreht. Es ist einer unserer wenigen Familiensprüche.

»Stimmt«, sagt sie und lacht. »Ich bin übrigens Lina.«

»Pia«, erwidere ich.

»Ich weiß.«

»Äh … oh … natürlich.«

Sie schüttelt herzlich meine Hand.

»Okay, Pia, passen Sie auf sich auf.«

Lina wendet sich um und geht zum Ausgang, wo ihr Mann und ihre zwei Kinder auf sie warten.

»Tschüss, Pia!«, ruft die Kleine und winkt eifrig.

Ich winke zurück, und als sie weg sind, blicke ich auf die Scheine in meiner Hand. Es sind zweihundert Dollar! Mit meinem Gehalt und dem Trinkgeld der letzten drei Abende habe ich fast siebenhundert Dollar. Nicht schlecht. Aber nicht genug für die Miete in diesem Monat. Oder für die Rechnungen, die ich bezahlen muss. Oder … ihr wisst schon, zum Leben.

»Okay, Prinzessin, ich habe eine Idee«, sagt Jonah. »Erstens, trink das hier.« Er gibt mir ein Getränk. »Das ist ein Gimlet. Meine Spezialität.« Ich nehme einen Schluck und ersticke beinahe – es ist im Prinzip Gin pur. »Und zweitens, du kannst mich morgen bei meinen Aushilfsjobs begleiten. Du wirst sehen, dass es in Brooklyn sehr viele simple Möglichkeiten gibt, gutes Geld zu verdienen. Ich werde meine Einnahmen mit dir teilen, wir machen fifty-fifty.«

Er flirtet mit mir. Das merke ich trotz der Wirkung des Gins.

»Was für Aushilfsjobs?«

»Das ist eine Überraschung, Prinzessin«, antwortet er. »Aber ich verrate dir, dass es im ersten Job süß und brummend zugeht. Sei einfach morgen früh um sechs in Williamsburg. Komm schon. Was hast du zu verlieren?«

Er hat recht. Und er ist süß. Und ich brauche das Geld.

Ich besiegle sein Angebot mit einem Handschlag. »Abgemacht.«

Als ich nach Hause komme, ist es noch recht früh. Coco, Madeleine und Julia sind wie immer in der Küche. Irgendwie haben wir die Küche zum WG-Mittelpunkt auserkoren. Mahlzeiten, Kartenspiele, Gespräche: Alles findet hier statt.

»Hallo, Leute …«

Ich nicke ihnen zu, schnappe mir Cocos Klatschzeitschrift und setze mich auf die Küchenbank. Manchmal ist Gesellschaft ein Trost, selbst wenn einem nicht nach Reden zumute ist.

Coco misst gerade sorgfältig Mehl in einer pinkfarbenen Schüssel ab, und auf dem Herd steht ein Topf mit Spargelrisotto. Julia und Madeleine sitzen am Küchentisch. Beide tragen einen Hosenanzug und trinken Wein –

was für Julia übrigens ungewöhnlich ist, es muss ein Teil ihrer Ich-bin-jetzt-erwachsen-Strategie sein. Sie machen einen gepflegten, karrierebewussten, zufriedenen und berufstätigen Eindruck. Yins für mein Yang.

»Hey, Pia!«, erwidert Julia, bevor sie weitererzählt. »Und dann hieß es plötzlich, wir brauchen die Zahlen bis zum Feierabend! Und ich meinte, okay, das hat mir zwar keiner gesagt, aber natürlich krieg ich das hin.«

»Und?«

»Ich habe es hingekriegt.«

Sie klatschen sich begeistert ab, eine Szene wie aus der gottverdammten Wall Street.

»Wie war die Arbeit, Piepie?«, fragt Julia und dreht sich zu mir. »Die haben dich heute früher gehen lassen, hm?«

»Yep.« Ich tue so, als wäre ich in die Zeitschrift vertieft.

Julia steht kurz auf, holt sich einen Nachschlag von dem Risotto und sieht dann hinüber zu Coco. »Cupcakes?«

»Nein, Lemon Chiffon Cake. Angie sagt, Cupcakes sind so was von out«, erwidert Coco.

»Es gibt coole und uncoole Kuchen?« Julia lacht und verschluckt sich an ihrem Risotto.

»Kau dein Essen richtig, Jules«, sagt Madeleine. »Iss langsamer und ohne dabei zu sprechen.«

»Ich habe Hunger. Tatsächlich schiebe ich schon den ganzen Tag Kohldampf. Ich habe seit heute Morgen um sieben ungefähr alle zwei Stunden was gefuttert. Ich bin nur von meinem Schreibtisch aufgestanden, wenn ich pinkeln musste oder um zum Snackautomaten zu gehen.«

»Bei mir war es ähnlich. Ich habe mittags am Schreibtisch ein Sandwich mit Salat gegessen, weil meine Chefin das auch immer macht, und bekam nachmittags einen richtig schlimmen Heißhunger auf was Süßes.«

Esst mittags mehr Proteine, denke ich. Verzichtet auf

einfache Kohlenhydrate wie Weißbrot. Ich habe einmal in einer Zeitschrift gelesen, dass das Geheimnis, schlank zu bleiben, darin besteht, eine Überzuckerung zu vermeiden, und soweit ich das beurteilen kann, stimmt das. Ich esse für mein Leben gern, aber ich gehe sparsam mit Zucker um. Und ich mache mir nie viele Gedanken über mein Gewicht, außer meine Hosen werden zu eng. Dann esse ich einfach ein oder zwei Wochen mehr Fleisch und weniger Kohlenhydrate. Der einzige Mensch, den ich kenne und der alles essen kann, ohne zuzunehmen, ist Angie. Darum hat sie null Figurprobleme. Wenn ich sie nicht so gern hätte, würde mich das richtig ärgern.

»Unterzuckerung! Ich spendiere meinem Team nachmittags immer was Süßes. Süßes steht für Liebe«, sagt Julia. »Nicht, Coco?«

Wir schauen alle hinüber zu Coco, die den Kuchenteig rührt und, in ihren Gedanken verloren, zufrieden vor sich hinsummt.

»Ich habe mich noch nicht wirklich mit meinen Kollegen angefreundet«, sagt Madeleine.

»Das kommt schon noch«, sagt Julia. »Normalerweise lernt man als Erstes ohnehin nur die Loser kennen. Weißt du noch, als ich bei Morgan Stanley angefangen habe und mich ein bisschen mit dieser einen Kollegin aus Long Island anfreundete? O ja, anfangs gingen wir in der Mittagspause zusammen ins Century 21 und so. Aber dann habe ich festgestellt, dass die Frau stinklangweilig ist. Und weil ich mit ihr zusammenhing, hielten mich alle anderen auch für stinklangweilig. Gesellschaftlicher Tod durch Assoziation.«

»Okay«, sagt Madeleine gehorsam.

»O nein!«, schreit Coco plötzlich. »Wir haben keine Butter mehr!« Wir sehen alle zu ihr hinüber. Sie kann sich beim Backen richtig in was hineinsteigern. »Schon gut, ich werde improvisieren.«

Julia runzelt die Stirn. »Übrigens, wo wir gerade dabei sind, scheinbar bin ich die Einzige, die Klopapier oder Waschmittel kauft. Wir werden eine Haushaltskasse einführen. Und Coco, du musst aufhören, alle zu bekochen, außer diejenigen, die sich an den Kosten beteiligen, okay?«

»Aber es macht mir nichts aus«, wendet Coco ein.

»Darum geht es nicht«, sagt Julia. »Das hier ist eine Wohngemeinschaft, und es muss gerecht zugehen, okay?«

Ich will gerade von meinem Abend erzählen, als Angie hereinschlendert, in zwölf Zentimeter hohen Absätzen und einem langen weiß-schwarz gemusterten Seidenkleid. Ich kann sehen, dass das Kleid teuer war, wahrscheinlich geklaut von ihrer Schickimicki-Mutter, und dass Angie es umgeändert hat. Dafür hat sie ein Händchen.

»Hey, ihr Süßen«, sagt sie lässig und kramt in ihrer Handtasche, wahrscheinlich nach Zigaretten.

»Wie war dein Tag?«, fragt Coco schüchtern.

»Super, bis auf den Teil mit der Zicke. Ich hätte nie geahnt, dass Lebensmittelfotografie so öde und gleichzeitig so stressig sein kann. Ödessig.« Angie steckt sich eine unangezündete Zigarette in den Mundwinkel und steckt dann ihre Haare zu einem Knoten auf. Mit »Zicke« ist ihre Chefin gemeint. Anscheinend ist die Holländerin sehr anspruchsvoll. »Aber ich werde zuletzt lachen. Jedes Mal, wenn sie mich zu Starbucks schickt, um ihr einen Caffè Latte mit fettfreier Milch zu besorgen, bringe ich ihr einen mit Vollfettmilch.« Madeleine keucht entsetzt.

Coco rührt im Topf. »Möchtest du etwas Risotto?«

»Ah, Miss Coco, du bist die Beste«, sagt Angie, beugt sich über den Herd und probiert mit dem Löffel direkt aus dem Topf. »Köstlich. Vielleicht später, mein Schatz, wenn ich nach Hause komme. Ich habe heute schon jede Menge Sashimi gegessen.«

»Bei so viel rohem Fisch, wie du ihn dir reinziehst, müsstest du eigentlich längst ein verdammter Delfin sein«, bemerkt Julia.

»Wie kannst du dir das eigentlich leisten?«, fragt Madeleine. »Anständiges Sushi ist teuer.«

»Meine Chefin bestellt sich immer welches und lässt dann die Hälfte stehen. Wäre doch schade, es wegzuwerfen.« Angie macht sich einen Wodka mit Eis und einem Spritzer Zitronensaft von Cocos Backzutaten. »Außerdem habe ich mich im letzten Semester nur von Schokoladenteig und Wein ernährt. Ich versuche, mein Nährstoffkarma wieder auszugleichen.«

»Das ist noch gar nichts. Ich habe es mal an einem Wochenende fertiggebracht, im Taco Bell jedes einzelne Gericht von der Karte zu bestellen«, sagt Julia. »Zwei Mal.« Gott, Julia und ihr Konkurrenzverhalten.

»Klingt ziemlich abgedreht. Okay, ich bin mit Lord Hugh auf ein paar Drinks in Manhattan verabredet, falls jemand Lust hat, mitzukommen. Pia? Warum zur Hölle bist du so still?«

Ich hole tief Luft. »Ich kann heute Abend nicht. Ich muss morgen früh um halb sechs aufstehen. Ich hab einen Job. Oder ein Date. Ich weiß noch nicht, was es ist. Und ich bin gefeuert. Zum zweiten Mal.«

Es entsteht ein erschrockenes Schweigen.

»Die haben dich im Bartolo's gefeuert? Bist du okay?«

»Du stehst um halb sechs auf? Wer zum Teufel geht an einem Samstagmorgen um halb sechs arbeiten?«

»Wer zum Kuckuck hat an einem Samstagmorgen um halb sechs ein Date?«

»Los, erzähl uns alles, sofort.«

5

Es ist Tagesanbruch. Jonah und ich haben uns zu unserem Job/Date getroffen und stehen nun auf einem Hausdach in Williamsburg. Er wartete mit zwei Bechern Kaffee am Treffpunkt, strahlte mich mit einem breiten, verschlafenen Lächeln an und wollte mir nicht verraten, was uns bevorstehen würde.

Mir kam kurz der Gedanke, dass er womöglich Schändliches mit mir vorhatte, aber dann sah ich, dass er ein Glücksbärchen-T-Shirt trug und hellrosa Shorts, die von einem Seil im Bund gehalten wurden, und mir war klar, dass ein Mann, der sich wie eine Art moderner Huckleberry-Finn-Verschnitt kleidet, unmöglich Böses im Schilde führen könnte.

Und nun, während ich an meinem Kaffee nippe – Gott, ich liebe Kaffee! –, kann ich nicht aufhören, die Aussicht auf Manhattan in der Morgensonne zu bewundern, atemberaubend, fast wie eine Computeranimation.

Ich kann unserem Nest nicht den Rücken kehren, ich kann New York nicht den Rücken kehren. Dafür lebe ich viel zu gern hier, und außerdem bin ich … hungrig … hungrig auf was auch immer mich erwartet.

»Wunderschön, nicht?«, sagt Jonah, als er sich neben mich stellt.

Ich lasse den Blick über die City schweifen. »Überwältigend«, erwidere ich.

»Ich habe irgendwo gelesen, dass der Philosoph Descartes gesagt hat, dass eine tolle Stadt ein Inventar des Möglichen sein sollte«, sagt Jonah. »Ein Ort, an dem alles passieren kann. Man weiß nie, was als Nächstes kommt.«

»Das gefällt mir«, sage ich.

»Dreh dich mal um und sag Hallo zu den Mädchen.«

Mädchen?

Plötzlich entdecke ich in einer Ecke des Flachdachs drei hüfthohe Kästen. Ich blinzle im Morgenlicht angestrengt hinüber. »VORSICHT! BIENEN!«, kreische ich und stürze mich in Jonahs Arme.

»Entspann dich, Pussycat.« Jonah nimmt einen Safarihut mit einem Schutznetz aus seiner Tasche. »Du hast doch nicht etwa Schiss vor Bienen, oder? Wenn du Schiss hast, musst du den Schisserhut anziehen.«

Ich ignoriere den Schisserhut, obwohl ich tatsächlich Angst vor Bienen habe. Aber ich bin auch ohne Bienen schon nervös, vielleicht, weil ich mir nicht sicher bin, ob dies hier ein verkapptes Date ist oder nicht. Aber das will ich nicht zugeben. »Nein, nein, schon okay. Also … Was machen wir hier?«

»Wir ernten den Honig.«

Ich nicke und versuche, einen coolen Eindruck zu machen. Natürlich, wir ernten den Honig. Wir sind in New York City. Warum sollten wir keinen Honig ernten?

»Ich kümmere mich um die Bienenstöcke für meinen Kumpel Ray«, erklärt Jonah und nimmt eine Art Metallgießkanne in die Hand. »Er hat in der Innenstadt ein Restaurant. Wenn du dich heute schlau anstellst, kannst du diesen Job übernehmen.«

Pia Keller, die Imkerin? »Okay, dann werden wir den Bienenstock jetzt also … melken?«

Jonah prustet laut. »Ist das dein Ernst?«

»Nein«, sage ich rasch. Ich hasse es, Dummheiten von mir zu geben. »Ich meine … was passiert jetzt genau?«

»Wir checken die Magazine«, antwortet Jonah und

zündet den Inhalt der Gießkanne an. »Das ist ein Smoker. Der Rauch macht die Bienen stoned, sodass sie sich nicht daran stören, wenn man die Waben aus dem Stock nimmt. Sei einfach vorsichtig und leise.«

In diesem Moment landet eine Biene auf meinem Arm, und ich renne kreischend auf die andere Seite des Flachdachs.

»Hey, das war mein Ernst!«, ruft Jonah. »Du machst ihnen Angst!«

»Tut mir leid!«

»Tu einfach, was ich dir sage«, erwidert Jonah.

Unsere Blicke treffen sich für eine Sekunde, und er zieht eine Augenbraue hoch. Oooh. Gänsehaut-Feeling. Das hier *ist* ein Date. Aber stehe ich auf Jonah? Ich glaube nicht.

Plötzlich sehe ich vor meinem geistigen Auge den Mann, dem ich auf der Court Street begegnet bin, den vermeintlichen Traumprinzen mit der blöden englischen Freundin … Ugh! Warum denke ich überhaupt an ihn? Schließlich a) ist er vergeben und b) werde ich ihn niemals wiedersehen.

Warum ich keine Beziehung will?

Okay, sein Name ist Eddie. Und er war meine erste große Liebe. Peinlich, ich weiß. Aber man kann es nicht anders ausdrücken. Ich war damals sechzehn und neu auf meinem dritten Internat, verstört und unglücklich, nachdem ich zwei Schulverweise kassiert hatte, ganz zu schweigen von dem anschließenden Donnerwetter meiner Eltern … Aber dann lernte ich Eddie kennen. Wahrscheinlich ergibt das keinen Sinn, aber als Eddie und ich zusammenkamen, fühlte ich mich zum ersten Mal in meinem Leben komplett und ausgeglichen. Keine Ahnung, zwischen uns machte es einfach Klick. Und Eddie unterstützte mich beim Lernen, hielt mich vom Feiern ab, brachte mein Leben wieder in die Spur. Mehr noch, er gab mir das Gefühl, glücklich und geborgen zu sein und verstanden zu werden … Er kam mir vor wie mein Retter. Er sagte, ich sei auch seine Rettung gewesen – vor den Nullachtfünfzehn-Mädchen in New England, mit denen er aufgewachsen sei, davor, dass er nie Tränen gelacht habe, davor, dass er daran ersticke, beliebt zu sein und gleichzeitig höllisch einsam. Das war natürlich alles Blödsinn. Der Einzige, den man jemals retten kann, ist man selbst.

Was soll's.

Dann, kurz vor unserem ersten gemeinsamen Sommer, bevor wir zu studieren begannen (er in Berkeley, ich auf der Brown), machte Eddie mit mir Schluss. Am Telefon! Sein genauer Wortlaut: »Pia, seien wir ehrlich. Du bist ein Fluchtrisiko, es wird niemals funktionieren. Ich tue das nur, bevor du es tust.«

Selbst heute noch kann ich nicht an dieses Gespräch denken, ohne dass es sich anfühlt wie eine Ohrfeige. Eddie gab mir den Laufpass, weil er mich für zu flatterhaft, zu verantwortungslos, zu unzuverlässig hielt. Er gab mir den Laufpass, weil ich so bin, wie ich bin … beziehungsweise wie er glaubte, dass ich wäre, und da er mich besser als jeder andere Mensch kannte, läuft es auf dasselbe hinaus, richtig? Ich hätte nie gedacht, dass ich so leidensfähig bin. Bei der bloßen Erinnerung bildet sich in meiner Kehle ein dicker, schmerzhafter Tränenkloß. Kennt ihr dieses Gefühl?

Jedenfalls war ich damals gerade in Boston bei Angie und bekam die größte Panikattacke meines Lebens. Ich dachte, ich müsste sterben. Ich bekam keine Luft mehr, mein Herz raste, alles drehte sich, und ich dachte immer nur: Es ist aus, es ist aus … Angie war weg, um etwas zu erledigen. Wie sie mir später erzählte, war sie nur kurz unterwegs gewesen, mir kam es allerdings wie Stunden vor. Als sie zurückkam, muss ich seltsam geröchelt haben, daran kann ich mich gar nicht mehr erinnern.

Die nächsten paar Wochen waren … unbeschreiblich. Ich denke, wenn eine Beziehung zu Ende geht, ist das ein bisschen wie Sterben. Ich lag nachts wach vor Liebeskummer. Ich fing jeden Morgen schon beim Aufwachen an zu heulen. Ich trank so viel Alkohol, wie ich konnte, und tat dabei so, als wäre alles in bester Ordnung. Angie hat nie einen Versuch gemacht, mit mir darüber zu reden – sie ist nicht der Typ, dem man sein Herz ausschüttet. Aber sie holte mich jede Nacht von irgendeiner Kneipe ab, brachte mich zu sich nach Hause und verfrachtete mich ins Bett.

Dann fing ich an zu studieren und beschloss, nie wieder ein Wort über die Sache zu verlieren, weil ich mich nicht einmal unter Kontrolle hatte, wenn ich nur daran dachte. Das ist also der Grund, warum ich Single bin und nur flüchtige Abenteuer habe. Warum sollte ich mir das ein zweites Mal antun?

Ich hasse es, an Eddie zu denken. Meine Gedanken schweifen dann immer nur kurz in die Realität zurück, dann wandern sie wieder zu ihm. Eddie ist wie ein lockerer Milchzahn, an dem man ständig herumwackelt, aber im Gegensatz zu einem Milchzahn fällt Eddie nie endgültig aus.

Meine Tagträume werden von Jonah unterbrochen, der nun zu mir herüberkommt und mich kurz in die Nase kneift.

»Möchtest du die Honigbienen sehen, Prinzessin?«, fragt er.

Mit großen, steifen Handschuhen über den Händen nimmt Jonah den Deckel von einem der Kästen ab und zieht einen Holzrahmen heraus. Über die vollen Honigwaben krabbeln betäubte Bienen.

»Ich vermute, die haben nach deiner Beweihräucherung jetzt einen Stich.« Ich schlage mir auf den Oberschenkel vor Begeisterung über meinen eigenen Witz.

»Du bist sehr … komisch«, sagt er. »Pass auf! Das hier ist eine fette Honigausbeute … Das haut mich richtig um. Gib Bienen ein Zuhause, und zum Dank produzieren sie das Süßeste auf der Welt.«

»Von welchen Blumen ernähren sie sich?«, frage ich und versuche, nicht zu zucken, wenn eine Biene in meine Nähe kommt. »Beziehungsweise welche Blumen befruchten sie? Besamen. Bestäuben. Was auch immer. Du weißt schon, was ich meine.«

»Eigentlich jede Blume, Obstbäume oder Beerensträucher«, antwortet er. »Sie fliegen bis zu sechs, sieben Kilometer weit, um Nektar zu sammeln. Das bedeutet, dass sie bis in den Central Park kommen. Und für die faulen Bienen gibt es in Brooklyn natürlich noch den Botanischen Garten.«

Ich beobachte eine dicke, kleine Biene, die zwei perfekte Achten über die Traube fliegt und ihren flauschigen kleinen Körper an ihren Nachbarn reibt in einer Art sanftem Reigen.

»Sie sind wunderschön aus der Nähe betrachtet«, sage ich leise. »So emsig und glücklich. Sie haben irgendwas Tröstendes, weißt du?«

Ich unterbreche mich, weil mir bewusst wird, dass ich wieder etwas Dummes gesagt habe. Ich fange Jonahs Blick auf, aber er lacht nicht. Er beugt sich zu mir, um mich zu küssen, aber etwas in mir sagt Nein, und ich drehe im letzten Moment den Kopf zur Seite.

Zum Glück nimmt Jonah es wie ein Mann. »Ich liebe den Geruch von Zurückweisung am frühen Morgen!«

Ich lache. »Sorry. Ich bin einfach nicht …«

»Du brauchst dich nicht zu entschuldigen«, fällt er mir

ins Wort. »Wie gewonnen, so zerronnen, Matrose. Machen wir uns an die Arbeit.«

Endlich habe ich es hinter mich gebracht. Nach kurzer Zeit schon bin ich zu dem Schluss gekommen, dass Imkern definitiv nichts für mich ist. Es ist zu gefährlich (oder ich bin zu ängstlich, was auch immer). Ich war nur damit beschäftigt zu flüchten, wenn eine Biene auf mir landete. Nun sitzen wir in Jonahs verbeulter alter Klapperkiste, die Sonne scheint, und ich habe einen Korb mit handetikettierten Kings-County-Honiggläsern auf dem Schoß.

»Baby, you're a FIREEEEWORK!«, singt Jonah zu Katy Perry im Radio.

»Ich fühle mich hellwach! Es macht einfach Spaß, eine Beschäftigung zu haben!«, sage ich. »Ich liebe es!«

»Was für ein Leben führst du denn normalerweise, Prinzessin?«, fragt Jonah lachend. »Brauchst du dich nur zurückzulehnen und von Sklaven mit Trauben füttern zu lassen, oder was?«

»Ach, du kannst mich mal … Der Wagen sieht übrigens aus wie eine Müllkippe.« Leere Essensverpackungen und Getränkedosen türmen sich darin, und es riecht nach Schweißfüßen.

»Ja? Das ist noch gar nichts. Du solltest mal meine Wohnung sehen – eine Petrischale voller Bakterien. Ich wohne mit fünf Typen zusammen. Die sind ständig krank, aber ich nicht!« Er grinst stolz. »Ich habe die Konstitution von einem texanischen Büffel.«

Bah. Jungs in unserem Alter finden es unheimlich toll, wie die Schweine zu hausen. Ich begreife das nicht.

»Und wie kommst du bei all den Jobs mit deiner Schauspielkarriere voran?«

»Hey, ich würde das nicht als Karriere bezeichnen. Ich

lebe jetzt seit sechs Jahren hier, und es hat sich noch nicht wirklich viel getan. Aber ich habe Spaß. Manchmal helfe ich in der Band von meinem Freund aus. Hin und wieder gehe ich zum Schauspielunterricht, und die restliche Zeit wurschtel ich mich so durch.«

»Cool«, sage ich, obwohl es irgendwie deprimierend klingt, sich sechs Jahre in Brooklyn so durchzuwurschteln. »Was war deine letzte Rolle?«

»Ein Typ in einer Diesel-Werbekampagne.« Er versucht, sehr beiläufig und unbeeindruckt zu klingen, aber offensichtlich ist er insgeheim stolz wie Oskar.

»Fürs Fernsehen?«

»Äh … nein. Fürs Internet.«

»Eine Werbekampagne fürs Internet? Ist das nicht eher wie Modeln?«

»Nein, es war ein Werbefilm, in dem ich eine Rolle hatte.«

Ich habe so meine Zweifel (»Meine Motivation in dieser Szene ist DENIM!«), aber was soll's.

Mein Handy klingelt. Ich starre eine Sekunde lang auf das Display, dann schalte ich den Ton stumm. Es sind meine Eltern. Seit dem Horrortelefonat nach der Party habe ich nicht mehr mit ihnen gesprochen, und ich will es jetzt auch nicht tun, also drück ich den Anruf weg.

Eine Minute später piept mein Handy. Eine Nachricht auf der Mailbox. Ich kann es auch genauso gut gleich hinter mich bringen.

Mein Vater spricht als Erster. »Ah, Pia, in Zürich ist es jetzt … Viertel vor drei, was heißt, dass es in New York Viertel vor neun ist. Wahrscheinlich liegst du noch in den Federn …« Nein, verflucht, tu ich nicht, ich arbeite, denke ich trotzig. »Wir wollten dir Bescheid geben, dass wir in sechs Wochen nach New York kommen.«

Meine Mutter plappert vom Nebenanschluss aus dazwischen. »Und wenn du bis dahin keine Arbeit hast, keine richtige Arbeit, nehmen wir dich mit zurück nach Zürich, damit du wieder unter unseren Fittichen bist!«

Dann redet mein Vater erneut. »Wir rufen morgen wieder an. Sorg dafür, dass du wach bist und nüchtern.«

Klick.

Ich drücke auf »löschen«, lege auf und seufze.

Okay, ich weiß, dass Tausende junger Frauen in meinem Alter vollkommen unabhängig sind. Sie würden einfach auf ihre Eltern pfeifen und alle Brücken zu ihnen abbrechen … Aber das möchte ich nicht. Irgendwie habe ich immer noch die Hoffnung, dass diese merkwürdige Entfremdung während der letzten paar Jahre sich vielleicht eines Tages auflösen wird. Schließlich sind dies die einzigen Eltern, die ich habe. Und ich wünsche mir wirklich, dass meine Eltern stolz auf mich sind. Meistens habe ich nämlich den Eindruck, sie können mich gar nicht leiden.

Ich sehe aus dem Fenster, in Gedanken versunken. Plötzlich wirkt die Sonne irgendwie trostlos. Wen will ich hier verarschen? Ich kann keine Karriere machen als gottverdammte Bienenmelkerin. Ich brauche einen Job, einen richtigen Job … und das schnell.

»Heute ist ein ganz besonderer Tag für Glückskinder«, sagt Jonah mit Radiomoderatorenstimme. »Auf dem Brooklyn Flea findet nämlich das Food Truck Festival statt! Und genau dort wirst du, Pia Keller, heute arbeiten! Kennst du schon den Flohmarkt in Brooklyn?«

»Klar!«

Tatsächlich war ich kurz nach meinem Umzug zum ersten Mal dort, mit Angie und Coco im Schlepptau. Der Brooklyn Flea ist eine riesige Ansammlung von Marktständen, an denen alles verkauft wird, von Antiquitäten über Designersachen über Kunst über … nun, es gibt einfach jede Menge Zeug.

Ich zögere kurz. »Moment, was ist ein Food Truck Festival?«

»O Mann, du bist wirklich neu hier, stimmt's?«, erwidert er. »Food Trucks sind Trucks, die durch die Stadt fahren und – Achtung! – Essen verkaufen.«

»Ach so«, sage ich und werde rot. »So was wie Eiswagen.«

»Äh … na ja, so ähnlich. Viel größer halt«, sagt Jonah und biegt auf einen Parkplatz.

»Kuchenwagen«, sage ich, als wir aussteigen. »Ich glaube, ich habe in SoHo mal einen Kuchenwagen gesehen.«

»Noch größer. Mann, ich krieg Hunger.«

Wir gehen ein Stück die Straße entlang, auf ein Schild mit der Aufschrift »Brooklyn Flea Food Truck Festival« zu. Und jetzt weiß ich, was Jonah mit »größer« meint: Aufgereiht wie riesige bunte Spielzeuge, stehen dort Food Trucks in jeder erdenklichen Art.

»Einfallsreich«, bemerke ich. »Und wie bereiten die das Essen in den Trucks zu?«

»Sie haben Elfen«, antwortet Jonah.

»Ich krieg langsam Hunger«, sage ich und sehe ihn an.

»Nur Geduld, Zuckermaus.«

Die Leute stellen sich bereits geduldig vor den Trucks an, um sich vor einem langen Tag auf dem Markt zu stärken. Wow, in dieser Stadt tun die Leute alles für ein gutes Essen. Diese Trucks müssen richtig Geld scheffeln.

Jonah bleibt vor einem dunkelgrünen Imbisswagen stehen, dessen Seitenwand mit riesengroßen weißen Blockbuchstaben beschriftet ist: BROOKLYN REGIONAL FOOD TRUCK. Das Vordach ist hochgeklappt, daran hängt die Speisekarte, die mit Kreide auf eine Tafel geschrieben wurde.

FRÜHSTÜCK

French Toast mit Ricotta
Rosinenbrot
Bacon mit Spiegelei auf gebuttertem Sauerteigbrot
Buttermilk Donuts
SÄMTLICHE Zutaten sind aus der Region: Fleisch von eigenen Tieren aus Weidehaltung, Gemüse aus biologischem Anbau, Freilandeier!

»Das ist der Truck von Phil, Rays Bruder. Eigentlich ist seine Spezialität Brot, aber auch alles andere ist selbst gemacht, selbst gezogen, selbst geschlachtet oder selbst geräuchert und hier aus der Gegend, aus Brooklyn.«

»Tatsächlich sind die Rosinen aus Kalifornien«, sagt ein rothaariger Mann, der jetzt hinter dem Wagen hervorkommt.

Er ist Anfang dreißig, einer von diesen aggressiv-spöttischen Alteingesessenen mit einem Schnauzbart und einem altmodischen Cowboyhemd. Phil und Jonah schütteln sich die Hände und umarmen sich kurz, dann stellt Jonah mich Phil vor. Phil betreibt eine Biobäckerei und hat den Truck an den Wochenenden zum Spaß.

»Und alle Zutaten stammen direkt aus Brooklyn?«, frage ich skeptisch.

»Brooklyn ist ein fruchtbarer Garten, meine Kleine.« Phil wirft einen Blick in den Korb. »Mensch, diese Bienen sind einsame Spitze! Ich liebe die guten Ideen von meinem Bruder. Was wohl der Grund ist, warum er reicher und erfolgreicher ist als ich.«

»Dafür kann er sich keinen Schnurrbart stehen lassen so wie du«, sagt Jonah. »Vermisst du deinen Vollbart?«

»Nicht besonders«, antwortet Phil und zwirbelt seine roten Bartspitzen. »Als ich Ray das letzte Mal gesehen habe, meinte er, dass mein Bart Ähnlichkeit mit Kathy Griffins Vagina habe. Okay! Mal sehen … Wollt ihr geröstetes Sauerteigbrot mit Ricotta und Honig?« Er hebt die Stimme. »Lara? Schatz? Haben wir genug Ricotta?«

»Ja«, antwortet eine hübsche Frau mit zerzausten Haaren, die hinten aus dem Truck steigt.

»Sauerteigbrot aus unserer Biobäckerei in D.U.M.B.O, selbst gemachter Ricotta von einem Freund aus Fort Greene, Honig aus Williamsburg. Alles aus Brooklyn«, erklärt er, während er uns Frühstück macht.

Ich nicke kurz.

»Was machen die Eier und der Speck, Schatz?«

»Es gibt ein kleines Problem.« Lara beginnt zu kichern. »Wir haben die Eier vergessen.« Ich habe das Gefühl, das ist nicht das erste Mal, dass sie etwas vergessen haben.

»Einfache Bacon-Sandwiches?«, erwidert Phil zweifelnd. »Gähn. Habt ihr eine andere Idee, Leute?«

»Bacon mit … ähm … Bacon?«, sagt Jonah.

»Wie wäre es mit Bacon-Sandwiches mit Chili-Marmelade?«, sage ich.

Das ist eine meiner Lieblingsvarianten. Eddie machte uns das früher in den Ferien als Katerfrühstück. »Frühstück für Helden, Keller«, sagte er dann immer und zog mich auf seinen Schoß. Abwechselnd bissen wir von dem Sandwich ab. Danach gingen wir einen Lebkuchensirup-Milchkaffee trinken, der bei Gott echt widerlich schmeckt, aber Eddie war der Meinung, es schmecke nach Urlaub. Bah! Hör auf, an ihn zu denken, Pia.

»Ja! Ich liebe kreative Ideengeber! Okay, ihr zwei, seht euch ruhig auf dem Markt um. Ich brauche euch erst mittags. Hier!« Er drückt uns unsere Sandwiches mit Ricotta und Honig in die Hand.

Jonah und ich schlendern mampfend über den Flohmarkt.

»Woher kommst du eigentlich, Prinzessin?«, fragt Jonah, mit vollem Mund.

Die alte Standardfrage. »Ich bin hier geboren, aber wir sind oft umgezogen, falls du das meinst«, antworte ich, als wir an einem Stand mit antiken Spiegeln vorbeikommen, die gut in die Diele unseres Hauses passen würden. Ich sollte wieder herkommen, wenn ich Geld habe. Falls ich jemals wieder zu Geld komme.

»Ehrlich? Schräg.«

Ich spule meine übliche Antwort auf den ach so reizenden Kommentar ab. »Schule ist Schule, egal, wo sie steht. Lesesaal, Freizeit-AGs, Hausaufgaben …«

»Du hast nie eine Schule in den Staaten besucht?«

»Doch. Ab der sechsten bin ich hier aufs Internat gegangen … Genau genommen war ich auf drei Internaten.«

Ich bleibe vor einem Stand mit Schmuck, der aus Teilen einer alten Schreibmaschine gemacht ist, stehen. »Cool, sieh dir das an.«

»Drei Internate? Mann, wenn das mal nicht schräg ist! Woher sind deine Eltern?«

Schräg. Schon wieder. Wie kann ich mich jemals irgendwo zugehörig fühlen, wenn ich ständig darauf hingewiesen werde, dass ich anders bin?

»Meine Mutter ist aus Indien. Mein Vater stammt aus der Schweiz, aber er hat zwanzig Jahre in den Staaten gelebt. Er ist wesentlich älter als meine Mutter.«

»Ist das der Grund, warum du grüne Augen hast? Hast du die von deinem Vater geerbt?«

»Ich nehme es an.« Meine Augenfarbe ist ein komisches Jadegrün. Als ich jünger war, dachte jeder, ich würde farbige Kontaktlinsen tragen, und ich musste Gott weiß was tun, um das Gegenteil zu beweisen.

»Dann sprichst du … wie viele Sprachen? Drei?«

»Nicht wirklich.«

»Und wo ist deine Heimat?«

Ich unterdrücke ein lautes Stöhnen. »Wo immer ich meine Beine hochlege, Baby.«

Das ist einer meiner Standardsprüche auf diese nicht zu beantwortende Frage. Ich weiß nicht, wo meine Heimat ist. Warum machen alle immer so viel Tamtam um die Heimat? Weil sie glauben zu wissen, wer du bist, sobald sie deine Heimat kennen?

»Mann, du hattest ein ganz schön abgefahrenes Leben.«

»Mhm.«

Ich stöbere einen Ständer mit alten Pelzmänteln durch. Ich kann nie erklären, wie es ist, ich zu sein. Nur Eddie hat mich jemals wirklich verstanden, und er hat mich zum Teufel gejagt.

Gott, dieses Gespräch deprimiert mich.

»Du vermisst deine Eltern bestimmt sehr.«

»Äh … ja …«

Ich vermisse nie jemanden, ich bin es gewohnt, Abschied zu nehmen. Aber die Leute halten einen für kalt und hartherzig, wenn man das sagt.

»Und ich wette, du warst eins der beliebtesten Mädchen an deinen ganzen Schulen.«

»Sicher. Ich war die totale Heather.«

Zugegeben, ich hing eher mit den angesagten Leuten ab, aber ich gehörte nie wirklich dazu. Wie auch? Die anderen Mädchen trugen die gleichen Klamotten, ließen sich die gleichen Strähnchen machen und verbrachten die gleichen Ferien in den Hamptons und auf Martha's Vineyard seit ihrer Geburt. Ich passte einfach nicht dazu: Meine Hautfarbe war anders, meine Klamotten waren anders, alles. Die einzige Möglichkeit, um zu überleben, war, über den Dingen zu schweben, ohne eine Außenseiterin zu sein, und das bedeutete, dass ich immer einen glücklichen Eindruck machen musste, ganz egal, was passierte. Und dann lernte ich den ruhigen, beständigen Eddie kennen und war echt glücklich. Für eine Weile jedenfalls.

Jonah schnappt sich einen Tropenhelm und setzt ihn auf. Hübscher Bizeps. Einen Augenblick lang stelle ich mir vor, wie ich an seinem Arm lecke, wie Jonah im Bett auf mir liegt … Ich frage mich, ob es normal ist, erotische Fantasien mit Männern zu haben, in die man nicht verliebt ist. Julia würde das verneinen. Angie würde das bejahen.

»Ich habe schon wieder Hunger«, sagt Jonah. »Sollen wir uns einen Hotdog teilen? Mit 'ner doppelten Portion Ketchup? Ich habe mal gewettet, dass ich fünf Liter Ketchup auf einmal trinken kann. Und ich habe gewonnen!«

Und puff! Meine Jonah-Fantasie platzt. In diesem Moment entdecke ich Angie in einem sehr kurzen blauen Tea-Dress am Arm eines Mannes, der europäisch aussieht und der mir völlig unbekannt ist. Bestimmt ein Franzose, seiner etwas zu kurzen Jeans nach zu urteilen.

Aber gerade als ich rufen will, um Angie auf mich aufmerksam zu machen, gibt sie ihm eine Ohrfeige. Eine saftige. Der Fremde schlägt grob ihre Hand weg und macht eine abschätzige Bemerkung. Daraufhin verpasst Angie ihm einen derart heftigen Stoß, dass er einen Schritt rückwärts taumelt. Ich kann zunächst nicht verstehen, was sie sagt, aber die letzten Worte sind deutlich zu hören, weil sie in voller Lautstärke brüllt. *Fick dich doch selbst.*

Alle starren nun zu ihr. »Was für ein Herzchen«, bemerkt Jonah.

Angie macht auf dem Absatz kehrt und läuft weg. Der Fremde schüttelt den Kopf und verschwindet dann in der Menge.

»Das ist meine beste Freundin …«, murmle ich. Warum hat Angie mir nichts von einem neuen Mann erzählt? Ich dachte eigentlich, sie stünde auf Hugh, den englischen Lord. Wer zum Teufel ist dieser Kerl? Ich hole mein Handy hervor.

»Ja, besser, du rufst sie mal an«, sagt Jonah.

»Nein …«

Gott, Männer sind manchmal echt dämlich. Hätte Angie gewollt, dass ich von dem Kerl weiß, hätte sie mir von ihm erzählt. Aber ganz offensichtlich wollte sie das nicht, und das habe ich zu respektieren. Allerdings kann ich es ihr leicht machen, falls sie jetzt reden möchte …

Ich schreibe ihr kurz eine SMS. *Hey, Süße, was geht ab? Sollen wir nachher was zusammen machen?*

Eine Sekunde später bekomme ich eine Antwort. *Vielleicht. Bin gerade unterwegs. Lass uns heute Abend was trinken gehen.*

Typisch Angie, denke ich. Jonah und ich schlendern weiter. Julia könnte ich direkt konfrontieren, wenn ich mitbekäme, dass sie sich mit einem geheimnisvollen Mann streitet. Nicht, dass das jemals passieren würde. Geheimniskrämerei ist nicht Julias Sache. Als sie das letzte Mal was mit einem Kerl hatte, schrieb sie mir nebenher eine SMS. Ungelogen. Aber nicht Angie.

Als wir vierzehn waren, haben wir mit unseren Eltern in Thailand Urlaub gemacht. Angie wollte eines Abends früh ins Bett. Also zog ich mit ein paar Kellnern aus dem Hotel durch die Kneipen. Gegen Mitternacht ging ich in einer Bar auf die Toilette, wo ich jemanden schluchzen hörte. Ich sah Angies Schuhe unter der Kabinentür und saß dann eine Stunde lang davor, um sie zum Reden zu bringen. Sie weigerte sich und wiederholte immer wieder, dass sie mich nicht brauche, dass sie allein sein wolle. Schließlich ging ich, und am nächsten Morgen checkte sie mit ihren Eltern aus dem Hotel aus.

Ich habe nie erfahren, was damals los war, hinterher redete Angie fast ein Jahr lang nicht mehr mit mir. Es war das Jahr, in dem ich von meinem ersten Internat flog, fällt mir gerade ein. Jedenfalls machten wir im Sommer darauf wieder einen gemeinsamen Familienurlaub, und Angie tat so, als wäre zwischen uns alles in Ordnung, also spielte ich einfach mit.

»Einen Penny für deine Gedanken«, sagt Jonah.

Ich sehe ihn an und runzle die Stirn. »Sorry. Die sind mehr wert.«

6

Es ist kurz vor Mittag auf dem Brooklyn Flea, und während Jonah sich in der Schlange anstellt für ein Karamell-Meersalz-Eis, lehne ich mich gegen einen alten, verbeulten Truck, der ganz am Rand steht, und beobachte die Leute. Ist es in Brooklyn Pflicht für Männer zwischen dreißig und vierzig, sich einen Bart wachsen zu lassen, oder was? Jeder männliche Verkäufer trägt ein Gesichtspolster zur Schau. Und sie wirken alle so zufrieden.

Das ist genau das, was ich brauche: einen Job, der mich zum Lächeln bringt.

Stopp! Wen will ich hier verarschen? Ich brauche einfach einen Job.

»Hey, Vorsicht!«, höre ich eine schroffe Stimme. Sie gehört einer älteren Frau mit langen silbergrauen Haaren, die zu einem Dutt hochgesteckt sind.

Ich blicke erschrocken auf den Truck hinter mir. Es ist ein Imbisswagen, wie mir nun bewusst wird, in verblasstem Rosa und älter als ich. Ich hätte nicht gedacht, dass er so leicht Schaden nehmen kann.

»Tut mir leid, ich …«

»War ein Scherz.« Die Frau grinst. »Das ist Toto.«

»Toto … Heißt so der Truck? Wie der Name der Band?«

»Ja, die Alternative wäre Orchestral Manoeuvres In The Dark gewesen«, erwidert sie. »Toto war einfacher. Ich bin übrigens Francie.«

»Pia.«

Ich beuge mich vor, um ihr die Hand zu geben. Francie hat einen kräftigen Händedruck, stelle ich fest.

»Machen Sie gerade Pause?«, fragt sie.

Es amüsiert mich, dass sie denkt, ich würde hier arbeiten. »Nicht wirklich … Ich warte auf einen Freund. Ich finde es toll hier. Alle machen so einen glücklichen Eindruck. Vor allem die Leute in den Food Trucks.«

»Die haben auch allen Grund dazu. Die machen ein verdammtes Vermögen mit ihren aufgemotzten Karren«, erwidert sie und wirft einen kurzen Blick auf ihr iPhone.

Beeindruckend. Meine Mutter verwechselt ständig die Fernbedienung mit ihrem mobilen Telefon. Ein iPhone würde wahrscheinlich zur totalen Verwirrung bei ihr führen.

»Ach ja?«, sage ich. »Arbeiten Sie auch hier?«

»Nein. Ich versuche, den Wagen zu verkaufen, hab aber kein Glück«, antwortet Francie seufzend und tätschelt den Truck, als wäre er ein Hund.

»Warum nicht?«

»Toto ist schon alt.« Francie zuckt mit den Schultern. »Früher war er ein Eiswagen, er stand auf Coney Island. Er ist voll ausgestattet, aber er hat nicht diesen ganzen modernen Schnickschnack, den alle haben wollen. Und der Motor ist auch nicht mehr der beste.«

»Armer Toto«, sage ich mitfühlend und klopfe sanft gegen das Blech.

Der Lack fühlt sich irgendwie anders an als der auf Hochglanz polierte der anderen Food Trucks. Außerdem mag ich Totos Form. Ich habe zwar keine Ahnung von motorbetriebenen Fahrzeugen, geschweige denn von Imbisswagen, aber Toto ist irgendwie … knuffig.

»Wie viel soll er denn kosten?«, frage ich.

»Neuntausend, plusminus hundert … Mein Problem ist, dass ich nur an jemanden verkaufe, der Toto in sein Herz schließt.«

Ich könnte diesen Truck in mein Herz schließen, geht

es mir plötzlich durch den Kopf. Könnt ihr euch mich am Steuer vorstellen? Oder hinter einer Verkaufstheke? Ich schon, ich weiß, dass ich dazu fähig wäre ... wenn ich bloß kochen könnte.

Verdammt.

»Okay, Schätzchen, ich muss los. Hab nachher um fünf einen Termin im Good Fork.«

Francie öffnet die Fahrertür, steigt flink ein und fährt mit einem militärischen Gruß los.

Tief in Gedanken versunken, mache ich kehrt und renne beinahe Jonah über den Haufen, der Bianca, die zickige Kellnerin mit der Punkfrisur aus dem Bartolo's, im Schlepptau hat.

»Sieh mal, wen ich getroffen habe«, sagt Jonah fröhlich, den Mund mit Eis verschmiert. Er beugt sich verschwörerisch zu mir. »Bianca hat einen Brummschädel.«

»Ich habe gefeiert, dass ich nie wieder einen Fuß in dieses verdammte Pfandhaus auf der Pitkin Avenue setzen muss«, erwidert Bianca. Sie spricht exklusiv mit Jonah. Klassisches weibliches Konkurrenzverhalten. »Ich habe Cosmo schon ein paarmal gesagt, dass er ein richtiges Büro braucht. Aber dann kommt immer nur: *Nein, nein, der Laden ist mein Kind ...*«

»Was für eine Überraschung, dass du auch hier bist«, sage ich mit meiner liebenswürdigsten Stimme. Ich wette, Bianca hat gewusst, dass Jonah hier sein wird.

Ohne mich zu beachten, beugt Bianca sich vor und steckt die Zunge tief in Jonahs Eis. Es ist eine derart offensichtliche und besitzergreifende Geste, dass ich mich beherrschen muss, um ihr nicht zu gratulieren. Von mir aus, Schwester. Er gehört ganz allein dir.

»Ich finde dieses Food-Truck-Konzept echt gut, weißt du?«, sagt Bianca, während wir zu Phil und Lara zurückgehen. Sie flankiert Jonah auf der anderen Seite und spricht absichtlich so leise, dass ich Mühe habe, sie zu verstehen. »Ist doch genial, einer breiten Bevölkerungsmasse den Wert von gesunder Ernährung zu vermitteln, die Körper und Seele stärkt … Ich würde liebend gern mein eigenes Geschäft eröffnen mit kreativer Backkunst.«

Breite Bevölkerungsmasse? Kreative Backkunst?

»Mensch, mach das doch!«, sagt Jonah.

»Ernsthaft, J … Vielleicht sind Food Trucks der Beginn von etwas ganz Großem, und die Spießer in Manhattan werden endlich aufhören, Mutter Erde zu vergiften, und erkennen, dass es unsere Aufgabe ist, die Welt zu einem besseren Ort zu machen für unsere Kindeskinder.«

Ich pruste innerlich los. Ist diese Tussi noch echt? Ich wechsle einen kurzen Blick mit Jonah – sorry, mit »J« –, aber sehe, dass er nickt.

»Ich verstehe, was du meinst«, sagt er. »Im Grunde geht es um Aufklärung, darum, den Leuten beizubringen, dass es einen großen Unterschied macht, was sie essen …«

»Genau das steckt hinter dem Food-Truck-Konzept!«, bekräftigt Bianca laut. »Wir müssen den Zeitgeist nutzen, die Populärkultur beeinflussen, Grassamen säen, aus denen Bäume wachsen können!«

»Ich dachte, Food Trucks wären dazu da, das Leben einfacher zu machen für Menschen, die weder das Geld noch die Zeit haben, mittags in ein verdammtes Restaurant zu gehen«, murmle ich, halb zu mir selbst. »Sie verkaufen auch nicht *alle* gesundes Essen. Und seit wann wachsen Bäume aus Grassamen?«

Es entsteht eine kleine Pause. »Sorry, was hast du gesagt?«, fragt Bianca.

Ich räuspere mich. »Meine Freundinnen, die in Manhattan arbeiten, sagen immer, dass sie mittags keine Zeit haben, um essen zu gehen … Ein Food Truck sollte ihnen das Leben erleichtern, oder? Mit schnellem, günstigem Essen.«

»Ja, das stimmt«, sagt Jonah.

»Ich wette, du hast viele Freundinnen in *Manhattan*«, sagt Bianca abfällig.

»Oh, allerdings.« Ich schenke ihr ein unechtes Lächeln. Wow. Sie ist ein richtig fieses Miststück.

Wir nähern uns Phils Wagen, und er streckt den Kopf aus dem Truck. »Wir brauchen dringend eure Hilfe! Unsere Vorräte sind fast alle!«, ruft er uns entgegen und stößt ein leicht hysterisches Lachen aus. »Dabei ist noch nicht mal Mittag!«

Lara kommt auf uns zugestürmt. »Jonah, kannst du mich bitte zur Bäckerei fahren, um Nachschub zu holen? Wir sind heute schlecht vorbereitet …«

»Sicher. Und ich rufe mal Ray an«, sagt Jonah mit einem hilfsbereiten Pfadfinderstirnrunzeln, das man immer bei netten Männern sieht – Eddie konnte auch so die Stirn runzeln. Verdammt, Pia, es reicht mit diesen Eddie-Erinnerungen! »Ray kann uns bestimmt aushelfen. Vielleicht mit Büffelmozzarella oder mit dieser fantastischen Hausmacherwurst …« Er holt sein Handy heraus.

»Ich komme mit«, sagt Bianca in eindringlichem Ton. Sie hakt sich bei Jonah ein, lächelt mich an und zieht ihn fort. »Arbeitest du heute Abend im Bartolo's? Ein Kumpel von mir gibt ein Konzert in Red Hook. Das solltest du nicht verpassen …«

Jonah dreht sich von ihr weg. »Hey, Pia, kommst du?«

»Ich soll Phil in dem Schlamassel allein lassen? Wohl kaum!«, erwidere ich und rufe zu Phil hinüber: »Hey! Brauchst du Hilfe in der Küche?«

»Zum Teufel, und ob!«, antwortet er. »Steig ein!«

Vier Stunden später bin ich überzeugt, dass ich noch nie so viel Spaß hatte, ohne dass Alkohol und/oder ein Bett im Spiel waren. Ich liebe die Arbeit in einem Food Truck!

Sie bietet das, was mir an meinem Job im Bartolo's am besten gefiel – den Kontakt mit Menschen, die man mit gutem Essen verwöhnt, ohne die ganzen lästigen Aspekte wie die Herumrennerei, das Hantieren mit Rechnungen oder das Abräumen von schmutzigem Geschirr.

»Warum bietest du eigentlich nicht ein Sandwich nur mit einer Brothälfte an?«, sage ich zu Phil, nachdem mir aufgefallen ist, dass viele Kunden, vor allem Frauen, die obere Brothälfte wegwerfen und die kalorienreichen Zutaten wie Dressing oder Röstzwiebeln abkratzen. »Oder einen Salat? Oder Kalorienbomben wie Sour Cream nur auf Wunsch?«

»Das kommt bei den Leuten nicht an, Pia.«

Ich schätze, die nachhaltige Slow-Flood-Bewegung nimmt keine Rücksicht auf einen nachhaltigen Po-Umfang.

Gegen sechzehn Uhr machen wir die Luke zu, bewaffnen uns mit eisgekühlten Getränkedosen, lehnen uns außen an den Truck und unterhalten uns über den Tag. Ich genieße das Gefühl, ein Teil des Teams zu sein, selbst wenn diese Oberzicke Bianca auch dazugehört. Sie hat zusammen mit Jonah am Nachmittag Flyer und Probierhäppchen verteilt.

Phil gibt mir einen Hunderter und ein Glas Kings County Honig.

»Wow, danke! Bist du sicher?«, sage ich. »Ich habe doch nur ein paar Stunden gearbeitet.«

»Schätzchen, du hast es dir verdient«, sagt Lara. »Steck das Geld ein und lauf.«

Jonah und Phil unterhalten sich über die Beschaffung von Birnen aus der nahen Umgebung, Lara und Bianca diskutieren über Baumwolle aus fairem Handel. Also klinke ich mich kurz aus. Die Arbeit heute hat mir großen Spaß gemacht, aber ich brauche einen richtigen Job. Ich bekomme Sodbrennen, wenn ich daran denke, wie klamm ich bin und dass ich nicht weiß, wovon ich die Miete für den nächsten Monat bezahlen soll, geschweige denn mich ernähren – finanzielles Sodbrennen.

Phil reißt mich aus meinen Gedanken, als er gegen den Truck schlägt, um seinem Standpunkt Nachdruck zu verleihen.

»Das wirklich Erstaunliche ist, dass die Food-Truck-Bewegung inzwischen alle Richtungen abdeckt, obwohl sie erst ein paar Jahre jung ist«, sagt er. »Es ist für jeden etwas dabei.«

Nein, das stimmt nicht, denke ich stirnrunzelnd.

»Ich vermute, dass ein paar ethnische Gruppen noch unterrepräsentiert sind«, grübelt Lara.

»Es müsste einen texanischen Food Truck geben«, sagt Jonah versonnen. »Eistee, paniertes Beefsteak, helle Soße, frittierte Muscheln …«

»Warum machst du keinen auf?«, fragt Phil.

»Klingt nach viel Arbeit.« Jonah lacht gutmütig über sich selbst.

»Ich denke, mit kunstvollen Kuchen könnte man noch was reißen«, sagt Bianca eindringlich.

Ich rolle mit den Augen und unterdrücke ein Prusten.

»Was meinst du, Pia?«, fragt Phil.

Ups. Ich habe nicht erwartet, dass jemand mir Aufmerksamkeit schenkt.

»Was weiß ich?«, antworte ich. »Ich bin kein Ernährungs…experte. Ich meine, kein Koch … äh … keine Köchin. Was auch immer.«

»Deine Meinung zählt genauso«, sagt Lara. »Manchmal braucht man einen Außenstehenden, um die Dinge klarer zu sehen.«

»Außerdem war dein Bacon-Sandwich mit Chili-Marmelade heute der Renner auf der Speisekarte«, fügt Phil hinzu.

»Komm schon, sei kein Schisser. Oder soll ich wieder den Schisserhut holen?«, fragt Jonah.

»Also gut.« Ich versuche, einen selbstsicheren Ton zu treffen. »Ich finde, diese Trucks bieten nichts an für Leute, die auf eine fett-, salz- und kohlenhydratarme Ernährung Wert legen. Wenn ich den ganzen Tag in einem Büro sitze, will ich mittags keinen mexinesischen Burrito süßsauer mit Käse und Sauerrahm oder einen Charter Pie, was zum Henker das auch immer ist …«

»Huhn und Porree in cremiger Estragonsoße mit Teigdeckel«, erklärt Phil.

»Genau! Sahne und Blätterteig? Ich bitte euch!«, sage ich. »Ich liebe gutes Essen, und ich liebe es überhaupt zu essen, aber ich will mir nicht solche Dickmacher reinziehen. Ich will kein Sandwich, das mich ins Kohlenhydratekoma befördert, oder schweres Knoblauchöl, von dem ich den ganzen Nachmittag aufstoßen muss. Andererseits will ich auch keinen welken, kraftlosen Salat aus der Imbissbude, weil der mich nur zwanzig Minuten lang satt macht, bevor ich wieder Hunger bekomme.«

»Frauen können rülpsen?«, sagt Jonah.

»Das ist mein Ernst! Ich möchte einen großen, frischen, knackigen Salat mit Proteinen, beispielsweise in Form von Thunfisch oder gedünstetem Hühnerfleisch oder hartgekochten Eiern, und ich wünsche mir viele Gewürze wie Ingwer und Knoblauch und … äh … Chili-Limetten-Marinade …« Ich gerate kurz ins Stocken – es ist gar nicht so einfach, über Ernährung fachzusimpeln, so wie die anderen den ganzen Nachmittag. »… und Endivie und Mandeln und Radieschen und Karotten und … äh … Avocado und fettreduzierten Käse und gerade so viel Öl im Dressing, dass es gut schmeckt …«

»Tja, viel Glück bei der Suche«, unterbricht mich Phil. »Probier es mal in einer Salatbar. Oder geh in ein Restaurant.«

»Die meisten Frauen in meinem Alter können es sich nicht leisten, jeden Tag ins Restaurant zu gehen, und es gibt nicht so viele Salatbars … Ich wünsche mir einen Food Truck mit frischen Sachen, die lecker schmecken, ohne zu viel Fett oder Kalorien zu enthalten.« Ich mache eine kurze Pause, während mein kleiner Ideenkeim sich plötzlich zu einer Blüte entfaltet. »Ich wünsche mir ein Schlankmobil.«

»Tja, Schätzchen, Frauen in deinem Alter machen aber nur einen winzigen Bruchteil der Bevölkerung aus«, sagt Phil.

Ich denke nun laut. »Im Grunde spielt das Alter keine Rolle. Es gibt Tausende, nein, Millionen Frauen wie mich. Und auch Männer, wette ich. Ich esse für mein Leben gern, aber ich muss eine kluge Auswahl treffen … Es geht um eine ausgewogene Ernährung, versteht ihr das nicht? Zwischen Essen, das gut schmeckt, und Essen, das gut ist für meinen Hüftumfang.«

Phil und Jonah zucken mit den Achseln, aber Lara nickt nachdenklich. Bianca macht einen gelangweilten Eindruck.

Und dann treffe ich eine Entscheidung, die vielleicht mein ganzes Leben verändern wird.

Ich springe von der Motorhaube, auf der ich gesessen habe.

»Pia? Wo willst du hin?«, fragt Jonah, als ich davonmarschiere.

Ohne stehen zu bleiben, rufe ich über meine Schulter zurück: »Ich werde mir einen eigenen gottverdammten Food Truck kaufen.«

7

»Ich möchte gern Cosmo sprechen. Ich bin … eine Freundin von Bianca.«

Ich war noch nie zuvor bei einem Kreditgeber. Ich habe mich vom Flohmarkt direkt auf den Weg zur Pitkin Avenue gemacht, und der Laden erfüllt jedes Klischee. Verschmierte Scheiben, schlechte Beleuchtung: der moderne Letzte-Chance-Saloon. Aber so wie ich das sehe, ist dies momentan meine einzige Möglichkeit. Außerdem, wenn es für Bianca funktioniert hat, wird es auch für mich funktionieren, richtig?

Der Mann hinter der Theke – er sieht aus wie einer der Männer aus den alten Schwarz-Weiß-Filmen, die ständig einen Zahnstocher im Mundwinkel stecken haben – greift zum Telefon und wählt eine Nummer.

»Cosmo? Besuch für dich. Nö, die wird dir gefallen.«

Ich bin schrecklich nervös, aber ich versuche, so zu tun, als wäre es für mich alltäglich, pseudoshoppend in einem Pfandhaus herumzuhängen und die traurigen kleinen Verlobungsringe zu betrachten, die aufgereiht wie Waisenkinder in einer Vitrine liegen.

Ein paar Minuten später erscheint Cosmo auf der Bildfläche. Er trägt eine maßgeschneiderte Hose und ein perfekt gebügeltes Hemd, und sein Schädel ist frisch rasiert. Nicht attraktiv, aber eine gute Kombination, irgendwie weltmännisch. Er könnte alles zwischen dreißig und fünfzig sein. Sein Handschlag ist kräftig. Cosmo sieht mir direkt in die Augen und lächelt, wobei er blendend weiße Zähne und sehr rosarotes, gesundes Zahnfleisch entblößt.

»Cosmo Ferris.«

»Pia Keller.«

»Freut mich, Sie kennenzulernen. Sollen wir nach hinten gehen? Dort können wir ungestört reden.« Er hat eine gepflegte Ausdrucksweise, mit einem weichen Brooklyner Akzent.

»Mir wäre das Lokal nebenan lieber.«

Cosmo scheint okay zu sein, aber ich glaube, dass Geschichten, die mit »So folgte sie dem Pfandleiher in das Hinterzimmer …« beginnen, in der Regel selten gut ausgehen, oder?

Wir gehen in das Diner nebenan und bestellen beide ein stilles Wasser. Ich versuche, einen möglichst professionellen Eindruck zu machen in Anbetracht der Tatsache, dass ich eine abgeschnittene Jeans anhabe und wahrscheinlich nach Bacon-Fett rieche. Das ist schließlich eine geschäftliche Unterredung.

»Ich habe einen hohen Flüssigkeitsbedarf«, sagt Cosmo. »Ich liebe Smart Water. Haben Sie es schon mal probiert?«

»O ja, es ist das Beste«, sage ich. Julia war letztes Jahr besessen von Smart Water.

»Ich trinke inzwischen nichts anderes mehr. Ich nehme regelmäßig an Triathlons teil. Mein Trainer hat mir Smart Water verordnet. Es führt dem Körper alle wichtigen Mineralstoffe zu, die er benötigt.«

Wow, ein Geldverleiher, der Triathlet ist. Das unruhige Gefühl in meinem Magen legt sich ein wenig. Irgendwie ist mir der Kerl sympathisch.

Als unsere Getränke kommen, nickt Cosmo ein paar Leuten im Lokal zu – er ist eindeutig im Viertel bekannt. Das ist definitiv ein gutes Zeichen. Cosmo ist nicht irgendein Unterweltkönig oder so. Nicht, dass ich einen Unterweltkönig erkennen würde, wenn ich über einen stolperte.

»Ich freue mich, dass Bianca mich Ihnen empfohlen hat.« Cosmo lächelt leutselig. »Tolles Mädchen. Also, hier ist mein Angebot. Ich bin ein Junge aus Brooklyn, ich bin hier geboren und aufgewachsen. Ich führe ein erfolgreiches Sicherheitsunternehmen. Das ist mein Kerngeschäft und meine Haupteinnahmequelle, und mittlerweile, klopf auf Holz, läuft es praktisch von selbst. Seit ungefähr vier Jahren betreibe ich eine private Kreditvergabe, nachdem ich selbst einmal Schwierigkeiten hatte, von der Bank Geld zu bekommen, und erkannt habe, dass anständige, ehrliche Leute manchmal ein bisschen Hilfe nötig haben.«

»Genau«, sage ich und nicke.

Cosmo macht die Sätze viel komplizierter, als sie sein müssten. Ich frage mich, ob er glaubt, dadurch klug zu wirken. Es gibt eben Leute, die so reden.

»Sie erhalten von mir ein Darlehen, das Sie in wöchentlichen Raten abbezahlen, zuzüglich einer Ablösesumme am Ende der vereinbarten Laufzeit, und das natürlich zu einem vernünftigen Zinssatz, wie Sie sicher erwarten. Meine Zinsen sind vergleichbar mit denen der großen Banken oder niedriger, und ich bin mir sicher, dass ein schlaues Mädchen wie Sie sofort erkennt, dass die ganze Sache völlig unkompliziert ist.«

»Mhm.« Verschachtelte Sätze oder nicht, es klingt alles logisch. Außerdem verlangt er niedrigere Zinsen als die Bank. Das weiß ich schon.

»Also, wie viel brauchen Sie?«

»Nur neuntausend Dollar«, sage ich. »Ich möchte ein Unternehmen gründen. Es wird sofort Gewinn abwerfen, darum werden die Raten an Sie kein Problem sein.«

Food Trucks machen Bargeschäfte, was sofortiger Gewinn bedeutet, richtig? Phil hat heute ein paar tausend Dollar umgesetzt. Und es gibt keine Pacht und keine Betriebskosten, abgesehen von den Lebensmitteln und einem Stellplatz über Nacht … Dies ist die einzige Möglichkeit, mir eine Existenz aufzubauen, Geld zu verdienen und meine Eltern zu beeindrucken. Ein kurzfristiger Kredit für eine langfristige Lösung. Plötzlich schlägt mein Herz schneller vor Aufregung. Ich werde es wirklich wahr machen.

»Runden wir auf glatte Zehntausend auf«, sagt Cosmo.

»Okay.«

Er holt ein kleines Bilanzbuch hervor und fängt an zu schreiben.

»Mal sehen … zehntausend Dollar bei einem Zins von zehn Prozent und, sagen wir, einer Laufzeit von sechs Wochen mit einer Wochenrate von tausend Dollar. Danach sind nur noch die ursprünglichen Zehntausend fällig. Das ist ganz simpel.«

»Super!«, sage ich.

Die Zinsen kommen mir zwar doch ziemlich hoch vor, aber sobald ich jeden Tag ein paar Tausend Umsatz mache, wird das ein Klacks sein. Das ist Business.

Cosmo erklärt mir, dass sich bei einer Laufzeitverlängerung der Zinssatz erhöht. Aber falls ich die Zehntausend nicht rechtzeitig zusammenbekomme, verkaufe ich einfach den Truck vor Ablauf der Frist und zahle Cosmo so aus.

»Soll ich Ihnen das Geld jede Woche überweisen?«

»Nein, nein, das geht auch einfacher«, sagt er. »Ich komme jeden Sonntagabend um sieben bei Ihnen vorbei und hole es in bar ab, einverstanden?«

»Einverstanden«, sage ich. »Okay … und was passiert jetzt?«

»Ich notiere die Details, Sie lesen den Vertrag durch und unterschreiben, ich gebe Ihnen das Geld, und Sie können loslegen.« Und es ist tatsächlich so einfach.

Zwei Stunden und einen raschen Abstecher zu Francie später bin ich die stolze Besitzerin von Toto, dem Truck.

Toto und ich biegen in die Union Street, die Sonne geht langsam unter, und ich bin in Hochstimmung. Toto hat keine Klimaanlage, und das Radio wechselt alle halbe Meile den Sender. Aber mit perfektem Timing läuft nun *Happy together* von den Turtles. Ich singe lauthals mit.

»Imagine me and you, I do, I think about you day and night, it's only right … So happy together!«

Ich spüre eine wunderbare innere Ruhe und Ausgeglichenheit, während ich die Union Street entlangfahre. Der beißend-süße Geruch von Grillfleisch hängt in der Luft, ein paar Kinder auf Fahrrädern schreien auf diese leicht hysterische Art, die für Kinder typisch ist, und zwei kleine Mädchen spielen Himmel und Hölle. Es ist eine fast absurde Idylle, die nur leicht gestört wird von Totos Motor, der wie ein kettenrauchender Bergmann hustet.

»Psch«, sage ich und parke mit großer Mühe direkt vor unserem Haus rückwärts ein.

Ich entdecke Julia, Madeleine und Coco auf der Eingangstreppe, wo sie bei einem Bier und einer Schüssel Doritos, die zwischen ihnen steht, fröhlich schnattern. Ich lehne mich aus dem Fenster, schiebe meine Sonnenbrille auf die Nasenspitze und rufe: »Hey!«

Julia blickt zu mir herüber, keucht und lässt ihr Bier fallen. Die Flasche kullert klirrend eine Stufe hinunter, der Schaum spritzt überallhin.

»Gefällt euch mein neuer Wagen?«, frage ich, nachdem ich ausgestiegen bin.

»Warum … wie … zum Teufel … kommst du zu diesem Wagen?«, stammelt Julia.

»Ich habe ihn gekauft«, antworte ich in freudigem Ton. »Sein Name ist Toto.« Alle drehen den Kopf zu Toto. Er sieht jetzt noch größer und rostiger aus als am Morgen auf dem Flohmarkt, der verwitterte Lack ist eine Mischung aus Hubba-Bubba-Pink und Ferkelrosa. »Ist er nicht einfach zum Verlieben?«

Francie war so begeistert davon, dass ich Toto kaufen wollte, dass es ihr nicht einmal etwas ausmachte, dass ich in ihre Verabredung im Good Fork platzte. Sie nahm mich mit in ihre Wohnung direkt um die Ecke, um mir sofort die Schlüssel und Wagenpapiere zu übergeben.

»Woher hattest du so viel Geld?«, fragt Julia und gibt mir ein PBR. Normalerweise trinke ich kein Bier, aber heute Abend ist es genau das, wonach mir der Sinn steht.

»Hab meinen Schmuck versetzt.« Ich möchte mir Madeleines abfällige Kommentare ersparen, weil ich bei einem Geldverleiher war.

»Er sieht aus wie ein Riesenpickel aus Metall«, sagt Madeleine wie aufs Stichwort.

»Sprich nicht so über Toto«, fauche ich sie an. Aber nicht einmal Madeleine kann mir meine gute Laune verderben. »Ihr werdet es nicht glauben! Ich eröffne einen eigenen Food Truck mit dem Namen SchlankMobil!«

Julias Kinnlade klappt herunter. »Bitte was?«

Ich berichte den Mädels kurz von meinem Tag und meiner Idee. »Ich fange ganz klein an – mit zwei Salaten, richtigen Proteinbomben. Dafür brauche ich nur abends den Salat vorzubereiten, dann kann ich am nächsten Tag losfahren und verkaufen! Darin habe ich heute den ganzen Nachmittag Erfahrung gesammelt, das ist nicht schwer! Was sagt ihr dazu?«

»Megaaffengeil!«, platzt Coco heraus. »Das ist das Coolste, was ich jemals gehört habe!«

»Wo wirst du die Lebensmittel einkaufen?«, fragt Julia. »Außerdem kannst du nicht kochen.«

»Auf dem Markt oder im Supermarkt, wo sonst?«, antworte ich vergnügt. »Im Übrigen kann ich Hühnerfleisch grillen, und einen Salat bekomme ich auch noch hin. Weißt du, ich bin schließlich nicht dämlich. Wie schwer kann das schon sein? Für Salate muss man nicht kochen können. Allerdings werde ich eventuell Cocos Hilfe benötigen, weil ich mit dem Gedanken spiele, ein zuckerarmes Dessert anzubieten.«

Ich lächle Coco hoffnungsvoll an, die daraufhin begeistert in die Hände klatscht. »LIEBEND gern!«

»Hast du dich schon um das ROI gekümmert?«, fragt Madeleine.

Ich beachte sie nicht und nehme mir insgeheim vor, das später nachzuschlagen.

»Brauchst du keine Genehmigung oder so?«, fragt Julia. »Musst du das Fahrzeug nicht anmelden?«

Ich winke ab. »Easy. Ich muss ein paar Formulare ausfüllen, bla, bla, bla. Der Truck hat bereits eine Zulassung als Totos Eisfabrik. Ich werde einfach ›SchlankMobil‹ darüberpinseln. Im Prinzip ändert sich nur der Name. Ich übernehme die Genehmigung der Vorbesitzerin, wie das so üblich ist.«

Francie hat alles mit mir durchgesprochen. Offenbar kann man mit der Betriebserlaubnis für einen Food Truck in New York ein wenig herumtricksen, was mir nur recht ist.

»Wo wirst du die Salate zubereiten?«

»In unserer Küche, bis ich genug Geld habe, um mir eine von diesen Profiküchen mieten zu können«, antworte ich. Mir ist bewusst, dass ich damit die Vorschriften ein bisschen dehne. »Im Wäscheraum steht doch dieser große Kühlschrank, der nicht genutzt wird. Ich werde natürlich auf sorgfältige Hygiene achten. Ihr wisst schon, Handschuhe, saubere Messer und so weiter … Falls das … für euch okay ist, Leute.«

»Sicher«, sagt Julia. »Es ist nur … *Du?* In der Imbissbranche?«

»Das ist das Lächerlichste, was ich jemals gehört habe. Wer würde schon bei dir essen wollen?«, sagt Madeleine.

Einen Augenblick lang sinkt mein Mut. Sie hat recht. Was zum Teufel habe ich mir dabei gedacht?

»Ich schon!«, sagt Coco. Ich stoße mit ihr an und schenke ihr ein dankbares Lächeln.

»Wisst ihr was? Ich auch«, sagt Julia bedächtig. »Es ist verrückt, aber ich würde bei dir kaufen, Pia. Kannst du dich nicht als Erstes in die Nähe meiner Bank stellen?«

»Ich geh duschen.« Madeleine stapft die Treppe hoch und knallt die Haustür hinter sich zu.

»Sie duscht mindestens dreimal am Tag. Das ist wirklich schräg«, sage ich. Julia bedeutet mir mit einem Blick, die Klappe zu halten. »Stimmt doch!«

»Na, wenn das mal nicht unsere Newcomer sind!«

Wir drehen alle die Köpfe und sehen unsere Nachbarn aus dem Erdgeschoss, Vic und seine Schwester Marie, auf dem Gehweg heranschlendern. Marie hat ein bisschen Ähnlichkeit mit Vic. Sie hat die gleichen großen, spitzen Ohren und ein faltiges Gesicht wie ein alter Liebesbrief. Ihre Haare sind blassrosa gefärbt. Es steht ihr. Sie sieht aus wie eine sehr alte Elfe.

»Hallo, Onkel Vic! Hallo, Tante Marie!«, rufen Julia und Coco im Chor und klingen dabei wie zwei Fünfjährige.

»Sieh dir das an«, sagt Vic zu Marie. »Ein rosaroter Truck!« Beide haben eine Eiswaffel in der Hand.

»Das ist meiner!«, sage ich stolz. »Er heißt Toto. Ich eröffne ein Geschäft. Ein Food-Truck-Geschäft!«

»Was sagt man dazu?«, erwidert Marie. »Der sieht genauso aus wie der Eiswagen, der früher immer auf Coney Island stand, der, wo es das leckere Zitroneneis gab.«

»Das ist derselbe Truck!«, rufe ich. »Na ja, er könnte es jedenfalls sein. Das war nämlich früher mal ein Eiswagen.«

»Das ist ein großartiger Stammbaum, Engelchen«, sagt Marie. »Oh, wir haben Coney Island geliebt, als wir jünger waren. Weißt du noch, Victor? Bei so einem Wetter wie heute sind wir immer ins Ravenhall. Das war mal ein Pool! Victor ist eine ganze Bahn getaucht, ohne einmal Luft zu holen, nur um Eleanor zu beeindrucken.« Vic zeigt keine Reaktion auf diese Anekdote, sondern genießt einfach weiter sein Eis. War Eleanor Vics Frau? Die, der er den Rosenstrauch geschenkt hat, die, die gestorben ist? »Oh, und danach haben wir immer einen Abstecher zu Williams Candy gemacht. Für das Karamell-Popcorn hätte ich sterben können. Weißt du, Victor, ich glaube, den Laden gibt es immer noch. Wir sollten mal wieder hinfahren.«

»Karamell-Popcorn und dritte Zähne – großartige Idee«, erwidert er. Dann sieht er mich an. »Soso, mir ist zu Ohren gekommen, dass es gestern Abend im Bartolo's eine kleine Szene gab.«

War das wirklich erst gestern Abend? Es kommt mir vor wie eine Ewigkeit …

»O Gott, ja … O Vic, der Job hat mir wirklich Spaß gemacht, ich liebe die Atmosphäre im Bartolo's«, sage ich aufrichtig. »Es tut mir so leid, ich nehme an, das wirft kein gutes Licht auf Sie …«

»Ich habe von Ricky und Vinnie heute im Club die ganze Geschichte erfahren.«

»Angelo ist viel zu nervös«, unterbricht Marie. »So war er schon immer. Er war schon als Kind nervös. Und seine Mutter erst, was für eine hektische Frau. Hypernervös! Ich wundere mich, dass sie es geschafft hat, ihn aus dem Haus zu bekommen …«

»Marie«, fällt Vic ihr warnend ins Wort. Sie rollt grinsend mit den Augen und widmet sich wieder ihrem Eis. Vic wendet sich zu mir und sagt überraschenderweise: »Nun, es ist jedenfalls gut, dass Sie sich verteidigen können. Und nun haben Sie also einen neuen Job, hm? Denken Sie, dass Sie dieses Mal länger durchhalten werden?«

»O ja«, sage ich. »Versprochen.«

»Wie geht es dir, Tante Marie?«, fragt Julia. »Was macht die Hüfte?«

»Oh, kein Grund zur Klage. Coco, Schätzchen, würdest du mir die Treppe hinaufhelfen? Ich möchte mich hinlegen. Victor, auch für dich ist es Zeit auszuruhen, hörst du?«

»Seit wann hast du hier das Sagen?«

Während Coco Marie behilflich ist, bietet Julia Vic ein Bier an, aber er lehnt ab. Er scheint damit zufrieden zu sein, sich an das Treppengeländer zu lehnen und einfach die Abendsonne zu genießen.

»Du hast sehr große Ähnlichkeit mit deiner Tante Jo, weißt du?«, bemerkt er Julia gegenüber. »Und Coco kommt ganz nach eurer Mutter.«

»Ich weiß«, erwidert Julia. »Je älter Coco wird, desto mehr erinnert sie mich an Mom. Ich glaube, das ist ihr selbst gar nicht bewusst.«

Coco stürmt in diesem Moment aus der Erdgeschosswohnung und rennt, immer zwei Stufen auf einmal nehmend, hoch. Wenige Sekunden später erscheint sie wieder unten mit einem Korb selbst gebackener Blaubeer-Muffins.

»Maries Lieblingsgebäck«, sagt sie und hüpft in Vics und Maries Wohnung.

»Jawohl, genau wie eure Mutter. Die hat auch immer leckere Sachen gebacken und war so hilfsbereit«, sagt Vic.

»Mom war die Beste«, erwidert Julia. Es entsteht eine kleine Pause, in der keiner etwas sagt.

»Gut, ich gehe mal besser rein und sehe nach diesen

phänomenalen Muffins«, sagt Vic. »Ich darf nicht zulassen, dass meine Schwester alle allein verputzt. Zum Sonnenuntergang bin ich wieder hier.«

»Eine meiner frühesten Erinnerungen ist die, wie wir an Sommerabenden hier draußen saßen, zusammen mit Vic und Marie und meiner Mom, und die Welt beobachteten«, sagt Julia, halb zu sich selbst.

»Ich mag die beiden wirklich«, sage ich.

»Ich auch. Es gibt mir ein Gefühl der Sicherheit, dass sie im Haus sind … Es ist, als würde es in Wirklichkeit ihnen gehören. Oder als würden sie zum Inventar gehören.«

»Hat Vic eigentlich Kinder?«, frage ich.

Julia schüttelt den Kopf. »Nein. Ich glaube, meine Familie mütterlicherseits ist Anfang der Sechziger hier eingezogen. Vic hat von Anfang an unten gewohnt, und Marie zog später bei ihm ein, als ihr Mann starb. Sie sind wie unsere Familie.« Sie fängt meinen Blick auf und lächelt, aber ihre Augen sind traurig.

Ich halte ihr meine Bierflasche entgegen. »Auf Freunde, die wie Familie sind.«

Wir stoßen an und trinken.

Eine Stunde später sitzt Coco wieder bei uns auf der Treppe, und ich bin ziemlich beschwipst von dem Bier. Ich habe einen Truck! Ich mache mich selbstständig! Ich starte eine neue Karriere!

Wir reden gerade über Männer. Beziehungsweise über, wie Coco sagt, *Jungs*.

Ich erzähle den beiden von Jonah. »Fazit: nicht mein Typ. Nicht einmal für ein kleines Abenteuer.«

»Du möchtest dich verlieben.« Coco nickt wissend.

»Auf keinen Fall. Ich wäre damit zufrieden, jemanden über einen längeren Zeitraum sympathisch zu finden. Und regelmäßig Sex zu haben.«

»Oh, bitte. Seit ungefähr vierzehn Monaten war niemand mehr an meiner Zuckerdose.« Julia blickt uns mit traurigen Katzenbabyaugen an.

»Ich wünschte, du würdest nicht Zuckerdose dazu sagen«, erwidere ich.

»Warum nicht? Soll ich etwa Mumu sagen so wie du?«

»Hey, beleidige nicht meine Mumu. Sie hat mich noch nie enttäuscht.« Ich unterbreche mich kurz. »Eigentlich enttäuscht sie mich ständig, das kleine Miststück.«

»Ich habe überlegt, ob ich in einen Verein eintreten oder einen Kurs belegen soll, um Männer kennenzulernen. Habt ihr schon mal von der Brooklyn Brainery gehört? Und in der Union Hall kann man Boccia spielen.«

»Ich denke, wir sollten uns auf ältere Männer konzentrieren«, sage ich. »Jungs in unserem Alter brauchen länger im Ofen.«

»Ja«, sagt Julia. »Wisst ihr, ich glaube, die halten mich ohnehin für seltsam, weil ich ehrgeizig bin und mein Job mir wichtig ist.« Sie runzelt die Stirn und knibbelt an dem Etikett ihrer Bierflasche.

»Alles, was man wirklich braucht, ist ein netter, schöner und schlauer Mann«, sage ich. »Aber es hat den Anschein, als würden die Männer immer nur zwei von den drei Kriterien erfüllen.«

»Außerdem muss er witzig sein«, sagt Julia.

»Und er muss Humor haben«, füge ich hinzu.

»Ganz deiner Meinung. Und er darf nicht weniger wiegen als ich, und es muss ein Akademiker sein.«

Coco beobachtet Julia und mich wie ein Kind bei einem Tennismatch, während wir die Liste der Attribute aufzählen.

»Aber wie sollen wir ältere Singlemänner finden, die nett sind, gebildet, witzig und schön?«, fragt Julia.

»Vielleicht bei dir in der Bank?« In meiner Vorstellung ist Julias Arbeitsplatz eine Mischung aus *Wall Street 2* und

American Psycho. »Komm schon. All diese durchtrainierten Männer in Anzügen …«

»Vergiss es«, sagt Julia. »Jedenfalls nicht in meiner Abteilung. Dort sitzen nur Angeber der allerschlimmsten Sorte. Und von den älteren Kollegen redet keiner mit mir. Es ist, als wäre ich Luft für die.«

»Wahrscheinlich verstößt das gegen die Geschäftsetikette«, spekuliert Coco. »Du weißt schon … sexuelle Belästigung am Arbeitsplatz.«

»Das bezweifle ich. Die meisten von denen haben nämlich was mit ihrer Sekretärin«, sagt Julia und seufzt. »Sie widern mich an. Was soll's, ich würde sowieso nie was mit einem Kollegen anfangen. Ich kann es nur nicht leiden, ignoriert zu werden. Wie soll ich also einen Mann kennenlernen?«

»Auf der Smith Street ist eine Salsa-Schule«, sagt Coco.

»Salsa? Scheiße, bloß nicht«, sage ich. »Ganz einfach. Geh in eine Kneipe. Dort triffst du immer Männer. Such Blickkontakt. Warte zwanzig Minuten. Voilà.«

»Klar, als ob es so einfach wäre«, entgegnet Julia und rollt mit den Augen. »Und was für eine Art von Qualitätskontrolle soll das dann sein? Ich könnte an einen total blöden Typen geraten!«

»Die Welt ist voller Pissbacken«, sage ich und nicke. »Die Frage ist nur, wie heiß sie sind.«

Coco kichert, und Julia stöhnt.

»Ihr Süßen!«, sagt jemand. Es ist Angie, die hicksend und leicht schwankend auf uns zukommt. »Ich war den ganzen Nachmittag in … So… SoHo, in der Spring Lounge mit Lord Hugh. Die Drinks waren ziemlich st… stark.«

»Dann wird es wohl langsam ernst mit dem guten Lord?«

Ich würde Angie am liebsten auf ihre Auseinandersetzung mit dem Kerl auf dem Flohmarkt ansprechen, aber ich weiß, dass sie vor den anderen niemals den Mund aufmachen wird.

»Ah, Hugh … mein Herr und Erlöser«, sagt sie und sieht dann blinzelnd in den Himmel. »Sorry, Gott. Du weißt ja, das war bloß ein Sch… Boa!« Sie fällt von der Stufe. »Uups! Nein, schon gut, alles okay, hier gibt es nichts zu sehen, gehen Sie weiter …«

»O Mann, die ist ja hackedicht«, sagt Julia.

Ach nee.

»Ich will ausgehen!«, schreit Angie. »Lasst uns einen draufmachen!« Sie fängt an schattenzuboxen, ihre Handtasche schwingt vor und zurück. »Au, au, aua. Schwerer Brusttreffer.«

Ich stehe auf und nehme ihren Arm, um sie die Treppe hochzugeleiten. Julia steht auch auf und stützt Angie von der anderen Seite. »Na los, du Schluckspecht. Hoch mit dir.«

»Ich bin nicht von der Sorte, verdammt noch mal …« Angie steigt ganz langsam die Treppe hoch. »Blowjobs sind ein Privileg, kein Recht«, brummelt sie vor sich hin.

»Was?«, sagen Julia und ich gleichzeitig und brechen in hysterisches Kichern aus.

»Ich werde ihr einen Toast und einen heißen Tee machen«, sagt Coco, die uns ins Haus folgt.

»Sie isst keinen Toast«, sagt Julia. »Kann vielleicht jemand einen Seebarsch für sie häuten?«

»Verdammt, ich hab Kohldampf«, schimpft Angie. »Her mit den Kohlenhydraten!«

Eine Stunde und sieben gebutterte Toastscheiben später verliert Angie das Bewusstsein. Ich muss sie im Auge behalten … Sie strahlt eine fatalistische Aura der Selbstzerstörung aus. Ich kenne das gut. Ich hatte das nach Eddie.

Coco und ich verziehen uns in die Küche, um über

Backrezepte zu reden, während Julia und Madeleine sich im Wohnzimmer eine Nicholas-Sparks-Verfilmung anschauen. Ich kann mit so einem Gefühlszeugs nicht umgehen. Warum sollte ich heulen *wollen?* Und warum sitzen sie alle an einem Samstagabend zu Hause, obwohl Jules sich vorhin beschwert hat, dass sie keine Männer kennenlernt? Ich bin hier, weil ich arbeite. Das ist etwas völlig anderes. Und, seien wir ehrlich, saukomisch.

Coco kennt sich wirklich aus mit fettarmen Backrezepten. So verwendet sie für Kuchen zum Beispiel Dosenkürbis oder Apfelmus statt Öl und Butter. Wir sind uns beide einig, unter allen Umständen auf Maissirup wegen seines hohen Fruchtzuckergehalts und auf künstliche Süßstoffe (die meisten davon blähen mich auf wie ein Michelin-Männchen) zu verzichten. Coco schlägt als Ersatz biologischen Rohrzucker, Agavendicksaft oder Fruktose vor.

»Klingt perfekt. Ich werde morgen zwei einfache Salate vorbereiten«, überlege ich laut. »Dann muss ich nur noch die Beschriftung auf dem Truck ändern, damit ich gleich am Montagmorgen loslegen kann. Kinderleicht!«

»Kinderleicht«, zwitschert Coco mir fröhlich nach.

Ich mache eine Einkaufsliste für den Supermarkt morgen. Ich bin froh, dass ich noch tausend Dollar übrig habe von dem Kredit, nachdem ich den Truck bezahlt habe. Ich glaube, die werde ich brauchen.

»Das ist so aufregend!« Cocos Optimismus ist unglaublich. Manchmal bin ich mir nicht sicher, ob ihre Worte in Wirklichkeit ironisch gemeint sind. »Ich bin überzeugt, dass deine Idee mit dem Truck total einschlagen wird.«

Sie streicht über den Rücken eines Buchs, das sie gerade liest: *Anne & Rilla, Der Weg ins Glück* von L.M. Montgomery. Vorsichtig schlägt sie den Einband auf und fährt mit den Fingerspitzen gedankenverloren über den Namen, der dort steht. *Kim Lucalli*. Ihre Mutter.

»Danke, Coco«, sage ich.

»Du hast überhaupt keine Angst. Das ist …«, sagt sie und blinzelt mich mit ihren riesigen blauen Augen an.

»Doch, manchmal habe ich schon Angst«, gestehe ich. »Aber ich versuche sie dann immer zu ignorieren, in der Hoffnung, dass sie wieder verschwindet. Aber ich bin auch total aufgeregt. Ich habe heute mindestens hundert Leute gesehen, die so einen Truck betreiben. Wenn die das können, kann ich das auch.« Davon bin ich wirklich überzeugt … und jedes Mal, wenn ich das denke, macht mein Herz einen kleinen Freudenhüpfer. SchlankMobil! Was für eine Idee!

»Und was ist mit dir, Süße? Wie läuft's auf der Arbeit?«

Coco zuckt mit den Schultern. Sie redet nie über die Kindertagesstätte, in der sie arbeitet. Ich versuche es mit einem anderen Thema. »Und was macht die Liebe? Gibt es irgendeinen, der dich interessiert?«

»Ja! Äh … ich bin …«, ein tiefer Stoßseufzer, »… in meinen besten Freund Eric verliebt, seit ungefähr vier Jahren schon. Ich weiß, eines Tages werden wir zusammenkommen. Wir verstehen uns so gut …«

»Wirklich?«, frage ich. Meiner Erfahrung nach sind Frauen, die »Ich weiß, eines Tages werden wir zusammenkommen« sagen, nur wenige Schritte vom Wahnsinn entfernt.

»Wir haben früher in derselben Straße gewohnt. Ich hab ihn jeden Morgen zur Highschool mitgenommen, nachdem er sein Auto zu Schrott gefahren hatte, und wir haben immer stundenlang geredet … Das Problem ist, dass Eric mich nur als gute Freundin betrachtet. Ich bin nicht besonders toll im … du weißt schon … im Flirten. Und seit wir von der Highschool weg sind, ist es nicht leicht, den Kontakt zu halten.« Sie seufzt wieder. »Er hat mit Emily geschlafen, meiner ehemals besten Freundin.«

»Nein«, sage ich. »Wie mies.«

»Total mies«, bekräftigt Coco. »Aber er konnte nichts dafür. Er war betrunken, und sie hat das gnadenlos ausgenutzt.«

»Er ist bestimmt gestolpert und versehentlich in ihrer Vagina gelandet.«

Coco muss gegen ihren Willen lachen. »Nein! Ich wünschte, er hätte es nicht getan, aber er wusste ja nicht, wie viel er mir bedeutet. Emily dagegen schon … Ich kann einfach nicht anders, ich habe ihn immer noch gern.« Sie ist dem Wahnsinn doch nicht so nahe, wie ich befürchtet habe. Das ist beruhigend. »Warst du jemals richtig verliebt?«

»Nein«, antworte ich spontan. »Das heißt, schon, aber … Es ist unwichtig. Wo treibt Eric sich denn heute Abend rum? Vielleicht können wir irgendwohin gehen, wo wir ihn treffen.«

»O nein, er ist in Yale«, sagt sie ernst. »Aber du kannst mir vielleicht sagen, wie ich den Übergang von Freundschafts-SMS zu Flirt-SMS schaffen kann?«

»Sei ironisch. Sei smart. Männer lieben Überraschungen … ab und zu einen kleinen geistigen Schlagabtausch.«

Coco sieht mich mit gequältem Blick an, ihre Fingerspitzen trommeln auf *Anne & Rilla* herum. »Was meinst du damit?«

»Flirten ist nur ein Spiel. Es ist kinderleicht. Pass auf, ich zeige es dir.«

Ich schnappe mir mein Handy und blättere das Adressbuch durch. Mit wem kann ich üben? Thompson ignoriere ich zurzeit, was ihm scheinbar ohnehin nicht auffällt, Dave … nein! Jonah … zur Hölle, nein! Matt H. … klares Nein! Matt W. … nein! Mike.

Mike! Perfekt. Er hat in den letzten zwei Wochen ungefähr sechzehnmal angerufen oder gesimst, aber ich war einfach zu beschäftigt und zu sehr im Stress, um ihm zu antworten. Ich bin ihm was schuldig.

»Okay, ich würde also Folgendes schreiben, um seine Aufmerksamkeit zu wecken …«, sage ich, während ich tippe: *Superstressige Woche. Belohne mich gerade mit Doritos und Bier. Werde ich allmählich alt?*

»Das ist genial!« Coco lacht wieder.

»Und nun warten wir auf die Antwort.« Ich stehe auf, um mir ein Glas Wasser zu holen. Das Glas ist noch nicht voll, als die Antwort kommt.

»Das ist aber einer von der schnellen Sorte!« Cocos Begeisterung ist deutlich größer als meine.

Ich ziehe eine Augenbraue hoch und lese laut vor: *»Hm, das muss nichts heißen. Oder hast du dir in letzter Zeit einen Porsche und/oder eine Haartransplantation geleistet?«*

Nun ziehe ich beide Augenbrauen hoch. Originelle Antwort. Hätte ich gar nicht von ihm erwartet.

»Schreib ihm, dass du dir einen Truck gekauft hast!«, quiekt Coco. »Frag ihn, ob er sich mit dem Schaltknüppel auskennt.«

»Das ist zu offensichtlich zweideutig, Süße … Okay, normalerweise würde ich nicht direkt antworten, aber für diese Lektion mache ich eine Ausnahme. Wie wäre es damit? *Weder noch, sondern einen rosaroten Truck. Ich finde, der bringt meine Augenfarbe zur Geltung.*

Und dann geht es munter hin und her:

Du verarschst mich. Das muss ich sehen …

Wenn du brav bist, dann darfst du vielleicht, aber nur vielleicht, eines Tages auf dem Beifahrersitz mitfahren.

Wow. Bist du bestechlich? Wie wäre es mit einem Drink? Wann hast du Zeit?

»Siehst du?«, sage ich zu Coco und lege das Handy weg. »Kinderleicht. Jetzt bist du dran.«

»Aber für dich ist es einfacher. Er ist ja offensichtlich in dich verliebt«, erwidert Coco bedrückt.

»Nein, ist er nicht«, widerspreche ich entschieden. Das kann er gar nicht sein, richtig? Schließlich war es nur ein One-Night-Stand. »Also, was stand in deiner letzten SMS an Eric?«

»Äh … ich habe ihn gefragt, ob seine Mutter was für Weihnachtssterne übrig hat«, antwortet sie und beißt sich auf die Unterlippe. »Ich hatte schon länger nichts mehr von ihm gehört, darum wollte ich nur mal eben Hallo sagen, weißt du, einen kurzen Gruß schicken …«

»Ein kurzer Gruß hat in einer Flirt-SMS nichts zu suchen«, sage ich. »Und so leid es mir tut, Coco, aber solche Fragen in einer SMS sind meistens nur ein plumpes Heischen um Aufmerksamkeit.«

»Ich dachte, ich benötige einen legitimen Vorwand, um Kontakt aufzunehmen, weißt du?«

»Wir haben September. Bis Weihnachten ist es noch Monate hin. Egal. Was hat Eric geantwortet?«

Sie zeigt mir die Nachricht. *Weiß nicht genau … frag lieber meine Schwester.*

»Wow«, sage ich. »Ein Mann der wenigen Worte.«

»Ich überlege immer noch, was ich darauf antworten soll.«

»Wie wäre es mit: *Wow, du wirst bestimmt Sohn des Jahres. Gute Arbeit, Tiger.*«

»Ich kann doch nicht Tiger schreiben!«, kreischt Coco.

»Was hast du schon zu verlieren?«

Mit einem leisen »Au weia!« tippt Coco die SMS und sieht mich dann mit einem frechen Lächeln an. Sie ist bildhübsch mit ihren großen Kulleraugen und den naturblonden Haaren. Sie müsste sich nur ein bisschen schminken. Und vielleicht die Augenbrauen zupfen. Und aufhören, Klamotten anzuziehen, die vier Nummern zu groß sind. Coco hat eine tolle Figur, viel Oberweite und richtige Kurven. Früher in der Highschool, wo wir uns kennenlernten, war sie viel pummliger. Ich glaube, sie trägt immer noch dieses Bild von sich im Kopf.

Ihr Handy summt. *Wer bist du? Die Elternpolizei?*

»Ich sollte antworten: *Ja, Beine auseinander!*«, sagt Coco und lacht über ihre eigene Courage.

»Versuch es mit … *Schon möglich. Oder auch nicht. Ich schätze, wir werden es nie erfahren.*«

Eric antwortet umgehend. *Wie bekommt dir eigentlich das Leben in der großen Stadt, Miss Coco?*

»Jetzt ignorierst du ihn«, sage ich bestimmt.

»Was?«, entgegnet Coco. »Aber er hat mich was gefragt! Endlich! Sonst fragt er mich nie was in seinen SMS. Ich muss immer die Fragen stellen.«

»Trotzdem, du wartest bis morgen. Dann schreibst du ihm: *Die große Stadt verpasst mir immer wieder einen schlimmen Brummschädel. Zumindest mache ich sie dafür verantwortlich. Es kann nicht am Alkohol liegen* … Damit gibst du ihm zu verstehen, dass du samstagabends ausgehst.«

»Aber das stimmt nicht. Ich bin nämlich pleite. Ich hab noch genau fünfundsechzig Dollar. Damit muss ich bis übernächste Woche auskommen.«

»Das spielt keine Rolle. Eric soll ruhig glauben, dass er nur einer von vielen Männern ist, denen du SMS schickst. Warte bis morgen, und er wird den ganzen Abend an dich denken.«

»Ah …«, sagt Coco, der nun endlich ein Licht aufgeht. »Gott, wie cool ist das denn! Ich male mir oft aus, wie es zwischen uns funkt, nachdem wir jahrelang nur beste Freunde waren. Das wäre so romantisch. Meine Eltern waren auch jahrelang nur befreundet, bevor sie ein Paar wurden, hast du das gewusst? Irgendwann haben sie sich ineinander verliebt.« Sie stößt ein glückliches Seufzen aus. »Genau das wünsche ich mir auch.«

»Ich hasse Romantik«, sage ich. »Und Liebe hält nicht ewig.«

»Tut sie wohl!«, widerspricht Coco entrüstet. »Man muss nur dafür kämpfen!«

»Man sollte für gar nichts kämpfen müssen.«

Mein Handy summt wieder. Es ist eine Nachricht von Angie. *PARRRTYYHHHJJKt887!*

»Ich dachte, Angie wäre oben …«, murmle ich.

»Angie?«, sagt Coco. »Nein. Ich habe vorhin auf dem Weg zum Bad gesehen, wie sie aus dem Haus ging.«

»Scheiße.«

Wenn Angie nicht einmal richtig simsen kann, ist sie in keiner guten Verfassung.

Ich antworte: *Bist du okay?*

Sie antwortet: *SCHEISSMMJA! 4 Griippetablett und Dr Peppetfw mit Tequilll. Im Taxi zur Lwer Eas tSde, Eckee Ludlow/Grand. Komms du?*

Ich bin keine überfürsorgliche Freundin, wirklich nicht. Aber ich habe das Gefühl, dass hier was nicht stimmt. Also laufe ich nach oben, um ein Kleid ohne Essensspuren anzuziehen und hochhackige Schuhe. Wenn ich ganz ehrlich bin, freue ich mich, einen Vorwand zu haben, mich aufzustylen. Ist das oberflächlich? Was soll's.

Bevor ich aufbreche, gehe ich noch kurz zu Coco in die Küche. Sie sitzt am Küchentisch mit einer heißen Schokolade und liest in ihrem Buch.

»Weißt du was?«, sage ich, »vielleicht gibt es doch etwas, für das man kämpfen sollte. Für seine Freunde.«

8

Als ich auf der Ludlow Street, Ecke Grand Street aus dem Taxi steige, kann ich bereits den Lärm hören – die Party scheint in vollem Gange zu sein. Oben aus einem dreistöckigen Gebäude dröhnt Musik. Auf dem Balkon und der Feuertreppe drängen sich Menschen. Ich denke, ich bin hier richtig.

Auf dem Weg in die dritte Etage muss ich über knutschende Pärchen steigen. Ein Typ brüllt in sein Handy: »Ich sagte, du sollst die verdammten Corn Dogs mitbringen!«

Gleich darauf betrete ich die Wohnung. Die Beleuchtung ist schummrig, meine Augen brauchen einen Moment, um sich daran zu gewöhnen. Ich sehe tanzende Menschen und eine Fünf-Mann-Band, die einen Song von OK Go spielt. Aber keine Angie.

Die Wohnung ist klein, verqualmt und überfüllt mit, wie ich annehme, Leuten aus der europäischen Musik- und Modebranche – viele hagere Männer mit tief ausgeschnittenen Shirts und beleidigt wirkende Frauen mit übertrieben dick aufgetragenem Eyeliner.

Ich mache mich auf die Suche nach Angie. In der Küche ist sie nicht, auch nicht in einem der anschließenden Zimmer. Schließlich gelange ich in einen Raum, in dem Französisch gesprochen wird. Ein Mann fotografiert zwei Frauen in meinem Alter, die auf dem Bett miteinander herummachen (bah), weiter hinten sitzen ein paar Typen an einem Glastischchen und ziehen Koks.

Und dann sehe ich Angie – das heißt, ihre Schuhe, ihre

Lieblingspumps von YSL, die sie ihrer Mutter geklaut hat. Sie schauen hinter dem Bett hervor. Ich bahne mir einen Weg dorthin. Angie liegt auf dem Boden, eine weiße Puderschicht um ein Nasenloch. *Merde!*

»Angie! Angie, hörst du mich?«

Wenigstens atmet sie. Ich versuche, sie aufzusetzen, aber sie sackt zurück auf den Boden.

»Gehört die zu dir? Wir kennen sie nämlich nicht«, sagt einer aus der Runde affektiert. »Trotzdem, mit der kann man Spaß haben.«

»Ja, sie gehört zu mir, Arschgesicht«, entgegne ich giftig. »Und wir gehen jetzt.«

Angie beginnt sich zu regen.

»Piiiyaaa …« Ihre Stimme klingt krächzig. »Meine Lieblingsfreundin …«

»Richtig erkannt, Herzblatt«, sage ich, bevor ich sie halb trage, halb aus dem Zimmer schleife. Wir verlassen die Wohnung und gehen langsam die Treppe hinunter.

»Ich fühl mich richtig aufgeputscht«, sagt Angie. »Mein Herz rast.«

»Ja, so was kommt vor, wenn man gekokst hat.«

Als wir das untere Ende der Treppe erreichen, kann Angie schon fast wieder allein gehen, doch plötzlich wird sie von einem Paar, das zur Tür hereinstürzt, umgerannt. Angie keucht auf. Es ist der Typ, mit dem sie sich am Nachmittag auf dem Flohmarkt gestritten hat, der so aussieht wie ein Franzose. Und er ist in Begleitung einer schönen dunkelhaarigen Frau.

»Verzeihung«, sagt der Mann höflich. Sein Blick streift uns ohne ein Zeichen des Wiedererkennens.

»Wichser«, murmelt Angie leise und rappelt sich wieder hoch. Sie schiebt meinen stützenden Arm weg und sieht den beiden wütend nach. »Ich rede mit dir! Hörst du?«

Die Frau legt die linke Hand (mit einem großen, funkelnden Diamantring am Ringfinger) auf den Rücken des Mannes, während sie ihm nach oben folgt.

Er ist … verheiratet?

Draußen auf der Straße schiebt Angie meinen Arm weg, hockt sich auf die Bordsteinkante, beugt den Kopf zur Seite, wirft ihre langen hellblonden Haare über die Schulter (das Einmaleins des praktischen Kotzens) und fängt an zu würgen.

Ich setze mich rasch neben sie, halte ihre Haare zusammen und streichle ihren Rücken. Sie zittert, Tränen kullern über ihr Gesicht.

»Ist gut … ist gut …«, sage ich immer wieder wie eine Beste-Freundin-Sprechpuppe zum Aufziehen.

»Ist es nicht«, flüstert sie, bevor sie sich erneut übergibt.

Samstagnacht um zwölf zuckt auf den überfüllten Straßen der Lower East Side niemand auch nur mit der Wimper beim Anblick einer jungen Frau, die in den Rinnstein kotzt. Ich versuche mich zu erinnern, wann ich das letzte Mal eine solche Attacke auf der Straße hatte. Das ist schon länger her, jetzt, wo ich darüber nachdenke. Seit ich die Finger von diesen Alkopops lasse. Ein Hoch auf mich.

»Es geht wieder«, sagt Angie nach einer Weile. »Danke, dass du mich gerettet hast.«

»Jederzeit gern.«

Ich halte ein Taxi an, und wir steigen ein. Angie tut so, als würde sie schlafen. Als der Verkehr wenig später auf der Brooklyn Bridge zum Stehen kommt, öffnet sie die Taxitür und steigt aus.

»Was zum Teufel tust du?«, rufe ich bestürzt und greife nach ihrem Arm.

Sie reißt sich von mir los – unglaublich, wie viel Kraft Betrunkene entwickeln können – und knallt die Wagentür zu. Ich schnappe mir meine Handtasche und springe ihr rasch hinterher, den schimpfenden Taxifahrer ignorierend.

»Angie!«, brülle ich.

Sie balanciert auf dem durchgezogenen Streifen zwischen den beiden Fahrbahnen – mit ausgebreiteten Armen wie eine Seiltänzerin. Es gibt eine wilde Huperei, als die Fahrzeugkolonne auf unserer Spur sich wieder in Bewegung setzt.

»Seht mich an!«, schreit Angie. »Seht mich ahaan!«

»Angie! Lass das! Komm sofort zurück, verdammt!«, brülle ich.

Sie tut so, als ob sie mich nicht sähe, und läuft vor einen Prius. Der Fahrer kommt mit quietschenden Reifen zum Stehen. Ich laufe ihr hinterher und zeige den zutiefst empörten Mr. und Mrs. Prius beide Daumen, während ich mit den Lippen ein »Danke!« formuliere.

Angie ist plötzlich verschwunden.

»Angie!«, brülle ich. »ANGIE!«

Ein Trucker beugt sich aus seinem Fenster und fängt an, *Angie* von den Rolling Stones zu singen. »Oh, Angie, don't you weep, all your kisses still taste sweet, I hate that sadness in your eyes …«

Verdammter Mist! Ich kann nicht glauben, dass ich um Mitternacht auf der gottverdammten Brooklyn Bridge zwischen den Autos herumrenne. Dann entdecke ich Angie. Sie ist auf das Dach eines Hummer geklettert, der direkt auf mich zusteuert. Ihre Haare wehen im Wind, und sie macht die berühmte *Titanic*-Pose.

»Angie!«, brülle ich, als sie an mir vorbeifährt. »Komm sofort da runter, verdammt!«

Wie durch ein Wunder kommt der Verkehr wieder zum Erliegen. Angie steht auf dem Autodach und verbeugt sich nach vorn und nach hinten zu den anderen Fahrzeugen, bevor sie einen perfekten Handstand macht.

Für ungefähr zwei Sekunden.

Dann fällt sie um und liegt wie ein zerknautschtes Bündel auf dem Dach des Hummer. Der Fahrer steigt sofort aus und fängt an zu schimpfen. Ich laufe zu ihr, ziehe sie von dem Autodach herunter und schleife sie zum Rand der Brücke in eine kleine Mauernische, wo wir geschützt sind. Wir ignorieren das hysterische Geschrei des Hummer-Fahrers. Angie weint still vor sich hin, mit weit aufgerissenen Augen starrt sie ins Leere.

»Scheiße, Angie, was sollte das? Bist du lebensmüde oder was?«

Angie blinzelt und sieht mich einen Moment lang an, dann schließt sie die Augen. Ich blicke mich um und versuche herauszufinden, wie zur Hölle wir von der Brücke herunterkommen können. Hupen heulen auf, die Fahrzeuge rasen an uns vorbei. Ein Drahtzaun trennt uns vom Fußgängerweg. Wir sind genau einen unachtsamen Fahrer davon entfernt, zerquetscht zu werden.

Plötzlich hält ein Taxi vor uns, aber das Taxischild ist nicht an. Ich starre verwirrt darauf und winke es weiter.

»Suchen Sie eine Mitfahrgelegenheit?«, fragt jemand mit britischem Akzent.

Ich sehe wieder zu dem Taxi, bereit, Nein zu sagen. Aber ich kann nicht.

Weil es der schöne Unbekannte ist. Der Traumprinz, der vor ein paar Tagen meinen Schuh aufgehoben hat.

Eine Sekunde lang vergesse ich zu atmen.

Dann fällt mir wieder ein, wo ich bin, mit wem ich dort bin und was unser Problem ist. Zu einem Fremden in den Wagen steigen oder an einem Drahtzaun zerquetscht werden? Ich entscheide mich für den Fremden.

»Äh … ja, bitte«, sage ich rasch. »Meiner Freundin geht es nicht besonders gut. Ich möchte sie einfach nur nach Hause bringen.«

»Hüpfen Sie rein«, erwidert er.

Ich steige hinten zu ihm ein, Angie lässt sich neben mich in den Sitz plumpsen und schließt die Augen. Ich werde eng gegen den Körper des Fremden gepresst und, ungelogen: Ich stehe sofort unter Strom. Er fühlt sich unglaublich warm an – und stark. Ich frage mich, ob er mich wiedererkannt hat.

Sei nicht albern, Pia, natürlich nicht.

»Court Street, Ecke Union Street«, sage ich.

»Ich muss das melden«, sagt der Fahrer.

»Lässt sich das mit fünfzig Dollar verhindern?«, erwidert der Brite.

Der Fahrer drückt als Antwort aufs Gaspedal.

»Danke«, sage ich leise. »Ich übernehme das.«

Unsere Blicke treffen sich, und wieder einmal vergesse ich zu atmen. Ich starre ihn einfach an. Ich bemerke eine winzige Narbe auf seiner Unterlippe und frage mich, wie er wohl küsst. Gleichzeitig schwirrt mir durch den Kopf, dass seine Haare ein bisschen zu lang sind, auf eine Ich-hab-vergessen-zum-Friseur-zu-gehen-Art statt auf eine lässig-gestylte Art wie die der meisten Männer, und trotzdem werde ich das Gefühl nicht los, diese kleinen Details viele Male zuvor gesehen zu haben, ihn zu kennen …

Dann wird mir bewusst, dass ich den schönen Fremden angaffe und dabei grinse wie ein Vollidiot. Verlegenheit macht sich in mir breit. Natürlich kenne ich den Mann nicht. Ernsthaft, was stimmt nicht mit mir? Und wo zum Teufel ist seine Freundin? Warum ist er Samstagnacht nicht mit ihr zusammen, statt den Ritter im schimmernden Yellow Cab zu spielen? Er ist zu sehr von sich eingenommen, zu selbstbewusst. Sicher ein Frauenheld.

Ich sehe zu Angie, die zusammengesunken an der Tür lehnt. Im Wagen ist es unheimlich still.

»Äh … danke, dass Sie angehalten haben«, sage ich schließlich, um das Schweigen zu brechen.

»Ich habe das Ende Ihrer Mutprobe verfolgt«, erwidert der Fremde. »Ein paar Freunde von mir sind früher auf Taxis über die Williamsburg Bridge gesurft.«

»Mit Freunde meinen Sie sich selbst, richtig?«, sage ich.

»Verflixt, Sie haben mich durchschaut. Was sind Sie, eine Art Chiffriermaschine?«

»Haben Sie eben ›verflixt‹ gesagt?«

Er grinst. »Ich bin Aidan.«

»Pia.«

Wir geben uns die Hand, auf eine schüchtern-flirtende Art, und ich spüre, wie mein Herz oder womöglich mein ganzer Oberkörper *bumbum* macht. Der Fremde macht ein Gesicht, als müsste er sich ein Lachen verkneifen, als wüsste er, wie ich mich fühle und was ich denke, o Gott, ich habe Schmetterlinge im Bauch …

»Dann … wohnen Sie in Brooklyn?«

»Ja. Aber eigentlich bin ich auf dem Weg in die Minibar, um einen alten Kumpel zu treffen. Die Minibar ist so was wie mein Stammlokal.«

»Ich kenne den Laden vom Hörensagen«, erwidere ich. (Was total gelogen ist.)

»Meinem Hund ist die Bar Great Harry lieber. Wahrscheinlich, weil sie ihn dort reinlassen.«

Es brennt mir auf der Zunge, ihn zu fragen, wo er wohnt, was für einen Hund er hat und wo zur Hölle seine Freundin von neulich ist, und ob er in Erwägung ziehen würde, ihr den Laufpass zu geben – zu meinen Gunsten. Glücklicherweise kommt mir der Taxifahrer zuvor.

»Sie sind Engländer?«

»Ja, Sir, bin ich«, antwortet Aidan.

»Leben Sie schon lange hier?«, fragt der Fahrer weiter.

Ich werfe wieder einen Blick auf Angie. Sie öffnet die

Augen, und ich mache unauffällig ein »Alles okay?«-Gesicht, woraufhin sie mit der Schulter zuckt. Sie wirkt müde und deprimiert, aber okay. Aber wer war dieser Typ auf der Treppe? Und was zum Teufel ist los mit ihr?

Ich konzentriere mich wieder auf die Unterhaltung.

»Seit circa sechs Jahren«, antwortet Aidan. Er hat eine sehr tiefe, selbstsichere Stimme. Sexy.

»Was machen Sie beruflich?«, fragt der Fahrer.

»Ach, langweiligen Finanzkram«, sagt er. »Aber in jeder anderen Hinsicht bin ich natürlich absolut hip und trendy.«

»Ich war schon mal in London«, erzählt der Fahrer. »O Mann, dieser Fraß! Mir ist schleierhaft, wie ihr dort drüben überleben könnt.«

Ich zucke innerlich zusammen. Kritisiere nie ein fremdes Land, in dem du nicht selbst gelebt hast. Auch nicht, wenn die Einheimischen damit anfangen.

»Es ist tatsächlich ein Wunder«, erwidert Aidan. »Offen gesagt, bin ich erstaunt, dass wir nicht schon alle verhungert sind.«

Ich drehe den Kopf zu ihm und grinse ihn an im Bemühen, die Unhöflichkeit des Taxifahrers wiedergutzumachen, und Aidan zwinkert mir zu, ein heimliches Lächeln in den Augen. Ich zwinkere zurück und spüre prompt wieder dieses heiße Kribbeln, sodass ich rasch den Blick senke. *Obittefragmichobittefragmichobittefragmich* …

Dann, viel zu früh, erreichen wir die Union Street. Angie rafft sich irgendwie hoch und steigt schwankend aus dem Taxi. »Herzlichen Dank dafür, dass Sie … unser Retter waren«, sage ich. »Hier, das ist für die Fahrt oder das Trinkgeld oder was auch immer.« Ich versuche, ihm einen Fünfziger zu geben.

»Ich will Ihren schnöden Mammon nicht, Miss. Betrachten Sie es als Karma. Jetzt habe ich nämlich was gut.«

Aidan ergreift meine Hand, und ich schwöre bei Gott, dass kleine Stromschläge bis hoch in meinen Kopf jagen. Ich zucke zusammen und ziehe meine Hand ruckartig weg.

Sein sexy-selbstsicheres Lächeln verblasst. »Alles in Ordnung?«

»Ja … Nein. Ich meine, ja.«

Unsere Blicke treffen sich wieder. Es ist mucksmäuschenstill. Die Welt bleibt für einen Moment stehen. Ich werde von dem Bedürfnis übermannt – nein, nicht, ihn zu küssen (obwohl das natürlich auch okay wäre), sondern die Wagentür einfach zuzuziehen und mit ihm weiterzufahren, egal wohin. Ich habe das Gefühl, das wäre das Richtige.

Dämlich, ich weiß.

Und außerdem unmöglich. Ich kann auch nicht einfach so nach seiner Handynummer fragen, das ist nicht meine Art, er hat ja auch nicht nach meiner gefragt, und außerdem hat er eine Freundin, die groß ist und elegant und sexy. Ich habe sie schließlich auf der verdammten Straße gesehen.

Mein Gott, Pia. Reiß dich zusammen.

Also steige ich aus und schlage die Tür zu, ohne ihm noch einen Blick zuzuwerfen. Das Taxi fährt weiter. Ich weiß nicht, ob Aidan mir hinterherschaut.

Angie kauert mit geschlossenen Augen auf der untersten Stufe der Treppe vor dem Haus. Ich schleppe sie hoch, schließe die Haustür auf, bringe sie nach oben in ihr Zimmer, ziehe ihr die Schuhe aus und verfrachte sie ins Bett.

»Süße, was ist los mit dir?«

»Ich hatte einen richtig beschissenen Tag.« Sie dreht sich auf die Seite und schließt die Augen.

»Das war's noch nicht. Wir sprechen uns morgen.«

Ich gehe hinaus in den Flur und schleiche so leise ich kann weiter, um niemanden aufzuwecken. Es ist unmöglich, sich in diesem Haus geräuschlos zu bewegen: Jede Holzdiele hat ihr eigenes Knarren. Als ich schließlich mein Zimmer betrete, fällt mein Blick auf das Honigglas auf meinem Nachttisch, auf Totos Schlüssel und Cosmos Visitenkarte.

Ich schulde einem Kredithai zehntausend Dollar und gründe ein Food-Truck-Unternehmen.

Lieber Himmel.

9

Früher bin ich nicht gern allein aufgewacht. Selbst wenn ich neben dem falschen Typen wach wurde, war das immer noch besser als allein. Es ist erst zwei Wochen her, dass Mike hier neben mir lag und das Chaos in meinem Leben nach der Einweihungsfeier begann. Ich wünschte, ich hätte nicht mit ihm geschlafen. Großes Uups. Der erste Mann, mit dem ich geschlafen habe, war Eddie. Wir haben drei Monate gewartet, und schließlich an Thanksgiving, im Haus seiner Eltern, der erste Schnee fiel in dieser Nacht, ist es passiert – o Gott, warum denke ich jetzt daran? Das regt mich nur auf, und vor mir liegt schließlich ein großer Tag.

Es ist Zeit, dass das SchlankMobil auf Tour geht!

Aber zuerst Angie.

Ich klopfe an ihre Tür. Ein Stöhnen verrät mir, dass sie wach ist.

»Guten Morgen, mein Engel.«

Angies Zimmer riecht so schlimm, wie es aussieht: Es stapeln sich mehr Klamotten auf dem Boden als im Schrank, die Wände sind mit so vielen Bildern und Skizzen vollgepinnt, dass von der Tapete kaum etwas zu sehen ist.

»Ich brauche was Nahrhaftes«, stöhnt sie. »Ein Königreich für Pommes.«

»Du hast ein Königreich zu verschenken?«

Ich blicke auf sie hinunter. Sie streckt alle viere von sich, die Haare sind ein wildes Durcheinander, der Eyeliner ist verschmiert.

»Lass uns über dich sprechen, meine Kamikazefreundin. Da wir gerade von Absturz reden: Du warst gestern Abend total von der Rolle.«

Angie zuckt mit den Schultern. »Ich habe mich nachmittags betrunken, kam nach Hause, habe mir was zu essen reingezogen und das Bewusstsein verloren. Was ist schon dabei?«

»Äh ...«

Mist, ich hasse es, Leute aufzuklären, die sich nicht erinnern können, was sie getan haben. Normalerweise ist es netter, so zu tun, als wäre nichts geschehen. Aber ich denke, Angie sollte es wissen.

Also erzähle ich ihr von ihrer SMS, der Party, dem Koks und schließlich von ihrer akrobatischen Einlage auf dem Hummer. Als ich fertig bin, legt Angie sich das Kissen auf das Gesicht und kreischt laut hinein.

»Davon weiß ich nichts mehr!«, stöhnt sie.

»Was ist los mit dir? Ich weiß, du willst nicht, aber vielleicht sollten wir mal darüber reden«, sage ich so behutsam wie möglich. »Und da ist noch was ... Ich habe dich gestern auf dem Flohmarkt gesehen. Du hast dich mit irgendeinem Typen gestritten. Sah aus wie ein Franzose.«

»Oh.«

»Und ich nehme an, du kannst dich nicht mehr erinnern, aber wir sind ihm später auf der Party begegnet.«

»Habe ich was gemacht?« Angie umklammert meinen Arm.

»Nein ...«, sage ich. »Na ja, du hast ihn einen Wichser genannt, aber er hat so getan, als würde er dich nicht kennen.« Ich zögere kurz. »Er war mit einer anderen Frau da.«

Angie lässt sich zurückfallen, legt das Kissen wieder auf das Gesicht und brüllt hinein. Ich beuge mich vor und ziehe es weg.

»Rede. Sofort«, sage ich. »Ich will alles wissen.«

Sie seufzt, fischt eine Zigarette aus der Schachtel auf ihrem Nachttisch und steckt sie sich unangezündet in den Mundwinkel.

»Er heißt Marc. Wir haben uns letzten Sommer in Cannes kennengelernt, aber er lebt hier in SoHo. Weißt du noch, als ich dir erzählt habe, dass ich mit ein paar alten Freunden von der Uni Skiurlaub in Vail mache?«

Ich nicke.

»Das war gelogen. Ich habe die Woche mit Marc verbracht. Wir waren skifahren in Megève. Dort hat er mir gesagt, dass er verheiratet ist, aber getrennt lebt, und dass wir es vielleicht ein bisschen langsamer angehen lassen sollten, bis die Scheidung durch ist, bla, bla, bla.« Sie seufzt. »Dann … Egal, jedenfalls bin ich in den Semesterferien im Frühling auf den letzten Drücker mit Annabel nach Cannes geflogen, erinnerst du dich?« Angie nennt ihre Mutter grundsätzlich beim Vornamen. »Sie wollte den Urlaub nutzen, um unsere Mutter-Tochter-Bindung zu stärken oder irgend so was. Ich habe dort Marc mit seiner Frau gesehen. Ich habe ihn damit konfrontiert. Er hat es zugegeben und mir erklärt, dass er und seine Frau sich gerade im Trennungsjahr befinden und dass sie wegen einer Familienfeier in Cannes seien und dass er nur mich liebe … Gott, ich hasse ihn. Er ist wie mein gottverdammter Vater ein notorischer Lügner. Und ich bin eine dumme, leichtgläubige Kuh.«

»Bist du nicht! Und dieser Kerl ist ein mieses Arschloch!«, widerspreche ich.

Angie starrt an die Decke, in Gedanken versunken.

»Und … was war dann? Wie kam es, dass du ihm gestern auf dem Flohmarkt eine gescheuert hast?«

Sie wendet mir das Gesicht zu, die unangezündete Zigarette immer noch im Mundwinkel. »Am Freitagabend war ich mit Lord Hugh und seiner Clique verabredet, erinnerst du dich? Aber Hugh hat mich den ganzen Abend wie Luft behandelt. Also habe ich Marc eine SMS geschickt, bloß um mein Ego aufzupäppeln – beziehungsweise um die Abfuhr von Hugh zu verkraften oder was auch immer … Marc hat mir geantwortet, und als ich betrunken genug war, bin ich zu ihm gefahren.«

»Na ja, Sex ist nur Sex«, sage ich im Bemühen, sie aufzumuntern.

»Sex ist nie einfach nur Sex, Pia … Aber ich habe sowieso gerade meine Tage, und Marc steht nicht auf Blut. Wahrscheinlich habe ich mir den Kiefer ausgerenkt vom vielen Blasen.«

Sie massiert sich das Gesicht. Ich muss lachen, woraufhin sie mich mit einem Kissen schlägt. Einen Augenblick lang glaube ich, dass sie wieder okay ist, bis sie mich mit unbeschreiblich traurigen Augen ansieht.

»Ich habe ihn am nächsten Morgen genötigt, mit mir auf den Flohmarkt zu gehen. Wahrscheinlich wollte ich erzwingen, dass er sich mit mir in der Öffentlichkeit zeigt. Und dann hat er mir eröffnet, dass er sich mit seiner blöden französischen Frau versöhnt hat und dass sie am Nachmittag nach New York kommt. Und dass er es für das Beste hält, wenn wir uns nicht mehr sehen.« Angies Stimme bricht.

»Was fällt diesem europäischen Scheißkerl ein, dich so zu behandeln?« Ich koche auf einmal vor Wut. Ich *hasse* es, wenn meine Freundinnen mies behandelt werden. »Willst du dich rächen? Wir könnten sein Haus mit Eiern bewerfen.«

»Nein, das ist er nicht wert.« Angie seufzt. »Ich habe gewusst, dass die beiden zu der Party gestern Abend kommen würden. Ich habe nämlich ihre Facebook-Einträge verfolgt. Vermutlich habe ich mir in meinem Vollrausch gedacht, ich überrasche ihn. Traurig, nicht? Nachdem ich dich von deinem Eddie-Wahn in jenem Sommer kuriert habe …«

»Nein, das ist absolut verständlich.« Denk nicht an Eddie oder an jenen Sommer, Pia! »Ist das alles?«, frage ich. »Ich meine, ist das alles, was mit Marc passiert ist?«

Eine Pause entsteht. Angie schließt wieder die Augen. Ein Zeichen, dass das Gespräch beendet ist.

»Okay, du musst nicht darüber reden … Erzähl mir von der Spring Lounge.«

»Es war eine Geburtstagsfeier für jemanden von der Penn State University«, antwortet sie achselzuckend. »Die Party war bescheuert. Die haben mich rausgeschmissen, weil ich an der Bar einen Joint geraucht habe … Scheiß drauf! Ich hau hier sowieso bald ab. Dann kannst du mich in L. A. besuchen und wilden Sex mit heißen Schauspielern haben.«

»Klingt toll.«

Ich hatte gehofft, unser Nest wäre Angie ans Herz gewachsen so wie mir. Dass sie sich dort fühlen würde wie … keine Ahnung. Wie zu Hause. Offenbar nicht. Zeit, das Thema zu wechseln.

»Oh, ich habe mir übrigens einen Imbisswagen gekauft.«

»Wie bitte?«

Ich erzähle ihr die ganze Geschichte, den Part mit Cosmo lasse ich allerdings aus.

»Finde ich super«, sagt Angie. »Klingt nach einem todsicheren Erfolg. Vielleicht kannst du mich einstellen. Damit ich von der blöden Zicke wegkomme.«

»Ich kann mir keine Angestellten leisten. Und ich denke, du solltest deine Chefin nicht als blöde Zicke bezeichnen.«

»Warum nicht? Wenn sie doch eine ist. Zicke ist die fachlich korrekte Bezeichnung.«

»Hast du Lust, mir beim Einkaufen zu helfen und nachher beim Salatemachen?«

»Kann ich mich damit begnügen zuzuschauen und sarkastische Kommentare zu machen?«, erwidert sie und klettert aus dem Bett. Sie trägt immer noch ihr Kleid vom Vorabend.

»Wenn du vorher unter die Dusche gehst und dich umziehst, kannst du tun, was du willst.«

»O Gott.« Angie lässt sich wieder auf das Bett sinken. »Heilige Scheiße, hab ich einen Brummschädel.«

Als ich in mein Zimmer zurückkehre, sehe ich, dass meine Eltern zweimal versucht haben, mich zu erreichen. Sie haben keine Nachricht hinterlassen. Einen Augenblick lang spiele ich mit dem Gedanken zurückzurufen. Aber ich kann nicht. Nicht, weil ich keinen Bock auf Diskussionen habe, sondern einfach, weil ich eine Arbeit habe, um die ich mich kümmern muss.

Plötzlich fällt mir der Fremde in dem Taxi letzte Nacht ein. Aidan! Der perfekte Mann! Von der Straße! Unser Retter! Ich kann nicht glauben, dass er es war! Dieses Kribbeln war so merkwürdig, so stark …

Aber zuerst muss ich mein Leben in Ordnung bringen. Schritt eins: Lebensmittel besorgen.

Was ich zunächst für eine überschaubare Einkaufstour hielt, entwickelt sich zu einer Schnitzeljagd quer durch Brooklyn, nicht nur, um die richtigen Zutaten zu bekommen, sondern ebenso Einweggeschirr und Plastikbesteck und kleine Döschen für das Salatdressing und schließlich noch Farbe für den Truck. Angie ist dermaßen verkatert, dass sie es nur eine Stunde lang aushält, mich zu begleiten. Dann macht sie sich mit der Begründung, dass sie dringend eine Maniküre brauche, aus dem Staub.

Als ich vom Einkaufen nach Hause komme, ist es drei Uhr nachmittags, und ich habe den Tausender, der von

Cosmos Zehntausend-Dollar-Kredit übrig war, bis auf den letzten Penny ausgegeben – plus einen guten Batzen von dem Geld, das ich im Bartolo's und gestern mit Jonah verdient habe. Die Vorstellung, so viel Kohle in nur vierundzwanzig Stunden auf den Kopf zu hauen, ist furchterregend. Sie verursacht mir eine Art krankes Schwindelgefühl … finanzielle Höhenangst.

Aber man muss Geld investieren, um es zu vermehren, richtig? Das ist Business.

Ich entdecke Coco, Julia und Madeleine im Wohnzimmer, wo sie auf der Couch abhängen und sich eine Doku-Soap anschauen.

»Okay! Es kann losgehen!«, sage ich.

Keine Reaktion.

Ich gehe in die Küche, wasche mir die Hände, schiebe die Hähnchenbrustfilets in den Backofen und entwerfe meine Speisekarte. Ich habe beschlossen, sie im Grundschulstil zu schreiben.

Salat 1
Huhn + Avocado + Zuckererbsen + Rote Bete + Kirschtomaten + fettreduzierter Feta + junges Blattgemüse
Salat 2
Truthahn + Brunnenkresse + Mandeln + Apfel + Sellerie + fettreduzierter Cheddar + junges Blattgemüse
Dessert
Brownies (fettarm)

Ich würde diese Salate essen. Glaube ich.

Außerdem waren im Supermarkt fettreduzierte Käsestangen im Angebot, von denen ich gleich acht Großpackungen gekauft habe. Ich werde fünfundzwanzig Cent auf den Preis aufschlagen und so daran verdienen. Ich bin ziemlich stolz auf mich, weil ich diese Idee hatte.

Während meiner Einkaufstour durch Brooklyn habe ich Lara und Phil angerufen, um zu fragen, wie ich für Toto einen Stellplatz mieten kann. Sie haben mir die Nummer ihres Ansprechpartners gegeben. Auf dem Platz gibt es auch Mietküchen, wo ich meine Speisen vorbereiten kann. Die Zubereitung bei uns zu Hause verstößt nämlich ein winziges bisschen gegen die Hygieneverordnung. Obwohl ich natürlich absolute Sauberkeit einhalte.

»Warum tust du nicht ein paar Sonnenblumenkerne dazu? Oder kandierte Walnüsse?«, fragt Coco. Sie steht im Türrahmen, *Daddy Langbein* von Jean Webster aufgeklappt an ihrer Brust. Wahrscheinlich hat sie draußen auf der Treppe gelesen. »Oder Rosinen oder Cranberries?«

»Wegen der Kalorien«, antworte ich. »Ich meine, du hast recht, das schmeckt toll. Aber wir reden hier vom SchlankMobil. Ich muss halten, was ich verspreche. Die einzigen Kalorienbomben auf der Karte sind die Mandeln und die Avocados, aber die sind so verdammt gesund …« Ich gerate ins Schwärmen.

Dann blicke ich stirnrunzelnd auf das Salatmenü. »Ich wünschte, ich hätte mehr Ahnung vom Kochen. Ich habe nicht den leisesten Schimmer, ob diese Varianten ankommen, weißt du?«

»Sie sehen beide toll aus«, versichert Coco mir.

Vorhin beim Einkaufen habe ich mit meinem Smartphone ein paar fettarme Dressingrezepte gegoogelt und daraufhin natives Olivenöl extra, Avocadoöl, Rotweinessig, Apfelessig, Himbeeressig, Worcestersoße, Vollkornsenf, Dijon-Senf, Zitronensaft und fettfreien Naturjoghurt besorgt.

Ich schätze, ich werde improvisieren.

Hm.

»Avocadoöl und Apfelessig«, sagt Julia.

Ich drehe mich um: Coco ist verschwunden, Julia steht

im Türrahmen. Ich habe es nicht einmal mitbekommen – ich war zu sehr beschäftigt.

»Aber nichts darf viel Fett haben.« Ich mache ein gequältes Gesicht. »Ich meine, ein bisschen Fett muss sein als Geschmacksträger, sonst wird man nie richtig satt, aber …«

»Dann probier es mal mit einem Teil Öl und zwei Teilen Essig«, erwidert sie. »Und mit einem Teil Zitronensaft. Dazu Salz und Pfeffer. Nimm am besten ein Glas mit Schraubverschluss, zum Beispiel ein altes Erdnussbutterglas, das kannst du gut zum Mixen nehmen. Meine Tante Jo hat dort drüben im Einbauschrank jede Menge Einmachgläser gesammelt.«

Ich mische. Ich schüttle. Wir schmecken ab.

»Das ist super!«, sage ich überrascht. »Aber du kannst doch gar nicht kochen!«

»Ich bin ziemlich gut im Dressingmachen«, entgegnet Julia und grinst mich an. »Meine Mutter war da Spezialistin. Sie hat es mir gezeigt. Das war unser Ding.«

»Dann nennen wir es ›Kims Dressing‹«, schlage ich vor.

»Nein, nimm lieber ›Julia‹. Ich habe noch ein anderes, das wir ›Kim‹ nennen können«, sagt sie. »Olivenöl, Rotweinessig, Vollkornsenf, Salz, Pfeffer. Das war Moms Lieblingsdressing.«

Wir machen uns an die Arbeit.

»Echt lecker!«

Wir sitzen am Küchentisch, Jules wie immer am Kopfende, ich rechts von ihr (das ist mein Stammplatz; er ist für meinen Arsch reserviert), und kosten die Dressingvarianten.

Dann probiere ich mein eigenes Dressing: Zitrone, Dijon-Senf, Joghurt, Olivenöl und Essig.

»Fantastisch!«, sagt Julia und hebt die Hand, um mich abzuklatschen.

»Na gut, aber nur dieses eine Mal!«, sage ich.

Jules will uns wegen jeder verdammten Kleinigkeit abklatschen, es hat völlig überhandgenommen. Eigentlich hat es mich früher immer schon aufgeregt – mich und Madeleine. Einen winzigen Moment überkommt mich Wehmut. Ich wünschte, Madeleine und ich wären irgendwann wieder Freundinnen.

»Ha. Du kannst mich mal.« Julia greift nach meiner Hand und zwingt mich zu einem Give me five.

»Danke für deine Hilfe«, sage ich. »Ich habe nämlich keine Ahnung, was ich hier mache.«

»Wer hat die schon?«, erwidert Julia. »Wie viel wirst du für einen Salat verlangen?«

»Ich dachte an sechs Dollar«, antworte ich. »Wer kann schon Nein sagen zu einem Salat für sechs Dollar?«

»Ich bestimmt nicht! Kommst du morgen gleich als Erstes vor unser Büro?«, fragt sie. »Ich möchte gern deine erste Kundin sein.«

»Darauf kannst du Gift nehmen, Schwester!«, sage ich grinsend.

Es wird wirklich ernst! Ich werde meinen eigenen Food Truck fahren!

»Was riecht hier so verbrannt?«, fragt Madeleine, die nun in die Küche kommt.

»Verdammt! Die Hähnchenfilets!« Ich stürze hinüber zu dem qualmenden Backofen und reiße die Klappe auf. Perfekt nebeneinander aufgereiht liegt dort das verkohlte Fleisch. Rauch dringt aus dem Ofen und nebelt die Küche ein. Ich schnappe mir rasch einen Topflappen und nehme das Blech heraus. »Das war Fleisch im Wert von ungefähr hundert Dollar, gottverdammt!«

»Ich besorg dir neues, entspann dich«, sagt Julia und öffnet das Fenster. »Kümmere du dich um deine Salate. Ich bin in einer halben Stunde wieder da.«

»Mit dieser riesigen Rostlaube wirst du nie einen Parkplatz in Manhattan finden«, sagt Madeleine.

»Danke für den heißen Tipp«, erwidere ich, ohne mich umzudrehen.

Habe ich vorhin gedacht, dass ich mir wünsche, wir wären wieder Freundinnen? Tja, das nehme ich dann jetzt wohl zurück.

Als Julia mit dreißig Hähnchenbrustfilets zurückkehrt, werde ich plötzlich von dem quälenden Gefühl geplagt, dass ich mich übernommen habe. Ich beginne zu schwitzen. Jeder Zentimeter Arbeitsfläche, Tisch und Boden sind bedeckt mit Tüchern (Hygiene!). Offene Salatboxen stehen überall herum. Ich versuche, das klein geschnittene Gemüse gleichmäßig aufzuteilen, was nicht so einfach ist, denn meine Hygienehandschuhe sind eine Nummer zu groß. Ich stehe kurz vor dem Ausflippen.

»Danke! Aber bleib draußen!«, rufe ich Jules zu, die noch in der Tür steht. »Das ist ein steriler Bereich! Ich muss das Fleisch in den Backofen schieben!«

»Wie willst du das machen, wenn du nicht an den Herd kommst?«, fragt Julia.

»Wirf mir das Fleisch einfach rüber. Dieses Mal werde ich aufpassen, dass es nicht wieder anbrennt. Wenn es kalt ist, schneide ich es klein, verteile es auf die Boxen und fange dann mit dem zweiten Salat an«, sage ich und streife meine Hygienehandschuhe ab.

Julia sieht aus, als würde sie sich ein Lachen verkneifen, während sie mir die abgepackten Brustfilets eines nach dem anderen zuwirft. Ich lege sie in der Spüle ab, wasche mir die Hände, ziehe die Hygienehandschuhe wieder an, öffne die Verpackungen, nehme das Fleisch heraus, würze es mit ein bisschen Salz und Pfeffer, lege es auf die Backbleche, ziehe die Handschuhe aus, wasche mir wieder die Hände, schiebe die Salatboxen mitsamt den Tüchern ein kleines Stück zur Seite, um zum Backofen durchzukommen, verfrachte die Bleche darin, gehe vorsichtig rückwärts zur Spüle zurück und wasche mir wieder die Hände.

»Easy«, sage ich. »Siehst du? Das reinste Kinderspiel.«

Schließlich sind die Brustfilets perfekt gegart, gewürfelt und gleichmäßig auf die Salatboxen verteilt. Eine nach der anderen klappe ich sie zu. Eine nach der anderen klappen sie wieder auf.

Ich schreie laut.

»Was ist? Was ist passiert?« Angie und Coco stürmen in die Küche.

»Die Deckel bleiben nicht zu«, sage ich kläglich. »Seht selbst.«

Ich schließe eine der Plastikschalen und fädele die kleine Plastiklasche ein. Der Deckel springt sofort wieder hoch. Ich könnte heulen. Aber das würde auch nichts nutzen.

»Ich kann das nicht«, sage ich. »Was habe ich mir bloß dabei gedacht?«

»Gummiband?«, schlägt Coco vor. »Tesafilm?«

»Nein, Sticker!«, ruft Angie und läuft nach oben, um kurz darauf mit Dutzenden Etikettenblättern mit großen roten Herzaufklebern wiederzukehren.

»Was zum …«

»Aus dem Materialschrank im Atelier. Die sind süß.«

»Du hast sie von der Arbeit mitgehen lassen?«

»Kleinmaterial zählt nicht. Das ist wie mit dem Müsli in WGs.«

»Du hast dich von meinem Müsli bedient?«

Die Herzsticker sind die perfekte Lösung für die Salatboxen und sehen dazu noch verdammt hübsch aus. Mein Optimismus kehrt beinahe zurück. Vielleicht klappt es ja doch.

»Du hast den Feta vergessen«, sagt Angie, die gerade meine Speisekarte liest.

Ich stoße erneut einen Schrei der Verzweiflung aus.

Vorsichtig öffne ich jede einzelne Box und lege exakt sieben Würfel fettarmen Fetakäse hinein.

»Jetzt ist der zweite Salat dran!«, sage ich, bemüht, optimistisch und kämpferisch zu klingen. Ich schaffe das. Ich kann das. Es war vielleicht nicht der beste erste Tag aller Zeiten, aber egal. *Illegitimi non carborundum*, wie die junge Mutter im Bartolo's gesagt hat.

»Äh … Pia?«, sagt Coco. »Können wir die Küche benutzen, um das Abendessen zu machen?«

Ich blicke bestürzt auf die Uhr. Wie kann das sein, dass es schon sieben Uhr abends ist? »O Gott! Tut mir leid. Bestellt euch Pizza. Ich bezahle. Oder Sushi. Was auch immer.«

»Sushi! *Arigato!*«, ruft Angie.

»Ich werde gleich im Bartolo's anrufen!«, sagt Coco. »Aber erst muss ich die anderen fragen, was sie haben wollen.« Sie flitzt aus der Küche.

»Hier«, sage ich und gebe Angie ein Bündel Geldscheine. »Um die Pizza und das Sushi zu bezahlen.«

»Süße, dir muss doch langsam die Kohle ausgehen«, erwidert sie zweifelnd.

Ich mache eine wegwerfende Handbewegung, die eine Menge Zuversicht ausdrückt, die ich nicht spüre. »Egal. Das hole ich im Handumdrehen wieder rein.«

Der zweite Salat ist schneller zuzubereiten, dank der Unterstützung von Coco und Angie. Dann fülle ich das Dressing in die winzigen Becher und schreibe mit einem dicken Wäschemarker »Kim«, »Julia« oder »Pia« darauf, während die Mädels die Boxen verschließen.

»Du solltest geröstete Süßkartoffeln mit auf die Karte setzen«, sagt Angie. »Und Artischockenherzen.«

»Und Sprossen«, sagt Coco. »Und Bohnen! Bohnen sind der absolute Hammer.« Dann klingelt es an der Tür. »Das Essen ist da!«

Meine Stimmung hat sich merklich gehoben, jetzt, nachdem ich fast fertig bin. Ich verfrachte die Salatschalen in den zweiten Kühlschrank im Wäscheraum. Sie sehen so hübsch und ordentlich aus, alle aufeinandergestapelt.

Nun muss ich nur noch die fettarmen Brownies backen. Coco hat mir ein narrensicheres Rezept von ihrer Mutter gegeben. Ich benutze mein Handy, um die Mengenangaben mit drei zu multiplizieren, und verwende statt Butter eingelegten Kürbis, wie Coco mir empfohlen hat.

Ich werde damit ein verdammtes Vermögen machen. Das spüre ich. Und ich werde Cosmo alles pünktlich zurückzahlen und ein Bombengeschäft machen, und meine Eltern werden sich mit eigenen Augen davon überzeugen können, und das Leben wird großartig sein. Und ich werde nicht das einzig wahre Zuhause verlassen müssen, das ich jemals hatte.

Drei Stunden und vier Backbleche später (eine Ladung Brownies ist verbrannt, eine ist nicht richtig aufgegangen, eine ist auf den Boden gefallen, und eine ist perfekt) bin ich fast fertig. Ich schneide die Kuchenplatte in großzügige Rechtecke, lege sie in die Salatboxen – sie sehen darin ziemlich mickrig aus, ich muss kleinere Verpackungen besorgen – und verstaue sie neben den Salaten.

Dann lasse ich den Blick durch die Küche schweifen. Unser gemütlicher WG-Mittelpunkt sieht schlimmer aus als nach der Einweihungsfeier. Der Geruch von angebranntem Fleisch ist immer noch nicht verflogen. Und wie habe ich es eigentlich geschafft, Cocos gottverdammten Kräutergarten mit Schokoladenteig vollzusprenkeln? Und wie kommt es, dass unter dem Küchentisch lauter

Fetakrümel liegen? Und – o mein Gott, ist das an der Decke auch Teig? Ich bekomme ein schlechtes Gewissen. So als hätte ich einen Anschiss verdient.

»Tut mir leid«, murmle ich. »Ich werde mich sofort um dich kümmern, das schwöre ich.«

Ich schrubbe und fege jeden Zentimeter in der Küche. Ich wische sogar den Boden, etwas, das ich, glaube ich, noch nie in meinem Leben getan habe. Zum Schluss begutachte ich mein Werk, alles ist picobello. Ich spüre ein bizarres Gefühl der Befriedigung trotz der Erschöpfung.

Es ist fast Mitternacht. Die anderen sind schon im Bett. Hungrig futtere ich ein Stück übrig gebliebene Salamipizza und den Rest Sushi.

Vor meiner Zimmertür finde ich drei kleine Zettel. Der erste liegt auf ein paar ausgedruckten Seiten.

Ich habe ein bisschen recherchiert. Hier sind die Speisekarten der New Yorker Lokale, in denen es die besten Salate gibt. Zur Inspiration. Coco xxx

Auf dem zweiten Zettel steht:

Viel Glück morgen. Schnapp sie dir, Tiger. Jumanji x

Der dritte Zettel liegt auf einem Bündel Geldscheine, das verdächtig dem ähnelt, das ich vorhin Angie gegeben habe.

Dein Geld. Sorry, Süße, A. P.S. Für dich ...

Und darunter ist eine Karikatur von Toto gezeichnet, zusammen mit einer kleinen Comic-Pia, die sich aus dem Fahrerfenster lehnt. Die Aufschrift ***SchlankMobil*** ziert in fetten schwarzen Kursivbuchstaben Totos Flanke. Der Gesamteindruck ist ein bisschen Siebziger-like und improvisiert, mit lauter roten Herzen auf dem Truck und einem großen roten Lippenstiftmund auf dem Kühlergrill vorn. Darunter hat Angie geschrieben: *Wir sind nicht mehr in Kansas, Toto!*

Ich weiß, dass dies eine »Viel Glück!«-Karte von Angie

sein soll, aber es ist gleichzeitig das perfekte Truck-Design. Albern und charmant – das ideale Gegenmittel zu all den Food Trucks mit ihren super-glamourösen Logos, die ich gestern auf dem Flohmarkt gesehen habe.

Angie hat so viel Talent. Ich wünschte, sie würde die Kunst noch ernst nehmen.

Im Zimmer fällt mein Blick auf mein Handy. Es lag den ganzen Tag auf dem Bett, was für mich völlig untypisch ist. Ich habe drei neue Nachrichten.

Hey, Prinzessin, hast du Lust, ins Seersucker zu kommen? Bin mit Bianca hier! Jonah

Urgh.

Wie war dein Wochenende? Was macht dein rosaroter Truck? Wie wäre es mit diesem einen Drink? Lg Mike

Doppel-Urgh.

Hallo, ich werde am nächsten Sonntag um neunzehn Uhr die erste Rückzahlung abholen. Freue mich auf unser Wiedersehen! Cosmo

Ist das nicht nett? Stellt euch vor, ich werde mich am Ende noch richtig dick mit meinem Geldverleiher anfreunden, wie hört sich das denn an?

Ich habe nicht die Energie zu duschen oder mir die Zähne zu putzen oder was auch immer. Ich war noch nie so erledigt, aber ich muss Toto noch neu beschriften und bemalen.

Ich gehe davon aus, dass ich mich morgen gegen halb zehn auf den Weg machen muss, damit ich genügend Zeit habe, um einen guten Parkplatz zu finden, folglich muss die Farbe bis spätestens halb neun aufgetragen sein, damit sie trocknen kann, und außerdem muss ich den Truck beladen, und ich muss unbedingt duschen, weil ich das heute nicht geschafft habe, glaube ich jedenfalls, obwohl ich mich nicht mehr richtig erinnern kann, und das heißt vierzig Minuten mit Haareföhnen, und leider bin ich nicht zum Wäschewaschen gekommen, und jetzt habe ich keine saubere Unterwäsche mehr, und ich muss noch Servietten kaufen und am besten auch ein paar Flaschen Wasser und Diät-Limonade, und ich brauche Wechselgeld für die Kasse, und o Mist, ich habe noch gar keine Kasse, was also bedeutet, dass ich spätestens um acht hier aufbrechen muss.

Ich stelle den Wecker auf halb sechs. Und dann falle ich wie eine Tote in den Schlaf.

10

»Würdet ihr fettarmen, kohlenhydratarmen, proteinreichen Salat von einem rosaroten Truck namens Toto kaufen?«, rufe ich aus dem Fahrerfenster um acht Uhr am nächsten Morgen.

»Und ob!«, ruft Coco zurück und winkt von der Vordertreppe. »Viel Glück!«

»Go, Süße, go!«, schreit Angie, die sich eine Zigarette anzündet.

Ich versuche, Toto zu starten. Er grollt ein paar Sekunden, und einen Moment lang befürchte ich, meine Karriere ist vorbei, bevor sie überhaupt begonnen hat, aber dann erwacht er hustend zum Leben.

»Yep!«, rufe ich energisch und recke die geballte Faust aus dem Fenster, bevor ich losfahre.

Es ist Montagmorgen, und ich bin bereit für mein neues Abenteuer!

Toto sieht super aus. Ich habe auf beiden Seiten in knallroter Farbe »SchlankMobil« gepinselt und ihn mit Herzen übersät, genau wie auf Angies Zeichnung. Er sieht verspielt und witzig aus und nur ein kleines bisschen kitschig. Und leicht heruntergekommen und ungekünstelt. So wie Brooklyn.

Das Radio erwacht zum Leben und findet einen meiner Lieblingssongs: *Here it goes again* von OK Go. Irgendwie gefällt es mir, dass ich keinen Einfluss auf die Senderwahl habe: Das ist, als würde ich mein Musikprogramm in die Hände des Schicksals legen. Oder vielleicht sucht Toto es für mich aus.

Gott, ich habe das Autofahren vermisst. Julia hat es mir an der Uni beigebracht (eine ernsthafte Bewährungsprobe für unsere Freundschaft) und mir später oft ihren Wagen geliehen. Sie hatte damals einen kleinen braunen VW Beetle, den wir »Kacker« nannten. Er starb tragischerweise durch eine tödliche Verwechslung von Diesel und Bleifrei im letzten Jahr (Hey, das kann jedem mal passieren!). Sei's drum, ich kann es jedenfalls kaum erwarten, meine Salate zu verkaufen und …

PENG!

Was zur Hölle war das? Ich komme mit quietschenden Reifen zum Stehen. Das war ein unheimlich lauter Knall, es hörte sich an wie ein Schuss. Glaube ich jedenfalls. Als hätte ich davon eine Ahnung.

»Hast du das gehört, Toto?«

Alles ist still.

Ich fahre wieder an. Was ist das für ein Flap-flap-flap? Das hört sich an wie …

»Sie haben einen Platten!«, ruft jemand.

Ich trete wieder auf die Bremse. Auf dem Gehweg steht eine Frau mit einem kleinen Mädchen und einem kleinen Jungen. Der Kleine weint, wahrscheinlich wegen des lauten Knalls. Ich frage mich, was das war.

»Ihr Hinterreifen ist platt!«, ruft die Frau nun. Ich sehe genauer hin. Die kenne ich doch!

»Lina!«, rufe ich. »Hi!« Ich steige aus dem Wagen und gehe zu ihr hinüber. »Hallo, Pia! Hallo, Gabe!«

Lina ist die Frau, die mir letzte Woche zweihundert Dollar Trinkgeld gegeben hat! Es kommt mir vor wie eine halbe Ewigkeit, seit wir uns im Bartolo's kennengelernt haben, aber das war erst am Freitag.

»Arbeiten Sie jetzt schwarz als Foodtruckerin?«, sagt sie lachend. »Seht mal, Kinder! Das ist Pia aus unserer Pizzeria!«

»Hat sie geschossen?«

Der kleine Gabe weint immer noch. Pia versteckt sich schüchtern hinter ihrer Mutter und späht zu mir hervor. Ich zwinkere ihr zu, während Lina Gabe tröstet.

»Nein, Schatz, das war der Truck. Der Reifen ist geplatzt wie ein riesengroßer Luftballon.«

Endlich dämmert es mir. »Sch… ande! Mein Reifen!« Gerade noch rechtzeitig ist mir eingefallen, vor den Kindern nicht zu fluchen. »Ich weiß nicht, wie man einen Reifen wechselt!«

»Im Wagen liegt sicher ein Ersatzreifen, oder?«, sagt Lina.

Ich mache ein betrübtes Gesicht. »Was weiß ich?«

Lina lacht. Und mir fällt etwas ein, das Francie, die Vorbesitzerin, erwähnt hat: dass alles, was man sonst noch so brauche, sich hinter einer Falltür im Unterboden des Trucks befinde.

»Ich werde Ihnen helfen«, sagt Lina. »Einen Reifen zu wechseln kann nicht so schwer sein.«

»Oh, machen Sie sich keine Gedanken. Sie haben sicher bessere Dinge zu tun.«

»Hey, ich habe heute frei. Ich habe mir einen Tag Urlaub für die Kinder genommen«, erwidert sie fröhlich. »Ihr Süßen, habt ihr Lust, Pia mit ihrem Truck zu helfen?«

»Jaaa!«

Lina gehört offenbar zu den Müttern, die alles in einem begeisterten Ton sagen können, von dem sich ihre Kinder sofort anstecken lassen.

Zehn Minuten später liegen das Ersatzrad und der Wagenheber auf der Straße neben dem platten Reifen bereit. Einen Moment lang starre ich auf das riesige Ersatzrad. (Ernsthaft, wie viel wiegt so ein Ding? Einen Zentner?) Der Wagenheber sieht aus wie ein Folterinstrument. Ich habe keinen Plan, was ich tun soll.

Dann kommt mir eine Idee. Ich hole mein Smartphone heraus, rufe die Homepage von YouTube auf, gebe »Reifenwechsel« ein und sehe mir eins der Videos an. Es ist ziemlich unkompliziert. Radkappen, Radmuttern, Wagenheber …

»Darauf wäre ich nie gekommen«, sagt Lina und deutet auf mein Handy. »Beeindruckend.«

Ich kann nicht anders, ich muss lachen. Noch nie ist etwas, das ich getan habe, als »beeindruckend« bezeichnet worden.

»Also, wie kommt es überhaupt, dass Sie einen Food Truck fahren?«

Während wir den Reifen wechseln, erzähle ich ihr kurz von meiner Geschäftsidee. Den Part mit dem Oben-ohne-Tanz auf dem Tisch und dem Rum und das mit dem Kredit von einem Pfandleiher lasse ich aus. Stattdessen erkläre ich, dass ich als frischgebackene Uni-Absolventin keinen Job bekomme und dies praktisch eine Notlösung ist.

»Ah, der ›Ohne-Erfahrung-kein-Job-ohne-Job-keine-Erfahrung‹-Teufelskreis«, sagt Lina. »Ich erinnere mich.«

»Ja, echt verrückt, da habe ich vier Jahre studiert und bin nicht einmal qualifiziert, um bei Starbucks zu kellnern … aber so ist es.«

»Ich erinnere mich an diese Phase«, sagt sie. »Es ist wirklich schwer. Der Start ins Erwachsenenleben ist hart, dabei wird einem immer erzählt, dass es nach dem College viel leichter ist.«

»Genau!«, stimme ich ihr zu. Lina ist so nett zu mir, dass mir die Tränen kommen. Typisch.

»SchlankMobil. Das ist eine tolle Idee. Ein todsicherer USP.«

Ich habe keine Ahnung, was »USP« bedeutet, sage aber: »Danke!«

»Dann haben Sie also eine Leidenschaft fürs Kochen, was?«

»Nicht wirklich«, antworte ich. »Ich meine, ich esse sehr gern, und ich liebe es, ins Restaurant zu gehen und so, aber Kochen war noch nie mein Ding. Meine Leidenschaft ist diese Geschäftsidee, weil sie von mir kommt und bisher einzigartig ist. Außerdem glaube ich, die Kunden wünschen sich das.«

»Gesprochen wie eine wahre Unternehmerin.«

Nachdem der Reifen gewechselt ist, biete ich meinen drei Helfern je ein Kürbis-Brownie an, die aufs Haus (äh … auf den Truck) gehen. Pia und Gabe haben uns in der letzten halben Stunde mit frei erfundenen Liedern unterhalten, was verdammt süß war.

»Hören Sie«, sagt Lina, als ich wieder in den Truck steige. »Wenn Sie etwas brauchen, rufen Sie mich an. Das meine ich ernst.« Sie gibt mir ihre Visitenkarte. »Viel Glück heute. Ich habe das Gefühl, dass Ihre Idee voll einschlagen wird. Und sollten Sie zufällig irgendwann in der Nähe unserer Firma stehen, dann schicken Sie mir vorher eine SMS. Ich werde dafür sorgen, dass jeder im Gebäude davon erfährt.«

»Das mach ich, danke!«, erwidere ich. Ich bin richtig euphorisch. »Und nochmals danke für das unglaubliche Trinkgeld letzte Woche.«

Sie schüttelt lächelnd den Kopf. »Gern.«

Das ist es, denke ich, während ich über die Brooklyn Bridge fahre. Ich. Auf dem Weg nach Manhattan mit meinem eigenen Food Truck. Meine Begeisterung ist zu groß, um nervös zu werden, weil ich in die City fahre. *Meine* City. Ich sehe junge Frauen in meinem Alter, die mit Kaffeebechern und Sporttaschen auf dem Weg zur Arbeit sind, in ihr Erwachsenenleben starten mit einem Erwachsenenjob … Irgendwie schon komisch, wenn man bedenkt, dass wir alle zur selben Zeit Babys waren, dass wir dieselben Stadien der Kindheit und Jugend durchlaufen haben mit *American Idol* und Sport-BHs und *Twilight* und dem ersten Kuss und der ersten Wachsenthaarung. Und nun steht meine Generation an der Schwelle zum Erwachsenenleben.

Auf geht's.

Während der Fahrt nach Manhattan schicke ich Julia eine SMS. Ich erreiche ihre Bank mitten in der City um halb eins. Mit überraschend wenig Mühe entdecke ich ein kleines Stück weiter auf der Straße einen Parkplatz (Ha! Leck mich, Madeleine), und gleich darauf kommt Julia angelaufen.

»O MEIN GOTT! DAS SCHLANKMOBIL! DER BESTE FOOD TRUCK AUF DER GANZEN WELT!«, schreit sie über die Straße.

Ich lache, ziehe die Handbremse an und klettere nach hinten in den Truck.

»Hinten anstellen!« Julia kommandiert irgendwen herum. »Los, los, hinter mich!«

Ich stelle je zehn Portionen der beiden Salatvarianten auf die Theke, staple daneben das Dressing und dann die Brownies und öffne schließlich die Verkaufsklappe. Julia greift zur Theke hoch und hilft mir, Messer und Gabeln zu arrangieren, ohne ihre Lobeshymne zu unterbrechen.

»Ich kann nicht glauben, dass ich bei der Eröffnung des SchlankMobils dabei sein darf! Das ist das Coolste, was ich jemals erlebt habe! Ich bin total aufgeregt! Sofort jemand zu mir zum Abklatschen!«

Ich versuche, ihr ein Lächeln zu schenken, aber plötzlich bin ich so nervös, dass ich kaum atmen kann. Ich habe keine Ahnung, was ich da mache. Ich kann keinen

Food Truck betreiben. Was, wenn es schiefläuft? Was dann? Und wie zur Hölle will ich nach sechs Wochen die zehntausend Dollar zurückbezahlen plus einen Tausender jeden Sonntag?

»Darf ich Ihre Bestellung aufnehmen, Ma'am?«, frage ich Julia mit piepsiger Stimme.

Ich blicke über ihren Kopf hinweg auf zwei Leute, die geduldig warten. Eine kleine Schlange? Kundschaft!

Ich packe das.

»Ich nehme einen Salat mit Hähnchenbrust und das Julia-Dressing. Der Salat sieht unglaublich lecker aus. Und eins dieser fettarmen Brownies, bitte!« Sie schreit förmlich. Gott, sie ist so eine schlechte Schauspielerin. »Wow! Das wird der beste Lunch aller Zeiten!«

»Das macht dann sechs Dollar für den Salat, fünfzig Pence für das Dressing und zwei Dollar für den Kuchen, also zusammen …« Ich unterbreche mich und rechne im Kopf, so schnell ich kann, und ja, ich weiß, das ist erbärmlich, aber ich bin wirklich schlecht in Mathe. »… Acht Dollar fünfzig, Ma'am.«

Sie gibt mir einen Zwanziger. »Behalten Sie den Rest.«

»Nein, das kann ich nicht machen«, widerspreche ich bestimmt. »Du kriegst dein Wechselgeld.«

»Danke schön!«, trällert sie und huscht davon, bevor ich ihr herausgeben kann. Ich höre, wie sie wieder lauthals zu schreien beginnt. »Ein Salat vom SchlankMobil! Das ist der Oberhammer!«

»Hallo«, sage ich zu dem nächsten Kunden, einem bebrillten Nerd. »Was darf es sein?«

»Einmal den Truthahnsalat mit Kim-Dressing und drei Käsestangen«, antwortet er.

Ich nehme wahr, dass sich wieder zwei Leute anstellen, und unterdrücke den Impuls, in die Luft zu boxen.

»Wie viele Kalorien hat denn der Hähnchenbrustsalat?«, fragt die nächste Kundin, eine verkniffen aussehende Frau mit krausen Haaren.

»Äh … ich … Die genauen Zahlen kriege ich heute Abend. Morgen kann ich Ihre Frage beantworten.«

»Dann komme ich morgen wieder.«

Der Nächste möchte einen Hähnchenbrustsalat und einen fettarmen Brownie. Danach verkaufe ich einen Truthahnsalat. Dann zweimal Brownies und einmal Truthahn. Plötzlich ist die Schlange fünf Leute lang.

»Wie viel Fett enthält das Dressing?«

»Wie ist Ihr Twitter-Name?«

»Sind Sie bei Facebook?«

»Haben Sie eine Homepage?«

»Nehmen Sie Vorschläge an?«

»Kann ich einen Salat ohne Käse haben?«

»Was ist das Braune hier?«, fragt eine große rothaarige Frau und zeigt auf etwas in ihrer Salatbox.

Ich sehe genauer hin. »Das ist Avocado.«

»Sie sollten sie mit Zitronensaft beträufeln. Dann verfärbt sie sich nicht. Das hier sieht ziemlich unappetitlich aus.«

»Okay …« (Wie unhöflich!) »Möchten Sie den Salat zurückgeben?«

»Nein. Der ist immer noch nahrhafter als die Sachen vom Imbiss gegenüber.«

»Vielen Dank, Ma'am«, sage ich. »Der Nächste, bitte!«

»Wo ist hier die nächste Salatbar?«

»Ist das eine ernst gemeinte Frage?«, sage ich zu dem Mann, der die Frage gestellt hat.

Es handelt sich um einen Anzugträger Mitte zwanzig, ein Exsportler, nehme ich an, die Sorte, die nach dem ersten Studienjahr mit dem Sport aufhört und fünfzig Pfund zulegt und dann versucht, Gewicht zu verlieren durch gesundes Essen. Ich kenne diese Sorte.

»Ja«, sagt er und grinst mich an.

»Ich weiß es nicht. Und selbst wenn ich es wüsste, würde ich es Ihnen nicht sagen. Außerdem enthalten die Salate dort jede Menge verstecktes Fett und Zucker.«

»Ach ja?«, erwidert der Mann.

Ich habe keinen blassen Dunst. »Ja.«

»Ihre Salate sind irgendwie langweilig.«

»Ach ja?«

»Womit machen Sie die fettarmen Brownies?«

»Das ist ein Betriebsgeheimnis.« Er hebt eine Augenbraue. »Na schön, ich verwende Kürbis.«

»Im Ernst? Erklären Sie mir bitte, wie man die gute, alte Butter durch Kürbis ersetzen kann.« Flirtet der mit mir? Für so was habe ich keine Zeit. »Woher kommen Sie?«

»Ich bin aus Brooklyn, und wenn Sie nichts bestellen möchten, bitte ich Sie, Platz für die hungrigen Leute zu machen, die hinter Ihnen warten.«

»Ganz schön resolut.«

Der Kerl grinst wieder und schlendert davon. Meine Worte hallen in meinem Kopf wider. *Ich bin aus Brooklyn.* Na ja, stimmt ja auch.

Um zwanzig nach zwei habe ich dreißig Hähnchenbrustsalate, dreißig Truthahnsalate, sechzig Dressings, achtundvierzig Brownies (nun ja, fünfundvierzig, wenn man die drei abzieht, die ich Lina und ihren Kindern geschenkt habe) und vierundsechzig Käsestangen verkauft. Ich habe vergessen, Getränke zu besorgen, aber morgen werde ich daran denken. Und ich habe viele Anfragen bekommen für vegetarische Salate und eine größere Auswahl an fettarmen Desserts, und gleich heute Abend werde ich mir eine Homepage reservieren und eine Facebook-Seite erstellen und einen Twitter-Account einrichten. Easy.

Aber das Allerbeste ist, dass ich weit über fünfhundert

Dollar cash in meiner Kasse habe (na schön, in einer alten Barbie-Lunchbox, die ich in unserer Küche fand).

Am Abend ist mir immer noch ganz schwindlig von den Erfolgen des Tages. Ich schreibe ein bisschen was für die Facebook-Seite. Die Kunden müssen wissen, warum das SchlankMobil etwas Besonderes ist.

WILLKOMMEN beim SchlankMobil
Unsere Speisen werden ausschließlich im Backofen zubereitet. Wir versuchen möglichst, auf Zucker zu verzichten, wir vermeiden grundsätzlich Süßstoffe, Maissirup würden wir nicht einmal mit der Kneifzange anfassen. Zudem achten wir darauf, sehr sparsam mit Salz umzugehen und glutenfreies Mehl zu verwenden. Bei unseren Salaten und Snacks kann jeder sicher sein, dass er genau das bekommt, was er bestellt hat.
Fazit? Wir lieben Essen. Aber wir lieben auch unseren Körper. Und wir möchten uns nicht zwischen den beiden entscheiden müssen.

Zu guter Letzt muss ich noch die Kalorien ausrechnen. Es hat den Anschein, als würde jeder verdammte Mensch in Manhattan Kalorien zählen. Also werde ich alle Salatzutaten für morgen wiegen und messen, die Kalorienwerte mithilfe des guten, alten Google recherchieren und zum Schluss alles addieren.

Das Problem ist, dass ich dazu nicht fähig bin.

Meine Ergebnisse stimmen nicht. Gerade einmal achtundsiebzig Kilokalorien für den Hähnchenbrustsalat sind zwar eine Traumvorstellung, können aber nicht richtig sein.

Ich rechne nach. Dieses Mal komme ich auf siebenhundertdreiundvierzig Kilokalorien. Das kann auch nicht stimmen … dafür müsste das Fleisch in Schmalz frittiert und hinterher in Schokolade gerollt worden sein.

Ich lege die Stirn auf den Küchentisch und stöhne. Dann schlage ich die Stirn auf die Tischplatte. Das heitert mich irgendwie auf, also tue ich es wieder. Und dann noch einmal, weil aller guten Dinge drei sind.

»Ah, das kommt mir doch bekannt vor«, sagt jemand. Ich hebe den Kopf. Es ist Madeleine. »Was hast du?«

»Ich kann nicht rechnen«, antworte ich.

»Na, das wissen wir doch bereits«, erwidert sie und holt sich die Reste einer Hähnchen-Brokkoli-Pfanne aus dem Kühlschrank. Ich seufze. Typisch. »Soll ich für dich was zusammenzählen? Ich bin ganz gut in Mathe.«

Ich stutze. »Bist du sicher? Ich muss die Kalorien errechnen.«

»Oh, das ist meine absolute Spezialität.«

Madeleine nimmt mir gegenüber Platz, verteilt die Reste auf zwei Teller und gibt mir eine Gabel mit der ungezwungenen Vertraulichkeit, die zwischen Menschen herrscht, die, ihr wisst schon, sich gut verstehen.

»Das klingt … perfekt.« Ich bin trotzdem skeptisch. Ganz zu schweigen davon, dass ich es nicht fassen kann, dass Madeleine überhaupt mit mir spricht. »Ich versuche gerade auszurechnen, wie viele Kalorien der Hähnchenbrustsalat hat.«

»Hundert Gramm Hähnchenbrust macht hundertzwanzig Kalorien. Ohne Haut gegart, richtig?«

»Richtig.«

»Das macht hundertzwanzig …«

»Okay.« Ich notiere es.

»Das Gemüse plus der fettreduzierte Feta plus … okay, das macht hundertvierundneunzig.«

Ich starre sie mit offenem Mund an. »Woher weißt du das alles?«

»Keine Ahnung … Ich habe in der Highschool die Kalorientabellen auswendig gelernt. Das ist wie Radfahren, das verlernt man nie.«

»Aber du machst nie eine Diät.«

Sie zögert kurz. »Ich schätze, meine Mutter … ich meine, unser Familienleben … ist ein bisschen … dramatisch. Als Kind habe ich immer das Einmaleins im Kopf aufgesagt, um mich zu beruhigen … Kalorientabellen waren da nur der nächste Schritt. Kopfrechnen hat eine beruhigende Wirkung.«

»Das hätte ich nie gedacht«, erwidere ich.

Madeleine sieht mich an und prustet los, und ich muss auch lachen. Das ist das erste Mal seit der Uni, dass wir zusammen lachen. Das erste Mal seit jenem »Ich hasse dich, Pia!«-Abend.

»Okay, okay, genug herumgealbert. Gib mir den anderen Salat«, sagt sie und schiebt sich ein Stück Brokkoli in den Mund.

Als wir fertig sind, bin ich zu Tränen gerührt vor Dankbarkeit. »Ich hätte dafür die ganze Nacht gebraucht. Vielen, vielen Dank«, sage ich.

»Kein Problem«, entgegnet sie. »Eigentlich bin ich nur reingekommen, weil ich schauen wollte, ob du bei der Gewinn- und Verlustrechnung Hilfe brauchst. Das ist gar nicht so schwer, wenn man einmal den Bogen raushat.«

»Weißt du eine Möglichkeit, wie ich mehr Geld verdienen kann, ohne mich selbst zu klonen?«

»Setz die Preise um einen Dollar hoch. Nimm für einen Salat sieben, für das Dressing einen und für das Dessert drei Dollar. Und für die Extras verlangst du auch mehr.«

»Aber was, wenn dieselben Leute, die heute bei mir gekauft haben, morgen wiederkommen?«

»Dann war das eben ein Eröffnungsangebot. Es wird

Zeit, richtig loszulegen«, sagt sie achselzuckend. »Die Leute können es akzeptieren oder woandershin gehen.«

Ich notiere mir alles, während wir unsere Teller leer essen.

»Warum bist du so nett zu mir?« Die Worte sind heraus, bevor ich es verhindern kann. »Sonst bist du nie nett zu mir. Nicht mehr seit …«

Madeleine springt auf und geht rasch die Teller abspülen. Es folgt ein ziemlich langes Schweigen, das nur vom Klappern der Spülmaschinentür unterbrochen wird.

»Das an jenem Abend damals tut mir leid«, sagt sie schließlich. »Zuerst habe ich mich dafür geschämt, und dann hatte ich eine Stinkwut auf mich … Ich schätze, ich habe einfach nur alles an dir ausgelassen … Ist halt blöd gelaufen.«

»Aber warum … warum hast du das damals gesagt?«, frage ich. »Ich dachte, wir wären Freundinnen.«

Madeleine sieht mich mit traurigen Augen an.

»Für dich ist … beziehungsweise war … immer alles ein Kinderspiel«, sagt sie.

»Was?« Habe ich eben richtig gehört?

Madeleine kaut an ihrer Unterlippe. »Dir ist doch immer alles in den Schoß gefallen. An der Uni. Du hast reiche Eltern, du bist dünn, du hast eine makellose Haut, du schließt schnell Kontakt, du siehst einfach immer richtig aus. Du hattest in deinem Leben noch nie ein ernstes Problem.«

Meine Kinnlade klappt herunter. »Und das ist der Grund, warum wir jahrelang nicht miteinander geredet haben? Dabei stimmt das alles gar nicht!«

»Was soll's«, sagt sie rasch. »An dem besagten Abend hat der … Typ, den ich damals gut fand, angefangen, mir von dir vorzuschwärmen. Er fuhr total auf dich ab, und du hast es nicht einmal gemerkt. Ich war … keine Ahnung …«

»Eifersüchtig?«, sage ich. »Wer war dieser Typ?«

Ich kann mich nicht erinnern, dass Madeleine an jemandem interessiert war während unseres ersten Studienjahrs – sie dachte nur ans Lernen.

»Spielt das eine Rolle? Ich vermute, ich fand das damals einfach nicht fair. Bei dir läuft nie etwas schief. Du stehst immer im Mittelpunkt. Sobald du den Mund aufmachst, hören alle zu. Es ist, als hättest du … eine Antenne für soziale Anerkennung oder so.«

Ich weiß nicht, ob ich lachen oder weinen soll. Oder auf sie losgehen soll. »Aber … aber ich versuche doch bloß, freundlich zu sein. Mein ganzes Leben lang versuche ich den Anschein zu erwecken, dass ich dazugehöre, ohne mich jemals zugehörig zu fühlen. Und das hat offenbar so gut funktioniert, dass du mich hasst!«

»Aber du wirkst nie unsicher. Oder verlegen.«

»Süße, bloß weil ich mich so gebe, heißt das noch lange nicht, dass in meinem Innern alles in Ordnung ist. Dort herrscht ein heilloses Durcheinander«, erwidere ich. »Außerdem ist mir nicht alles in den Schoß gefallen. Ich bin von zwei Internaten geflogen!«

»Warum?«

»Darüber will ich jetzt nicht reden«, wiegle ich mit zitternder Stimme ab.

Das sind heiße, beschämende Erinnerungen, die ich tief verdrängt habe. Tiefer noch als meine Erinnerungen an Eddie, tiefer als alles andere. Es sind die Erinnerungen, für die ich mich selbst hasse.

Madeleine lässt nicht locker. »Ich wette, du warst total beliebt.«

»Beliebtheit ist ein Mythos«, sage ich. »Außerdem habe ich nirgendwo reingepasst, nicht wirklich. Ich habe zu niemandem aus meiner Internatszeit noch Kontakt. Anfangs hatte ich Panikattacken … die habe ich immer noch, manchmal. Als ich das zweite Mal von der Schule flog, meinte meine Mutter zu mir, sie schäme sich, dass ich ihre Tochter sei.« Ich schließe die Augen und versuche, die Gedanken daran zu verdrängen. Sie verursachen mir immer noch ein flaues Gefühl im Magen. Es war der schlimmste Streit aller Zeiten. »Seitdem ist es zwischen meiner Mutter und mir nie wieder so geworden wie früher.«

Madeleine legt ihre Hand auf meine. »Deine Eltern lieben dich, Pia. Sie rufen dich ständig an. Mein Dad hat sich seit meinem dreizehnten Geburtstag nicht mehr gemeldet. Und meine Mutter hat für meine Stiefbrüder mehr übrig als für mich. Das ist kein Witz. Es ist so offensichtlich.« Sie macht ein trotziges Gesicht.

Plötzlich habe ich genug von dieser Unterhaltung. »Maddy, das ist albern. Führen wir hier einen Wettkampf, wer das beschissenere Leben hatte? Ich weiß nicht, wie es ist, du zu sein, und du weißt nicht, wie es ist, ich zu sein. Wie willst du das also beurteilen?« Ich spüre, dass mir die Tränen kommen. O Gott, nein, bitte nicht, ich will nicht weinen. »Herrgott, Madeleine, ich versuche nur mein Bestes zu tun.«

»Okay, tut mir leid«, sagt sie. »Ich hatte unrecht. Tut mir wirklich leid, bitte, nicht weinen.«

Tränen schießen mir in die Augen und laufen über meine Wangen. »Ich hasse es, wenn ich weinen muss, das ist so nervig. Und dabei bin ich gar nicht traurig.«

»Manchmal tut es einfach gut zu weinen«, sagt Madeleine, und auch sie muss weinen. Wir lachen beide unter Tränen. Sorry, das klingt wie aus einer Folge der verdammten Gilmore Girls, aber es stimmt. »Ich wollte dich nicht aufregen. Ich bin einfach nur fertig.« Sie unterbricht sich und starrt ins Leere. »Ich bin total runter mit den Nerven.«

»Jeder ist mal so drauf, Süße«, sage ich. »Genau das macht uns zu etwas Besonderem.«

Madeleine muss wieder lachen. Das ist schön. Etwas peinlich, aber schön.

»Was ich noch fragen wollte … Was ist eigentlich mit dir und meinem Bruder?«

Einen Moment lang bin ich zu schockiert, um zu antworten.

»Äh … nichts.«

»Glaubst du etwa, ich bin blind? Ich habe auf der Party gesehen, wie ihr rumgeknutscht habt. Außerdem hat er mir erzählt, dass ihr via SMS flirtet!«

Tun wir das? O verdammt. Die Flirtlektion für Coco.

»Weißt du, Mads … Mike ist ein unheimlich lieber Kerl und wirklich witzig und gut aussehend, aber …«

»Du hasst die unheimlich lieben, witzigen und gut aussehenden Kerle, wie?«

»Ha«, sage ich und muss an diesen Aidan neulich nachts im Taxi denken. Er war perfekt. Aber ich werde ihn niemals wiedersehen. Außerdem gibt es so etwas wie Perfektheit nicht.

Madeleine seufzt. »Versprich mir einfach, dass du Mike nicht das Herz brechen wirst. Er hatte erst eine Beziehung.«

Als könnte ich Mike das Herz brechen! Herrgott, wir haben nur ein Mal herumgeknutscht. Okay, wir hatten Sex. »Versprochen.«

Madeleine springt auf, um Tee zu kochen. Ich weiß nicht, was ich sagen soll. Wie fängt man ein ungezwungenes Gespräch an, wenn man sich so viele Jahre gegenseitig ignoriert hat?

»Ich liebe es, hier zu wohnen«, sagt sie schließlich und lässt den Blick durch die Küche schweifen. »Ich habe das Gefühl, das ist momentan das Einzige in meinem Leben, was funktioniert.«

»Und deinen Job, liebst du den nicht?« Ich bin überrascht.

»Lieben ist vielleicht übertrieben ... ich meine, er ist okay. Nur manchmal ist es ganz schön stressig, weil ich so viel zu tun habe.«

»Machst du viele Überstunden?«, frage ich.

»Nein ... ich meine vielmehr, weil ich mich so oft beweisen muss. Ich möchte auf der Überholspur Karriere machen, was bedeutet, dass ich die richtigen Leute beeindrucken muss. Und ich muss einen Mann finden und heiraten und Kinder kriegen, bevor ich dreißig bin.«

»Das sind noch acht Jahre bis dahin«, sage ich. Ich mache mir nie Gedanken über meinen dreißigsten Geburtstag. Mann, ich denke nicht einmal bis zu meinem fünfundzwanzigsten.

»Aber das bedeutet eine Menge Arbeit. Und ich bin die Einzige, die das umsetzen kann. Das kann mir niemand abnehmen. Was, wenn ich versage?« Sie starrt wieder in die Luft und kaut an ihrer Lippe. »Manchmal kommt es mir vor, als hätte ich einen Marathon absolviert – zuerst die Schule, dann das Studium und schließlich der erste Job, und plötzlich heißt es, okay, egal, du musst sofort den nächsten Marathon laufen. Als würde alles, was ich bisher erreicht habe, nicht mehr zählen.«

»Es wird so kommen, wie du es dir wünschst«, sage ich. »Du gehörst nämlich zu den Leuten, die alles sorgfältig planen.«

Madeleine lacht. »Von wegen! Und was, wenn es nicht so kommt? Was, wenn ich am Ende arbeitslos bin und Single und wieder zu Hause wohne, wo ich mit meiner Mutter vor der Glotze sitze und mir *Jeopardy!* reinziehe?«

»Dann ... wirst du mit dieser Entscheidung wahrscheinlich absolut glücklich sein.«

»Ich will aber nicht mit dieser Entscheidung glücklich sein! Ich will es nicht!«

»Okay, Maddy, beruhige dich ...« Dann sage ich die drei Worte, die ich nie glaube, wenn ich sie mir selbst sage. »Alles wird gut.«

11

Es ist Sonntagnachmittag. Cosmo wird in ein paar Stunden vorbeikommen, um seine erste Rate abzuholen. Ich freue mich schon darauf, ihn wiederzusehen.

Wenn ich den Tausender abgegeben habe, bleiben mir nur noch dreihundert Dollar ... Ich muss zugeben, ich habe erwartet, etwas mehr Gewinn zu machen, aber die Lebensmittel sind so teuer.

Aber das war meine erste Woche. Ich hatte viele unvorhergesehene Ausgaben. Und man muss Geld investieren, um es zu vermehren, richtig? Es ist ungewohnt für mich, mich voll und ganz in die Arbeit zu stürzen, aber ich genieße es total. Ich habe immer noch jede Menge Zeit, bevor ich die Gesamtsumme zurückzahlen muss (und bevor meine Eltern kommen), und bis dahin rollt bestimmt der Rubel, wie man sagt.

Möchtet ihr etwas Erstaunliches hören? Maddy und ich sind wieder Freundinnen, definitiv! Das macht das Leben in unserem Nest bei Weitem einfacher. Wie gestern Nachmittag zum Beispiel: Wir hingen alle in der Küche ab, wo ich mit Rezepten für fettarmes Bananenbrot herumexperimentierte, das die anderen anschließend probieren durften, und später – jetzt kommt die absolute Krönung – spielten wir alle zusammen am Küchentisch Karten. Das war Angies Idee – sie ist schon immer ein glühender Pokerfan gewesen. Wenn wir gerade von gutem, sauberem Vergnügen reden: Es hätte eine Szene aus einem gottverdammten Norman-Rockwell-Gemälde sein können. Vorausgesetzt, dass die Figuren von Norman Rockwell um Streichhölzer pokern und Bier trinken …

Und soweit ich das beurteilen kann, hat Angie sich von ihrer Krise wegen Marc erholt. Sie ist heute in Manhattan bei einem Sekt-Brunch. Julia ist zu ihrem Kickboxenkurs gegangen und hat eine widerspenstige Coco mitgeschleift. Ich glaube, Madeleine ist oben. Und ich esse gerade die restliche Erbsensuppe mit Schinken, die Coco gestern Abend gekocht hat, und schreibe das Menü für morgen.

Salat 1
Huhn + Avocado + Zuckererbsen + Rote Bete + Kirschtomaten + fettreduzierter Feta + junges Blattgemüse
Salat 2
Truthahn + Brunnenkresse + Mandeln + Apfel + Sellerie + fettreduzierter Cheddar + junges Blattgemüse
Salat 3
Thunfisch + fettarme Mayo + gekochtes Ei + Mais + Cannellini Bohnen + Eisbergsalat
Salat 4
Avocado + Kirschtomaten + Süßkartoffeln + Brokkoli
Salat 5
Hüttenkäse + Apfel + Schinken + Schalotten + junges Blattgemüse
Dessert 1
Brownies (fettarm)
Dessert 2
Bananenbrot (fettarm)

Ich weiß, das ist nicht gerade das spektakulärste Salatmenü aller Zeiten. Aber es ist auf dem Weg dorthin.

Ich nehme mir kurz die Zeit, um einen Tweet loszuschicken.

Morgen, 11 Uhr, Ecke 23./Park Ave.
Gutes, figurfreundliches Essen vom SchlankMobil.
PS. Die ersten 10 Kunden bekommen einen Brownie gratis!

Ich habe auch die Dressingauswahl erweitert. Es gibt jetzt ein Tsatsiki namens Angie, ein Ingwer-Miso namens Coco und ein fettarmes Ranch Dressing, benannt nach Madeleine. Ranch Dressing war noch nie mein Favorit, aber ich komme allmählich auf den Geschmack. Ha.

In diesem Moment klingelt mein Handy. Mike.

Schon wieder? Er hat letzte Woche fast jeden Abend angerufen. Und gesimst und auf Facebook gepostet …

Ich überlege, ob ich ihn ignorieren soll – er wird es wohl irgendwann raffen, richtig? –, aber dann muss ich an Madeleines Bitte denken. Ich möchte diese neue entspannte Phase unseres Lebens, die wir momentan genießen, wirklich nicht ruinieren.

Aber ich muss Mike gegenüber ehrlich sein. Offenbar reicht es nicht, dass ich ihn seit unserem One-Night-Stand ignoriere.

Ich schlage einen unterkühlten und gelassenen Ton an. »Mike! Na so was, hallo.«

»Du lebst! Okay, ich muss los, ich muss die Bernhardiner zurückpfeifen, die gerade die Stadt nach dir absuchen …«

Ich kann nicht anders, als zu lachen. »Ich bin eine sehr beschäftigte Frau, Michael.«

»Michael! Wow. So hat mich keiner mehr genannt, seit ich sieben war und in einem Laden in Maryland einen Schokoriegel geklaut habe.«

»Du hast einen Schokoriegel geklaut?«

»Ja, einen Oh Henry«, erwidert Mike und klingt leicht beleidigt. »Ernsthaft. Das ist der beste Schokoriegel aller Zeiten.«

Ich lache, aber warte ab, dass er zur Sache kommt. Mach schon, Mann. Ich muss morgen früh aufstehen.

»Tja.« Er räuspert sich. »Ich wollte fragen, ob du am kommenden Wochenende Lust hast auf einen Spielenachmittag. Du weißt schon ... in den Park gehen, auf dem Spielplatz schaukeln, die Enten füttern ...«

»Hey, das wäre toll, aber ich habe gerade ein Geschäft gegründet. Ich experimentiere mit Salaten und fettarmen Keks- und Käsekuchenrezepten.«

»Du backst selbst?«, sagt er mit kaum verhohlener Belustigung in der Stimme.

»Korrekt«, sage ich, bemüht, nicht verärgert zu klingen. Warum finden es alle zum Schreien komisch, dass ich backe? Das ist schließlich nicht so schwer. Als Julia heute Morgen in die Küche kam und mich in Tante Jos Rüschenschürze und Ofenhandschuhen sah, musste sie so sehr lachen, dass sie das Gleichgewicht verlor und mit dem Kopf gegen den Türrahmen knallte.

»Ich kann dir helfen«, sagt Mike. »Ich kenne da einen Typen in Red Hook, der hat eine Hühnerzucht. Ich kann dir Eier besorgen.«

»Soll das ein Scherz sein?«

»Nein«, sagt er. »Das sind die besten Eier, die du jemals in deinem Leben gegessen hast.«

In diesem Moment klingelt es an der Tür. Cosmo!

»Gut«, sage ich rasch. »Das wäre super. Kannst du mir die Eier vorbeibringen? Vielleicht am kommenden Samstag?«

Es entsteht eine kurze Pause. »Bin ich jetzt dein Eierlieferant?«

»Äh ... so habe ich das nicht gemeint«, sage ich, während ich zur Haustür eile. Warum nur ist Mike so verdammt empfindlich? Himmelherrgottnochmal. Genau wie Madeleine. »Okay, was hältst du davon, wenn wir uns am Freitagabend auf einen Drink treffen? Dann kannst du die Eier ja mitbringen.«

»Freitagabend um acht im Brooklyn Social? Das ist ein Date!«

»Das ist ein Drink«, widerspreche ich bestimmt, als es wieder an der Tür schellt. »Ich muss jetzt aufhören.« Ich lege auf und öffne die Tür. »Cosmo!«

Aber es ist nicht Cosmo.

Es ist ein Riese. Ein riesenhafter *Transformers*-Roboter in einem engen schwarzen T-Shirt und schwarzen Jeans, mit tierisch aufgepumpten Schultern und Armen und ohne Arsch in der Hose. Die Sorte Mann, die sich für muskulös hält, weil sie Anabolika nimmt und Gewichte stemmt – die Realität zeigt einen mit Akne übersäten Fettkloß. Absolut nicht meine Abteilung.

»Ich bin Nicky«, sagt er mit einer unerwartet hohen Stimme. »Cosmo ist im Wagen.«

Ich sehe an Nicky vorbei und entdecke einen Prius, der in zweiter Reihe neben Toto parkt.

»Cosmo fährt einen Prius?«

»Er ist hochgebildet«, entgegnet Nicky. Ich grinse ihn an, weil ich denke, dass er einen Scherz gemacht hat. Hat er nicht. »Ich bin hier wegen dem Geld.«

»Das dachte ich mir, es ist oben. Möchten Sie reinkommen und sich setzen?«, frage ich.

»Nein, ich warte hier.«

Nicky verschränkt die Arme vor der Brust, und plötzlich dämmert es mir: Er ist ein Geldeintreiber. Er ist der Muskelprotz, der böse Mann.

Und plötzlich bekomme ich es mit der Angst zu tun.

»Ich … gehe es kurz holen.«

Ich lasse die Haustür offen stehen, weil es mir ein wenig unhöflich erscheint, ihm die Tür vor der Nase zuzumachen, und laufe nach oben, um den Schuhkarton unter meinem Bett hervorzuziehen, in dem die tausend Dollar sicher verstaut sind. Dann laufe ich wieder hinunter, so schnell ich kann, ein beklemmendes Gefühl im Magen, und übergebe den Umschlag.

»Hier, genau eintausend. Sie brauchen es nicht nachzuzählen.«

»Wenn du nichts dagegen hast, mache ich das trotzdem«, entgegnet Nicky. Ich nicke und beobachte, wie er das Geld sorgfältig zweimal durchzählt. Dann sieht er mich an. »Und nächste Woche hältst du es direkt parat«, sagt er. »Cosmo wartet nicht gern.«

Er geht langsam die Treppe hinunter und steigt auf der Beifahrerseite in den Prius. Cosmo dreht den Kopf zu ihm und sagt etwas, dann sieht er durch die Windschutzscheibe kurz hoch zu mir und fährt los.

In diesem Moment höre ich Victor husten. Er sitzt auf der kleinen Bank vor dem Haus, wo er gewöhnlich den frühen Abend verbringt.

Ich beuge mich über die Treppenbrüstung. »Guten Abend, Victor!«

Gott, ich hoffe, er hat nichts von dem Besuch eben mitbekommen.

»Sie verkehren mit diesen Leuten in dem Prius?«, fragt er.

»Das sind Bekannte von mir.«

»Bekannte …«, murmelt er. »Passen Sie auf sich auf, Pia, haben Sie mich verstanden?«

»Das mach ich, versprochen«, antworte ich und versuche, unbekümmert zu klingen. »Machen Sie sich keine Sorgen um mich.«

Vic gibt keine Antwort, und bevor das Schweigen unangenehm werden kann, sage ich Gute Nacht und gehe ins Haus.

12

Gegen Ende der zweiten Woche komme ich zu dem Schluss, dass die Nicky-Cosmo-Sache doch okay ist. Absolut okay.

Nicky kann nichts dafür, dass er ein tumber Roboter ist. Gut, kann er doch, aber egal. Vielleicht ist er unsicher. Vielleicht war er früher ein schmächtiger, hilfloser kleiner Junge, der von den größeren Kindern schikaniert wurde. *Richtet nicht, auf dass ihr nicht gerichtet werdet* …

Außerdem, viel wichtiger, ich hatte wieder eine fantastische Woche mit dem SchlankMobil. Ich habe im Handumdrehen genügend Geld verdient, um Cosmo zu bezahlen!

Ich glaube, Toto ist heute auch gut drauf: Als ich vorhin am Washington Square Park stand, sprang sein Radio wie von Zauberhand auf einen Lokalsender, der eine ganze Stunde lang Village People spielte, und ich sang die ganze Zeit zu Liedern wie *In the Navy* und *Milkshake* mit.

Und dann sehe ich sie.

Bianca.

Hinter dem Steuer eines sehr neuen, sehr glänzenden schwarzen Food Trucks, auf dessen Seitenwand in roten Buchstaben SOLLEN DIE ANDEREN DOCH KUCHEN ESSEN! steht.

Der Wagen ist nagelneu! Er muss ein Heidengeld gekostet haben! Hat sie sich die Kohle von Cosmo geliehen? Über Lautsprecher beschallt sie die ganze Straße mit *Low Rider* von War, sodass sich alle Leute nach ihr umdrehen.

Als Bianca keine drei Meter mehr von mir entfernt ist,

geht sie herunter auf Schritttempo. Sie lächelt selbstgefällig, als unsere Blicke sich kreuzen. Jetzt kann ich auch den Rest des Schriftzugs erkennen: SALATE UND KUCHEN MIT VIEL GESCHMACK UND WENIG KALORIEN.

O mein Gott.

Diese Schlampe hat mir meine Idee gestohlen!

Meine Hände ballen sich zu Fäusten, und mein Gesicht fängt an zu glühen. Ich bin so wütend, dass es richtig wehtut.

Verglichen mit Biancas glänzendem Koloss, sieht mein süßer kleiner Toto aus wie ein altes Plüschtier, dem das halbe Fell fehlt. Niemand liebt ein altes Spielzeug außer sein Besitzer. Jeder liebt das glänzende neue Spielzeug.

Ich muss mich beruhigen. Arbeit zuerst. Wut später.

Ich setze ein breites Lächeln auf, gehe hinter die Theke und fange an zu bedienen. Am Nachmittag ist alles ausverkauft. Ich starte Toto und mache mich auf den Heimweg. Von unterwegs schicke ich eine E-Mail an die Mädels.

Diese bescheuerte Kuh von Bianca hat mir meine Geschäftsidee geklaut. BITTE checkt auf sollendieanderendochkuchenessen.com oder auf Facebook, ob sie vielleicht irgendwo bei euch in der Nähe steht, und kauft was. Ich brauche Details. Danach kommt die Rache.

Als ich meine kleine Rede auf dem Flohmarkt gehalten habe, hat Bianca sich die ganze Zeit über mich lustig gemacht, aber heimlich alles mitgeschrieben, um ein identisches Unternehmen zu gründen!

»Bitch!«, brülle ich, während ich die Houston Street entlangfahre. Selbst das verschafft mir kein besseres Gefühl, obwohl ja normalerweise, wie ihr wisst, das Fluchen am Steuer emotional befreiend wirkt. Das Radio wandert von Sender zu Sender, wie immer, wenn ich unterwegs bin, angefangen bei *Macho Man* zu *I hate you so much right now.* »Verdammt richtig, Toto!«, schreie ich.

Als ich zu Hause ankomme, habe ich lauter E-Mails.

Soll ich die Schlampe mit dem Messer bearbeiten? Angie

O nein!!! Das ist SO UNFAIR!!! Bin auf einem Ausflug mit den Kids, komme aber bald nach Hause zum Reden!!! Lg Coco

M und ich waren bei ihr. Ganz ähnliche Salate, fettarme Cookies etc. Habe von allem eine Portion gekauft. Geschmackstest heute Abend. Wir finden schon eine Lösung. Julia

Keine Sorge, ihr Truck sieht aus wie Darth Vader. Und ich habe ihr ein Kaugummi an die Scheibe geklebt, als sie gerade nicht hingesehen hat. Lg, M

Ich liebe diese neue, unterstützende Madeleine.

Aber Schlampe Bianca hat mir die Laune verdorben. Es ist Freitagabend! Ich sollte mich darauf konzentrieren, eine anständige Cocktailbar zu finden, wo ich mich betrinken und einen Kerl aufreißen kann wie alle anderen Zweiundzwanzigjährigen auf dieser Welt. Und nicht darauf, vor Wut zu schäumen und mir Sorgen zu machen.

Ich fahre zum Stellplatz, wo ich Toto aufräume und reinige, mein Gehirn ist mit hundertachtzig Stundenkilometern unterwegs. Ich habe keinen Truck, der so groß, so glänzend und so hübsch ist wie Darth Vader, aber wenn ich mich hart genug anstrenge, fallen mir vielleicht andere Möglichkeiten ein, mit denen ich die Kunden beeindrucken kann. Wenn ihnen mein Essen schmeckt, werden sie mich weiterempfehlen, richtig? Alles, was ich tun muss, ist, ein bisschen härter zu arbeiten.

Ich werde ab Montag auch Frühstück anbieten, beschließe ich. Vielleicht verschafft mir das einen Vorteil gegenüber Biancas blöder »Sollen die anderen doch Kuchen essen!«-Idee. Ich könnte zum Beispiel Eiweißomeletts anbieten oder fettarme Pfannkuchen. Die Gewinnspanne bei Pfannkuchen ist bestimmt der Wahnsinn. Und wie wäre es mit einer SchlankMobil-Treuekarte? Einer Weiterempfehlen-Kampagne? Genau! Ich könnte Postkarten mit dem SchlankMobil-Logo drucken lassen. Das sieht süß aus, und die Kunden werden sie vielleicht an ihre Freunde verschicken, und wer mit einer abgestempelten Postkarte zum SchlankMobil kommt, zahlt für die erste Bestellung nur die Hälfte! Ja! Ja! Ich boxe vor Freude in die Luft und ernte einen seltsamen Blick von einer Frau, die gerade an mir vorbeigeht.

Es ist erst vier Uhr, als ich mit der Putzaktion fertig bin und die Haustür aufschließe. Ich gehe direkt nach oben, um ein ausgiebiges Bad zu nehmen. Das Badezimmer könnte das einer Märchenprinzessin sein: Es ist blassrosa gestrichen, hat eine große freistehende Badewanne, in der man praktisch schwimmen kann. Ich gönne mir das volle Entspannungsprogramm: Gesichtsmaske, Haarkur, Nassrasur, Körperpeeling, alles. Aber mein Gehirn will sich nicht beruhigen. Bianca kopiert mich. Ich mache gerade genug Umsatz, um Cosmo wöchentlich zu bezahlen. Was, wenn ich es nicht schaffe, die Endsumme zu bezahlen? Und was ist mit meinen Eltern?

Ich steigere mich richtig hinein, bis ich kurz vor einer Panikattacke stehe. Atme, befehle ich mir selbst. Du kommst schon klar. Alles wird gut.

Und ausnahmsweise höre ich einmal auf mich.

Als ich, etwas beruhigter, aus der Wanne steige, bemerke ich, dass in dem beschlagenen Spiegel ein paar Worte sichtbar werden. Offenbar hat sie heute Morgen jemand hingeschrieben und vergessen, sie wegzuwischen, sodass der neue Wasserdampf sie nun wieder zum Vorschein bringt.

HÄSSLICH HÄSSLICH HÄSSLICH.

Ach du Scheiße.

Wer würde so etwas schreiben? Die Hauptverdächtigen sind offensichtlich: Madeleine oder Coco. Sie sind diejenigen, die immer dieses Bad benutzen. Angie, Jules und ich benutzen meist nur das Duschbad.

Der Himmel und die Hölle des Zusammenlebens: Kein Geheimnis ist sicher. Wenn im Internat jemand Bulimie hatte, wusste es die ganze Schule. Dasselbe galt, wenn eine Streit hatte mit ihrer Schwester oder Liebeskummer wegen eines Kerls, oder wenn Eltern sich scheiden ließen. Ich habe früh gelernt, meine Privatsphäre zu schützen. Keine privaten Aufzeichnungen, niemals, lautet die wichtigste Regel. Auch nicht auf Spiegeln.

Vielleicht hatte diejenige, die das geschrieben hat, nur einen schlechten Tag. Vielleicht steckt gar nichts Besonderes dahinter. Wer weiß.

Das reicht, ich habe Lust auf einen Drink.

Ich ziehe mein schwarzes rückenfreies Kleid an und meine Biker Boots, weil mir danach ist, einer zickigen Schlampe in den Arsch zu treten. Portemonnaie, Handy, Lipgloss, Buch, Schlüssel, fertig.

Während ich die Union Street entlanggehe, wandern meine Gedanken zurück zu Aidan. Mein Ritter im schimmernden Yellow Cab. Die Chancen stehen schlecht, dass er mir in einem Stadtbezirk mit zweieinhalb Millionen Menschen zufällig über den Weg läuft, und trotzdem kann ich nicht aufhören, immer wieder an ihn zu denken. Bei der bloßen Vorstellung bekomme ich ein komisches Kribbeln im Bauch, von dem mir leicht schlecht wird. Ich frage mich, wo Aidan in diesem Moment ist.

Die Kehrseite dieser Träumereien über Aidan ist die Erinnerung an Eddie. Es gibt eine Menge Gründe, warum ich mich auf Aidan nicht einlassen kann, selbst wenn ich die Möglichkeit dazu hätte. *Pia, du bist ein Fluchtrisiko* … Ich möchte nie wieder eine Trennung wie diese durchmachen. Nie wieder. Wenn jemand, der so freundlich, stark, klug und beständig ist wie Eddie, in meine Seele geblickt und gesehen hat, dass ich einfach nicht gut genug bin, dass ich nicht – seien wir ehrlich – liebenswert bin, wie könnte sich dann ein halbwegs anständiger Mann anders verhalten?

Genau.

Da bleibe ich lieber Single.

Normalerweise gehe ich rechts in die Court Street, aber das erinnert mich an meinen Arbeitsweg nach Manhattan. Also halte ich mich heute links und komme am Carroll Park vorbei, vorbei an Menschen, die die letzte Abendsonne genießen … bis ich mich plötzlich vor der Minibar wiederfinde.

Wo Aidan gern einkehrt.

Es kann nicht schaden, mal einen Blick hineinzuwerfen, oder? (Ich glaube, das nennt man Stalking light.)

Die Minibar ist genau die kleine, gemütliche Szenekneipe, die der Name verspricht. Nackte Ziegelwände, getäfelte Decke, Parkettboden. Ich bestelle einen Wodka mit Eis und setze mich an einen Fenstertisch.

Dieses Lokal ist irgendwie cool, aber gediegen. Es legt nicht zu viel Wert darauf, Eindruck zu machen, aber es wirkt auch nicht unfreundlich. Es ist genau richtig. Kein Wunder, dass es Aidan gefällt.

Ich simse den Mädels, dass sie so schnell wie möglich nachkommen sollen. Nur Angie antwortet.

Ich trinke noch mein Glas aus. Megabeschissener Tag. BE-

SCHEUERTES SHOOTING. *Bin eh auf Kneipentour. Gut, dass du dabei bist. Denke, heute Abend geht die Post ab.*

Ah, super, Kamikaze-Angie ist zurück.

Ich war noch nie der Typ, der sich Sorgen um seine Freundinnen macht, aber allmählich frage ich mich wirklich, ob nicht jede von uns einen Knall hat. Es ist, als würden wir alle so tun, als ginge es uns blendend, obwohl wir insgeheim kurz vor dem Durchdrehen sind.

Ich stoße ein tiefes Seufzen aus.

»Langer Tag, hm, Süße?«, ruft der Barmann herüber.

Er ist zum Anbeißen, aber einmal in meinem Leben bin ich nicht in der Stimmung zu flirten, also schenke ich ihm lediglich ein Lächeln und starre aus dem Fenster. Gott, es ist schön, in Ruhe dazusitzen. Nach dem Stress der letzten Wochen genieße ich es, nur aus dem Fenster zu schauen und einfach … zu sein.

Allerdings wird das nach ein paar Minuten ziemlich langweilig. Also schnappe ich mir das Buch, das ich mitgenommen habe (*Das Beste von allem* von Rona Jaffe), und fange an zu lesen: *Er wird mich nicht anrufen, dachte Barbara, ich kann also über ihn denken, was ich will. Es ist ein Wunschtraum, dagegen ist nichts einzuwenden … Es ist nur Verliebtheit, aber ich spüre es.*

Gott, genau so geht es mir auch. Ich frage mich, wo Aidan jetzt ist. Er muss irgendwo sein. Manchmal erinnert mich das Leben in New York an eine Endlosversion von *Weil es dich gibt*. Man kann jahrelang fast, aber nicht ganz denselben Leuten begegnen, denselben potenziellen Freunden oder Feinden oder Geliebten. Wie oft hat in den vergangenen Wochen nicht viel gefehlt, und ich wäre Aidan über den Weg gelaufen? Was, wenn ich ihm für immer fast, aber nicht ganz begegnen würde?

In diesem Moment klingelt das Telefon hinter der Theke, und der Barmann hebt ab.

»Aidan! Ja, Alter, der ist noch hier …«

Aidan? Etwa *der* Aidan? *Mein* Aidan? Ich meine, er ist nicht *mein* Aidan, natürlich nicht, aber …

»Na ja, wenn du deinen Hund den ganzen Abend in meiner Kneipe pennen lässt, kann ich ja wohl dieses blöde Kauspielzeug behalten.« Ich höre ein lautes Quietschen und sehe zu dem Barkeeper hinüber. Er hält einen riesigen Gummiknochen hoch, die Sorte, die Hunde manchmal mit sich herumtragen wie eine Schmusedecke. »Ja, ja, ich pass auf, dass ihn keiner einsteckt. Er ist hier sicher. Ein schönes Wochenende, Kumpel.«

Er legt auf. Sein letzter Satz klang, als würde er mit einem Engländer sprechen, als würde er sich über dessen feinen Akzent lustig machen.

»Hi!«, höre ich hinter mir eine Stimme, und ich drehe den Kopf. Es ist Coco. »Das ist ja geil hier! Ich wusste gar nichts von der Existenz dieser Bar!«

»Setz dich, Coco, ich hol dir was zu trinken. Was möchtest du?«

»Oh! Äh … okay. O Gott!« Coco überfliegt die Getränkekarte. »Ich weiß nicht … Was trinkst du?«

»Wodka mit Eis«, antworte ich.

Sie zieht ein Gesicht. »Ich nehme ein Glas Wein. Weißen. Nein, roten. Nein, weißen.«

Ich gehe zur Theke und bestelle für sie ein Glas Chenin Blanc.

»Ist sie schon einundzwanzig?«, fragt der Barkeeper.

»Klar«, antworte ich mit meinem breitesten Lächeln.

Tatsächlich ist Coco erst zwanzig, aber sie kann mit Alkohol umgehen. In der restlichen zivilisierten Welt ist Alkohol ab achtzehn erlaubt, Menschenskind. Ich überlege, wie ich den Barmann auf Aidan ansprechen kann. Ich kann nicht, wird mir bewusst. Nicht ohne mich wie eine verrückte Stalkerin anzuhören. Und schlimmer noch, wahrscheinlich würde er es Aidan erzählen. Dummerweise bin ich leicht zu beschreiben.

Scheiße, scheiße, scheiße.

»Erzähl mir von diesem Miststück, das deine Idee kopiert«, sagt Coco, als ich zurückkehre.

Ja. Denk an die Arbeit. Nicht an Aidan. »Es ist die Kellnerin aus dem Bartolo's, Bianca, die, die mit Jonah auf dem Flohmarkt geflirtet hat«, sage ich. »Offenbar hat sie genau zugehört, als ich von meiner Idee mit dem Schlank-Mobil erzählt habe, um anschließend hinzugehen und sie einfach abzukupfern.«

»Warum macht sie so was?«

Ich sehe Coco an und bin verwirrt. Warum kopiert Bianca meine Idee? Weil manche Leute halt so ticken. Weil Bianca zu der Sorte stutenbissiger Frauen gehört, die einfach immer gewinnen müssen, koste es, was es wolle. Weil sie etwas gegen mich hat. Was weiß ich?

Aber statt das alles laut zu sagen, zucke ich nur mit den Achseln.

»Lass uns über was anderes reden, bis Julia hier ist.«

»Ich habe dir einiges zu erzählen«, sagt Coco daraufhin. »Erinnerst du dich an die SMS, die wir Eric letztes Wochenende geschickt haben? Es kamen jede Menge Antworten. Ich zeige sie dir.«

Wir lesen Erics Nachrichten, eine nach der anderen, und ich gebe meine Analysen dazu ab. Tatsächlich habe ich den Eindruck, der Typ ist einer dieser hohlen Sportcracks, aber wer bin ich, um mir ein Urteil zu erlauben? Ich habe diese Schlacht schließlich angefacht, jetzt muss ich Coco helfen, sie zu schlagen.

»Und er ist in New York! Heute Abend! Ich glaube, er will mich sehen!«

Sie zeigt mir Erics letzte SMS. *Bin seit drei am Vorglühen. Der Komaexpress ist auf dem Weg in die Partystadt.*

Aahhh.

»Ich werde die Coole mimen«, sagt Coco. »Kannst du mir bei der Antwort helfen? Glaubst du, er hat was für mich übrig?«

Coco und ich verbringen den überwiegenden Teil der nächsten halben Stunde damit, an ihrer Antwort zu feilen. Sie ist so nervös, dass man meinen könnte, sie hatte noch nie ein Date, noch nie eine Beziehung, noch nie Se…

O mein Gott. Ich wette, Coco hatte tatsächlich noch nie Sex. Sie schwärmt für diesen Eric seit … Wie viel? Sechs Jahren? Sie hatte noch nie einen Freund, soviel ich weiß, sie ist definitiv keine Partylöwin, die um die Kneipen zieht, sie hat noch nie einen anderen Mann erwähnt …

Ich kenne niemanden in meinem Alter, der noch nie Sex hatte, abgesehen von, ihr wisst schon, den glühenden Bibelverfechtern am College. Aber von denen haben es die meisten wahrscheinlich heimlich getrieben – eine davon hat nämlich ihr Studium abgebrochen, weil sie ein Kind bekam. Ich kapier das nicht – glauben die, wenn sie das Kondom weglassen, zählt es nicht wirklich?

Ich betrachte Coco nachdenklich. Sie streicht sich ihren Pony aus den Augen wie ein kleines Mädchen. Sie wirkt so verdammt verletzlich. Ich will sie einfach nur beschützen und ihr das Leben versüßen. Sie macht nämlich den Eindruck, als hätte sie das nötig.

»Ich bin mir sicher, dass Eric was für dich übrig hat«, sage ich. »Es ist unmöglich, dass er sich nie Gedanken darüber gemacht hat, ob zwischen euch beiden nicht mehr sein könnte. Du bist nämlich viel zu hübsch.«

»Nein! Ist das dein Ernst?«, erwidert Coco und wird rot

vor Freude. »Ich … oh, ach du lieber Gott, lass uns einfach diese SMS fertig schreiben …«

Zum Schluss einigen wir uns auf: *Viel Spaß. Gib Bescheid, falls du einen Tipp brauchst, Großer.*

Coco schwitzt vor Aufregung, als sie die Nachricht abschickt.

»Wer einen oberbeschissenen Tag hatte, hebt die Hand«, sagt jemand hinter uns. Ich hebe die Hand und drehe mich um. Es ist Julia. »Ich hole mir ein Bier. Und einen Tequila.«

»Wir arbeiten gerade an diesem Deal«, erklärt sie uns, nachdem sie sich gesetzt hat. »Ich habe meinen kleinen Part perfekt erfüllt, und alle waren sehr zufrieden mit mir. Aber dann habe ich vor den anderen meinen Chef korrigiert – eigentlich ist er gar nicht mein Chef, sondern bloß ein leitender Mitarbeiter in unserem Team. Jedenfalls hat er mich angebrüllt, und ich zitiere wortwörtlich: Halt deine blöde Klappe und scher dich zum Teufel.«

Coco und ich keuchen auf. »Ist das dein Ernst?«

»Das ist noch gar nichts«, erwidert sie. »Bei uns herrscht eine unheimlich gereizte Stimmung. Da gilt nur töten oder getötet werden – wie bei den verdammten Hungergames. Das macht mich krank. Ich habe manchmal sogar …«, sie senkt ihre Stimme, »… Durchfall vor lauter Nervosität.«

»Uh«, sage ich.

Julia hat noch nie so offen über ihren Job gesprochen. Die meiste Zeit beschreibt sie ihn als perfekt, auf ihre selbstbewusste Typ-A-Art.

Sie reibt sich nun die Augen wie ein müdes kleines Kind. Das können sich nur Frauen erlauben, die keine Wimperntusche und keinen Eyeliner benutzen. Ich brauche meine Augen bloß leicht zu berühren, schon sehe ich aus wie ein Pandabär.

Jules seufzt. »Ich habe mir das alles ein bisschen anders

vorgestellt. Ich dachte eigentlich, ich hätte endlich das Richtige für mich gefunden … aber das war ein Irrtum. Ich werde nie das Richtige finden.«

»Nein?« Ich bin überrascht. Julia macht sonst immer einen so zuversichtlichen Eindruck. Die klassische Spielführerin, so klug und laut und selbstsicher … »Ich kann mir einfach nicht vorstellen, dass ich diesen Job die nächsten vierzig Jahre mache.«

Sie sieht plötzlich aus, als könnte sie nur mühsam die Tränen zurückhalten, und ich bekomme unwillkürlich das Bedürfnis, auch sie zu beschützen, koste es, was es wolle. Sie verdient es, glücklich zu sein.

»Vielleicht solltest du nicht gleich vierzig Jahre vorausdenken. Setz dir kurzfristige Ziele«, schlage ich ihr vor, im Bemühen, mit praktischen Tipps zu helfen, so wie sie das für mich tun würde. »Beispielsweise von heute bis Weihnachten.«

»Aber ich bin ein Mensch mit langfristigen Zielen. Mein erstes langfristiges Ziel habe ich erreicht – einen Job in einer Bank. Aber es fühlt sich nicht so an, wie ich erwartet habe.« Sie unterbricht sich kurz, nimmt ihr Tequilaglas und leert es in einem Zug. »Ich … ich … fühle mich nicht wie ich selbst.«

»Vielleicht solltest du es einfach lockerer nehmen und versuchen, den Moment zu genießen«, sage ich. »Das Leben soll doch Spaß machen, oder? Was hat es sonst für einen Sinn?«

»Gesprochen wie eine wahre Lebenskünstlerin«, erwidert sie und rollt mit den Augen.

Autsch. Dabei habe ich in letzter Zeit wirklich hart geschuftet, verdammt.

»Na ja, du musst ja nicht unbedingt in einer Bank arbeiten«, fahre ich fort. »Es gibt noch andere Karrieren auf der Welt.«

»Ja, vielleicht werde ich kündigen und wieder studieren, um den MBA zu machen. Oder ich gehe ein Jahr auf Weltreise oder so«, sagt sie.

»Was?«

Ich bin perplex. Die Vorstellung, dass Julia unsere WG verlässt, kommt mir einfach falsch vor. Und Coco macht ein Gesicht wie ein Kind, das gerade erfahren hat, dass der Weihnachtsmann nicht existiert.

»Du willst mich schon wieder verlassen? Es war schon schlimm genug, als du auf das College gegangen bist.«

»Nein! Natürlich nicht!«, sagt Julia rasch. »Eigentlich ist alles super, wirklich, ich meine, es wird zumindest nie langweilig in meinem Traumjob.« Sie schenkt uns ein strahlendes Lächeln. »Es ist genau das, was ich mir immer gewünscht habe. Ich muss nur das erste Jahr überstehen, dann wird alles viel einfacher. Außerdem ist die Bezahlung top, und als Sahnehäubchen kommt noch ein Bonus obendrauf.« Sie nimmt einen großen Schluck von ihrem Bier, ohne uns anzusehen.

»Ich denke, wir müssen einfach alle unser Bestes geben«, sage ich. »Wir sitzen im selben Boot. Wir stehen alle am Anfang.«

»Lasst uns darauf anstoßen«, erwidert Julia, knallt ihre leere Bierflasche auf den Tisch und holt drei Gläser Tequila von der Theke. »Ich habe übrigens die Kostproben von der Schlampe mitgebracht.«

Wir stoßen an, und ein paar Minuten später haben wir die Hälfte der Auswahl probiert. Die Salate sind nicht besonders gut – wenig inspirierendes Gemüse und welke Blätter –, dafür sind die Kuchen außergewöhnlich.

»Mist, die schmecken fantastisch«, sage ich verzweifelt, während ich von einem Erdnussbutter-Brownie abbeiße.

»Die sind aber weder fettarm noch zuckerreduziert«,

sagt Coco, die einen Haferflockenkeks probiert. »Glaub mir. Ich weiß das. Mein Herz schlägt nur so schnell, wenn ich viel Zucker esse.«

»Stimmt. Ich kann die Butter und die Sahne herausschmecken«, sagt Julia, die gleichzeitig von einem Zitronen-Pie und einem Cupcake nascht.

»Aber wie können wir das beweisen?« Ich lege angewidert meinen superleckeren Brownie weg, bevor ich ihn mir wieder schnappe und noch einmal davon abbeiße.

»Haben wir in Chemie nicht mal so ein Experiment durchgeführt, mit dem man Fett und Kohlenhydrate bestimmen kann?«, sagt Julia aufgeregt. »Mit einem Bunsenbrenner und … oh.«

Wir lehnen uns alle zurück, resigniert. Wie sollen wir an einen Bunsenbrenner herankommen?

Die nächste Runde Tequila ist fällig.

»Ich dachte, du könntest keine harten Sachen trinken«, sage ich zu Julia. »Ich dachte, sie seien der Grund, warum die Einweihungsparty so außer Kontrolle geraten ist.«

»Tja, vielleicht bin ich es leid, die Kontrolle zu behalten.« Lecken, schlucken, beißen. »Madeleine hat heute Abend drei Dates«, fügt Julia hinzu.

»Was?«, rufen Coco und ich gleichzeitig.

»Sie hat beschlossen, dass es Zeit ist für eine Beziehung. Also war sie auf einer Online-Singlebörse. Sie arbeitet die Kandidaten in einer supereffektiven Dreiviertelstunde bei einem After-Work-Drink nacheinander ab. Eins, zwei, drei.« Julia unterbricht sich kurz. »Verdammt, sagt ihr bloß nichts davon, dass ich euch das erzählt habe. Ich glaube, das sollte ein Geheimnis sein.«

»Wow, das nenne ich organisiert«, sage ich. »Warum macht sie es nicht einfach so wie wir früher zu Studienzeiten? Wir haben uns in einer Bar betrunken und abgewartet, was passiert.«

»So was hat sie nie gemacht«, erinnert Julia mich. »Sie war mit Sebastian zusammen, und das war's.«

»Oh, richtig.«

Sebastian. Hauptfach Mathe. Ich glaube, ich habe ihn nie ein Wort sagen hören.

Ich besorge die nächste Runde, während Julia zur Toilette geht. Coco starrt immer noch wie besessen auf ihr Handy, also schaue ich aus dem Fenster und frage mich, wo Aidan ist und warum es mich dermaßen erwischt hat, dass ich jetzt, Tage später, noch so oft an ihn denke …

Und das ist der Moment, in dem ich eine SMS von Angie bekomme. *Habe gerade Eddie im Brinkley's getroffen. Wie unwahrscheinlich ist das denn?*

Ich zwinkere. Habe ich richtig gelesen? Eddie? Vielleicht hat sie sich vertippt.

Ich antworte: *Eddie? Meinen Eddie?*

Angie antwortet: *Mr. Fluchtrisiko persönlich.*

Ich antworte: *Bist du sicher?*

Angie antwortet: *Süße, wir waren doch alle zusammen im Skiurlaub, schon vergessen? Ich erkenne deinen Ex, wenn ich ihn sehe.*

13

»Ich geh eine rauchen«, murmle ich Coco zu und verlasse eilig die Bar.

Draußen lehne ich mich gegen eine Mauer und versuche zu atmen und gleichzeitig zu denken. Das sollte eigentlich nicht so schwierig sein, aber für mich gerade schon. Eddie ist hier? In New York? Auf denselben Straßen unterwegs wie ich? Ein Teil von mir würde am liebsten zurücksimsen: *Hat er nach mir gefragt? Wie sah er aus? Was hatte er an? War er in weiblicher Begleitung? Was hatte sie an?* Und ungefähr eine Million weitere Fragen.

Aber ich will es gar nicht wissen. Augenblick, oder doch … Nein, nein, ich will es nicht wissen, ich will nichts mehr mit ihm zu tun haben. Er hat mir das Herz gebrochen. Ich habe ihm vertraut, und ich habe ihn geliebt, und das war das Dümmste, was ich jemals getan habe.

Eine Sekunde später kommt die nächste SMS. Gott sei Dank kann Angie meine Gedanken lesen. *Habe nicht mit ihm gesprochen, nur kurz Hallo gesagt. Er kam gerade herein, als ich rausging … Er sieht aus wie früher. Ohne weibliche Begleitung.*

Es kommt mir fast seltsam vor, dass Eddie existiert, absurd, dass er in den letzten vier Jahren irgendwo herumgelaufen ist, gefrühstückt und studiert und ein Leben gelebt hat, während ich um ihn getrauert habe. Ist das nicht schräg?

Ich stecke mir eine Zigarette in den Mund und zünde sie mit zitternden Händen an. Warum klopft mein Herz so laut? Wie kann es sein, dass ich nur den Namen »Eddie« zu *hören* brauche und er gleich wieder diese Wirkung auf mich hat?

Die nächste SMS von Angie. *Süße, bist du noch da? Hätte ich dir das nicht sagen sollen? Möchtest du mich sehen?*

Shit, ich sollte besser antworten. Ich muss sie glauben machen, dass alles okay ist. Los, Pia, reiß dich zusammen. Gib dich natürlich! *Ja, nein, sicher, danke für die Info. Die Welt ist doch klein. Wir reden morgen.*

Yep. Das war richtig natürlich.

Ich drücke meine Zigarette aus und gehe wieder hinein. Julia bestellt die nächste Runde Tequila. Genau. Alkohol. Alkohol ist gut.

»Mehr Tequila!«, rufe ich. »Und Whisky!«

Bloß gut, dass Julia und Coco nicht das Geringste von Eddie wissen. Ich habe nämlich keine Lust zu erklären, warum ich Jahre später bei der Neuigkeit, dass Eddie sich in New York aufhält, quasi einen Nervenzusammenbruch erleide. Viel lieber möchte ich darüber reden, warum Liebe manchmal so beschissen ist.

»Es macht keinen Sinn«, sage ich und kippe meinen – wievielten? – Tequila hinunter. »Überhaupt keinen Sinn. Entweder du verlässt ihn, oder er verlässt dich.«

»Was macht keinen Sinn?«, fragt Julia und hickst. »Und wer verlässt wen?«

»Männer, Liebe, Beziehungen«, sage ich. »Dann besser Single bleiben und nur, ihr wisst schon … Gettbespielen haben … Ich meine, Bettgespielen.«

Julia muss so sehr lachen, dass sie fast von ihrem Stuhl fällt.

»Doch, es macht wohl einen Sinn! Seelenverwandtschaft!«, protestiert Coco, entgeistert darüber, dass ich es überhaupt in Betracht gezogen habe, etwas anderes zu behaupten.

Ich schüttle den Kopf. »Seelenverwandtschaft gibt es

nicht. Die Liebe hat nur was mit Hormonen und gutem Timing zu tun.«

Ich blicke mich um. Die Bar ist gefüllt mit attraktiven Brooklynisten, die in den Abend starten, und mein Magen knurrt.

»Hunger«, sage ich, da ein vollständiger Satz plötzlich sehr viel Anstrengung kostet. »Muss essen.«

Julia boxt in die Luft. »Yes! Wohin?«

»Ins Bartolo's«, antworte ich, und der Gedanke heitert mich augenblicklich auf.

Hurra, in das zauberhafte Bartolo's, mit dem zauberhaft schönen Jonah. Zum Glück sind wir nur Kumpels. Ich werde nie wieder eine feste Beziehung eingehen. Und ich werde aufhören, ständig an den blöden Eddie zu denken und genauso, wenn ich schon dabei bin, an den blöden Aidan, und ich werde außerdem meine Verliebtheit sofort abstellen. Liebe ist manchmal so beschissen.

Jules, Coco und ich verlassen die Minibar und gehen die Court Street entlang. Die Umgebung ist ein bisschen verschwommen, und es ist warm, und ich stolpere ständig über meine eigenen Füße. Händchen haltend marschieren wir zum Bartolo's und direkt durch zur Theke, wo Jonah, der zauberhafte Bienenbändiger, gerade eine Flasche Wein entkorkt. Ich freue mich, ihn zu sehen.

»Jonah!«, sage ich und komme, gegen den Tresen prallend, zum Stehen. »Wie zur Hölle geht es dir, mein kleiner Cowboy? Hey, deine Haare sehen toll aus. Hast du sie gefärbt?«

»Du hast ja einen im Kahn!«, erwidert Jonah lachend.

Ich stelle ihm die Mädels vor. Coco und Julia beugen sich über die Theke und küssen ihn auf die Wangen. Mir wird bewusst, dass die beiden sehr betrunken sind. Bin ich auch betrunken?

»Wir haben tierischen Kohldampf«, flüstere ich, während mein Blick auf einen Teller Lasagne mit viel Käse fällt, der gerade an mir vorbeigetragen wird. »Und, arbeitet die Schlampe noch hier? Ich meine, Bianca?«

»Nein, sie hat gekündigt«, sagt Jonah, scheinbar irritiert über meine Ausdrucksweise. »Hey, weißt du was? Ich mache mich auch selbstständig! Als Bienensitter! Zurzeit ist es nämlich angesagt, in der Stadt seinen eigenen Honig zu züchten, weißt du? Aber keiner hat die Zeit oder das Know-how, um sich richtig um die Viecher zu kümmern. Ich werde eine Art Fachmann für Bienen.«

»Der Bienenflüsterer«, sage ich.

»Genau! Der Bienenflüsterer! Toller Name! Du bist gut. Kannst du mich nicht ein bisschen beraten, wie man so ein Start-up aufzieht?«

»Klar!«, sage ich, obwohl, sagt einem das nicht der gesunde Menschenverstand? Kunden gewinnen, ihre Wünsche erfüllen, Geld verdienen. »Jederzeit!«

Plötzlich bekomme ich einen Schluckauf. Ich stecke mir rasch die Finger in die Ohren und schlucke mehrmals (das funktioniert, ich schwöre). Julia beobachtet mich und fängt an, unbeherrscht loszuprusten.

»Hey, warum geht ihr nicht einfach nach hinten in die Küche? Vinnie und Ricky werden sich um euch kümmern.«

»Das ist genau wie in *Goodfellas*«, sagt Julia.

»Können wir etwas Antialkoholisches zu trinken bekommen?«, fragt Coco. »Ich fühle mich nicht besonders gut.«

»Du brauchst bloß was für den Magen«, erwidere ich. »Meine Jungs! Vincent! Richard!«

Vinnie und Ricky freuen sich witzigerweise über unseren Besuch, obwohl es sicher nicht angenehm ist, dass Betrunkene ihre Küche überfallen. Wir dürfen an einem kleinen Tisch in der Ecke Platz nehmen und bekommen gleich darauf viele kleine Probierteller serviert: frittierte Zucchini, Auberginen-Rollatini, Knoblauchbrot, Büffelmozzarella-Salat, Huhn Romano, Spaghetti Carbonara, Makkaroni-Auflauf, Linguine mit heller Muschelsoße, Mini-Pizzen in allen Variationen … Jeder einzelne Bissen ist köstlich, und wir mampfen in trunkener Begeisterung.

»Ich werde lernen, italienisch zu kochen, das schwöre ich«, sagt Coco.

»Es schmeckt einfach göttlich«, sage ich, den Mund voll mit Spinat-Ricotta-Pizza. »Superlecker.«

Jetzt, nachdem ich etwas gegessen habe, werde ich langsam nüchtern. Komisch, dass das manchmal passiert. Ich kann immer noch nicht fassen, dass Angie Eddie begegnet ist. Ich frage mich, wo er wohnt beziehungsweise was er macht … Nein, nein, Pia, denk an etwas anderes.

»Eine Frau kann nicht nur von Salat leben«, sagt Julia. »Steck das in deinen Truck und lass es qualmen.«

»Das ergibt keinen Sinn. Außerdem habe ich nie behauptet, dass man nur von Salat leben kann. Beim SchlankMobil geht es um die Balance, schon vergessen? Die Balance.«

»Ja, ja, Balance, das sagst du mir immer wieder. Kann ich noch so ein Knoblauchdingsda haben?«

Ich drehe mich zu Vinnie und Ricky, die sehr beschäftigt sind mit der Essenszubereitung. »Ich bin ins Food-Truck-Geschäft eingestiegen, Jungs.«

»Ach ja? Und was bietest du an?«

»Salate mit vielen Proteinen, zucker- und fettarme Desserts …«

Ricky und Vinnie blicken verständnislos zu mir herüber. Wahrscheinlich haben sie in ihrem ganzen Leben noch nie die Begriffe »kohlenhydratarm, zuckerarm, fettarm« verwendet.

»Egal. Ihr kennt doch die Schl… ich meine, Bianca? Sie

hat mir meine Idee geklaut! Sie verkauft jetzt auch Salate und fettarme Kuchen. Sie fährt durch Manhattan mit einem riesigen, glänzenden Darth-Vader.«

Vinnie und Ricky wechseln einen Blick.

»Diese Bianca ist nicht koscher«, sagt Vinnie. »Sie hat dauernd die Bestellungen durcheinandergebracht und es immer auf die Küche geschoben.«

»Blöde Kuh!«, hickst Julia fröhlich.

Ricky kommt zu mir herüber. »Dann machst du die ganzen Salate selbst, jeden Tag? Und du backst auch alles selbst? Das ist viel Arbeit, Pia.«

»Coco hilft mir beim Backen«, sage ich. Coco grinst stolz. »Aber es ist wirklich harte Arbeit. Ich habe absoluten Respekt vor richtigen Köchen wie euch.« Ich klimpere mit den Wimpern, und Vinnie wirft ein Stück Peperoni nach mir.

Ricky zeigt auf einen Karton in der Ecke. »Wirf mal einen Blick da rein. Wir haben eine große Küchenmaschine und einen Gastro-Fleischwolf aussortiert, mit dem man auch Gemüse ganz fein zerkleinern kann.«

»Ooh, wow, wirklich?«, sage ich. Damit könnte ich mein Dessertangebot verdoppeln und Karotten, Radieschen und Sellerie zu hauchdünnen Scheiben verarbeiten, meine Güte! »Seid ihr sicher, dass ihr sie nicht mehr braucht?«

»Nimm sie einfach mit«, erwidert Vinnie. »Und Pia, kauf dein Fleisch und das Gemüse nicht auf dem Markt. Da wirst du nur abgezockt.«

»Ja, allerdings«, bestätigt Ricky. »Wir können gern für dich mitbestellen. Wir zahlen nämlich nur ungefähr halb so viel wie normale Kunden. Du musst uns nur immer spätestens bis nachmittags um vier simsen, was du haben willst, dann kannst du die Ware am nächsten Morgen um sechs abholen.«

»Das wäre großartig!«, sage ich. Ich tippe rasch ihre Nummern in mein Handy. »Wird Angelo denn nichts dagegen haben?«

Beide zucken mit den Achseln. »Er hätte dich nicht feuern dürfen. Wir reden nicht mehr mit ihm.«

Oh. Machtspiele im Bartolo's.

Julia lässt sich zurücksinken und lehnt den Kopf an die Wand, sie ist im Fresskoma. »Wow, das war … das intensivste Geschmackserlebnis meines Lebens.«

»O mein Gott!«, kreischt Coco plötzlich. »Er hat GEANTWORTET! Eric! Er will sich mit mir treffen! Ich muss los! Ich muss sofort gehen …« Sie starrt auf ihr Handy, ein Auge zugekniffen. »Er ist auf einer Hausparty. Windsor Court, Einunddreißigste Straße, Ecke Third Avenue.«

»Oh, das ist in Murray Hill«, sage ich. »Möchtest du, dass ich mitkomme?«

»Nein, nein, ich schaffe das allein. Ich fahre mit der U-Bahn«, antwortet sie. »Ich bin schließlich erwachsen …« Sie rülpst wie ein Trucker, dann schlägt sie mit erschrockenem Kichern die Hand vor den Mund.

»Pia, rate mal, wer hier ist!«, sagt Jonah, der nun in die Küche kommt.

Heilige Scheiße, es ist Bianca, die halb kahlgeschorene Punk-Hipster-Mischung. Sie schlendert in die Küche, als würde ihr der Laden gehören. Ich bin so verdattert, dass es mir die Sprache verschlägt.

»Hey, Leute«, sagt sie lässig, während Jonah, der absurderweise sehr mit sich zufrieden wirkt, zur Theke zurückkehrt. Ist er wirklich so naiv?

»Ich habe heute deinen Truck gesehen«, bringe ich schließlich stockend heraus.

»Danke«, sagt sie, schnappt sich vom Tisch ein Stück Pizza und schnuppert daran.

Plötzlich platze ich vor Wut. »Wie kannst du es wagen, mir meine Idee zu klauen? Und wie kannst du es wagen, hier einfach reinzuspazieren und so zu tun, als müsste dir dein kleiner Auftritt heute Mittag nicht peinlich sein? … Du bist nichts weiter als eine … eine … eine Trittbrettfahrerin!«

»Eine Trittbrettfahrerin?«, äfft sie mich lachend nach. »Wo sind wir hier, in der Grundschule? Was genau soll ich denn verbrochen haben, Prinzessin?«

»Brauchst du eine Kettensäge?«, murmelt Jules mir leise zu.

»Tu bloß nicht so unschuldig! Du weißt genau, was du verbrochen hast!« Ich höre mich wahrscheinlich gerade an wie meine Mutter und sehe auch so aus. »Du hast mein Geschäftskonzept kopiert!«

»Ich hatte die Idee schon lange vor dir, Pia. Fettarm, zuckerarm, das ist es doch, was die Leute wollen!«

»Du bist das Letzte!«

»Deine Kuchen sind alles andere als fettarm oder zuckerarm.« Cocos Stimme zittert vor Anspannung, sie hasst Konfrontationen genauso wie ich. »Das kann ich beweisen.«

Bianca verdreht die Augen. »Das möchte ich sehen, Herzchen. Vinnie, Ricky, ich brauche eure Hilfe. Könnt ihr meine Waren für mich mitbestellen, damit ich den Händleraufschlag spare?«

Die Jungs schütteln bedauernd die Köpfe.

»Das verstößt gegen die Regeln«, sagt Vinnie.

»Das geht nicht, Schwester«, bekräftigt Ricky.

»Oh, wie schade«, sage ich mit süffisantem Lächeln.

»Halt die Klappe, du verwöhntes Balg«, schnauzt sie mich an, schließlich doch die Beherrschung verlierend.

»Du hältst mich für ein verwöhntes Balg?« Ich werde laut. »Wenn ich mit dir fertig bin, wirst du dir wünschen, dass wir uns nie begegnet wären!«

»Soll das eine Drohung sein?«

»Ich warne dich!«

Wir schreien jetzt beide.

»Warum gehst du nicht zurück zu deinen reichen Eltern? Du gehörst nicht hierher!«

»Und ob ich hierher gehöre! Ich bin hier zu Hause!«

Jonah kommt hereingestürzt. »Was zum Teufel ist hier los? Das ganze Lokal kann euch hören!«

»Die Tussi spinnt total, J«, antwortet Bianca, die Unschuld in Person. »Die ist krank im Kopf.«

»Diesem Miststück sollte man einen Maulkorb verpassen«, gifte ich zurück.

Bianca wirbelt herum und, Gott ist mein Zeuge, ist drauf und dran, sich auf mich zu stürzen, aber Jonah hält sie an den Armen fest und befördert sie aus der Küche.

Wow! Der Adrenalinrausch einer Auseinandersetzung. »Ich bringe sie um!«, rufe ich.

»Das war echt stark!«, sagt Ricky. Offenbar haben er und Vinnie Spaß an dem Drama. »Diesem Miststück sollte man einen Maulkorb verpassen! Ha!«

»Trotzdem verschwindet ihr besser, bevor Angelo zurückkommt«, sagt Vinnie.

Wir verkrümeln uns durch den Notausgang in den Hinterhof.

Ich zünde mir eine Zigarette an. Ich habe in der letzten Zeit kaum geraucht, hauptsächlich weil ich nicht nach Qualm stinken will bei der Arbeit. Außerdem gibt es das Gerücht, dass Rauchen schädlich sein soll. Aber Mann, nach einem Streit kommt eine Kippe richtig gut. Und Bianca ist ein harter Brocken.

»O mein GOTT! Ich bin so aufgeregt, weil ich Eric gleich sehe!«, wispert Coco neben mir. »Fühl mal, wie feucht meine Hände sind.«

»Du machst das schon. Sei einfach du selbst.«

»Und was, wenn mein Selbst nicht gut genug ist? Wünschst du dir nicht auch manchmal, jemand anders zu sein? Gott, ich schon …«

Coco steuert auf den Eingang der U-Bahn-Station Bergen Street zu. »Coco, warum fährst du nicht mit dem Taxi? Das ist sicherer.«

»Ich … oh, ich habe nicht genügend Geld dabei«, antwortet sie.

Plötzlich wirkt sie unglaublich jung. Noch nie in meinem ganzen Leben hat jemand so sehr meinen Beschützerinstinkt geweckt. Dieser Eric sollte besser nett zu ihr sein.

»Nimm dir ein Taxi, Süße«, sage ich und drücke ihr einen Fünfziger in die Hand. »Das reicht für hin und zurück. Du gibst mir das Geld einfach wieder, sobald du kannst. Und ruf an, wenn du dich verlaufen hast oder sonst irgendwas ist, okay? Und vergiss nicht, amüsier dich gut, pass auf dich auf und … ja … das war's.« Ich bin nicht so gut in mütterlichen Ratschlägen.

»Wo geht sie hin?«, fragt Julia überrascht. »Coco? Wo willst du hin?«

»Sie trifft sich mit ein paar Leuten, und du und ich, wir haben jetzt Feierabend«, antworte ich, nehme sie in den Polizeigriff und führe sie die Smith Street hoch.

»Ich will am Montag nicht ins College«, sagt sie leise.

»Du meinst zur Arbeit«, sage ich.

»Das ist das Gleiche. Bloß dass ich das College geliebt habe und die Arbeit hasse. Ich werde bald dreiundzwanzig, Pia. Dreiundzwanzig! Ich bin alt.«

»Quatsch! Dein Leben fängt doch gerade erst an!«

»Ich bin es leid, am Anfang zu stehen. Ich vermisse das College. Wünschst du dir nicht auch, wieder Student zu sein?«

Bloß nicht, denke ich. Ich liebe mein jetziges Leben.

Ich liebe es, in unser Nest zu kommen und dieses Gefühl der Sicherheit und Geborgenheit zu spüren, das ich bisher nirgendwo gespürt habe. Ich liebe es, meine besten Freundinnen immer um mich zu haben. Und ich liebe es, mit Toto durch die Gegend zu kurven und jeden Tag mit neuen Menschen ins Gespräch zu kommen und mir weitere Sachen einfallen zu lassen, um das SchlankMobil zu einem Erfolg zu machen. Das passt einfach zu mir. Und das Leben hat davor nie zu mir gepasst.

Ich bin wirklich angekommen.

Aber ich behalte das für mich, um Julia nicht aufzuregen.

»Das Studentenleben würde uns bestimmt ziemlich schnell auf den Wecker gehen«, sage ich stattdessen. »Hast du schon die Duschräume vergessen? Und das Mensaessen? Komm schon. Das Leben der Großen, ich meine das der Erwachsenen, ist viel besser.«

Julia murmelt etwas Unverständliches und stolpert über einen Riss im Asphalt.

»Was?«

»Das Erwachsenenleben kann meinen herzförmigen Arsch mal küssen.«

»Woher weißt du, dass dein Arsch herzförmig ist?«

Ich kichere immer noch, als wir am Brooklyn Social vorbeikommen, und da fällt es mir plötzlich siedend heiß ein.

Mike!

Ich checke mein Handy. Vier entgangene Anrufe von ihm zwischen acht und neun … Jetzt ist es kurz nach zehn.

»Verdammter Mist«, sage ich. »Verdammter, verdammter Mist!« Ich wähle Mikes Nummer. Es klingelt siebenmal, bevor er rangeht.

»Hallo?«

»Mike? Hallo?«

»Ich habe eine Stunde gewartet«, sagt er schließlich. Seine Stimme klingt sehr weit entfernt, als wäre es ihm zu viel, in den Hörer zu sprechen.

»O Gott, das tut mir wirklich leid.«

»Ich hatte einen Korb mit Eiern dabei. Ich habe ausgesehen wie der verdammte Osterhase.«

Ich lache schallend los, bis mir bewusst wird, dass Mike das gar nicht witzig findet. Ups. Er hat offenbar was dagegen, sich zum Gespött zu machen.

»Mike, es tut mir leid. Ich habe es völlig vergessen. Ich war mit Julia und Coco aus, und danach waren wir was essen, und ich habe einfach … Es gibt keine Entschuldigung dafür. Verzeihst du mir?«

Mike sagt eine Weile nichts. »Dann bist du immer noch unterwegs?«

»Nein. Wir sind gerade auf dem Nachhauseweg.« Ich unterbreche mich, weil Julia ihre Handtasche fallen lässt und schwankend versucht, sie aufzuheben, wobei sie vornüberkippt. »Julia ist hackedicht.«

»Möchtest du, dass ich vorbeikomme?«

»O Gott, nein …«, sage ich, ohne zu überlegen, während ich mein Handy zwischen Schulter und Ohr klemme und gleichzeitig versuche, Julia hochzuziehen. »Ich meine … ich bin … ich bin hundemüde. Tut mir leid. Vielleicht …«

»Kein Problem«, fällt er mir ins Wort. »Bis dann. Ciao.« Und er legt auf, einfach so.

Was soll's. Ich werde keine weitere Zeit damit verschwenden, mir wegen Mike Gedanken zu machen.

Jules tut so, als würde sie auf der Union Street den Running Man tanzen.

»Jules, du bist total knülle.«

»*Du* bist knülle«, entgegnet sie.

»Gute Antwort.«

Als wir die Vordertreppe unseres Hauses erreichen, wendet Julia mir ihr Gesicht zu, einen flehenden Ausdruck in den Augen. »Sag mir, dass alles ein gutes Ende nehmen wird.«

»Alles wird ein gutes Ende nehmen«, sage ich und lege die Hände auf ihre Schultern. »Versprochen. Auf die eine oder andere Weise.«

Ich wünschte, ich könnte das glauben.

Julia stiert mich mit glasigen Augen an, dann steigt sie die Treppe hoch. »Pia, noch was, wegen dieser Bianca«, sagt sie über ihre Schulter hinweg.

»Ja?«

»Knöpfen wir uns das Miststück vor.«

14

Seit dem Showdown am Vorabend in der Küche des Bartolo's verfolge ich Biancas Einträge auf Twitter und Facebook.

> *Das Original und das Beste gibt es bei mir!*, schreibt sie immer wieder. *Hand hoch, wer das SchlankMobil hasst! Das SchlankMobil ist pure Verarsche! Probiert mein richtiges Essen mit viel Geschmack und wenig Kalorien!*

Den ganzen Tag koche ich vor Wut, bis mir bewusst wird, dass Julia recht hat. Und Rache wird, wie Wodka, am besten sofort und eiskalt serviert.

Ich rufe Jonah an unter dem Vorwand, mich zu entschuldigen. »Ich habe ein richtig schlechtes Gewissen wegen des Streits mit Bianca«, lüge ich. »Hast du vielleicht ihre Adresse? Ich würde mich gern bei ihr entschuldigen.«

»Das ist total süß von dir. Sie wird sich bestimmt freuen«, antwortet er.

Ich muss ein Prusten unterdrücken. Wieso durchschaut er Bianca nicht? Oder gehört Jonah zu diesen nervigen Leuten, die jeden sympathisch finden?

Am Abend sind wir alle in der Küche versammelt, ganz in Schwarz gekleidet, und bereiten uns auf die Operation vor. Wir sehen aus wie eine weibliche Ninja-Kampftruppe. Na ja, wie Ninja-Kämpferinnen mit unterschiedlich ausgeprägter Kondition und Entschlossenheit.

Julia liegt auf dem Boden und jammert über ihren aufgeblähten Bauch, während sie mit schwarzer Schuhcreme als Tarnfarbe zwei Querstreifen auf ihre Wangenknochen malt. Coco spült das Geschirr, es gab einen Makkaroni-Auflauf zum Abendessen. Madeleine schneidet eine Birne und isst die Schnitze sehr bedächtig. Und Angie ist verkatert, sie trägt immer noch ihre Sonnenbrille. Ich habe sie nicht auf Eddie angesprochen, dank einer übermenschlichen Selbstbeherrschung, die ich mir gar nicht zugetraut hätte.

»Okay, Team A und Team B, lasst uns noch mal den Plan durchgehen«, sage ich.

»Wir wissen schon, was wir zu tun haben! Himmel, seit wann bist du so ein Kontrollfreak?«, erwidert Julia und versucht, den Reißverschluss ihrer Hose zuzubekommen. »Ich bin total aufgeschwemmt. Oder meine Jeans sind eingegangen. Und mein BH auch.«

Coco strahlt mich an. »Ich bin total aufgedreht! Und ich hab ein bisschen Schiss. Aber nur vor Aufregung!«

Coco wäre auch begeistert, wenn ich vorschlagen würde, kleine Katzenbabys zu ertränken. Offenbar war Eric gestern Abend ziemlich betrunken, aber »wahnsinnig nett«. Zum Schluss hat er sie in ein Taxi gesetzt und sich mit einem Kuss auf die Lippen verabschiedet. Coco wähnt sich seitdem nur noch einen kleinen Schritt von seiner Liebeserklärung samt Heiratsantrag entfernt.

»Ich auch«, sagt Madeleine und kneift konzentriert die Augen zusammen, während sie den nächsten Birnenstreifen abschneidet.

»Und ich erst«, sagt Angie, obwohl ihr Ton etwas anderes vermuten lässt.

»Darf ich um Haltung bitten, Leute«, sage ich. »Okay, auf geht's.«

Wir verlassen zusammen das Haus. Angie und ich gehen voran. Sie bietet mir eine Zigarette an, aber ich bin zu angespannt, um zu rauchen. Sie zündet sich eine an und hält sie dann zwischen Daumen und Zeigefinger wie die Jungs auf dem Gefängnishof. »Sehe ich gefährlich aus? Ich möchte einen gefährlichen Eindruck machen.«

Julia fängt an zu singen. *»Hit the road, bitch, and don't you come back no more, no more, no more, no more …«*

»Ich bin mir ziemlich sicher, dass es ›Jack‹ heißt und nicht ›Bitch‹«, sagt Madeleine.

»Ich improvisiere.«

»Langsam werde ich nervös«, sagt Madeleine, die nun zu uns aufschließt und sich bei uns einhakt. Wow, sie taut richtig auf in letzter Zeit.

Wir nähern uns Gowanus, und die eleganten, gemütlichen Sandsteinhäuser von Carroll Gardens verschwinden. Die Gegend nimmt verwahrloste Züge an. Vergitterte Schaufenster, abblätternde Außenbeschriftungen und eine graffitiverschmierte Bahnunterführung, die kein Ende zu nehmen scheint.

»Im Film wäre das der perfekte Ort, um ermordet zu werden«, sagt Julia.

Angie runzelt die Stirn. »Ich glaube, ich war hier mal in einem Club ganz in der Nähe.«

An der nächsten Ecke biegt Team A (Coco, Jules und ich) rechts ab, Team B (Angie und Madeleine) geht geradeaus weiter bis zum nächsten Block.

In unserem bestmöglichen unauffälligen »Wer, ich, Officer?«-Gang erreichen wir drei von Team A das Haus mit der Nummer 144, das mit blauen Schindeln verkleidet ist und ein Stück abseits der Straße steht. Darth Vader parkt direkt davor. Es brennt kein Licht am Hauseingang, aber das muss nicht bedeuten, dass Bianca nicht da ist.

Plötzlich schlägt mir mein Herz bis zum Hals.

Ich schicke eine SMS an Team B. *Die Luft ist rein. Seid vorsichtig.*

Die Straße ist völlig verwaist, das einzige Geräusch stammt von einem Hund, der in der Nachbarschaft kläfft. Ich bewege mich so vorsichtig und lautlos wie möglich. Wie ein echter Ninja. Ich hebe die Hand und gebe mit zwei Fingern das »Vorwärts«-Signal, wie ich es in Actionfilmen schon oft gesehen habe.

Julia prustet leise los und fängt dann an zu beben, weil sie es kaum schafft, ihr Lachen zu unterdrücken.

»Sei still!«, zische ich. »Wir schlagen jetzt zu. Coco, du hältst Wache.«

Julia nimmt ihren Rucksack ab und holt die Spraydosen heraus, und wir machen uns daran, den ersten Schritt unserer Operation auszuführen.

Julia fängt wieder an zu kichern.

»Julia Russotti!«, schimpfe ich in gedämpftem Ton. »Sei endlich still, verdammt!«

Sie kann sich nicht kontrollieren. »Ich kann nichts dafür! Das ist so lustig!«

»Julia. Klappe. Sofort.«

Coco gelingt es, scharf zu klingen, obwohl sie flüstert. Wow. Dieses eindringliche und unheimliche Flüstern hat sie bestimmt während ihrer pädagogischen Ausbildung gelernt.

Nach ein paar Minuten sind wir fertig und laufen wieder an die Ecke Third Avenue. Ich schicke eine zweite SMS an Madeleine und Angie. *Team A ist durch. Team B, Status melden.*

Keine Antwort. Coco, Jules und ich wechseln einen besorgten Blick. Ich warte sechzig lange Sekunden, dann schicke ich die nächste SMS. *Team B, Status melden, dringend.*

Nichts.

»Sie sind erwischt worden!«, flüstert Julia.

»Niemals, dafür sind sie viel zu clever«, erwidert Coco noch leiser.

»Leute, ihr braucht hier nicht zu flüstern. Wir sind mehr als zehn Meter von ihrem verdammten Haus entfernt.«

Ich simse ein letztes Mal. *Status melden, oder wir kommen euch holen.*

Wir warten eine weitere Minute und sehen uns dann an. Kann man verhaftet werden, wenn man als Ninja verkleidet in einem fremden Garten herumschleicht? Mein Gefühl sagt mir Ja.

»Jules, du bleibst hier und stehst Schmiere«, sage ich. »Coco und ich werden sie suchen.«

»Ich will aber nicht allein hierbleiben!«, sagt Julia. »Die Gegend macht mir Angst.«

Dann höre ich einen Schrei.

»LOS! LOS!«

In der nächsten Sekunde kommen Madeleine und Angie aus der Dunkelheit auf uns zugerannt.

»LAUFT!«, brülle ich.

Ich führe den Sprint an, ich kann die Mädels hinter mir schnaufen und giggeln hören.

»Das ist albern«, stößt Angie keuchend aus.

Dann höre ich eine Polizeisirene.

»Die Bullen!«, schreit Julia.

Wir kreischen alle entsetzt auf.

Ich lege einen Zahn zu, spurte so schnell ich kann durch die Straßen von Brooklyn, die Mädels sind mir dicht auf den Fersen.

»Hier links rein! Sie sind hinter uns her!«, ruft Angie.

Ich renne so schnell, dass ich den Wind an meinen Ohren vorbeipfeifen höre. Die anderen sind hinter mir, unsere Schritte hallen in den Häuserschluchten wider. Ich bin jetzt richtig in Fahrt, ich fühle mich so stark. In meinem ganzen Leben bin ich noch nie so schnell gelaufen. Das ist fantastisch! Ich werde in Zukunft öfter joggen gehen, ich werde mich zu einem Lauftreff anmelden, ich werde …

»Das ist eine Sackgasse!«, schreit Madeleine plötzlich. »Du bist in eine Sackgasse gelaufen!«

Sie hat recht. Es ist eine Sackgasse. Ich fange an, unkontrolliert zu lachen, und stürze prompt. Dann stolpert Julia über mich, und wir fallen alle übereinander.

»Au«, jammere ich, trotzdem muss ich so sehr lachen, dass mein Bauch wehtut. »Ich glaube, ich habe mir den Ellenbogen aufgeschürft.«

»O mein Gott, das war knapp«, sagt Madeleine. »Ich konnte den Streifenwagen förmlich spüren!«

»Ich glaube nicht, dass die Polizei hinter uns her war, Süße«, sagt Angie.

»Mein Knie tut weh. Ich glaube, das ist meine alte Meniskusverletzung aus der Fußballerzeit«, sagt Julia. »Aber ich hätte es trotzdem problemlos bis nach Hause geschafft.«

Nun, da ich nicht mehr in Bewegung bin – und nicht mehr lache –, fühlt sich meine Brust an, als würde sie gleich zerspringen. Ich nehme alles zurück, was das Joggen betrifft. Ich habe Seitenstechen. Ich spüre, dass mein Gesicht feuerrot ist. Ich muss wirklich mit dem Rauchen aufhören.

Coco kommt schließlich wieder zu Atem. »Was war denn los? Warum seid ihr weggerannt?«

»Wir sind auf die Garage geklettert und von dort aus in den Garten, so wie wir es geplant haben«, antwortet Angie.

»Dann sind wir über den Zaun gestiegen und haben gesehen, dass im zweiten Stock Licht brennt«, fügt Madeleine hinzu.

»Also haben wir uns hinten auf die Terrasse geschlichen und ein paar Gartenmöbel aufeinandergestellt, um auf den Balkon zu klettern. Und dort bin ich dann auf Madeleines Schulter gestiegen und habe durch das Fenster geschaut.«

Madeleine nickt und massiert ihre rechte Schulter. »Wir haben Schere, Stein, Papier gespielt. Ich habe verloren.«

»Und?«

»Und … sie hat gerade gebacken. Und ihre Kuchen sind garantiert nicht fettarm.«

»Ich habe Fotos gemacht von großen Eimern mit Öl und Maissirup und Fertigei!«, sagt Angie.

»YES!« Wir brechen alle in Jubel aus.

»Noch besser, sie verwendet irgendwelche No-name-Fertigmischungen! Von wegen Biobackkunst, was zum Teufel das auch immer heißen soll …«

»Spitze!« Julia hüpft vor Begeisterung auf der Stelle, bevor sie plötzlich auf den Boden heruntersackt. »Au, mein Knie, au.«

»Okay«, überlege ich. »Ich könnte die Bilder morgen früh an alle Food-Truck-Blogs und Homepages mailen, um Bianca bloßzustellen und für einen Skandal zu sorgen … Oder geht das zu weit?«

»Ganz sicher nicht«, erwidert Angie im selben Moment, in dem Madeleine »Ach was!« sagt und Coco ruft: »Sie klaut dir deine Geschäftsidee und streitet es dann auch noch ab! Sie hat es nicht anders verdient.«

Zu Hause angekommen, hocken sich Coco und Julia vor den Fernseher, Angie und Madeleine verziehen sich in ihre Zimmer, und ich fühle mich inspiriert, weitere Salatrezepte herauszusuchen. Ich brauche neue Ideen, um allen anderen Salatverkäufern in New York voraus zu sein. Das SchlankMobil soll der Marktführer werden. Ich habe in meinem ganzen Leben noch nie so eine große Verantwortung gefühlt. Ich denke, meine Eltern wären stolz auf mich. Ausnahmsweise einmal. Vielleicht.

Gegen elf klopft es an meiner Tür. Es ist Julia.

»Was gibt es, Schneckchen?«

»Pia, ich habe beschlossen, dass es Zeit für mich ist, einen Mann kennenzulernen.«

»Okay«, sage ich und setze mich gerade hin. Jules ist es offensichtlich sehr ernst.

»Mein Job ist ätzend, aber daran kann ich nicht viel ändern, richtig? Ich könnte natürlich in meiner Freizeit einen Fotografie- oder einen Kochkurs machen, aber weißt du, ich habe weder besonders viel künstlerisches Talent noch … kulinarisches.«

»Okay«, sage ich wieder.

»Was mir also fehlt, ist ein Mann.«

»Kapiert.« Ich bemühe mich, so ernst zu klingen, wie Jules das sicherlich von mir erwartet. »Wie wäre es mit den Partnerbörsen im Internet?«

Sie schüttelt den Kopf. »Vergiss es. Zu intensiv. Ich will es so machen wie du. In Kneipen gehen und Männer aufreißen.«

Ich lache. »Klar, weil das auch immer klappt.« Dann wird mir bewusst, dass sie keinen Scherz gemacht hat. »Okay, gut, du musst nur …«

»Ich weiß, ich weiß. Die Geschichte mit dem Blickkontakt, von dem du immer redest. Aber das funktioniert bei mir nicht, Pia. Ich sehe nicht so aus wie du.«

»Du ziehst dich nur nicht so an wie ich«, verbessere ich. »Das richtige Styling, die richtige Frisur und das richtige Make-up verleihen dir mehr Selbstvertrauen. Selbstvertrauen gleich Charisma und Charisma gleich männliche Aufmerksamkeit. Du fühlst dich gut, bist lockerer und lustiger. Du bist noch du selbst, aber in der bestmöglichen Version, verstehst du?«

»Und? Was heißt das jetzt? Brauche ich so ein blödes Umstyling?«

Ich grinse. »Ja. Bevor wir das nächste Mal wieder zusammen auf die Piste gehen, verpassen wir dir ein Verschönerungsprogramm.«

»Danke, Süße«, sagt sie. »Ich wusste, dass ich die Richtige frage.«

Sie verschwindet wieder. Ich bin glücklich: Julia hat sich bisher immer gegen meine Versuche gewehrt, sie ein bisschen aufzupeppen. Sie hat wunderschöne lange Haare, die sie aber immer zu einem Pferdeschwanz bindet, und eine tolle Oberweite, die sie aber immer unter einem Sport-BH versteckt (ich weiß, ich weiß). Und ihre Garderobe sieht aus, als würde sie einmal im Jahr einen Klamottengroßeinkauf in irgendeinem Kaufhaus machen. Ich glaube, das ist tatsächlich so.

Oje, ich hoffe, mein Rat zahlt sich aus. Es hat mir schon immer widerstrebt, anderen zu sagen, was sie tun sollen, weil ich mich dann für ihr Glück verantwortlich fühle. Und was, wenn es schiefgeht? Dann hasst Julia mich womöglich. Aber vielleicht ist das Blödsinn. Ich gelange allmählich zu der Erkenntnis, dass viele Sachen, die ich denke, irgendwie Blödsinn sind.

Auf einmal bin ich ganz rastlos. Ich schlüpfe in meine Lieblingspantoffeln, schnappe mir mein Buch und gehe nach unten, um mir eine Schale Müsli zu machen. Auf dem Weg in die Küche begegne ich Madeleine. Sie trägt … Laufkleidung?

»Willst du etwa jetzt noch joggen gehen? Madeleine, es ist mitten in der Nacht!«

»In Brooklyn Heights gibt es einen Mitternachtslauftreff«, erwidert sie und steckt sich Minikopfhörer in die Ohren.

»Wer geht denn um Mitternacht joggen?«

»Das hilft mir, den Kopf freizubekommen«, antwortet sie und joggt zur Tür hinaus.

Sie ist heute bereits gelaufen. Und sie war beim Yoga. Und sie hat dreimal geduscht. Seltsam, nicht? Ich muss immer wieder an dieses HÄSSLICH HÄSSLICH HÄSSLICH gestern auf dem Spiegel denken. Ich frage mich, ob Madeleine das war. Und falls ja, wie soll ich darauf reagieren? Es Julia erzählen? Wie spricht man jemanden auf etwas an, das vielleicht nur auf schlechte Laune zurückzuführen ist oder auf widerspenstige Haare oder so? Wir haben schließlich alle mal negative Gedanken. Man muss einfach dafür sorgen, dass die positiven Gedanken überwiegen.

Während ich Honey Flakes mit Cheerios mische und Milch darübergieße, höre ich ein Geräusch von der Veranda und spähe hinaus. Es ist Angie, die dort allein mit einem Drink und einer Zigarette sitzt. Ich öffne die Tür und gehe zu ihr. Sie sieht umwerfend aus in ihrem grünen Minikleid, das mir neu ist.

»Ist das von Marc Jacobs?«

»Richtig erkannt.«

»Wie zum Teufel kannst du dir die ganzen Designerklamotten leisten, wo doch deine Eltern deine Miete bezahlen müssen und du deiner Chefin Sushi klaust?«

Sie zuckt mit den Achseln und nimmt einen tiefen Zug. »Das hier war ein Geschenk. Aber es war zu lang, also habe ich es zwanzig Zentimeter gekürzt und mit dem Gürtel ergänzt. Gefällt es dir?«

»Super«, sage ich und beginne, mein Müsli zu mampfen.

Dann fällt mir auf, dass sie keine Zigarette raucht, sondern einen Joint. Und in ihrem Glas ist purer Wodka, garniert mit einer Gurkenscheibe.

»Angie, mal im Ernst. Ich weiß, ich bin nicht gerade

die Richtige, um eine Anti-Drogen-Kampagne zu organisieren, aber Julia dafür schon. Und das Haus gehört ihr. Hättest du nicht warten können, bis du unterwegs bist?«

»Und verhaftet werden? Wohl kaum.«

Sie weicht meinem Blick aus. Irgendwas stimmt hier nicht, wird mir plötzlich bewusst. Irgendwas stimmt hier wirklich nicht. Soll ich was sagen? Vielleicht macht Angie ja dann den Mund auf, wie neulich.

»Alles okay? Ist was …«

»Halt mal«, sagt sie und steht auf. Sie nimmt eine Schere aus ihrer Handtasche, beugt sich vor und kürzt ihren Rocksaum um weitere zwanzig Zentimeter.

»Was zum …«

»Das ist noch besser«, sagt sie und lässt den Stoff auf den Boden fallen. »Okay, ich fahre nach TriBeCa in eine Bar. Kommst du mit?«

»Nee«, sage ich. »Angie …«

»Pech«, unterbricht sie mich wieder achselzuckend und trinkt schwankend ihr Glas aus.

»Hör zu, Angie, möchtest du reden? Ist es wegen Marc?«

»Möchtest du über Eddie reden?«, kontert sie.

Autsch.

Und fünf Sekunden später ist sie weg.

Dann, auf dem Weg zurück in mein Zimmer, begegnet mir Coco. Oje, sie hat geweint.

»Was ist? Was hast du? Coco?«

»Marley stirbt«, antwortet sie und holt zitternd Luft.

»Oh … Marley ist nur ein Hund. In. Einem. Film.«

»Außerdem hat Eric sich nicht mehr gemeldet«, sagt sie. »Wir haben uns geküsst, und jetzt … nichts. Ich habe ihm heute Abend zweimal gesimst, aber nichts!«

Sie beginnt wieder zu weinen. Aha, das ist also der eigentliche Grund.

»Okay, ignorier ihn einfach«, sage ich. »Die kalte Schulter wirkt auf Männer wie Katzenminze.«

»Aber was, wenn ich ihn ignoriere und er mich ignoriert, und das war's dann? Was, wenn mehr daraus werden könnte, würde ich mich nur ein wenig mehr bemühen? Das kann es einfach nicht gewesen sein!«

Ich kenne diese verzweifelte Gedankenspirale. So was kann einen wahnsinnig machen. »Er meldet sich schon noch. Vertrau mir. Wahrscheinlich kuriert er bloß seinen Kater aus, oder er lernt für die Uni ...«

Sie schüttelt den Kopf. »Er ist auf einer Party in Manhattan, Einundsiebzigste Straße, Ecke Lexington Avenue. Das hat er auf Facebook gepostet! Warum hat er mich nicht eingeladen mitzukommen?«

»Vielleicht sind auf der Feier keine fremden Gäste erwünscht«, sage ich.

Obwohl, wenn ein Mann Wert darauf legt, eine Frau zu sehen, wird ihn eine Kleinigkeit wie das Mitbringen von ungeladenen Gästen nicht davon abhalten.

»Nein, das ist, weil ... oh, vergiss es. Das ist genau wie damals in der Highschool«, sagt sie und läuft die Treppe hoch.

»Coco!«, rufe ich ihr hinterher. »Möchtest du darüber reden?«

»Nein!«, ruft sie zurück. »Ist gut, ehrlich!«

Dann knallt sie ihre Tür oben zu.

Und ich dachte, ich wäre der einzige Loser hier, ich dachte, dass alle, die ich kenne, ein perfektes Leben führen ... dass sie glücklich sind und etwas aus ihrem Leben machen, so wie sie sich das immer gewünscht haben.

Schätze, das war ein Irrtum.

Vielleicht müssen wir alle erst herausfinden, was für ein Leben wir uns vorstellen und wie wir es verwirklichen können. Und wir müssen uns gegenseitig helfen. Wir hängen alle gemeinsam drin – in diesem Leben, in dieser Zeit, in dieser Existenz. Und plötzlich ist mir sonnenklar, was ich will. Es geht nicht nur um das SchlankMobil. Es geht nicht nur um meine Eltern.

Ich möchte besser darin werden, ich zu sein, falls das einen Sinn ergibt. Ich möchte in meinem Leben mit harter Arbeit vorankommen. Und mit Ehrlichkeit. Und mit Fairness. Und dem ganzen anderen positiven Zeugs. Und nicht mit bedeutungslosem Sex und Almosen und Eddiebedingtem Komasaufen. Und auch nicht damit, dass ich mache, was ich will, ohne die Folgen zu berücksichtigen. Ich möchte die bestmögliche Version von mir selbst sein. Eine neue, bessere Pia.

Und ich bin die Einzige, die das verwirklichen kann.

Schritt eins: das Löschen aller Beweisfotos von dem Überfall auf Bianca heute Abend. Ihr einen Streich zu spielen, ist eine Sache, ihr Geschäft zu sabotieren, eine andere. Wir haben Biancas Truck mit Sprühfarbe umbenannt, vielleicht ist das ja Rache genug.

Es wird ihr bestimmt schwerfallen, Essen aus einem Food Truck zu verkaufen, der SOLLEN DIE ANDEREN DOCH EUNUCHEN FRESSEN! heißt.

15

Pfannkuchen sind eine wunderbare Erfindung. Sie kosten in der Herstellung sechs Cent, sind in ungefähr einer Minute gebacken, und jeder liebt sie. Aus diesem Grund sind sie das perfekte erste (und vorerst einzige) Angebot auf meiner Frühstückskarte. Innerhalb eines Tages habe ich meinen normalen Umsatz damit verdoppelt.

Folglich bin ich richtig gut drauf, während Toto und ich durch Manhattan fahren an diesem sonnigen Dienstagmorgen. Ich singe laut mit zu Totos wie von Zauberhand gelenkter Musikauswahl im Radio, das sich nun auf *Lets'get loud* von Jennifer Lopez eingestellt hat, ein Song, zu dem Angie und ich einen total kranken Tanz erfunden haben, als wir zehn waren. Das war wahrscheinlich das letzte Mal, dass Angie uncool war. (Natürlich ist es im Alter von zehn Jahren extrem cool, einen Tanz zu erfinden.)

Und ich habe Lina vorhin eine SMS geschickt, um ihr Bescheid zu geben, dass ich heute mit dem SchlankMobil vor ihrer Firma stehe. Auf ihrer Visitenkarte lese ich, dass sie Vizepräsidentin für strategische Entwicklung bei Carus International ist, was immer das heißen mag.

Fröhlich vor mich hinsummend, parke ich den Wagen, twittere meinen Standort, öffne kurz darauf die Luke und rufe: »Pfannkuchen! Frühstückspfannkuchen, glutenfreie Pfannkuchen!«

Ja, das ist zugegebenermaßen schwach, aber es funktioniert. Sobald sich eine Schlange gebildet hat, kann ich aufhören zu schreien. Für einen Food Truck sind Kunden mit glücklichen Gesichtern und vollem Mund die beste Werbung.

Angie hat mir gestern Abend geholfen, neue Salatideen auszutüfteln. Ich habe diese Woche fünf neue, viel raffiniertere Varianten in die Speisekarte aufgenommen, allesamt sehr knackig und schmackhaft – inklusive einer Extraportion Kohlenhydrate mit niedrigem Glyx in Form von Quinoa und Naturreis und inklusive hautnährender Omega Fettsäuren in Form von Mandeln und Avocado … Ich werde auch immer erfinderischer mit Kräutern: Dill, Rosmarin, Basilikum, Minze … damit kann man einen Salat richtig aufpeppen. Und ja, ich habe gerade den Ausdruck »einen Salat aufpeppen« verwendet.

Wie gestern stehen innerhalb von wenigen Minuten fünf Leute an für Pfannkuchen.

»Sie sollten auch fettfreie Ersatzsahne anbieten«, sagt eine klapperdürre Frau.

»Ich glaube, da ist ziemlich viel Chemie drin«, antworte ich so höflich wie möglich. »Wir verwenden hier nur natürliche Zutaten.«

»Aber sie hat null Fett!«, entgegnet sie schrill und stakst auf ihren spindeldürren Beinen davon.

Magersüchtige verirren sich selten zum SchlankMobil, wahrscheinlich trauen sie meinen Kalorienangaben nicht und essen lieber zuckerfreien Wackelpeter als natürliche Lebensmittel. Auf meinem zweiten Internat gab es so viele Mädchen, die magersüchtig waren, dass es praktisch zu einem Trend wurde, so wie Schuhe von Tory Burch oder Handtücher mit eigenem Monogramm auf eine ganz und gar nicht ironische Art.

Um elf sind die Pfannkuchen ausverkauft, und es ist Zeit, den Lunch vorzubereiten. Ich schließe die Verkaufsklappe und mache sauber, als es plötzlich laut an die Hecktür klopft.

Ich öffne die Tür und strecke den Kopf hinaus. »Hallo, kann ich Ihnen helfen?«

Es ist ein Mann, Anfang dreißig, vielleicht vietnamesischer Abstammung. Er macht ein wütendes Gesicht.

»Sie stehen auf meinem Platz.«

»Wie bitte?«

Er deutet über seine Schulter, und ich sehe einen Food Truck, der in zweiter Reihe parkt. Darauf steht *Banh Mi Up*.

»Das ist mein Platz. Ich stehe hier jeden Montag und Freitag. Von elf bis vier. Also, verschwinden Sie.«

Ich versuche zu antworten, aber meine Stimme lässt mich im Stich. O nein, nicht schon wieder … Ich werde einfach weiterfahren, ich hasse Auseinandersetzungen. Es ist einfacher, klein beizugeben, nicht?

Dann muss ich an die neue, bessere Pia denken. Ich kann das bewältigen. Ich habe auch ein Recht, hier zu sein.

Ich hole tief Luft, und Gott sei Dank kehrt meine Stimme zurück. »Ich sehe hier nirgendwo ein Schild, auf dem Ihr Name steht.«

»Wie bitte? Hören Sie, Miss, ich stehe seit drei Jahren jeden Montag und Freitag hier. Ich bin quasi die Food-Truck-Bewegung.«

Ich steige aus, baue mich vor ihm auf und versuche, ein hochmütiges Gesicht zu machen. »Was ist Ihr Problem?«

Seine Augen werden schmal. »Sie sind mein Problem. Steigen Sie wieder in Ihre kleine erbärmliche Rostlaube und hauen Sie ab, Prinzessin, oder ich rufe die Polizei.«

»Dann rufen Sie die Polizei! Was wird die schon machen? Wenn ich etwas ganz sicher weiß, dann, dass man sich mit einem Food Truck überall hinstellen darf, wo nicht gerade absolutes Halteverbot ist. Wenn Sie jeden Tag am selben Platz Essen verkaufen wollen, dann kaufen Sie sich gefälligst ein verdammtes Restaurant.«

»Sie haben keine Ahnung, mit wem Sie es zu tun haben!«

»Sie genauso wenig!«

Banh Mi Up zeigt mir den doppelten Stinkefinger (ernsthaft?), steigt in seinen Truck und fährt mit quietschenden Reifen davon.

Ich tätschle Toto liebevoll. Was fällt diesem Kerl ein, Toto als »Rostlaube« zu bezeichnen?

»Gute Arbeit«, sagt eine Stimme.

Ich drehe mich um. Es ist Lina.

»Danke«, sage ich. »O Mann, die Imbisswagenbranche ist ganz schön rabiat.«

»Stimmt«, bestätigt Lina. »Ähnlich wie die Hotel- und Restaurantbranche. Dort geht es zu wie bei einem römischen Gladiatorenkampf.«

Ich lache. »Geht es Ihnen gut?«

»Ich bin gerade auf dem Weg zu einer Fokusgruppe, die von Marktforschern geleitet wird. Die versuchen mir weiszumachen, dass alles Innovative und Neue einfach nicht funktioniert …«

»Spaßig«, sage ich. »Ich habe mich immer gefragt, was Marktforschung wirklich bedeutet.«

»Es bedeutet die Zerstörung von Kreativität. Okay, ich werde gleich eine Rundmail an all meine Kollegen wegen des SchlankMobils schicken, ja?«

»Schreiben Sie hinein, dass man mit dem Passwort ›Lina‹ einen Dollar Preisnachlass auf ein Dessert bekommt«, sage ich.

Lina lacht. »Tolle Idee, aber wir sollten nicht meinen Namen nehmen. Ich bin ohnehin schon als selbstsüchtig verschrien. Das Passwort sollte anders lauten … *Brooklyn!*«

Lina muss einen großen Einfluss in ihrer Firma haben, weil die Schlange ab Punkt zwölf fast bis zum Ende des

Blocks reicht. Einem Kunden schmecken meine fettarmen Brownies so gut, dass er sich ein zweites Mal anstellt und drei weitere kauft, was irgendwie dem Sinn von fettarmer Ernährung widerspricht, aber was soll's. Nach zwei Stunden, fast alles ist ausverkauft, kommt eine hübsche junge Frau in meinem Alter an die Theke, begleitet von einem bärtigen Mann mit einem kleinen Digital-Camcorder.

»Mein Name ist Becca. Ich bin von Grub Street, dem Feinschmecker- und Restaurant-Blog des *New York Magazine.* Dürfen wir Sie kurz interviewen für einen Beitrag über die neuesten Food Trucks?«

Ich überlege nicht lange. »Klar!«

»Auf Twitter und in den einschlägigen Blogs gab es viele Stimmen zu Ihrem Truck. Wie sind Sie auf das Konzept gekommen?«

»Das lag für mich auf der Hand. Die Menschen brauchen mittags eine gute, schnelle Mahlzeit, die keinen Blutzucker-Crash verursacht oder einen Heißhunger auf Kohlenhydrate. Die New Yorker sollten nicht wählen müssen zwischen einem vollen Magen und einem tollen Hintern. Man kann gut und günstig und fettarm essen an einem Food Truck – solange es meiner ist.«

Becca grinst. »Das haben Sie gut gesagt.«

Plötzlich höre ich ein schrilles Lachen.

Becca dreht den Kopf zur Seite. »O … mein … Gott …«

Es hämmert an die Hecktür. Nicht schon wieder! Dieser Banh-Mi-Up-Typ hat sie nicht mehr alle! Ich lasse die Verkaufsklappe herunterknallen und öffne.

»Was wollen Sie jetzt schon wieder?«, schreie ich, als ich die Tür aufschwinge.

Aber er ist es nicht.

Es ist Bianca. In ihrem aggressiven Punkster-Look, mit halb rasiertem Schädel, angezogen wie eine Blinde. Und hinter ihr steht Darth Vader mit seiner neuen Aufschrift.

Ich kann nicht anders: Ich lache unkontrolliert los.

»Das warst du, nicht?«, brüllt sie mich an. »Ich habe es erst in der Mittagspause gemerkt, als jemand mich gefragt hat, wie viel es kostet, *mich* einen Eunuchen fressen zu sehen!«

Ich lache so sehr, dass ich mich an der Heckklappe festhalten muss.

»Gib es zu! Gib es zu!«, kreischt sie.

»Ist das Ihr Truck?«, platzt Becca, die Bloggerin von Grub Street, dazwischen.

»Ja«, antwortet Bianca. »Und wer zum Teufel sind Sie?«

»Wie reizend!«, murmelt Becca und zieht eine Augenbraue hoch. »Ich bin von Grub Street. Eine interessante Marketing-Idee, die Sie da haben.«

Es ist, als würde plötzlich die Sonne in Biancas Gesicht aufgehen. »Ach, hallo! Ich bin Bianca, und das ist mein Food Truck. Ich habe mich der gesunden Backkunst verschrieben!«

Mit einem breiten Grinsen steige ich wieder in meinen Wagen und applaudiere mir im Stillen. Unsere Mission war ein voller Erfolg.

16

Wenn ein Fremder ein Freund ist, dem man nur noch nicht begegnet ist, dann ist ein Fremder in einer Karaoke-Bar eine Rock-Diva, die man nur noch nicht abgeklatscht hat nach ihrem Solo von *Bohemian Rhapsody*. Das stelle ich gerade fest in einer wahnsinnig lauten, aber einladenden Karaoke-Bar in SoHo, in der wir in Julias dreiundzwanzigsten Geburtstag hineinfeiern.

Wir haben den Abend mit ein paar Drinks zu Hause eingeläutet, dann sind wir in Chinatown essen gegangen. Ich muss jetzt noch über den Namen des Restaurants kichern (Big Wong King … ich bitte euch!). Aber niemand scheint in Feierlaune zu sein außer mir.

Angie trinkt viel und spricht wenig, Coco starrt wie besessen auf ihr Handy (Eric hat sich noch nicht gemeldet), Madeleine ist nervös wegen eines Typen, der später zu uns stoßen soll (eins ihrer Internet-Dates, von denen wir nichts wissen dürfen), und Julia malmt vor Anspannung mit dem Kiefer. Es ist, als wären wir alle in unserer eigenen Gedankenwelt gefangen … Kommt schon, würde ich am liebsten rufen, es ist Samstagabend! Seit ich in New York lebe, habe ich so viele ruhige Wochenenden verbracht wie nie zuvor!

Mein altes Ich wäre gegangen, um sich woanders zu amüsieren, aber heute möchte ich das nicht tun. Vielmehr wünsche ich mir aufrichtig, dass die Mädels einen schönen Abend haben. Vor allem Julia, da ich weiß, dass sie an ihrem Geburtstag immer an ihre Mutter denkt und traurig wird. Sie verdient – nein, sie *braucht* – einen tollen Geburtstag. Aber im Moment schauen wir nur passiv den anderen auf der Bühne zu. Wir unterhalten uns nicht einmal.

»Also schön!«, sage ich, als eine Frau mit einer heiseren Stimme *Careless whisper* von Wham beendet. »Jetzt gibt es erst mal eine Runde Hochprozentigen!«

Alle sehen mich an. Niemand sagt Ja, niemand sagt Nein.

Ich gehe an die Theke. »Gott, wenn diese Geburtstagsfeier ein Patient wäre, würde ich einen Defibrillator bestellen«, murmle ich.

»Kommt sofort«, sagt der Barkeeper.

Huh?

Zwei Minuten später kehre ich mit fünf Gläsern Defibrillator zurück zu den Mädels. Es handelt sich um 5-cl-Schnapsgläser, gefüllt mit Champagner, Wodka, Tequila und Zitronensaft.

»Okay, *compadres*«, sage ich. »Auf ex.«

Die Mädels greifen gehorsam zu und kippen das Zeug in einem Zug hinunter. Dann folgen ein kollektives Keuchen und Husten, die übliche Routine nach einem starken Drink. Nur Angie nickt anerkennend.

»Gimme five!«, schreit Jules und beginnt, uns nacheinander abzuklatschen.

Wir beschließen, Kettenkaraoke zu machen (jeder sucht für die Person, die rechts von ihm sitzt, ein Lied aus), als ein Typ mit perfektem Lidstrich seine Interpretation von *It's in his kiss* zum Besten gibt. Das Publikum tobt.

»Ich hasse Karaoke«, sagt Angie.

»Jeder hasst Karaoke«, zische ich. »Julia hat sich das gewünscht. Du wirst es überleben.«

Angie zieht eine Grimasse, und ich wende mich den anderen zu.

»Bereit?«

Julia dehnt die Arme, als würde sie sich auf ein großes Spiel vorbereiten. »Bereit.«

Der geschminkte Typ auf der Bühne beendet seinen Auftritt. »Und vergesst nicht!«, ruft er. »Sollen die anderen doch Eunuchen fressen!«

Was?

»Hat er gerade gesagt …?«, murmelt Coco.

Ich passe den Typen ab, als er an mir vorbeikommt. »Hast du gerade gesagt … sollen die anderen doch Eunuchen fressen?«

»Ja!«, sagt er. »Das ist dieser Food Truck, den ich heute Morgen in der Early Show gesehen habe. Der ist klasse!«

»Meinst du die Early Show … auf NBC?«

»Gestern war auch ein Bericht in der *Post*. Die verkaufen hauptsächlich Kuchen, aber die sind so was von gesund!«, erklärt sein Freund, ein großer Blonder mit einem Lederhalsband. »Außerdem macht der Truck Werbung für die Travestiebar von Dodie, das ist ein Kumpel von meinem Freund Bobby.«

»Inzwischen hat sich eine christliche Elterngruppe zu Wort gemeldet, die sich furchtbar darüber aufregt, zum Schreien komisch«, sagt Lidstrich.

»Ich habe gehört, es gibt jetzt sogar T-Shirts mit der Aufschrift ›Sollen die anderen doch Eunuchen fressen!‹ Die bieten übrigens auch einen Partyservice an – für fünfhundert Dollar plus die Kosten für den Kuchen«, sagt Lederhalsband. »Den werde ich für meine Bar-Mizwa buchen.«

»Äh … du bist zweiunddreißig«, sagt Lidstrich.

»Halt's Maul, Schlampe!«

Die beiden gehen weiter in Richtung Bar, während wir ihnen mit offenem Mund hinterherstarren.

»Es stimmt«, sagt Angie, die mit ihrem iPhone beschäftigt ist. »Ich habe sie gerade gegoogelt … Sie ist überall in den Nachrichten.«

»Sie wird ein Riesengeschäft machen«, sage ich stöhnend. »Gottverdammt!«

»Das war's dann mit unserer Mission.« Julia rülpst. »Ups. Sorry. Die nächste Runde geht auf mich!«

»Mach dir heute Abend keine Gedanken deswegen, Pia«, sagt Madeleine. »Du kannst sowieso nichts daran ändern.«

Ich seufze. »Tja, wenn es eins gibt, in dem ich gut bin, dann ist das, meine Probleme zu ignorieren.«

»Braves Mädchen.«

Die Stimme des Ansagers schallt aus den Lautsprechern. »Coco Russotti!«

»Ich? Als Erste? O nein …« Coco macht so ein ängstliches Gesicht, dass ich einen Augenblick lang vergesse, an Bianca zu denken. »Ich kann nicht … ich kann nicht …«

»Du kannst das, Coco«, sage ich energisch. »Ich glaube an dich.«

Coco geht zögernd zum Mikrofon, während Madeleine, Julia, Angie und ich sie anfeuern. Sie macht ein Gesicht, als würde sie vor ein Erschießungskommando treten, dabei braucht sie sich keine Sorgen zu machen: Angie hat ihr ein Lied ausgesucht, und es ist *Baby I love you* von den Ramones. Die Zuschauer singen mit, und zum Schluss erhält Coco Standing Ovations.

»Yep, Coco!«, brüllt ein Kerl neben mir. »Total geil!«

Angie und ich wechseln einen Blick, und plötzlich wird mir klar: Das muss Eric sein. Wer sollte es sonst sein? Er sieht ganz süß aus, auf seine nicht-groß-genug-und-etwas-pickelig-und-trotzdem-arrogante Art.

»Eric!« Coco stürzt sofort zu ihm. »Ich wusste gar nicht, dass du …«

»Wir waren im Tonic East. Hab deine SMS bekommen und dachte, wir schauen mal vorbei!«

Coco lächelt ihn bewundernd an, und Eric stellt ihr seine Kumpels Tad und Wilcox vor. Tad ist einer dieser klassischen Typen mit ausgeprägtem Geltungsdrang und trägt Schweißbänder um Handgelenk und Kopf. Und Wilcox ist ein angehender Yuppie (Polohemd, hochgeschlagener Kragen) und entweder sehr schüchtern oder sehr betrunken, weil er einem nicht in die Augen sehen kann.

»Ich gehe an die Bar«, sagt Tad.

»Die Runde geht auf mich!«, sagt Julia und bahnt sich einen Weg zu Tad. »Ich hab heut Geburtstag«, fügt sie hinzu, knabbert an ihrem Strohhalm und sieht Tad mit klimpernden Wimpern an.

Los, Julia!

»Danke, schon kapiert«, erwidert er und wendet sich von ihr ab, ohne zu lächeln. Was für ein Arsch. Ich muss mich beherrschen, um ihm nicht einen Schlag auf den Hinterkopf zu geben.

Julia lächelt tapfer und dreht sich um, wobei ihr Blick auf Angie fällt. »Verdammt, ich glaube es nicht. Du trägst tatsächlich Ledershorts.«

Angie blickt an sich hinunter – schwarze Ledershorts und ein sehr enges Top, die Haare streng nach hinten gebunden und doppelt so viel Eyeliner wie sonst – und zuckt mit den Schultern. »Und ich kann nicht glauben, dass du Flipflops mit Pailletten anziehen wolltest, bevor Pia und ich dir ein verdammtes Styling verpasst haben.«

»Okay, Kinder, seid nett zueinander«, sage ich.

Mist, und ich dachte, die beiden verstünden sich nach Julias Verschönerungskur zu meiner Best-of-80's-Playlist auf dem iPod.

Julia sieht übrigens klasse aus: Enge Jeans und eine schicke Jacke, die Angie auf dem Brooklyner Flohmarkt entdeckt und umgeändert hat, und sie trägt wenigstens einmal in ihrem Leben die Haare offen, perfekt geföhnt von mir höchstpersönlich. Mann, ich hoffe, dass sie heute

Abend männliche Aufmerksamkeit erhält. Manchmal wirkt Aufmerksamkeit wie Medizin.

In der Karaoke-Bar ist es noch voller geworden, und wir werden ständig gegeneinandergedrückt, aber die Unterhaltung will immer noch nicht fließen. Ich drehe mich zu Wilcox.

»Na, Wilcox, dann studiert ihr drei also zusammen in Connecticut?«

»In Yale«, sagt er und nickt. »In Yale.«

O Gott.

»Achtung! Hier kommen die Defibrillatoren!« Tad schiebt Julia und Wilcox zur Seite, um sich neben Angie und mich zu stellen, und verteilt die Kurzen. »Wie heißt du noch gleich? Angie? Sag mal, hast du Lust, mich morgen beim Jeanskaufen zu begleiten?«

»Nein.«

Unbeeindruckt beginnt Tad, von seinen Karaoke-Erlebnissen an der Uni zu erzählen (»*Don't stop believing* … Mann! Das war das AllerBESTE!«)

Ich checke mein Handy und sehe, dass ich eine neue Nachricht von Mike habe. Mist. Ich dachte, er würde nicht mehr mit mir reden. *Ist deine Stimme schon aufgewärmt?*

Eine sinnlose, um Aufmerksamkeit heischende SMS, um mich wissen zu lassen, dass er mir den Osterhasenvorfall verziehen hat. Ich will sie gerade löschen, als mir Madeleines Bitte einfällt, nett zu ihm zu sein.

Also antworte ich: *Ich bin aufgewärmt geboren.*

Eine Sekunde später kommt die Antwort. *Wie wahr.*

Mist, Mist, Mist. Löschen.

Als Nächste wird Angie aufgerufen.

»Angie!«, jubelt Coco, Julia, Madeleine und ich stimmen mit lauten Anfeuerungsrufen im Chor ein.

Angie schaut überrascht zu uns, und ein riesiges Lächeln huscht über ihr Gesicht. Dann sieht sie, was für einen Song ich für sie ausgesucht habe, und muss ein erstauntes Lachen unterdrücken.

»Der nächste Song ist für Pia, Julia, Madeleine und Coco …«

Es ist *You belong with me* von Taylor Swift. Angie ist gekleidet wie eine Domina und soll eine niedliche weizenblonde Country-Sängerin imitieren. Sie löst ihren Nackenknoten, und ihre Haare fallen in Korkenzieherlocken herab, im klassischen Taylor-Stil. Dann schnappt sie sich das Mikrofon und lächelt so verrucht süß, dass alle sich ein Stück gerader hinsetzen. Und dann schmettert sie los, voller Inbrunst und furchtbar falsch. Das Publikum geht mit und bricht in lauten Applaus aus, als sie fertig ist.

»Und nun singen wir alle ›Happy Birthday‹ für meine Freundin Julia! Sie wird gleich dreiundzwanzig!«, ruft sie am Ende des Songs. »Ich weiß, das ist ziemlich abgedroschen, aber singt trotzdem einfach alle für Julia mit, okay?«

»Das bin ich!«, ruft Julia. »Ich bin Julia, das Geburtstagskind!«

Das ganze Lokal dreht sich zu ihr und bringt ihr ein Geburtstagsständchen. Julia strahlt über die Aufmerksamkeit, vor Freude ganz aus dem Häuschen. Danke, Angie, denke ich, du hast gerade den Abend gerettet.

»Das war das beste Geburtstagsgeschenk aller Zeiten!«, sagt Julia lachend zu Angie, als diese zurückkommt.

Angie umarmt sie, um ihr zu gratulieren. Ja! Julia und Angie! Freundinnen! In diesem Moment weiß ich, dass dies ein großartiger Abend werden wird.

»Du hast dich selbst übertroffen«, sage ich, als Angie wieder neben mir Platz nimmt.

»Ich schätze, ihr Dumpfbacken färbt allmählich auf mich ab«, entgegnet Angie. »Julia und ich haben nicht den besten Start erwischt, aber ich hab sie wirklich gern. Ich habe alle gern, und am liebsten ist es mir, wenn wir zu fünft etwas machen … So viel Spaß wie bei dem Bianca-Abenteuer hatte ich schon lange nicht mehr.«

Ich grinse. »Ich auch nicht.«

»Ich hatte noch nie das Gefühl … ich weiß auch nicht.« Angie verstummt kurz. »Das mit uns fünf passt einfach, weißt du? Wir sind grundverschieden, aber trotzdem passen wir zusammen.«

»Geh nicht nach L.A.«, sage ich plötzlich. »Zieh nicht weg. Bleib hier bei uns in der WG. Bitte, ich will nicht, dass du gehst.«

Sie sieht mich an und lächelt. »Ich dachte schon, du würdest das nie sagen.«

Als Nächste ist Julia dran mit *It's gonna be me* von N Sync, den Song hat Coco für sie ausgesucht. Nach ein paar Takten beginnt Julia, scheinbar unbewusst, die Choreografie zu tanzen, die sie damals auf der Junior Highschool zu diesem Song einstudiert hat. Sie ist in diesem Zustand der Trunkenheit, in dem man selbstbewusst wirkt, aber nicht peinlich – trotz pumpender Fäuste, schlenkernder Beine, Hand, die aufs Herz klopft, 180-Grad-Sprüngen, Drehungen und Verrenkungen –, eine perfekte Boygroup-Choreografie.

Auch Julia erhält Standing Ovations, auf dem Weg zu uns wird sie von einem heißen Typen aufgehalten. Er spricht sie an, aber sie grinst nur kokett und geht weiter.

»Spielst du die Unnahbare?«, sage ich, während ich beobachte, dass der Typ ihr hinterherstarrt.

»Ich spiele es nicht, ich *bin* unnahbar«, erwidert sie. »Lasst uns noch eine Runde bestellen!«

Als Nächstes singt ein Mann *Stay* von Lisa Loeb, mit der tiefsten Stimme, die ich jemals gehört habe, und der Abend wird allmählich feucht-fröhlich. Julias Laune wird immer besser, Coco und Eric stehen kurz davor, sich zu küssen, Tad und Wilcox improvisieren einen Tanz, indem sie auf der Stelle rennen und sich an einer imaginären Stange räkeln. Dann stoßen zwei Bekannte von Angie zu uns, Sirvan und Ali: zwei attraktive, höfliche und sichtlich wohlhabende iranische Playboys.

Sirvan und Ali holen sich etwas zu trinken, Angie und ich gehen hinaus, um eine zu rauchen.

»Wo hast du denn die beiden aufgegabelt?«, frage ich.

»In London«, antwortet sie achselzuckend. »Sie sind süß. Und reich. Was will man mehr?«

»Nette Einstellung«, sage ich.

»O Mann, ich bin richtig gut drauf«, sagt sie und stößt Rauchringe aus.

»Das kann schon mal vorkommen, wenn man Margaritas trinkt.«

»Das liegt nicht am Alkohol, sondern am Adderall. Wilcox hat welches dabei.«

Wow, sie hat ihn gerade erst kennengelernt und schon verschreibungspflichtige Amphetamine erbeutet. Irgendwie beeindruckend. Das letzte Mal, dass ich Adderall mit Alkohol kombiniert habe, bin ich nackt neben einem Professor für englische Literatur aufgewacht. (Nein, englische Literatur war keins meiner Fächer, aber das ist nicht der Punkt.)

»Sei vorsichtig, Angie, ja? Ich habe keinen Bock auf eine weitere Vorstellung auf der Brücke.«

»Drogenfahnder.«

Ein paar Drinks später treffe ich zufällig Madeleine auf der Toilette. Ihre Augen sind rot und geschwollen.

»Alles okay?«, frage ich.

»Ja, alles gut, es ist nichts«, murmelt sie. Sie ist sehr betrunken, wird mir plötzlich bewusst. Sie lallt. »Weißt du, ich habe doch diesen Typen eingeladen, den ich seit

Kurzem kenne … diesen Andrew … Er ist nicht gekommen.«

»Oh …«, sage ich. »Schade. Na ja, dafür sind Angies iranische Freunde erstaunlich süß, wenn man bedenkt, dass allein ihre Uhren mehr wert sind als unser ganzes Haus. Du hättest auch noch die Wahl zwischen Tad und Wilcox …«

Madeleine blickt auf und rollt mit den Augen. »Die interessieren mich aber nicht, Pia! Herrgott noch mal!« Sie schwankt. »Warum musst du immer jedem zwanghaft Spaß verordnen?«

»Wie nett!«, erwidere ich und knalle die Kabinentür hinter mir zu, während Madeleine die Damentoilette verlässt.

Wie unfreundlich. Gott, ich hasse es, wenn andere ihre schlechte Laune an einem auslassen! Ich habe doch nur versucht, den Abend zu retten! Außerdem, wenn Madeleine sich nicht mit anderen Leuten abgibt, wie zum Teufel will sie dann jemals einen Mann kennenlernen? Auch das Internet hat seine Grenzen.

Ich wasche mir die Hände, pudere mein Gesicht nach und verlasse die Toilette, gerade als die ersten Töne von *Feeling good* erklingen, diesem Song von Nina Simone. *Birds flying high, you know how I feel* … Wow, die Sängerin hat eine wundervolle Stimme: tief, sinnlich, traurig …

Dann sehe ich auf die Bühne, und meine Kinnlade klappt herunter.

Es ist Madeleine.

Sie singt so faszinierend, dass der ganze Saal zum ersten Mal still ist an diesem Abend. Ihre Stimme klingt melancholisch und gefühlvoll und aufrichtig. Ich habe noch nie etwas Vergleichbares gehört.

Und mir war auch nie bewusst, wie anmutig Madeleine ist. Sie trägt ein dezentes, langärmeliges schwarzes Kleid, verglichen mit ihr wirken alle anderen im Raum furchtbar *overdressed*, aber tatsächlich hat es nichts mit dem Kleid zu tun, sondern mit ihr selbst. Madeleine überstrahlt alle.

Als sie fertig ist, herrscht in der Bar ein paar Sekunden lang Totenstille. Dann regnet es, nein, es *hagelt* Applaus.

»Ich wusste gar nicht, dass du so fantastisch singen kannst!«, sagt Julia begeistert. »Ich habe den Song ausgewählt, weil ich dachte, den können wir alle mitsingen!«

Madeleine muss so sehr lächeln, dass sie kaum imstande ist zu sprechen. »Ich hatte früher mal Gesangsunterricht. Aber dann in der Highschool kam der Mathematik-Wettbewerb dazwischen …« Sie zuckt mit den Schultern und hickst. »Kann ich noch einen Kurzen haben?«

Der Ansager meldet sich wieder. »Der Nächste ist … Pia Keller!«

Verdammter Mist.

17

Ich kann das nicht. Ich kann mich nicht vor die ganzen Leute stellen und singen. Meine Stimme wird mich im Stich lassen, ich werde eine Panikattacke bekommen und/oder abstürzen und/oder in einer Pfütze aus Schweiß und Erbrochenem enden. Ich kann das nicht, ich kann nicht …

»Auf geht's, Pia!«, ruft Julia und schiebt mich vor in die Menge.

Irgendwie gelange ich auf die Bühne, wo mir schmerzhaft bewusst ist, wie klein der Raum ist, wie grell das Licht, wie still das Publikum und wie heiß und eng mir plötzlich wird …

In meiner Kehle steckt ein bitterer Angstkloß – oder ist das Galle? Ich senke den Blick auf den Karaoke-Monitor und kann gerade noch die Überschrift *99 Red Balloons* erkennen, aber der Text verschwimmt vor meinen Augen. *You and I in a little toy shop / Buy a bag of balloons with the money we've got …*

Meine Sicht ist zu verschwommen, um es zu lesen, aber ich kann auch nicht einfach von der Bühne gehen. Es gibt jetzt kein Zurück mehr. Ich darf nicht – ich werde nicht – versagen.

Ich schaffe das.

Die Musik beginnt. Ich kann den Text immer noch nicht richtig entziffern, aber irgendwie öffne ich den Mund und fange an zu singen. Die ersten Töne kommen noch als ein piepsiges Flüstern heraus, aber mit der Zeit wird meine Stimme immer lauter.

Das Publikum stutzt, und einen Sekundenbruchteil später wird mir bewusst, dass ich den Text im Original singe … auf Deutsch.

99 Luftballons ist ein Lieblingslied meines Vaters. Er hörte es früher ständig. Ich könnte den deutschen Text nicht übersetzen, aber ich kann ihn auswendig. Ich muss nur durchhalten, bis das Stück zu Ende ist.

»Hast du etwas Zeit für mich, dann singe ich ein Lied für dich …« Ich habe das Gefühl, dass meine Stimme völlig fremd klingt, dünn und zittrig.

Aber als ich mich traue, den Kopf zu heben, lächeln die Zuschauer. Es gefällt ihnen! »… von neunundneunzig Luftballons …«

Nach der Eingangsstrophe setzt der Elektrobeat ein, und ich fange an, im Takt zu klatschen. Das Publikum klatscht sofort mit, und dann singe ich weiter, dieses Mal selbstsicherer.

»Neunundneunzig Luftballons, auf ihrem Weg zum Horizont, hielt man für Ufos aus dem All …«

Als ich den Song beende, bin ich von einem leichten, glänzenden Schweißfilm bedeckt, aber meine Angst ist einem Hochgefühl gewichen. Ich fühle mich euphorisch, unbesiegbar, wie im Rausch! Karaoke: ein gratis Aufputschmittel!

Ich kann nicht aufhören zu lächeln. Es fühlt sich an, als würde der ganze Saal toben, und ich kann Julia aus allen anderen heraushören. Ich mache eine kleine Verbeugung, dann springe ich von der Bühne und eile zurück zu den Mädels. Aber bevor ich dort ankomme, werde ich abgefangen und herumgewirbelt.

Von Mike.

»Lass mich runter!« Ich trage ein superkurzes goldfarbenes Minikleid. Warum wollen die Kerle einen immer hochheben, wenn man nicht richtig dafür angezogen ist?

»Pia! Das war unglaublich!«

Mike sieht heute Abend nicht so süß aus wie sonst: Er hat eine neue Frisur, die ihm nicht steht, und sein blaues Hemd beult sich an den falschen Stellen aus.

»Danke«, sage ich und gehe sofort auf Abstand. Aus dem Augenwinkel nehme ich wahr, dass Coco und Eric an der Bar herumknutschen. Yes! Ich unterdrücke den Impuls, die Siegerfaust zu ballen. Schön für Coco!

»Du siehst umwerfend süß aus, wenn du lächelst, weißt du das? Ich habe deine SMS gelesen und gedacht, scheiße, ja, das ist mein Mädchen …«

Ich runzle die Stirn. Mein Mädchen? »Mike … bitte nicht.«

»Was nicht?«, fragt er und hebt die Hand, um meine Wange zu streicheln. Mir wird bewusst, dass er sturzbetrunken ist. »Du machst so ein ernstes Gesicht, Schatz.«

Schatz? »Okay, wir müssen dringend reden«, sage ich und ziehe ruckartig den Kopf von seiner Hand weg. »Lass uns rausgehen.«

Er folgt mir hinaus auf die Straße, und ich zünde mir eine Zigarette an, um etwas Zeit zum Nachdenken zu schinden. Wie trennt man sich von jemandem, mit dem man gar nicht zusammen ist?

»Gott, du riechst so gut. Was ist das?«

»Oh! Danke. Das ist Kiehl's Original Musk … warte. Hör zu, ich weiß nicht, ob du denkst, dass … zwischen uns was läuft, aber ich will das nicht.«

»Du hast ein Problem mit Nähe, kapiert. Also nur Freunde. Freunde mit Vorteilen, richtig?«

»Ein Problem mit Nähe?« Ich kann nicht anders, als zu lachen. »Nein, Mike. Keine Vorteile. Ich stehe nicht auf dich. Ich wollte nicht, dass das mit uns passiert.«

»Du wolltest nicht, dass das mit uns passiert?« Er lacht, aber mit einem harten Unterton. »Madeleine hat recht, du bist arrogant. Du gehst einfach mit irgendwelchen Typen ins Bett und lässt sie hinterher links liegen …«

Sie haben über mich geredet? Ich dachte, Madeleine und ich wären wieder Freundinnen! Plötzlich habe ich keine Lust mehr auf diese Unterhaltung.

»Sind wir hier fertig?«

»Nein!«, schreit Mike. »Wir sind hier verdammt noch mal nicht fertig!«

»Mike, du bist betrunken. Diese Unterhaltung ist sinnlos. Zwischen uns ist nichts, und es wird auch nie etwas sein. Find dich damit ab.«

Er packt meinen Arm, aber ich reiße mich los, werfe meine Zigarette auf den Boden und drängle mich an ihm vorbei in die Bar. Was für ein bescheuerter Typ!

Hat er überreagiert? Bin ich arrogant? Und ein Flittchen? Ich kann es nicht sagen. Es ist mir auch egal. Ich will diese ganze Sache rasch vergessen. Obwohl, eigentlich würde ich Madeleine gern fragen, warum zum Teufel sie mit ihrem Bruder über mich herzieht, wo wir uns doch wieder versöhnt haben, aber nicht heute Abend. Nicht an Julias Geburtstag.

Ich stelle mich neben Angie und schnappe mir mein Glas. Kurz darauf kommt Mike herein, flüstert Madeleine etwas ins Ohr, und beide verschwinden nach draußen. Am Ausgang dreht Madeleine sich noch einmal um und wirft mir den tödlichsten Blick zu, den ich jemals in meinem ganzen Leben bekommen habe.

Ich leere mein Glas in einem Zug.

Jules kommt angehüpft. Sie ist blau. »Der Typ dort drüben hat gerade nach meiner Nummer gefragt! Er heißt Mason. Was haltet ihr von Pizza? Ich sterbe vor Hunger! Ich habe nämlich gerade … rückwärts gegessen. Aber es geht mir gut, alles bestens. Ein gut getimtes Sich-Erleichtern kann den Abend retten, wisst ihr?«

»Wo warst du, als wir die Einweihungsparty hatten?«, fragt Angie. »Die Julia dort war eine richtige Spaßbremse.«

»Ich hatte schließlich die Verantwortung«, entgegnet Julia. »Und als Verantwortliche hat man die Arschkarte, richtig?«

»Darauf sage ich Amen«, erwidert Angie. Sie wendet sich an mich. »Ernsthaft, ich liebe diese Frau.«

»Ein paar Freunde von mir sind im Cipriani in Downtown«, sagt Ali. »Sollen wir?«

»Okay!«, ruft Angie und hüpft von ihrem Barhocker.

»O nein. Nein! Ich will New Yorker Fastfood!«, protestiert Julia. »Pizza! Wo ist meine Schwester?«

»Wir gehen noch auf einen Drink zu Eric«, sagt Coco, die sich mit Eric zu uns durchgeschlängelt hat und ein Gesicht macht wie eine Katze, die das Sahnehäubchen erwischt hat.

»Yep!«, jubelt Julia. »Ein Liebespaar! Na komm, Pia! Du und ich!«

Also gehen Julia und ich zu Fuß zur Spring Street, Coco und Eric steigen in ein Taxi, und Angie düst mit Ali und Sirvan ab. Vor einem Monat hätte ich mich ihr sicher angeschlossen, um Schampus zu trinken, auf dem Tisch zu tanzen und wahrscheinlich eine unbefriedigende Kurzzeitaffäre oder zwei mit jemandem zu beginnen, der nicht zu mir passt. Jetzt finde ich es reizvoller, mit Jules noch schnell etwas essen zu gehen und anschließend nach Hause, damit ich ins Bett kann und rechtzeitig aus den Federn komme, um die Vorbereitungen für das SchlankMobil zu treffen. Morgen ist wieder Zahltag. Ich hoffe, es läuft mit Nicky so easy wie letzten Sonntag. Je weniger Smalltalk ich mit diesem Kleiderschrank machen muss, desto besser.

»Danke für den tollen Abend«, sagt Julia lallend. »Ich hatte unheimlich viel Spaß. Und ein Kerl wollte meine

Nummer haben. Außerdem habe ich nicht einmal geheult, dabei heule ich sonst immer an meinem Geburtstag.«

»Das ist super. Siehst du, ich habe dir doch gesagt, dass ein Styling Wunder bewirkt.«

»Ich habe das Gefühl, als könnte ich mich voll auf dich verlassen. Das hatte ich noch nie.«

»Das kannst du«, sage ich, bemüht, es als Kompliment zu betrachten. »Du kannst immer auf mich zählen, Jules.«

Als wir vor dem Pomodoro stehen und warten, dass unsere Pizzen ein wenig abkühlen, kommen Tad und Wilcox vorbei.

»Habt ihr Lust weiterzufeiern, Ladys?«, fragt Tad lässig und beugt sich vor, um von Julias Pizza ein riesiges Stück abzubeißen. Sie kichert und dreht sich weg. »Ich kenne da einen Geheimtipp im East Village. Die haben die ganze Nacht auf.«

Jeder kennt einen Geheimtipp im East Village, der die ganze Nacht aufhat.

»Ich kann nicht«, sage ich. »Ich muss nach Hause.«

»Scheiß drauf! Ich bin dabei!«, sagt Julia. »Wo soll's denn hingehen?«

Wilcox stellt sich ganz dicht vor mich und starrt mich an.

»Ruhig, Brauner«, sage ich. Seine Augen verraten, dass er total zugedröhnt ist von einem Cocktail aus Drogen und Alkohol. Vielleicht hat er Clonazepam oder Xanax geschluckt, um sich von dem Adderall runterzuholen.

»Wilcox! Lass diesen Stalker-Scheiß, Mann«, sagt Tad.

»Ja, komm schon, Wilcox«, sagt Julia.

Tad klaut einen weiteren Bissen von ihrer Pizza, woraufhin sie quiekt und ihm mit entzücktem Gesicht einen Klaps auf den Arm gibt. Verhalte ich mich auch so, wenn ich betrunken bin? Wahrscheinlich.

»Du kannst meine Pizza haben, Tad«, sage ich. »Amüsiert euch gut, Leute. Ich nehme mir ein Taxi nach Brooklyn. Jules, du kommst doch klar, oder?«

»Na klaro!«

Ich mache mich auf in Richtung Broadway, durch das übliche Samstagabendgedränge feiernder Menschen. Komisch: Wäre ich in diesem Moment allein auf einer verwaisten Landstraße unterwegs, hätte ich die Hosen voll. Natur, Stille, Schatten … unheimlich. Aber in einer großen Stadt fühle ich mich sicher.

Schließlich entdecke ich einen halben Block weiter ein freies Taxi. Ich sprinte sofort hin, aber gerade als ich die Tür aufmache, steigt jemand auf der anderen Seite ein.

»Das ist meins!«, protestiere ich laut, in meiner couragiertesten Ich-bin-eine-New-Yorkerin-Stimme. »Das ist mein Taxi!«, widerspricht er.

»Ich habe es zuerst gesehen! Sofort raus! Aussteigen!«, brülle ich.

Im nächsten Moment muss ich ein Keuchen unterdrücken, weil mir mit einem Stich des Wiedererkennens, so stark, dass es beinahe wehtut, bewusst wird, wer neben mir sitzt.

Es ist Aidan. Der schöne Mann von der Straße. Der Mann von der Brooklyn Bridge. Der Mann, den New York mir offenbar ständig über den Weg laufen lässt, als versuche es, mir etwas mitzuteilen.

Ich glaube, mein Herz hat aufgehört zu schlagen.

Vielleicht sterbe ich gerade.

Aber das ist okay.

»Sie!« Aidan grinst breit, einfach perfekt.

»Sie!«

»Wie wahrscheinlich ist das denn?«

»Wenig bis gar nicht.«

»Nach Brooklyn?«

»Das einzig Wahre.«

»Ich werde dem Fahrer sagen, er soll auf der Brooklyn Bridge anhalten, damit Sie aufs Dach steigen können.«

»Abgemacht.«

Aidan beugt sich vor, um dem Fahrer das Ziel zu nennen, während ich hektisch in meiner Handtasche nach einem Pfefferminz krame. Ich wette, ich stinke nach Knoblauch und Zigaretten. Verdammter Mist. Ich spüre eine gewisse Beklommenheit in der Brust. Aidan! Wieder! O mein Gott!

Aidan kurbelt sein Fenster ein Stück herunter und grinst mich dann wieder an. Lange Beine in einer dunklen Jeans, ein dunkles Hemd, die Haare dunkler, als ich sie in Erinnerung hatte – fange ich gerade an zu schwadronieren? Ja, ich schwadroniere. Was soll ich sagen? Mein dummes Hirn ist leer. O Mann, ich war in meinem ganzen Leben noch nie so nervös.

»So so«, sagt er. »Sie verfolgen mich also, kein Zweifel.«

»Kein Zweifel«, sage ich.

Ich frage mich, wie alt er wohl ist. Ende zwanzig? Ich arrangiere rasch meine Beine, um taxisitzinduzierte Cellulite auszuschließen … (Doch, das ist ein völlig normales Verhalten).

»Das bestätigt nur meine Theorie, dass New York ein Dorf ist«, sagt er. »Früher oder später trifft man sich wieder.«

»Sehr tiefgründig.«

»Ich bin ein tiefgründiger Mensch.«

»Ja, das kann ich sehen. Sie sind so was wie ein kleiner Philosoph in einem Hemd von Aubin & Wills. Übrigens, sehr originell von Ihnen. Bekommt man zwangsläufig ein Hemd aus der heimischen Manufaktur dazu, wenn man einen britischen Pass beantragt?«

Er keucht erschrocken. »Sie mögen es nicht? Das ist ein Geschenk von meiner Schwester. Das Hemd hat Ihnen nichts getan.«

»Schon, aber es führt etwas im Schilde. Das kann ich sehen.«

Wir verfallen in Schweigen. Dieser flirtende Schlagabtausch ist nervenzerreißend! Ich schwitze, ich bekomme nicht richtig Luft, mein Verstand springt von einem Thema zum nächsten. Ich frage mich, wo seine laute Freundin ist, ich frage mich, ob er an mich gedacht hat, ich frage mich, wo er wohnt, ich frage mich, ob mein Deo noch wirkt, ich frage mich …

Plötzlich dreht Aidan sich zu mir und grinst, die kleine Narbe auf seiner Unterlippe wird von den Lichtern der Stadt beleuchtet, und alles, wozu ich fähig bin, ist, zu lächeln.

»Okay, erzählen Sie mir von Ihrem Abend.«

»Äh … meine Freundin hat ihren Geburtstag gefeiert. In einer Karaoke-Bar. Ich habe *99 Luftballons* gesungen.«

»99 Luftballons? Sie meinen, Sie haben es auf Deutsch gesungen?«

»Ja«, sage ich und muss über sein Gesicht lachen. »Das hat sich so ergeben … Es ist das Lieblingslied meines Vaters. Er ist aus Zürich, und dort wird Schweizerdeutsch gesprochen …«

»Ich weiß. Ich bin schlauer, als ich aussehe.«

»Tja, das ist ein Segen«, sage ich. »Sorry, ich bin es halt gewohnt, das immer erklären zu müssen als Teil dieser ganzen ›Woher kommst du?‹-Geschichte.«

»Verstehe … Meine Mutter stammt übrigens aus Argentinien, und mein Vater ist Ire. Wir haben in L.A., BA, DC und zuletzt in London gelebt, einer Stadt ohne Kürzel, wo ich auf die Highschool kam.«

»Ich wette, die Leute finden das verwirrend.«

»Ja, aber das ist es nicht. Nicht, wenn man es selbst erlebt hat.«

»Genau«, sage ich. »Ich habe den Eindruck, dass ich mein ganzes Leben damit verbringe, anderen zu erklären, es sei nichts Besonderes, bis zu seinem siebzehnten Lebensjahr in sechs verschiedenen Ländern gelebt zu haben.«

»Meine Schwester und ich haben so einen Spruch: Alles ist normal, wenn es für dich normal ist.«

»Das ist so wahr!« Besser kann man es nicht ausdrücken, denke ich.

Ich schaue aus dem Fenster und sehe mit Bestürzung, dass wir bereits auf der Brooklyn Bridge sind. Die Reise ist praktisch zu Ende. Ich überlege, ob ich über ihn herfallen und ihn küssen kann zwischen hier und meinem Zuhause, ohne wie eine durchgeknallte Nymphomanin zu wirken. Wahrscheinlich nicht.

Ich drehe den Kopf zu Aidan und fange seinen Blick auf. Einen Augenblick lang denke ich, er macht gleich wieder eine schlaue Bemerkung, aber stattdessen sieht er mich nur schmunzelnd an, mit einem warmen und ruhigen und freundlichen Blick, und jetzt spüre ich mein Herz laut klopfen und meinen Magen flattern, o Gott, ich kann nicht sprechen, das ist Folter …

Als wir von der Brücke abfahren, räuspert er sich. »Haben Sie Hunger?«

»Fast immer.«

»Okay, wir machen einen Boxenstopp.« Er beugt sich vor und spricht höflich den Fahrer an. »Verzeihung, Sir, kleine Änderung im Plan. Fahren Sie bitte nach Park Slope, in die Fifth Avenue, Ecke Neunte Straße.«

»Nach Park Slope?«, sage ich. »Ernsthaft?«

»Daisey's Diner«, erwidert er und grinst mich an.

Ich möchte an seinen Zähnen lecken.

»Dort gibt es Disco Fries.«

»Disco Fries?«

»Pommes frites mit Käse überbacken und mit brauner Soße. Das nehme ich immer, dazu Käsetoast und einen Bananen-Erdbeer-Milchshake mit doppelt so vielen Bananen.«

»Mit doppelt so vielen Bananen?« Ich liebe es, wie er »Bananen« ausspricht. Bo-no-nen.

»Ein einfacher Bananen-Erdbeer-Shake ist mir nicht bananig genug, also frage ich immer, ob sie nicht doppelt so viele Bananen reintun können. Beziehungsweise doppelt so viel Bananenaroma. Was auch immer.«

»Klingt ziemlich widerlich. Ich bin dabei.«

»Gehören Sie zu den Frauen, die sich nur von Sushi ernähren? Bitte, sagen Sie Nein.«

»Nein, ich gehöre zu den Frauen, die so tun, als würden sie reinhauen wie ein Mann, um denselben zu beeindrucken.«

»Ich gehöre auch zu diesen Frauen!«

»Ich schätze, Sie und ich werden bestimmt beste Freundinnen.«

»Das schätze ich auch«, erwidert er, und einen Moment lang treffen sich unsere Blicke, und mein Herz macht *bumbumbumbumbumbum*.

Ich will gerade den Mund öffnen, um Gott weiß was zu sagen, als sein Handy klingelt. Er wirft einen Blick auf das Display und geht sofort ran.

»Ja?«

Ich erstarre, die Angst schlägt mir mit voller Wucht auf den Magen. Eine Frau! Seine Freundin? Exfreundin? Ehefrau? Exfrau? Ich vergewissere mich kurz. Er trägt keinen Ehering, aber …

»Okay, Emma, beruhige dich, Darling.«

»Darling« mit englischem Akzent gesprochen klingt göttlich, o Gott, er hat eine Freundin …

Ich höre am anderen Ende der Leitung eine hysterische Frauenstimme.

»Okay, gut, ich komme sofort«, sagt er. Er sieht aus dem Fenster. Wir sind fast in Park Slope. »Ja, ja, ich komme sofort. Jetzt gleich. In zehn Minuten bin ich da. Ja, ja, ja, ich dich auch.«

Er legt auf und beugt sich wieder zu dem Fahrer vor. »Würde es Ihnen etwas ausmachen, hier anzuhalten? Es handelt sich um einen Notfall …« Er wendet sich zu mir. »Es tut mir schrecklich leid. Sie müssen mich für furchtbar unhöflich halten.«

Nein, das tu ich nicht. Ich halte dich für umwerfend und vergeben und außerhalb meiner Liga und nicht die Bohne an mir interessiert. Ich war mir noch nie so sicher mit jemandem, und ich weiß nicht, was ich tun soll, denke ich benommen. Aber das sage ich nicht laut. Natürlich nicht.

Stattdessen versuche ich, einen gelassenen Eindruck zu machen, und sage: »Ich verstehe. Wieder so ein Brückensurfer, was?«

Er grinst kurz, bevor er sofort wieder zerstreut wirkt.

»Sir, bringen Sie die Dame bitte in die Union Street«, sagt er, steigt flugs aus und schlägt die Tür hinter sich zu. Rasch tippt er etwas in sein Handy.

War's das? Will er nicht nach meiner Nummer fragen? Soll ich nach seiner fragen? Eine Sekunde lang denke ich über die Tatsache nach, dass er kurz davorsteht, wieder aus meinem Leben zu verschwinden, und mein Magen krampft sich in heller Panik zusammen.

Er hat eine Freundin. Ich muss mich zusammenreißen!

Aidan beugt sich zum offenen Fenster hinunter und gibt dem Fahrer einen Zwanziger.

»Nein, nein, ich zahle!«, protestiere ich.

Aidan schüttelt den Kopf. »Keine Chance, Pia, schließlich habe ich etwas wiedergutzumachen, weil ich Sie einfach so stehen lasse … Haben Sie kommenden Donnerstagabend schon was vor?«

»Ich …«

Was soll ich sagen? Er trifft sich gleich mit einer anderen Frau, lädt mich aber zu einem Date ein? Das ist das erste Mal, dass er meinen Namen gesagt hat. Es klingt so … bezaubernd …

»Treffen wir uns um acht in der Minibar«, sagt er. »Bitte.«

»Äh …«

»Kommen Sie schon. Sie sind mir inzwischen zwei Taxifahrten schuldig!«

»Äh … lassen Sie mich darüber nachdenken, und geben Sie mir Ihre Nummer.«

»Nein. Keine Nummern, keine E-Mails, keine SMS, kein quälender Schlagabtausch auf Facebook im Vorfeld. Kommen Sie einfach, und lassen Sie sich überraschen.«

Unsere Blicke kreuzen sich wieder. Und ich weiß, dass es nur eine Antwort gibt.

»Sehr gern.«

Dann fährt das Taxi weiter, und er ist fort. Wieder einmal.

Habe ich mich wirklich gerade mit einem Mann verabredet, der auf dem Weg zu einer anderen Frau ist? Das war wie aus dem Lehrbuch für dumme Hühner! Na schön, ich war paralysiert vor Nervosität und Aufregung und der guten, alten sexuellen Anziehungskraft. Aber das ist keine Entschuldigung … Vielleicht ist er bloß so ein Spacko, der dachte, dass er mich nach den Disco Fries zu billigem und bedeutungslosem Sex rumkriegt. Aber den Eindruck macht er nicht auf mich.

Allerdings wette ich, dass man nie diesen Eindruck hat. Ich wette, dass jede Frau, die unbeabsichtigt die »Zweitfrau« eines Spackos wird, behaupten würde, dass sie sich nicht billig und bedeutungslos vorkam … O Gott, ich sollte Angie fragen. Sie hat in solchen Dingen am meisten Erfahrung (das soll keine Beleidigung sein, aber wisst ihr, es stimmt halt irgendwie).

Gehe ich am Donnerstag zu dem Treffen mit Aidan oder nicht? Bei der Vorstellung, ihm bei einem förmlichen Date wiederzubegegnen, wird mir fast unerträglich schlecht, mein Magen krampft sich zusammen vor … Was? Aufregung? Angst? Beides. Am liebsten würde ich davonlaufen.

Ich bin und bleibe eben ein Fluchtrisiko. Verdammter Eddie. Ich bin kein Fluchtrisiko. Ich kann auch was aushalten. Ich bin die neue, bessere Pia, Herrgott noch mal. Bedeutet das also nicht, dass ich dieser Sache mit Aidan auf den Grund gehen sollte, wenn es sich so anders anfühlt als alles andere, was ich bisher gefühlt habe?

O Gott, ich weiß nicht. Manchmal glaube ich, ich kann mich von allem überzeugen, wenn ich es mir nur lange genug einrede.

Kurz darauf kommen wir bei uns zu Hause an. Ich steige aus dem Taxi, drehe mich weg und gehe auf die Haustür zu. Ich muss insgeheim lächeln, weil Toto so zufrieden dasteht draußen in der Dunkelheit. Normalerweise parke ich ihn am Wochenende auf dem Stellplatz, aber ich möchte morgen die Twitter- und Facebook-Adresse des SchlankMobils auf die Seitenwand schreiben, darum steht er vor dem Haus.

Dann bemerke ich, dass irgendetwas nicht stimmt.

Toto ist nicht mehr rosa. Blutrote Farbe läuft an ihm herunter, seine Reifen sind zerstochen, seine Scheinwerfer und Scheiben zerbrochen, die Scheibenwischer abgerissen.

Mein armer kleiner Toto ist ein verdammtes Wrack.

18

Der nächste Tag beginnt unerwartet früh. Coco klopft an meine Tür.

»Pia? Pia? Pia? Bist du wach?«

»Ja … Nein. Ja …«

»Ich brauche deine Hilfe. Ich … brauche dringend eine von diesen Pillen.«

»Kopfweh? Schau mal im Bad auf der Ablage nach«, murmle ich.

Was habe ich gerade geträumt? Von Aidan. Dass ich mit Aidan im Bett liege und herumalbere, und ich fühlte mich so behaglich und honigsüß und glücklich … Aber gestern Abend ist irgendwas Schlimmes passiert. O Gott, mein Truck. Toto. Irgendjemand hat Toto demoliert. Bestimmt Bianca. Oder der Banh-Mi-Up-Mann. Oder Madeleine und Mike. Warum scheint es, als hätten so viele Leute einen Grund, mir Schaden zuzufügen? Und, o Gott, Aidan hat mich zu einem Date eingeladen! Er ist so umwerfend, er ist …

Dann funkt Coco wieder dazwischen.

»Nein … nicht so eine Pille. Eine nach dem Sex. Nach ungeschütztem Sex.«

Meine Augen springen auf. »Was? Komm rein.«

Coco schleicht in mein Zimmer, immer noch in ihren Klamotten vom Vorabend, und trägt verräterische Spuren einer heißen und unartigen Nacht: aufgesprungene Lippen und ein gerötetes, wundes Kinn.

»Hättest du ihn nicht bitten können, sich zu rasieren?«

»Es tut mir so leid«, sagt sie mit hoher, zittriger Stimme.

»Ich weiß nicht, an wen ich mich sonst wenden soll. Julia würde dafür kein Verständnis zeigen, und …«

»Schon gut, schon gut«, sage ich. O Gott, arme Coco … »Erzähl mir alles. Ich bin voll aufnahmefähig, hundertprozentig wach.«

Coco lacht, aber es klingt wie ein ersticktes Schluchzen. »Ich fühle mich schrecklich«, sagt sie. »Ich war gestern so betrunken, dass ich mich nicht einmal erinnern kann, wie es angefangen hat. Aber dann war ich plötzlich … schlagartig nüchtern … Er hat mich währenddessen nicht mal angesehen. Kein einziges Mal. Hinterher lag ich einfach da, und er ist eingeschlafen. Dann habe ich mich angezogen und im Spiegel gesehen, dass seine Augen offen sind. Aber als ich mich umdrehte, hat er so getan, als würde er fest schlafen.«

»Was für ein Dreckskerl«, sage ich und mache ihr in meinem Bett Platz. »Komm rein.«

Sie legt sich neben mich und starrt an die Decke. »Und ich wollte weg, ich wusste gar nicht, wo ich war, und …«

»Du wusstest nicht, wessen Wohnung das war?«, frage ich.

Sie zuckt mit den Achseln. »Keine Ahnung. Er meinte, sie gehöre einem Freund, der gerade verreist sei. Ich kann nicht glauben, dass wir es in einem fremden Bett getan haben. Ich meine, es war nicht einmal frisch bezogen, und im Bad gab es weder Klopapier noch Seife. Das war ein verdammtes Dr… Dr… Drecksloch …« Dicke Tränen kullern aus ihren Augen. Ich glaube nicht, dass ich Coco jemals habe fluchen hören.

»Oh, Süße, das tut mir so leid.« Ich gebe ihr ein Kleenex. »Okay, war es wenigstens schön? Ich meine, der Sex?«, frage ich.

Genau, Pia. Versuch, dich auf das Positive zu konzentrieren.

»Ich bin nicht …«, beginnt sie, bevor sie sich verbessert. »Ja, schon, bis zu einem bestimmten Punkt war es sehr … schön, aber dann nicht mehr.« Sie holt tief und zitternd Luft. »Er hat mich behandelt wie … Keine Ahnung, ich dachte, wir wären Freunde. Ich weiß, das ist dämlich. O Pia, ich habe mich noch nie so schlecht gefühlt. Ich habe richtige Magenschmerzen …« Tränen laufen über ihre Wangen.

»Schon gut, solche Sachen passieren ständig. Das ist kein Grund zur Aufregung«, sage ich, bemüht, einen erfahrenen und beruhigenden Ton anzuschlagen. »Wir landen alle mal mit dem Falschen im Bett und wünschen uns hinterher, wir hätten es nicht getan. Das ist ein ätzendes Gefühl, aber es hat nichts zu sagen. Letzten Endes spielt es einfach keine Rolle.«

»Aber er ist … er ist in mir gekommen«, sagt Coco und macht ein Gesicht, als müsste sie sich gleich übergeben. »Er hat mir kein einziges Mal in die Augen gesehen, als wir es getan haben, und ich habe versucht, mir vorzustellen, wie ich mich fühlen sollte, aber ich fühlte mich nur … o Gott, ich ertrage das nicht, ich würde mich am liebsten übergeben …«

»Schsch«, sage ich und streiche ihr über die Haare. »Du brauchst dich nicht schlecht zu fühlen. Er ist dein Freund, du bist schon so lange in ihn verliebt, du konntest nicht ahnen, dass es nicht so sein wird, wie du es dir gewünscht hast. Du hast nichts falsch gemacht. Der Kerl ist ein Idiot, Coco.«

»Was, wenn ich Aids bekommen habe? Oder irgendeine Geschlechtskrankheit?«

»Du hast kein Aids.«

Ich bezweifle, dass Eric oft genug zum Zug kommt, um unwissentlich Träger einer sexuell übertragbaren Krankheit zu sein.

Coco schluchzt so sehr, dass sie eine Weile nichts sagen kann. Ich liege neben ihr und streichle ihr über das Haar.

Eric ist gestern Abend nur aus einem Grund aufgetaucht: um eine flotte Nummer zu schieben. Das ist mir eben klar geworden.

Ich betrachte die süße, vertrauensselige weinende Coco, und plötzlich habe ich so eine Stinkwut auf Eric, dass ich ihn am liebsten aufsuchen und zur Schnecke machen würde. Vielleicht würde ich ihm auch ein paar scheuern. Das geht einfach nicht, jemanden auszunutzen, der sich nicht wehren kann.

Aber alles, was ich tun kann, ist, Coco beizustehen.

»Und ich hatte kein Geld für ein Taxi, also musste ich mit der U-Bahn fahren. Wir waren in Washington Heights, und die Fahrt hat eine Ewigkeit gedauert, und alle haben mich angestarrt, und dann war da diese Frau mit den Hunden, die leise *Schlampe* gezischt hat …«

»Okay«, würge ich sie ab, bevor sie wieder in Tränen ausbrechen kann. »Wie spät ist es?«

»Es ist … kurz vor neun«, antwortet sie nach einem Blick auf ihre Armbanduhr. »Ich komme mit diesem Gefühl nicht klar, Pia. Ich kann nicht …«

»Coco, hör auf, dich zu quälen«, sage ich. »Und zwar sofort. Alles wird gut.« Freundlich, aber entschlossen ist die einzige Art, damit umzugehen. »Geh duschen. Und danach trägst du die hier auf«, sage ich und gebe ihr meine Hydra Intense Mask von Lancôme. »Die ist speziell gemacht für von Bartstoppeln gereizte Haut am Morgen danach. Und anschließend gehen wir frühstücken und unterhalten uns weiter. Alles wird gut.«

»Und besorgen diese Pille«, fügt sie hinzu.

»Und besorgen diese Pille.« Ich nicke. »Vergiss nicht, dieses Gefühl wird nicht ewig anhalten. Uns allen geht es manchmal beschissen, aber das geht auch wieder vorbei. Irgendwann ist das Gefühl wieder weg. Du musst es einfach überstehen, hinterher wirst du dich besser und stärker fühlen.«

»Aber ich … ich dachte wirklich, ich liebe ihn.«

»Das ist keine Liebe«, erwidere ich. »Liebe ist einfach. Wenn sie schwerfällt, stimmt irgendetwas nicht.«

Glaube ich das selbst? Was zum Teufel weiß ich schon? Der einzige Mann, den ich jemals geliebt habe, hat mich zum Teufel gejagt und mir gesagt, dass ich damit hätte rechnen müssen, dass es im Grunde meine Schuld sei. Ich weiß nichts. O Gott, denk jetzt bloß nicht an Eddie.

»Ich weiß.« Coco hat sich endlich beruhigt. »Okay, ich geh duschen.«

»Und vergiss nicht, man muss viele Frösche küssen, bevor man seinen Traumprinzen findet.« Ich unterbreche mich kurz. »O Mann, ich habe schon eine Menge Frösche geküsst in meinem Leben.«

Coco huscht leise lächelnd aus meinem Zimmer, und ich lasse mich zurück in das Kissen sinken.

Arme Coco.

Und armer Toto. Verdammt, ich muss mich heute unbedingt um meinen demolierten Truck kümmern.

Aber Coco braucht mich auch.

Also gut, das SchlankMobil kann warten. Sobald ich Coco geholfen habe, werde ich Toto in eine der Karosseriewerkstätten am anderen Ende der Union Street bringen und schauen, ob die ihn vielleicht nicht gerade perfekt, aber wenigstens ein bisschen herrichten können bis morgen Vormittag.

Ich frage mich, wer das war. Der Banh-Mi-Up-Mann weiß nicht, wo ich wohne. Madeleine und Mike hatten nicht genügend Zeit dafür, bevor ich nach Hause kam. (Ah, ich freue mich nicht gerade auf das Wiedersehen mit

Madeleine nach dem Beinahe-Eklat am gestrigen Abend.) Bleibt nur noch Bianca.

Hm.

Coco und ich machen uns eine Stunde später auf den Weg zur Apotheke in der Court Street. Es ist ungewöhnlich warm, und ich trage einen kurzen, schwingenden korallenroten Rock, mein weißes Lieblingsshirt mit hochgekrempelten Ärmeln und hellbraune Ledersandalen, die ich vor ein paar Jahren in Griechenland gekauft habe. Ich erwähne das, weil Coco eine lange Jeans trägt und mehrere Oberteile übereinander, deren Ärmel sie über die Hände gezogen hat, als würde sie versuchen, sich vor der Welt zu verstecken.

»Ich bin so nervös. Wie frage ich danach? Was werden die von mir denken?«

»Ich garantiere dir, dass heute Morgen schon achtzehn andere Frauen danach gefragt haben, Süße«, erwidere ich. »Das ist keine große Sache, okay? Das ist ganz alltäglich.«

Aber als wir uns der Apotheke nähern, fängt Coco richtig an zu zittern. »Ich kann nicht … ich kann nicht danach fragen. Ich kann das nicht.«

»Kein Problem«, sage ich. »Dann geh ich rein. Du wartest einfach hier. Bin gleich wieder da. Okay?«

O Mann, ich bin heute so mütterlich.

Ich erinnere mich an das erste Mal, als ich mir die Pille danach besorgte. Das Kondom war geplatzt. Das passiert häufig, wenn der Mann nicht weiß, was er tut. Kleiner Tipp von mir für euch. Und nicht, weil sein Penis zu groß ist oder was auch immer er glauben mag.

Ich schenke dem Apotheker mein selbstsicherstes Lächeln. »Hallo, ich hätte gern Plan B, bitte.«

Er gibt mir das Medikament, ohne mit der Wimper zu zucken. Gott sei Dank. Angie hat die Pille danach mal bei einem Apotheker gekauft, der einen Jesus-liebt-dich-Button trug und anfing, ihr von sexueller Enthaltsamkeit zu predigen, woraufhin Angie »versehentlich« ein Glas mit Lippenbalsamdöschen umstieß.

Ich bezahle und gehe wieder hinaus zu Coco, die sich in einem Hauseingang versteckt.

»Hier, bitte sehr«, sage ich.

»Du bist so mutig!« Sie nimmt die Tüte entgegen, als würde diese eine Bombe enthalten. »Ich wette, du hast vor nichts Angst.«

»Lass uns frühstücken. Du solltest die Pille nicht auf nüchternen Magen nehmen.«

»Wird mir davon schlecht?«

Ich denke zurück an das erste Mal, als ich die Pille danach schluckte, und an die darauf folgende Übelkeitsattacke. Die Hausmutter im Internat sah, wie ich mich übergab, sie dachte, ich sei bulimisch oder auf Drogen. Sie wäre völlig ausgeflippt, wenn sie die Wahrheit gewusst hätte.

»Möglich.«

»O Gott, riechst du das auch? Ich hatte seit Jahren keinen Donut mehr«, sagt sie sehnsüchtig, als wir an einem Dunkin Donuts vorbeikommen. »Das Zeug macht so dick.«

Ich schnappe mir ihren Arm und führe sie in den Laden. »Heute darfst du machen, was du willst.«

»Verstößt das nicht gegen das SchlankMobil-Gesetz oder so?«

»Alles ist erlaubt, aber in Maßen. Wichtig ist nur, nicht in irgendein Extrem zu fallen«, erinnere ich sie. »Es geht um die richtige Zusammenstellung und die Balance und … Hi! Zwei große Caramel-Coolattas und einen Donut mit rosa Zuckerguss für mich und … Miss Coco?«

»Bavarian Creme«, antwortet sie wie aus der Pistole geschossen.

»Und wir nehmen auch noch … wissen Sie was, geben Sie mir ein gemischtes Dutzend zum Mitnehmen und dann noch fünf von diesen Schokoladenkeksen.« Ich drehe mich zu Coco um. »Eine kleine Geburtstagsüberraschung für Jules gegen den Kater.«

»Wann hast du die Pille danach gebraucht?«, fragt Coco auf dem Heimweg.

»Äh … auf dem College, zwei Mal. Beide Male nach einem One-Night-Stand … Und einmal früher in der Schule.«

»Du warst auf ziemlich vielen Schulen, richtig?«

»Das stimmt«, sage ich. Plötzlich, zum ersten Mal in meinem ganzen Leben, habe ich das Bedürfnis, darüber zu sprechen. »Ich bin zweimal von der Schule geflogen. Das erste Mal, weil ich geschummelt habe. Ich hatte zu viel Schiss davor, meinen Eltern ein schlechtes Zeugnis zu präsentieren, also habe ich in der Matheprüfung gespickt und bin prompt erwischt worden. Und das zweite Mal haben sie mich rausgeschmissen wegen … wegen Koks.«

Coco ist geschockt. »Du warst drogensüchtig?«

Ich muss lachen. »Nein! Ich war nur dumm, mehr nicht. Ich hing damals immer mit den Älteren rum. Mein Freund Jack war ziemlich hart drauf, weißt du, und alle schnupften das Zeug … Also ließ ich mich überreden, das Koks in meinem Zimmer zu deponieren. Jack meinte, die würden nie mein Zimmer durchsuchen, weil ich jünger war und noch ziemlich neu … aber das war ein Irrtum. Und das war's dann.«

»Das ist so unfair.«

»Es war meine eigene Schuld. Ich habe die Folgen nicht

bedacht.« Ich mache eine Pause, in Gedanken versunken. »Ich hasse die Pia, die diese Dinge getan hat. Ich hasse sie.«

»War Jack der, bei dem du die Pille danach gebraucht hast? War er dein Erster?«

»Mein erster was? … Oh! Nein, das war Eddie. Eddie war mein erster – und einziger – fester Freund. Jack hat mich nur benutzt, um sich ein bisschen zu vergnügen.«

»Was ist mit Eddie passiert?«

»Er hat mir den Laufpass gegeben.« Ich bin nicht imstande, ins Detail zu gehen.

»Männer sind solche Dreckskerle.«

»Manche schon.«

Plötzlich muss ich an Mike denken. Ich war mit ihm im Bett und habe ihn dann praktisch wie Luft behandelt. So wie Eric das mit Coco getan hat. Was sagt das über mich aus?

»Ich finde, die hätten dich nicht von der Schule werfen dürfen«, sagt Coco und hakt sich bei mir ein. »Du bist so ein feiner Mensch. Einer der feinsten Menschen, die ich kenne. Ich fühle mich immer besser, wenn du in meiner Nähe bist. Die hätten stolz sein müssen, dich auf ihrer Schule zu haben.«

Ich lächle sie an, und jetzt kommen mir die Tränen – wie immer in solchen Situationen.

Wir erreichen den Carroll Park. »Lass uns mal reingehen und uns irgendwohin setzen.«

»Okay!«

Ich habe den Eindruck, ich könnte jeden x-beliebigen Vorschlag machen, und Coco würde immer »Okay!« sagen, mit dieser fröhlichen, hellen Stimme.

»Hey, wen haben wir denn da?«

Die texanische Stimme kommt mir bekannt vor. Jonah! Er sitzt auf der Wiese neben seinem Fahrrad und einer Dunkin-Donuts-Tüte und trägt heiße pinkfarbene Crocs.

»Sind die Latschen ironisch gemeint?«, frage ich. »Das ist nämlich nicht so richtig offensichtlich.«

»Die machen meine Füße glücklich, Prinzessin«, entgegnet er und grinst zu mir hoch.

»Du erinnerst dich noch an Coco, nicht?«, sage ich.

»Klar doch«, antwortet er. »Miss Coco, nehmen Sie bitte Platz und lassen Sie uns über Donuts reden.«

Coco hockt sich sofort neben ihn. Jonah hat es wirklich raus mit den Leuten. Ich frage mich, ob das an seinem texanischen Akzent liegt.

»Vanillecreme mit Zuckerguss?« Er hält Coco seine Tüte entgegen.

»Nein danke, ich habe Bavarian Creme«, antwortet sie fröhlich. »Früher stand ich auch auf Vanille, aber dann …«

Und schon schnattern die beiden drauflos, über Füllungen und Glasuren. Ich schließe die Augen und wende mein Gesicht der warmen Sonne zu. Sie scheint so hell, dass es sich anfühlt wie mitten im Sommer, dabei ist er bald vorbei.

Ich esse meinen Donut und konzentriere mich wieder auf die Unterhaltung. »… und dann waren wir beim Karaoke, und als Pia nach Hause kam, hat sie festgestellt, dass jemand Toto demoliert hat!«

O Gott, der arme, mit Farbe besudelte, verwüstete Toto. Coco war genauso entsetzt wie ich, als sie ihn heute Morgen sah. Diese blöde Schlampe Bianca, die sich für meine Rache gerächt hat …

»Das ist nicht wahr, oder?«, sagt Jonah. »Mann, so ein Mist. Wer würde dir so was antun?«

»Tja, wenn ich das wüsste …«, sage ich.

Ich bin mir ziemlich sicher, dass es Bianca war, aber das werde ich für mich behalten, bis ich Gewissheit habe.

»Ein Kumpel von mir hat einen Freund, der arbeitet in einer Werkstatt. Ich ruf ihn mal an. Das kriegen wir wieder hin.«

»Schon gut, ich arbeite bereits daran«, sage ich. »Nur weil ich erst zweiundzwanzig bin und eine Frau, heißt das nicht, dass ich dämlich bin.«

»Wirklich nicht?«, sagt er zweifelnd. »Ich bin mir da nicht so sicher.« Ich werfe ein Stück Donut nach ihm, und er fängt es mit dem Mund auf. »Engelchen, ich kann dir das gern abnehmen.«

»Danke, aber ich kümmere mich selbst darum«, erwidere ich. »Mein Geschäft, mein Problem.«

»Ach, übrigens! Ich bin immer noch angetan von dieser Bienenflüstereridee. Du weißt schon, dass ich mich selbstständig mache, mein eigener Chef bin … Wann kannst du mich beraten?«

»Jederzeit«, sage ich. »Was hast du bis jetzt unternommen?«

»Äh … nichts«, antwortet er und lacht. »Du kennst mich doch, Baby. Ich lasse es gern locker angehen.«

»Ich denke, du musst ein bisschen mehr Elan aufbringen, um dein eigenes Geschäft zu gründen, Jonah«, sage ich. »Niemand kann deine Träume wahrmachen außer dir selbst.«

Wow, das war ziemlich tiefsinnig.

»Das klingt nach harter Arbeit«, sagt Jonah.

Genauso dachte ich auch noch vor ein paar Monaten. Aber das SchlankMobil hat mich etwas anderes gelehrt. Ich habe jede einzelne Minute genossen. »Es kommt einem nicht vor wie harte Arbeit, wenn man mit Leidenschaft dabei ist.«

Plötzlich, vielleicht zum allerersten Mal überhaupt, wirkt Jonah ernst. »Tja, meine einzige Leidenschaft ist die Schauspielerei, Prinzessin.«

»Okay, ich bin jetzt weg«, sage ich, stehe auf und bürste Donutskrümel von meiner Kleidung. »Toto repariert sich nicht von selbst.«

Jonah grinst mich an und zwinkert Coco zu. »See you later, alligator.«

Coco greift vergnügt nach meinem Arm, als wir den Park verlassen. »Der ist ja süüüß!«

19

»Morgen, Kinder«, sagt Angie, als sie ins Wohnzimmer kommt.

»Es ist drei Uhr nachmittags«, sagt Julia. »Und du trägst eine Sonnenbrille im Haus.«

»Ich weiß. Ich war erst heute Morgen um sechs zu Hause. Oh, Donuts. Ist noch ein Double Chocolate übrig?«

Es ist Sonntagnachmittag, und Coco, Julia und ich schauen uns im Fernsehen die Promi-News an, oder, wie Coco sagt, die Nachrichten.

»Seht mal, was die für Ärmchen hat. Die könnte dringend einen verdammten Donut vertragen.«

»Sie erinnert mich an eine Gottesanbeterin«, sagt Angie, den Mund voller Donut.

Jules lacht schallend. »Das stimmt!«

»Pst, seid leise«, sagt Coco.

Ich versuche, nicht daran zu denken, dass Nicky in wenigen Stunden hier auftauchen wird oder wie teuer Totos Reparatur in der Werkstatt war oder dass Bianca meinen Truck übel zugerichtet hat oder dass Madeleine schon wieder sauer auf mich ist. Wenigstens habe ich meine ganzen Vorbereitungen für den Arbeitstag morgen erledigt und meine Meldungen auf Facebook und Twitter aktualisiert.

Also denke ich stattdessen an Aidan und an die Taxifahrt gestern Abend.

O Mann, er ist perfekt … Aber er hat eine Freundin. Warum also habe ich mich mit ihm verabredet? Mein Verstand sagt »Dumme Aktion!«, aber mein Herz sagt

»Was hat dein Verstand jemals für dich getan, Süße?« Soll man auf den Verstand oder auf das Herz hören? Ich kann mir das nie merken.

Der Moderator erzählt in dramatischem Ton von irgendeinem Filmsternchen mit Drogenproblemen. »Steuert sie auf einen völligen Zusammenbruch zu?«

Coco dreht sich mit weit aufgerissenen Augen zu uns um. »Sieht ganz so aus!«

Sie scheint über ihre Plan B/Eric-Krise von heute Morgen hinweg zu sein, oder vielleicht ist sie wie ich einfach nur gut darin, Dinge auszublenden, über die sie nicht nachdenken möchte.

»O Mist. Ich wollte es euch schon die ganze Zeit sagen, Leute. Ihr müsst heute die Miete bezahlen«, bemerkt Julia.

»Miete?«, wiederhole ich.

»Ja, Miete«, bekräftigt sie. Ihre Stimme klingt heiser: Sie war bis um vier Uhr morgens mit Wilcox und Tad unterwegs. Kein One-Night-Stand, aber sie hat ziemlich gute Laune. Ich habe euch ja gesagt, dass männliche Aufmerksamkeit eine restaurative Wirkung hat. »Dad sagt, du und Angie, ihr hättet die Miete noch nicht überwiesen. Um es einfacher zu machen, hat er vorgeschlagen, dass ihr mir die achthundertfünfzig in bar gebt. Dann kann ich sie ihm heute Abend mitbringen.«

»Äh …« Wie konnte ich so etwas Wichtiges wie die Miete vergessen?

»Ihr könnt mir auch einen Scheck geben«, fügt sie achselzuckend hinzu.

Mein Magen krampft sich zusammen vor diesen allzu vertrauten Geldsorgen. Ich kann keinen Scheck ausstellen, ich habe nicht mehr genug auf dem Konto. Und ich kann nicht die Miete bezahlen und Cosmo.

Das war nicht absehbar. Gestern noch hatte ich dreitausend Dollar cash in den Händen! Aber nach den Gott weiß wie vielen Runden in der Karaoke-Bar, einem kleinen persönlichen Verschönerungsprogramm zur Feier des Tages, einem Geburtstagsgeschenk für Julia, einem Lebensmitteleinkauf und einem Besuch in der Werkstatt sind nur noch tausenddreihundert Dollar übrig.

Die Miete beträgt achthundertfünfzig Dollar.

Und Cosmo bekommt einen Tausender.

Wenn ich die Miete zahle, habe ich nur noch vierhundertfünfzig für Cosmo übrig. Wenn ich Cosmo bezahle, habe ich nur noch dreihundert für die Miete übrig.

Verdammter Mist.

Angie nimmt neun Hunderter aus ihrer Handtasche und gibt sie Julia.

»Du kannst mir das Restgeld später geben. Sorry, ich habe vergessen, einen Dauerauftrag einzurichten. Kann ich eigentlich jeden Monat in bar bezahlen?«

»Du trägst so viel Bargeld mit dir herum? Was bist du, eine Art Mafia-Pate?«, sagt Julia. »Ich glaube, meinem Vater wäre es lieber, wenn die Miete pünktlich überwiesen wird, damit er sich keine Gedanken darüber machen muss. Mist, ich glaube, ich habe Zuckergusskrümel in meinem Ausschnitt.«

»Ich dachte, das Haus gehört euch«, sagt Angie.

»Es wird für uns treuhänderisch verwaltet. Mein Vater kümmert sich um die Nebenkosten und Hypothekenraten«, erklärt Julia. »Sobald Coco einundzwanzig ist, gehört uns das Haus jeweils zur Hälfte. Au. Leute, das ist mein Ernst. Zwischen meinen Brüsten juckt es ganz fürchterlich.«

»Brauchst du es unbedingt heute?«, frage ich.

»Ja«, antwortet Julia, eine Hand tief in ihrem Ausschnitt vergraben. »Dad hat Coco und mich heute Abend zum Essen eingeladen, weil ich Geburtstag habe.«

»Kann ich es dir auch Mitte der Woche geben?«

»Süße, die Miete war bereits vor zehn Tagen fällig. In zweieinhalb Wochen wird die nächste fällig sein, also warum es noch länger aufschieben?«

»Ja, P, du musst doch jetzt in Geld schwimmen«, sagt Angie. »Ich habe gesehen, wie viel du jeden Tag einnimmst.«

»Das meiste davon geht für Lebensmittel und Gas und so weiter drauf, aber klar, natürlich habe ich die Kohle«, sage ich rasch. »Sekunde.«

Ich laufe nach oben, ziehe meinen Schuhkarton mit dem Geld unter dem Bett hervor und nehme achthundertfünfzig Dollar heraus. Bleiben noch vierhundertfünfzig. Cosmo ist ein netter Kerl, halte ich mir vor Augen. Er weiß, dass ich meine Schulden zurückzahle. Ich gebe ihm dafür nächste Woche einfach mehr. Ich kann Julia nicht im Stich lassen.

Einen Augenblick lang habe ich das Bild von Nickys anabolikagestärkten Armen und humorlosen Haifischaugen vor mir.

Mir wird schwummrig.

Beruhige dich, Pia. Was wird er tun? Dich zusammenschlagen? Ich meine, ernsthaft! Das hier ist Brooklyn und nicht … wo auch immer das ist, wo Leute zusammengeschlagen werden, die mit der Rückzahlung in Verzug geraten. Richtig?

Ich gehe wieder nach unten, gebe Jules das Geld für die Miete und hocke mich dann wieder vor den Fernseher. Ich lasse die Sendung stumpf über mich hinwegrieseln wie Meeresrauschen. Alles, woran ich denken kann, ist Nickys Gesichtsausdruck, wenn ich ihm erkläre, dass ich diese Woche nicht die volle Rate bezahlen kann. O Gott, und dazu noch das mit Toto und Biancas Rache … alles läuft schief. Gerade als ich eigentlich dachte, ich hätte es im Griff …

Es ist gut! Es ist gut. Es wird alles gut. Bestimmt. Oder?

Ich hoffe, die Mädels verziehen sich, bevor Nicky auf der Bildfläche erscheint. Ich möchte sie wirklich nicht in der Nähe haben, wenn ich mit ihm rede. Sich zehntausend Dollar von einem Kredithai zu leihen, hinterlässt einfach keinen guten Eindruck. Obwohl mir die Entscheidung damals absolut logisch – und als meine einzige Wahl – erschien.

»Und … wann trefft ihr euch nachher mit eurem Vater?«, frage ich beiläufig und ziehe an Cocos Haaren, um ihre Aufmerksamkeit zu bekommen.

»Wir müssen in circa zwanzig Minuten los«, antwortet sie.

Ich wende mich an Angie. »Und was hast du heute Abend vor, Schatz?«

»Nichts Besonderes. Ich wollte gleich zu einer Brunchparty. Ich war dort eigentlich heute Mittag mit ein paar Leuten verabredet, aber ich fand es hier viel gemütlicher …«

»Du kommst sechs Stunden zu spät zu deinem Brunch?«

Sie zuckt mit den Schultern. »Die anderen werden sicher noch da sein.«

»Du solltest dich besser beeilen«, sage ich und schaue auf mein Handy. Es ist kurz nach sechs. Cosmos Handlanger wird in weniger als einer Stunde hier sein.

»Seit wann bist du meine Privatsekretärin?«, erwidert Angie. »Warum willst du mich unbedingt aus dem Haus haben?«

»Will ich doch gar nicht. Ich … geh nach oben.« Ich hasse es, wenn ich so leicht zu durchschauen bin.

Ich verkrümle mich auf mein Zimmer und lege mich ins Bett, vor lauter Nervosität ist mir ganz schlecht. Ich versuche, tief ein- und auszuatmen, um mich zu beruhigen.

Augenblick!

Über meinem Kopf ist gerade eine Glühbirne angegangen.

Ich kann Toto ja verkaufen! Zum selben Preis, für den ich ihn erworben habe. Falls ich ihn heute noch an den Mann bringe, kann ich nachher den Kredit komplett tilgen und habe Cosmo aus dem Nacken, und dann muss ich nur noch mit meinen Eltern fertigwerden!

Mein Verstand rast. Al, der Automechaniker, dem die Werkstatt gehört, in der Toto gerade gerichtet wird, hat mir erzählt, dass er erst vor Kurzem einen Food Truck für fünfundvierzigtausend Dollar verkauft hat. Er kauft die Wagen billig, poliert sie auf und verkauft sie dann weiter.

Ich greife nach meinem Handy.

»Al's Autowerkstatt.«

»Hallo, hier ist Pia. Ich war vorhin bei Ihnen. Äh … ich wollte fragen … wie viel Sie mir für Toto geben würden, ich meine, für meinen Truck?«

»Dreitausend vielleicht«, antwortet Al prompt. »Höchstens.«

»Was?« Ich bin entsetzt. »Aber ich habe neuntausend dafür bezahlt!«

»Dann hat man Sie übers Ohr gehauen«, sagt er. Ich höre, dass er etwas Matschiges kaut. Iiihh. »Die Maschine muss komplett überholt werden, die Kiste ist total verrostet, die Reifen sind runter … Allerhöchstens viertausend.«

»Gut zu wissen«, sage ich benommen. »Danke, Al.«

Ich lege auf. Mir war noch nie so schlecht. Francie hat mich abgezockt. So viel zu coolen älteren Frauen. Sie muss es mir schon eine Meile vorher angesehen haben.

Ich lege mich wieder hin und starre an die Decke.

Ich bin erledigt.

Ich höre ein paar Mal die Haustür auf- und zugehen. Angie, Julia und Coco sind wohl gegangen. Das ist gut.

Ich checke die Uhrzeit auf meinem Handy. 18.40 Uhr. Ich will es einfach nur hinter mich bringen.

18.42 Uhr.

18.43 Uhr.

18.48 Uhr.

Ich kann den Blick nicht von der Uhr lösen.

Dingdongdingdongdingdong.

Ich schnappe mir die vierhundertfünfzig Dollar, laufe die Treppe hinunter, während mein Herz vor Angst hämmert, und öffne die Tür mit dem breitesten Lächeln, das ich zustande bringe. Ein Muskel zuckt in meiner Wange.

»Nicky!«

»Hey«, sagt er.

Er blickt auf sein Handy, nicht auf mich. Ich mustere wieder seine massige Gestalt, die gewaltigen Schultern und die dünnen Hühnerbeine und fühle mich prompt eingeschüchtert. Genau das ist seine Absicht, da bin ich mir sicher.

»Hier«, sage ich.

Ich versuche, den Mund aufzukriegen und ihm zu erklären, dass ich ein bisschen knapp bei Kasse bin, aber ich bringe keinen Ton heraus. Also gebe ich ihm einfach den Umschlag mit dem Geld und sehe kläglich zu, wie er es zählt.

»Das ist zu wenig«, sagt er.

»Ich weiß«, sage ich rasch. »Ich zahle die Differenz mit der nächsten Rate zurück, mit Extrazinsen, wenn Sie wollen. Aber ich musste diese Woche die Miete bezahlen, deshalb …«

»Du gibst mir noch fünfhundertfünfzig Dollar. Sofort«, unterbricht er mich. Er verschränkt die Arme und sieht mich an. »Du willst doch Cosmo nicht verärgern, oder?«

»Cosmo wird das verstehen …« Ah, meine piepsige Mausstimme ist zurück.

Nicky schüttelt den Kopf. »Ich gehe nicht ohne die vollen Tausend. Glaub mir, du möchtest dir die Folgen ersparen.«

»Aber ich …« Ich blicke hinüber zu Cosmos Wagen. Hinter der Scheibe kann ich seinen Arm sehen. »Wenn ich nur mal kurz mit ihm reden könnte …«

Nicky seufzt ungeduldig, macht seine Jacke auf, greift in die Innentasche und zieht … einen Schlagring heraus?

Ich keuche erschrocken. »Wollen Sie mich schlagen?«

»Hast du das Geld?«

»Ja, aber erst nächste Woche, ich kann nicht …«

Nicky streift sich achselzuckend den Schlagring über, zieht einen Handschuh aus Leder darüber und drängt sich an mir vorbei ins Haus.

»Nein, nein, nein, bitte nicht.« Ich drehe mich um und folge ihm. »Nicky, ich möchte nicht … bitte, gehen Sie wieder, ich verspreche Ihnen …«

Er läuft die Treppe hoch und marschiert direkt durch zur Küche.

Ich sause ihm hinterher, während ich ihn verzweifelt anflehe. »Bitte, bitte, bitte, ich verspreche Ihnen, nächste Woche …«

Nicky wirkt hier so fehl am Platz, so verkehrt in unserer bezaubernden, heiteren Küche. Er bleibt vor der Spüle stehen und sieht sich Cocos Kräutergarten auf der Fensterbank an.

»Nette Küche. Sehr gemütlich.«

Dann schlägt er die Scheibe ein. Das Geräusch von splitterndem Glas ist so laut, dass ich einen spitzen Schrei ausstoße. Wird er das Haus demolieren, eine Scheibe nach der anderen, um mir eine Lektion zu verpassen? Und dann? Wir sind ganz allein im Haus, nur er und ich!

Plötzlich wird mir ganz schlecht vor Angst.

»Hast du die fünfhundertfünfzig, die du uns noch schuldest?«

»Nein, die habe ich nicht, aber bitte …«

»Ich habe sie«, sagt jemand. Ich drehe mich um.

Es ist Coco, die im Türrahmen steht und das Geld in ihrer ausgestreckten Hand hält. Sie zittert, und sie ist sehr blass. Aber sie hält Nickys Blick stand.

Nicky sieht zu mir, dann wieder zu Coco, und zuckt mit den Schultern. »Gut. Glaub mir, es ist besser so. Wenn Cosmo seine Spezialisten auf so nette kleine Mädchen wie euch hetzt, sieht die Situation ganz anders aus.«

»Verlassen Sie unser Haus.« Coco klingt knallhart und sieht auch so aus. Wow.

»Und nächste Woche hast du die vollen Tausend, oder es passiert was, das dir nicht gefallen wird«, sagt Nicky über seine Schulter hinweg. Er geht, zwei Stufen auf einmal nehmend, die Treppe hinunter.

Während Coco die Haustür hinter ihm zuknallt und zweimal verriegelt, gehe ich in die Knie und beuge den Oberkörper vor.

»Ich muss …«

O Gott, ich sehe nur noch verschwommen, und ich atme wieder sehr unregelmäßig und flach, ich höre ein seltsames, pfeifendes Geräusch. O Gott, bloß keine Panikattacke, nicht schon wieder, nicht schon wieder …

»Ich kann nicht … ich kann nicht … ich kann nicht …«

Plötzlich wird mir eine braune Papiertüte in die Hand gedrückt, aber ich zittere so stark, dass ich sie fallen lasse, also hält Coco sie mir über Nase und Mund. Ich atme gefühlte Stunden in die Tüte ein und aus, man hört nur das Knistern. Es kommt mir vor, als würde ich mich selbst aus kurzer Entfernung beobachten: ein zitterndes, bebendes Häufchen Elend, mit unkontrollierbarem Herzrasen und einem Kurzschluss im Gehirn.

Was habe ich in unser Haus gebracht?

Mein Magen krampft sich zusammen, und ich rolle mich auf dem Läufer in der Diele zusammen, Coco kniet sich neben mich und streicht sanft über meine feuchtkalte Stirn. Es hat so was Tröstendes, fast Mütterliches. Ich habe ihr heute Morgen beigestanden, und jetzt steht sie mir bei. Wir sind wie eine Familie.

»Tut mir so leid …« Meine Stimme klingt krächzend. »Das ist alles meine Schuld …«

»Bist du okay? Soll ich einen Arzt rufen?«

»Warum … was machst du hier?«

»Mir war schlecht von der Pille, also ist Julia allein mit Dad essen gegangen. Mir geht es schon wieder besser, aber bist du auch wirklich okay?«

»O Gott, das tut mir so leid! Daran bin ich auch schuld! Die Pille danach ist meine Schuld. Alles ist meine Schuld! Egal, was ich mache, ich baue immer nur Scheiße!«

»Beruhige dich. Du hyperventilierst gerade. Und es ist nicht alles deine Schuld.«

Eine Stunde später ist das Fenster mit Pappe und Klebeband notdürftig geflickt, und wir sitzen am Küchentisch. Ich habe mich inzwischen beruhigt und Coco die ganze Geschichte erzählt. Sie hat kein einziges Mal ein »O Mann, wie dämlich muss man eigentlich sein?«-Gesicht gemacht, was ich ihr wirklich hoch anrechne. Weil ich mir nämlich vorkomme wie ein absoluter Vollpfosten.

»Es tut mir schrecklich leid, du kriegst das Geld von mir wieder, ich …«

»Mach dir keine Gedanken deswegen«, sagt Coco. »Das Geld hatte ich für Notfälle zurückgelegt. Und das war eindeutig ein Notfall.«

»Es ist so: Ich habe wirklich gedacht, ich schaffe das«, sage ich starr. »Die ersten zwei Wochen waren so easy.

Aber die Lebensmittel sind richtig teuer, und dann die Stellplatzgebühr und das Gas und die Miete und die Rechnungen und die Reparatur von Toto. Und jetzt ist Biancas Darth Vader auch noch die Empfehlung des Monats, was ich sicher am Umsatz merken werde, weißt du?« Es sprudelt nun nur so aus mir heraus. »Und dann sind da noch die zehntausend Dollar für den Kredit, die schon in drei Wochen fällig sind, plus ein Tausender jeden Sonntag und die fünfhundertfünfzig, die ich dir schulde. Wie konnte ich nur so dumm sein? Wie konnte ich nur so ein hohes Risiko eingehen?«

»Ich kann das von der Logik her ein bisschen nachvollziehen …«, sagt Coco.

Ich schüttle den Kopf. »Das war nicht logisch. Das war leichtsinnig und idiotisch … Ich habe echt Schiss. Ich glaube, dieser Nicky hat einen Heidenrespekt vor Cosmo. Wie schlimm muss Cosmo erst sein, wenn so ein Schläger vor ihm zittert? Im Ernst, was wird er mit mir machen, wenn ich nicht zahlen kann? Mich zusammenschlagen?«

»Ich weiß es nicht. Aber ich glaube nicht, dass wir das rausfinden wollen.«

»Außerdem kommen meine Eltern mich abholen, wenn ich ihnen nicht beweise, dass ich es allein schaffe. Was, wenn ich dazu nicht fähig bin? Ich werde meine Eltern bitten müssen, meine Schulden zu begleichen, und dann werden sie mich zwingen, mit ihnen zurück in die Schweiz zu ziehen!«

»Ich mache dir jetzt eine heiße Schokolade«, sagt Coco. »Die hat meine Mutter immer für uns gekocht, wenn wir schlecht geträumt haben. Ich mache mir heute noch eine, wenn ich nachts nicht schlafen kann.«

»Ich wünschte, das alles wäre nur ein schlechter Traum … Deine Mutter war bestimmt superlieb«, sage ich.

»Das war sie«, bekräftigt Coco. »Sie war die Beste.«

Ich denke kurz an meine Mutter. Ich würde nie auf die Idee kommen, sie als »die Beste« zu bezeichnen. Aber ich weiß, dass sie mich liebt. Das weiß ich. Sie meckert zwar ständig mit mir, aber ich weiß, dass sie im Grunde nur das Beste für mich will. Sie versteht mich halt nur nicht.

In Anbetracht dessen, dass ich zweimal von der Schule geflogen bin, in der Prüfung geschummelt, Drogen konsumiert, nie etwas richtig ernst genommen, jede Kreditkarte, die meine Eltern mir gaben, bis zum Limit ausgeschöpft und immer nur das getan habe, was ich persönlich für richtig hielt, ist das allerdings kein Wunder. Wenn ich meine Mutter wäre, würde ich mich auch nicht verstehen.

Und nun habe ich Schulden bei einem Kredithai.

Meine Eltern werden zutiefst enttäuscht von mir sein.

Oder vielleicht rechnen sie mit so etwas, weil ich sie immer enttäuscht habe. Und das ist sogar noch schlimmer.

Ich darf das nicht zulassen. Ich werde das nicht zulassen.

Coco stellt eine große Tasse heißen, sämigen Kakao vor mich und eine Schüssel Marshmallows.

»Bedien dich ruhig, es sind noch genug davon da.«

Dann nimmt sie meine Hände in ihre, eine derart liebevolle Geste, dass ich am liebsten weinen würde. Schon wieder!

Ich seufze. »Ich muss es den anderen sagen, nicht?«

Prompt höre ich Schritte in der Diele und gleich darauf Julias Stimme. »Uns was sagen?«

Die WG-Notfallversammlung ist für eine Stunde später einberufen worden.

»Bevor wir anfangen, es ist Zeit, in die Haushaltskasse einzuzahlen«, sagt Julia. Sie führt den Vorsitz wie eine Richterin, von ihrem üblichen Platz am Kopfende des Tisches aus. Ich sitze zu ihrer Rechten, Coco zu ihrer Linken, Angie sitzt neben mir und Madeleine neben Coco. »Dreißig Tacken pro Kopf.«

»Du hast eine Tagesordnung für die Notfallversammlung erstellt?« Angie starrt sie ungläubig an.

Julia ignoriert sie. »Außerdem brauchen wir einen Putzplan. Im Moment kümmern Coco und ich uns um alles, was nicht fair ist. Ich werde einen Wochenplan machen, in dem die einzelnen Aufgaben turnusmäßig verteilt werden, und ihn an den Kühlschrank hängen.«

Angie spielt mit dem Kartenset, das immer auf dem Küchentisch liegt. »Ich kann nicht glauben, dass ich Ali wegen so einem Scheiß hier heute Abend versetzt habe. Können wir nicht eine Putzfrau kommen lassen?«

»Nein. Okay, Pia, du hast das Wort.«

Super.

»Warum sind wir eigentlich hier?« Madeleine hat mich noch keines Blickes gewürdigt, seit sie zu Hause ist. »Um neun fängt mein Bikram-Kurs an.«

Ich hole tief Luft. »Ich habe mir von einem Kredithai zehn Riesen geliehen, um Toto zu kaufen und mit dem SchlankMobil loszulegen. Ich fand den Kerl eigentlich ganz nett, aber … allmählich wird mir klar, ich meine, mir ist klar geworden … äh … dass er doch nicht nett ist, sondern gefährlich. Und es tut mir furchtbar leid, dass ich euch mit reingezogen habe.«

»Ein Kredithai? Und wieso hast du uns mit reingezogen?«, fragt Madeleine scharf. Dann sieht sie an mir vorbei auf das zugeklebte Fenster hinter mir. »Willst du damit sagen, dass dieser Typ unsere *Scheibe kaputt gemacht* hat?«

Coco springt von ihrem Stuhl auf und geht zum Wasserkocher. O Mann, sie hasst Auseinandersetzungen *noch mehr* als ich.

Ich nicke. »Nun ja, nicht er selbst, sondern sein … Assistent.«

»Sein Assistent?«

»Erzähl uns die ganze Geschichte«, sagt Julia. »Von Anfang an.«

Das tue ich, und es dauert ungefähr zwanzig Minuten, dank Madeleine, die die Hälfte meiner Sätze ungläubig wiederholt. Nur um extra zu betonen, wie dämlich ich bin.

»Der Tipp mit dem Kredithai stammt von dieser durchgeknallten Tussi, und du hast es für eine Art *Empfehlung* gehalten?«

»Du hast ihn sympathisch gefunden, weil er *Smart Water* trinkt?«

»Du hast ihm gesagt, wo wir *wohnen*?«

»Er hat einen Handlanger, der für ihn die *Drecksarbeit* erledigt?«

»Er war *hier* im Haus?«

»Du hast noch drei Wochen Zeit, um *dreizehntausend Dollar* zu verdienen?«

Als ich fertig bin, herrscht einen Moment lang Schweigen.

»Ich habe versucht, mir ein eigenes Leben aufzubauen, um meinen Eltern – und mir selbst – zu beweisen, dass ich etwas kann, dass ich arbeiten kann …«, sage ich. Ich habe das Gefühl, über meine Worte zu stolpern. »Das alles tut mir schrecklich leid. Ich kann verstehen, wenn ihr sauer seid.«

»Du kannst verstehen, wenn wir *sauer* sind?«

»Okay, Maddy, das reicht«, sagt Julia. »Ich verstehe ja, dass du dich aufregst, aber das hilft uns nicht wirklich.«

»Was gibt es denn da zu helfen?«, entgegnet Madeleine

bissig. »Da ist ein Kredithai, der weiß, wo wir wohnen, und der Pia oder einer von uns Gott weiß was antun wird, wenn sie nicht bezahlt.« Sie wendet mir ihr Gesicht zu. »Du bist eine dämliche Kuh.«

Ich zucke zusammen. Aber sie hat recht.

»Es stimmt, ich bin eine dämliche Kuh. Aber ich schwöre, ich schwöre euch, dass ich mich voll ins Zeug legen werde. Ich werde die Kohle zusammenbekommen. Ich werde noch mehr schuften. Toto ist ab morgen früh wieder einsatzbereit. Ich werde die besten Salate der Welt verkaufen. Nichts kann mich aufhalten, nichts. Ihr braucht euch keine Sorgen zu machen.«

Madeleine zieht eine Augenbraue hoch.

»Ich glaube, du kannst es schaffen«, sagt Julia zuversichtlich. Ob es nun ernst gemeint ist oder nicht, ich weiß ihre Unterstützung zu schätzen und schenke ihr ein dankbares Lächeln.

Angie legt ihre Hand auf meine, eine Geste der Zuneigung, die so untypisch für sie ist, dass ich zusammenzucke. Sie ist mit Abstand am wenigsten von meiner Beichte schockiert. Es braucht schon einiges, um Angie zu schockieren.

»Und wenn nicht, helfen wir dir einfach. Ich kann meine Alten fragen …«, bietet sie an.

»Wir können unseren Vater auch fragen«, sagt Julia.

»Kommt nicht infrage«, widerspreche ich rasch. »Ich kann nicht sagen, wie oder warum es so weit gekommen ist, aber diese Schulden stehen stellvertretend für alles, was ich an mir und meinem Leben ändern muss. Und ich kann das nur selbst in Ordnung bringen, ohne die Hilfe meiner Eltern oder eurer Eltern«, sage ich energisch und sehe allen in die Augen. »Das ist wirklich wichtig für mich. Ich werde rund um die Uhr arbeiten und das Geld zusammenbekommen. Das ist meine einzige Möglichkeit. Ich bin zweiundzwanzig, Herrgott noch mal. Ich muss endlich lernen, meine Probleme allein zu lösen.«

»Okay«, sagt Julia sofort. »Ich verstehe.«

»Aber ich bin trotzdem da, falls du mich brauchst«, sagt Angie. »Ich meine«, fügt sie rasch hinzu, lässt den Blick über die Runde schweifen und lächelt zögernd. »Wir sind alle für dich da. Wir stehen das gemeinsam durch.«

»Immer«, sagt Coco.

»Absolut«, sagt Julia.

Madeleine äußert sich nicht positiv, aber auch nicht negativ.

Während ich in die Gesichter meiner besten Freundinnen blicke, wird mir bewusst, dass ich mich noch nie zuvor so sicher und behütet gefühlt habe. Meine Eltern, auch wenn ich weiß, dass sie mich lieben, haben mir scheinbar meine Fehler nie verzeihen können, ganz zu schweigen von vergessen. Aber das hier ist bedingungslose Liebe. Verständnis ohne Verurteilung. Ich weiß, das klingt melodramatisch, aber es verleiht mir das Gefühl, ich könnte mein Leben wirklich selbst bestimmen. Ich wäre unbesiegbar. So muss es sich anfühlen, aus einer perfekten Familie zu kommen.

Und Angie hat recht. Wir stehen das gemeinsam durch.

Dann sehe ich in die Runde und stelle fest, dass Madeleine gegangen ist. Okay, doch nicht ganz perfekt.

»Die Frau ist total verkrampft«, bemerkt Angie, die die Karten mischt wie ein Croupier in Vegas. »Hat sie eigentlich schon mal jemand in kurzen Ärmeln gesehen? Sie geht sogar in langen Ärmeln joggen, wenn draußen über zwanzig Grad sind. Ich glaube, sie hat falsche Arme.«

»So ein Quatsch«, sagt Julia.

Angie mischt weiter. »Wisst ihr, was die braucht? Einen anständigen Fick.«

»Hör auf«, entgegnet Julia gereizt. »Verdammt, gib endlich Ruhe. Pia, du solltest mit ihr reden. Unter vier Augen.«

Sie hat recht.

Ich stehe auf und gehe hinaus in die Diele, wo Madeleine die Post durchblättert.

Ich räuspere mich. »Madeleine?«

Sie weigert sich, mich anzusehen, aber sie geht nicht weg. Ich fasse das als Ermutigung auf.

»Madeleine … es tut mir wirklich leid, dass dieser Geldeintreiber hier war, und ich hoffe, du kannst mir eines Tages verzeihen … Und das mit Mike tut mir auch sehr leid. Ich dachte, er würde das ähnlich sehen wie ich.«

»Tja, er hat eben weitaus mehr Herz als du«, entgegnet sie. »Und ist nicht so ein Luder.«

Autsch.

»Tja, das ist wahr. Ich bin nicht stolz darauf, wie ich ihn behandelt habe. Ich werde ihn anrufen und mich bei ihm entschuldigen.« Ich überlege kurz. »Hör zu, ich kann mich nicht in ihn verlieben oder ihn heiraten und mit ihm Kinder bekommen. Ich kann es nicht ändern. Ich habe nicht die Gefühle … die man dafür haben sollte. Und ich kann auch nicht so tun, als wären sie da.«

Madeleine sieht mich endlich an, mit undurchdringlicher Miene.

»Ich weiß nicht, warum du mir das erzählst«, sagt sie. »Das interessiert mich einen Scheiß.«

Plötzlich fühle ich mich sehr matt.

»Madeleine, du wirst dich irgendwann mal entscheiden müssen, ob du mich leiden kannst oder nicht. Und falls ja, müssen wir bedingungslos Freundinnen sein«, sage ich müde. »Ich würde nie auf die Idee kommen, dir wehzutun. Ich würde dich nie für etwas verurteilen, was du getan hast. Aber dasselbe erwarte ich auch von dir. Wir stehen auf derselben Seite.«

Bevor sie reagieren kann, drehe ich mich um, gehe aus dem Haus und setze mich auf die Treppe. Obwohl es schon recht spät ist und bald Herbstbeginn, fühlt sich der Stein angenehm warm an. Ich betrachte all die beleuchteten Fenster, die die Union Street in ein warmes Licht tauchen, mit all den Familien und Menschen und Leben dahinter, und seufze.

Egal, wie tief ich Luft hole, das enge Gefühl in meiner Brust geht nicht weg. Als wäre noch Luft drin, die ich nicht richtig ausatmen kann …

Insgeheim, im Grunde meines Herzens, bin ich nicht annähernd so zuversichtlich, das Geld zusammenzubekommen, wie ich vor den anderen getan habe. Ich bin müde. Und verunsichert. Und beunruhigt.

Ich jongliere mit so vielen Sorgen, dass sich in meinem Kopf ein Karussell dreht: Cosmo, Nicky, meine Eltern, Madeleine, Coco, Bianca, Eddie, und nicht zu vergessen Aidan, mit dem ich eigentlich am Donnerstagabend ein Date habe.

Ich frage mich, ob ich hingehen soll oder nicht.

Ich kann nicht einmal mehr beurteilen, was eine gute Idee ist und was nicht.

»Hallo, mein Mädchen«, sagt jemand.

Es ist Marie, die aus ihrer Wohnung kommt, ein Glas mit einem prickelnden Getränk in der Hand.

»Oh, hallo, Marie«, sage ich. »Ich bin es, Pia …«

»Ah, das Mädchen mit dem Truck«, sagt sie. »Kommen Sie, setzen Sie sich zu mir auf die Bank.«

Ich hüpfe hinter ihr die Treppe hinunter und setze mich neben Marie.

»Können Sie mir sagen, warum Sie hier so traurig sitzen? Sie sind jung und schön …«

»Ich fühle mich aber nicht jung oder schön«, sage ich. »Ich fühle mich müde.«

Marie stößt ein überraschend mädchenhaftes Kichern aus. »Sie können noch ganz viel schlafen, wenn Sie alt sind und alle, die Sie kennen, tot sind.«

»Das sind erfreuliche Aussichten, Marie, danke«, erwidere ich.

Sie kichert wieder. »Okay, okay. Tut mir leid, die Probleme der anderen sind immer nur halb so ernst wie die eigenen. Erzählen Sie mir mehr. Was stimmt nicht in Ihrem Leben?«

»Oh, das ist kompliziert … Geld … Job … Sie wissen schon, der Truck. Und dass ich die Menschen immer falsch einschätze. Und dass ich scheinbar immer alles falsch mache, egal, wie sehr ich mich auch anstrenge, das Richtige zu tun …«

»Nun, Fehler sind das, was uns menschlich macht. Und ob es Ihnen gefällt oder nicht, das Leben ist kompliziert. Meine Mutter hat immer gesagt, das Leben ist wie die Hydra.«

»Die was?«

»Die Hydra. Ein vielköpfiges Ungeheuer der griechischen Mythologie. Immer wenn man ihr einen Kopf abschlug, wuchs ein neuer nach, doch Herakles gelang es eines Tages, sie zu töten … Das Leben ist genauso. Jede Herausforderung, die man meistert, wird von einer neuen Herausforderung abgelöst.« Sie überlegt kurz. »Und so soll es sein. Die einzige Möglichkeit, im Leben Glück und Erfolg zu haben, ist, manchmal ein Risiko einzugehen.«

»Ist das Leben jemals einfach?«

»Nicht, wenn man es richtig macht. Aber dafür ist es spannend. Und unterhaltsam. Und voller Freude.«

Plötzlich habe ich das Bedürfnis, den Kopf an Maries Schulter zu lehnen. Meine Großmütter lebten beide schon nicht mehr, als ich auf die Welt kam. Ich frage mich, ob sie mit Marie Ähnlichkeit hatten.

»Ich versuche mein Bestes. Aber was kommt als Nächstes? Wie kann ich überleben?«

»Man überlebt mit Humor … und mit der Unterstützung der Menschen, die man liebt«, antwortet sie sanft. »Familie. Freunde.«

»Ich liebe meine Freunde. Aber mit meinen Eltern habe ich seit Wochen nicht mehr geredet«, sage ich, einen Kloß im Hals. »Sie halten mich noch für ein Kind. Sie wollen, dass ich zu ihnen zurückkomme.«

»Natürlich halten sie Sie für ein Kind, schließlich sind sie Ihre Eltern. Sie haben Sie brüllend, nackt und blutverschmiert gesehen, als Sie auf die Welt kamen. Sie werden Sie nie als erwachsen betrachten«, erwidert sie, und es klingt fast ein wenig gereizt. »Aber sie werden Sie immer lieben. Und sie wollen nur das Beste für Sie. Vielleicht denken sie, es wäre das Beste, wenn Sie aus Brooklyn weggehen.«

Ich nicke. »Das tun sie definitiv.«

»Nun, versuchen Sie mal, es aus ihrer Perspektive zu betrachten. Es wird so viel Unsinn erzählt über Eltern und Kinder und – wie lautet dieser dämliche Ausdruck? – emotionale Vernachlässigung. Meine Güte! Eltern lieben ihre Kinder, aber sie werden nie ihre besten Freunde sein. Das sollten sie auch nicht. Schließlich sind sie Eltern. Sie können Ihre Eltern nicht ändern, und sie können Sie nicht ändern. Alles, was sie tun müssen, ist, Sie zu lieben. Und alles, was Sie tun müssen, ist, ihre Liebe anzunehmen und zu erwidern.« Aus Maries Mund klingt alles so einfach. »Bringen Sie mich hinein, Liebes«, sagt sie. »Mir wird langsam kalt.«

Ich helfe ihr hoch. »Meine Hüfte«, erklärt sie, weil sie für jede Stufe eine Weile braucht.

In ihrer Wohnung ist alles ein bisschen verschlissen, aber es ist warm und behaglich. Ein bisschen wie Marie selbst. Vic sitzt in einem Fernsehsessel, schaut sich einen alten Schwarz-Weiß-Film an, nebenbei nascht er Popcorn.

»Schon wieder *Die Nacht vor der Hochzeit*, Victor? Und von dem süßen Zeug fallen dir nur die Zähne aus.«

»Der lief gerade zufällig«, erwidert er. »Außerdem bin ich achtundsiebzig, Marie. Hätte ich schlechte Zähne, wären sie schon längst ausgefallen.« Er sieht mich an. »Hallo!«

»Scheint ja ein toller Film zu sein«, sage ich.

»In der Tat«, sagt er.

Wir verfolgen alle Katharine Hepburn für ein paar Sekunden.

»Wahnsinn, was für eine schöne Frau«, sage ich.

»Und sie sieht Eleanor so ähnlich«, sagt Marie. »Eine klassische Schönheit mit einem frechen Mund.«

Ich werde hellhörig.

Vic dreht den Kopf zu Marie und lächelt, aber seine Augen blicken traurig. »Ich habe gerade dasselbe gedacht.«

Am liebsten würde ich fragen, wer Eleanor ist und was damals geschah, aber ich fühle mich so schon wie ein Eindringling.

Vic schaltet plötzlich um und gibt Marie die Fernbedienung.

»Bitte sehr. Ich weiß doch, dass du deine Serie sehen willst.«

»Welche Serie?«, frage ich und erwarte als Antwort *Jeopardy* oder *America's Got Talent*.

»True Blood«, antwortet Marie. »Mein Enkel hat mir die erste Staffel auf DVD geschenkt. Mir gefällt dieser Eric Northman. Der hat was.«

Vic rollt mit den Augen und grinst mich an.

Ich gehe wieder zur Tür und drehe mich noch einmal um. »Vielen Dank für Ihren Rat, Marie.«

»Jederzeit, mein Mädchen. Und vergessen Sie nicht, im Leben muss man etwas riskieren.«

Als ich die Vordertreppe hochgehe, greife ich in meine Hosentasche und ziehe einen Vierteldollar heraus. Bei Kopf gehe ich zu dem Date mit Aidan, beschließe ich. Bei Zahl bleibe ich zu Hause und arbeite für das Schlank-Mobil.

Ich werfe die Münze in die Luft, fange sie auf und drücke sie auf meinen Handrücken. Dann hole ich tief Luft und sehe darauf.

Verdammter Mist.

20

»Wer von euch Weibern hat meine Haarkur geklaut?«, brülle ich.

Schweigen.

Es ist Donnerstagabend, neunzehn Uhr. Ich stehe in Slip und BH in meinem Zimmer, die Haare in ein Handtuch gewickelt, die Haut glänzend von der Feuchtigkeitslotion, mit der ich mich gerade eingeschmiert habe.

Richtig: Die Münze hat entschieden, dass ich zu diesem Date mit Aidan gehe. Nach einem weiteren unglaublich betriebsamen SchlankMobil-Tag bin ich vor zwanzig Minuten nach Hause gekommen und habe jetzt noch genau eine Stunde Zeit, bevor ich mich mit Aidan in der Minibar treffe. Ich bin spät dran mit meinem Schönheitsprogramm.

»Wenn ich die Haare so an der Luft trocknen lasse, werden sie den ganzen Abend außer menschlicher Kontrolle sein!«, brülle ich.

Gottverdammt! Warum wohne ich nicht mit Männern zusammen? Dann hätte ich nicht das Problem, dass meine Kosmetiksachen ständig wegkommen.

»Glaubst du wirklich, Coco, Maddy oder ich wüssten was mit einer Haarkur anzufangen?« Julia steht im Türrahmen und isst eine Banane.

Ich zögere kurz. »Guter Tipp.« Ich marschiere zu Angies Zimmer und reiße die Tür auf.

Typisch: Hier sieht es aus, als wäre gerade ein Mode-Tsunami durch das Zimmer gefegt und hätte eine Spur der Verwüstung aus Klamotten hinterlassen. Ich entdecke meine Haarkur neben einem Stapel Fotos und Skizzen und bahne mir einen Weg durch die Haufen aus Gürteln, Taschen und Büstenhaltern auf dem Boden, um sie mir zu holen.

»Scheiße, was will sie überhaupt damit? Schließlich hat sie wunderschönes, seidig glattes Haar!«, fluche ich.

»Warum bist du so nervös?«, fragt Julia, die sich gegen den Türrahmen lehnt. »Du hattest doch schon mindestens eine Million Dates.«

»Ich … keine Ahnung«, sage ich und flitze an ihr vorbei zurück in mein Zimmer.

»Kannst du dir bitte was überziehen?«, ruft sie mir hinterher. »Ich muss dich nicht unbedingt in Unterwäsche sehen.«

»Du bist so was von prüde!«

»Du bist so was von europäisch!«

»Ha!«

Ich massiere die Kur in meine Haare ein, unterteile sie mit Clips in einzelne Strähnen, schnappe mir den Föhn und die Rundbürste und fange an zu föhnen. Es ist so unfair, dass ich so viele Haare habe. So unfair.

Es klopft zögerlich an der Tür. »Brauchst du Hilfe?«, fragt jemand. »Ich bin gut im Haareföhnen.«

Ich hebe den Kopf und sehe Madeleine. »Wirklich?«, sage ich. »Gott, ja, bitte.«

Wir haben kaum miteinander geredet seit dem kleinen Eklat neulich. Ist das ein Wink, dass wir wieder Freundinnen sein sollen? Richtige Freundinnen?

Madeleine stellt sich hinter mich, die Ärmel wie immer halb über die Hände gezogen, und nimmt sich Bürste und Föhn.

»Bist du nervös?«

»Nein«, sage ich unwillkürlich, und unsere Blicke treffen sich im Spiegel. »Na schön … ja. Ich bin so nervös, dass mein ganzer Bauch kribbelt.«

»Ich hasse dieses Gefühl!«

Ich trage fix Make-up auf, während Madeleine mir fachmännisch die Haare föhnt: eine natürliche Grundierung mit Schimmereffekt für einen strahlenden, ebenmäßigen Teint sowie Rouge, Wimperntusche und Lippenstift in dezentem »Ich, aber besser«-Look. Meine Hände zittern so stark, dass ich den Lidstrich verwackle, also verreibe ich ihn und hoffe, es sieht ein wenig punkig aus.

Mir ist bewusst, dass angesichts der Umstände in meinem Leben, die Anlass zur Sorge geben, ein Date mit Aidan irgendwo hinter »noch dreizehntausend Dollar zusammenkratzen, um einen Kredithai zu bezahlen« und »eine Möglichkeit finden, um nicht unter elterlichem Druck New York verlassen zu müssen« rangieren sollte. Aber aus irgendeinem Grund tut es das nicht. Ich habe mir – wieder einmal – erfolgreich eingeredet, dass ich es schaffen werde, das Geld durch harte Arbeit zusammenzubekommen. Ich habe allein in dieser Woche täglich von halb fünf morgens bis zehn Uhr abends geschuftet und viereinhalbtausend Dollar verdient. Wenn ich das beibehalten kann und nicht wieder Mist baue, dürfte es kein Problem sein, den gesamten Kredit zu tilgen, und danach werde ich ein funktionierendes Unternehmen haben, mit dem ich meine Eltern beeindrucken kann.

Okay. WaszumTeufelsollichanziehen???

Das Problem bei einer Verabredung in einer Kneipe ist, dass man gern so umwerfend wie möglich aussehen möchte, allerdings ohne den Anschein zu erwecken, dass es zu viel Mühe gekostet hat, oder? Ein Kleid scheint mir dafür zu elegant zu sein, ein Rock zu mädchenhaft, ein enges Oberteil zu figurbetont, eine Bluse zu förmlich, und dann ist da natürlich noch das ewige Schuhproblem, dabei weiß ich nicht einmal, wie groß Aidan ist, weil wir insgesamt nur eine gute Viertelstunde miteinander verbracht haben, und das jedes Mal auf einem Taxirücksitz, verfluchte Hacke. Und zu guter Letzt dürfen wir nicht vergessen, dass wir hier in Brooklyn sind und nicht in Manhattan, und in Brooklyn ist eine gewisse stilvolle Lässigkeit angesagt. Ich darf nicht so aussehen, als hätte ich zu viel Aufwand betrieben.

Normalerweise hilft mir die Beschäftigung mit der Kleiderfrage, um meine Nerven zu beruhigen. Aber heute nicht.

Ich werde gleich Aidan wiedersehen.

»Scheiße, scheiße!«, schreie ich laut.

»Alles okay?«, fragt Madeleine und legt den Föhn zur Seite.

»Ja, alles gut, alles prima … wow! Schon fertig? Das ist perfekt! Danke!«

»Ein kleiner Snack vor dem Date!«, sagt Coco und kommt mit einem Tablett in mein Zimmer. »Käsetoast. Du brauchst eine ordentliche Grundlage.«

Ich bin zu nervös, um etwas herunterzubekommen, aber ich nehme mir trotzdem eine Scheibe und schenke ihr ein Lächeln. »Danke, Coco.«

Sie strahlt. »Und, was ziehst du an?«

»Okay!« Ich stelle mich vor meinen offenen Wandschrank. Madeleine und Coco setzen sich auf mein Bett wie Zuschauer. »Nehmen wir mal an, er ist groß … Wir fangen als Erstes mit diesen Boots hier an.«

Beide nicken ernst.

»Nun kombinieren wir sie mit etwas, das schlicht, aber raffiniert ist. Wie zum Beispiel dieses weiße Minikleid.«

»Hübsch!«, ruft Coco.

»Bloß … Was, wenn das *too much* ist?«, sage ich. »Oder zu schlicht. Oder was, wenn ich mich bekleckere? Ich weiß gar nicht, ob wir später noch essen gehen …«

»Wie wäre es mit Shorts?«, sagt Madeleine.

»Gute Idee«, erwidere ich und nicke rasch. »Die hier vielleicht?« Schwarze Shorts, dazu suche ich ein enges schwarzes Stricktop heraus.

»Ja! Das ist cool, aber nicht zu cool, schick, aber nicht zu schick …«

»Und die Haare flechte ich zu einem lockeren Seitenzopf«, sage ich. »Ich zeige nie gleichzeitig Bein und Haare.«

»Schön«, sagt Madeleine. »Wir sind hier auch nicht bei *The real housewives of Brooklyn*.«

»Schade! Wäre das nicht toll?«, sagt Coco.

»O Mann, ich fühle mich, als hätte ich gerade eine Prüfung hinter mir. Dates sind so anstrengend.«

Ich sprühe mein Parfüm (Original Musk von Kiehl, für immer und ewig, Amen) auf und sehe auf mein Handy. Mann, bin ich nervös. Noch zwanzig Minuten, und ich sehe Aidan wieder.

Plötzlich überkommt mich dieses zittrige, atemlose Gefühl, das fast so ist wie … oh, verdammt.

Ich lasse mich auf den Boden fallen und lege mich flach auf den Rücken.

»Alles okay mit dir?«, fragt Coco. »Brauchst du eine Papiertüte?«

Ich starre an die Decke. OGottoGottoGott …

»Ignoriert sie einfach, sie war schon immer eine Dramaqueen«, sagt Angie.

Mit einem großen Glas Eiswasser und einer blauen Clutch kommt sie in mein Zimmer geschlendert. Sie gibt mir beides. Ich setze mich auf, nehme einen Schluck aus dem Glas und muss husten: Es ist purer Wodka.

»Verflucht, Angie.«

»Für den nötigen Mut. Und nimm meine Glückshandtasche.«

Ich muss lächeln. Angie hat diese Handtasche, seit wir

vierzehn waren. Alle paar Jahre platzen die Nähte auf, und sie näht sie akribisch immer wieder zu.

»Vergiss nicht rauszufinden, ob die Frau im Taxi seine Freundin war«, sagt Julia, die nun auch hereinkommt. »Das ist die wichtigste Frage überhaupt! Und falls ja, schüttest du ihm deinen Drink ins Gesicht.«

»Und lass ihn nicht alles bezahlen«, fügt Madeleine hinzu.

»Und vergiss nicht den Kaugummi für frischen Atem im Notfall«, sagt Coco.

»Und falls du dich verpissen willst, täusch einfach Krämpfe vor«, sagt Angie. »Zum Beispiel Menstruationsschmerzen.«

»Okay, das reicht an moralischer Unterstützung, danke«, sage ich und stürme aus dem Zimmer.

Manchmal sind einfach zu viele Östrogene in diesem Haus.

»Viel Glück!«, ruft Julia, während ich auf dem Weg nach unten bin. »Und vergiss nicht die wichtigste Frage überhaupt!«

»Meine Güte, ist doch nur ein blödes Date«, murmle ich und renne die Treppe hinunter.

In der geöffneten Haustür bleibe ich kurz stehen, schließe die Augen und atme noch einmal ganz langsam und tief durch.

»Du packst das, Süße.« Ich sehe nach oben. Es ist Angie. Sie holt zwei Marlboro heraus, zündet beide an, stöckelt klappernd die Treppe herunter und streckt mir eine Zigarette entgegen. »Ich begleite dich zur Minibar. Von dort aus fahre ich dann weiter nach SoHo, wo ich mit Ali verabredet bin.«

»Du triffst dich in letzter Zeit ziemlich oft mit ihm«, sage ich, nehme ihr die Zigarette ab und ziehe die Haustür hinter uns zu. »Ich rieche eine Romanze.«

»Was du riechst, ist Bois des Îles von Chanel, aber du kannst es auch von mir aus eine Romanze nennen.«

Angie schwingt ihre Handtasche über die Schulter, und wir gehen gemeinsam die Union Street entlang. Sie trägt ein neues graues Kleid und heiße pinkfarbene High Heels und sieht wie immer so aus, als wäre sie direkt aus einer Haute-Couture-Zeitschrift gestiegen. Verglichen mit ihr komme ich mir hoffnungslos underdressed vor, aber ich fühle mich wohl so. Vor allem fühle ich mich wie ich selbst.

»Ach ja?«, sage ich zweifelnd.

»Okay, ich gebe es zu. Ali ist unheimlich nett, wir quatschen und quatschen ohne Ende … Er ist keine Spur etepetete oder schickimicki. Dienstagabend waren wir Pasta essen in einer kleinen Absteige im East Village. Es war einfach super. Und er schickt mir total süße SMS.«

Sie stößt ein zufriedenes Seufzen aus, und obwohl ich ihre Alkoholfahne riechen kann, erkenne ich plötzlich: Angie ist eine heimliche Romantikerin.

»Das freut mich unwahrscheinlich für dich«, sage ich lächelnd und hake mich bei ihr ein. Vielleicht wird der Abend ja ganz nett. Wenn Angie einen anständigen Mann gefunden hat, beweist das, dass es nicht unmöglich ist.

Ich packe das.

Aidan sitzt an der Theke und dreht sich um, als ich hereinkomme. Unsere Blicke treffen sich, und als ich sehe, dass seine Miene sich aufhellt, strömt ein heißes Kribbeln durch meinen Körper.

O verdammt, das ist alles andere als einfach.

Er steht auf, um mich zu begrüßen (groß, sehr groß!), und ich lächle und erwidere nervös seinen Blick.

»Aidan«, krächze ich und räuspere mich. »Aidan.«

»Pia.« Er beugt sich vor, um mich auf die Wange zu küssen. Seine Haut ist warm, aber nicht zu warm, und er ist frisch rasiert. Er benutzt ein Aftershave mit Sandelholz: warm und erdig. »Was darf ich für Sie bestellen? Champagner, nehme ich an?«

»Ein Bier wäre gut«, antworte ich und setze mich auf den Barhocker, den er für mich vorgezogen hat. Mein Herz schlägt wieder schmerzhaft schnell.

»Eine Frau aus dem Volk«, sagt er und bestellt mir ein Amstel. Ich mustere ihn. Er ist echt. Er ist wirklich echt. »Okay, sind Sie Vegetarierin?«

»Nein, ich esse sehr gern tote Tiere.«

»Gut. Ich auch. Ich habe für uns einen Tisch reservieren lassen im Frankies schräg gegenüber. Dort wird vor allem Fleisch serviert.«

»Prima.«

Pause.

Wohin, wohin nur ist der alte Dating-Profi Pia verschwunden? Mir fällt nichts ein, was ich sagen könnte. Mir fällt nichts ein, was ich tun könnte. Mir fällt überhaupt nichts ein.

Verflucht.

Was würden meine Freundinnen tun? Julia würde von ihrer Arbeit erzählen. Madeleine würde schweigen wie eine Sphinx. Coco würde brabbeln und kichern. Und Angie würde sich zurücklehnen, süffisant lächeln, eine Augenbraue hochziehen und sich kontrolliert verhalten.

Das scheint das Richtige zu sein, findet ihr nicht auch?

Also lehne ich mich zurück und trinke einen Schluck von meinem Bier, bevor ich die Augen auf Aidan richte.

Er tut genau dasselbe wie ich.

Komm schon, Aidan, übernimm die Gesprächsführung, bitte, denke ich, so energisch, wie ich kann.

Doch Aidan sieht mich einfach nur grinsend an.

Eine Herausforderung.

Nun, ich werde nicht als Erste den Mund aufmachen.

Ich nehme wieder einen Schluck von meinem Bier, ohne die Augen von Aidan abzuwenden. Um meine Nerven zu beruhigen, konzentriere ich mich auf die kleine Narbe auf seiner Unterlippe. Ich wette, die Frauen fragen ihn immer, woher er die Narbe hat. Ich werde das ganz bestimmt nicht tun, verdammt, denn falls er ein verdammter Mistkerl ist – und, wisst ihr, seine gelassene Selbstsicherheit nährt den Verdacht, dass er einer sein könnte –, werde ich sicher nicht auf ihn hereinfallen.

Ich hätte beinahe die wichtigste Frage überhaupt vergessen!

»Haben Sie eine Freundin?«

»Wie bitte?«

»Sie haben mich verstanden.«

»Nein, ich habe keine Freundin, aber danke der Nachfrage«, antwortet er. »Und Sie, haben Sie einen Freund?«

»Nein. Wie kommen Sie darauf, mich das zu fragen?«

»Nun, wie kommen *Sie* darauf, *mich* das zu fragen?«

»Weil Sie neulich Hals über Kopf weg sind zu einer anderen Frau«, sage ich. »Emma. Oder Emily. Oder wie auch immer sie heißt.«

Ich erwähne nicht, dass ich ihn mit ihr zusammen vor all den Wochen auf der Straße gesehen habe. Zu stalkermäßig.

»Oh, Sie meinen Emma. Meine Schwester«, sagt Aidan. »Mein Benehmen tut mir übrigens sehr leid. Sie fanden das sicher sehr unhöflich von mir. Emmas Freund hat sich in dieser Nacht von ihr getrennt, zum dritten und letzten Mal.« Er hält sein Handy hoch. »Sehen Sie, das ist ein Foto von uns beiden an Weihnachten letztes Jahr bei unseren Eltern. Bruder. Schwester. Die gleiche Nase. Pech für Em.«

»Ich glaube Ihnen.« Ich mustere kurz das Foto, nur um sicherzugehen: Es ist die schicke Engländerin, mit der ich ihn damals zusammen gesehen habe. Seine Schwester. Sie sehen sich sogar ähnlich. Verdammt. Jetzt hat es den Anschein, als wäre ich krankhaft eifersüchtig. Das ist noch schlimmer als zu stalken. »Gut. Nur … eine kleine Routinefrage zu Ihrem Background.«

»Hey, das verstehe ich absolut.«

»Da draußen laufen nämlich viele Mistkerle herum.«

»Mistkerle?«

»Blender … Sie wissen schon, Männer, die lügen und betrügen, um an ihr Ziel zu kommen.«

»Oh, Sie meinen Schufte. Halunken. Filous. Ich kann Ihnen versichern, dass nichts davon auf mich zutrifft.« Er unterbricht sich kurz. »Ich bin im Grunde verdammt langweilig, wenn ich genauer darüber nachdenke.«

Ich lache nervös. Gott, ich liebe seinen Akzent.

Aidans Handy piept. »Was sagt man dazu? Unser Tisch ist bereit.«

Das Frankies 457 Spuntino macht genau den Eindruck, den man von einem modernen Restaurant in Brooklyn erwartet: skurril und erwachsen, ruhig und lebhaft, mit einer leicht maroden Gelassenheit, die beinahe, aber nicht ganz ungekünstelt ist. Allerdings verschlägt die Außenterrasse mir wahrlich den Atem: eine kleine Märchenoase voller Blumen, Weinranken und Teelichter, die überall verteilt sind. Richtig magisch. Ich verharre auf der Treppe, die in den Garten führt, um den Anblick zu genießen.

»Ich weiß«, sagt Aidan, der neben mir stehen bleibt. »Das hier ist die allerletzte Kaschemme.«

Meine Nerven bewirken, dass ich ein wenig zu laut lache. Ich versuche sofort, mich zu beherrschen, aber es klappt nicht. O Gott. Als wir unseren Tisch erreichen, habe ich mich immer noch nicht beruhigt.

»So lustig war das auch wieder nicht«, sagt Aidan. »Ich meine, im Ernst, ich kann viel komischer sein.«

Ich fange wieder an zu lachen. Das ist wie ein nervöser Tick. Mit letzter Anstrengung presse ich die Lippen zusammen, prompt bekomme ich einen Schluckauf.

»Möchten Sie als Aperitif einen Prosecco?«, fragt die Kellnerin.

Aidan dreht den Kopf zu mir. »Möchten wir?«

Ich schaffe es zu nicken. Dann kehrt wieder Schweigen ein. O Gott, das ist die reinste Qual. Bisher habe ich ihn über eine imaginäre Freundin ausgequetscht und anschließend wie ein Ewok auf Lachgas gegiggelt.

»Wir sollten einfach das Zwanzig-Fragen-Spiel hinter uns bringen«, sagt Aidan.

Gott sei Dank, das kann ich. »Okay. Schießen Sie los.«

»Geschwister?«

»Einzelkind. Und Sie, gibt es noch mehr Geschwister außer Ihrer … Schwester Emma?«

»Drei Brüder.«

»Älter oder jünger?«

»Alle älter. Auch Emma ist elf Monate älter als ich. Ich war ein Unfall.«

»Das verwöhnte Nesthäkchen …«

»Eher der vernachlässigte Nachzügler. Haben Sie ein enges Verhältnis zu Ihren Eltern?«

»Äh … nicht so. Mein Vater ist schon recht alt, und er ist nicht gerade gesprächig. Und meine Mutter ist krankhaft leistungsorientiert … Sie kennen ja sicher das Klischee von der indischen Mutter, die ihre Tochter unter allen Umständen unter die Haube bringen will. Meine will nur, dass ich Arbeitsmoral zeige und aufhöre, in Schwierigkeiten zu kommen.«

Aidan grinst. »Sie? Schwierigkeiten?«

Die Kellnerin bringt uns den Prosecco. »Möchten Sie schon bestellen?«

»Äh …«, sage ich wieder und blicke auf die Speisekarte auf meinem Schoß. Ich habe scheinbar das Lesen verlernt.

»Was halten Sie davon, wenn wir eine Auswahl von Weinen und Antipasti und Käse und Brot nehmen und einfach eine Art Sieben-Gänge-Menü machen?«, fragt Aidan.

»Das würde mir sehr zusagen.«

Wir bestellen, und nachdem die Kellnerin sich entfernt hat, stoßen wir mit unseren Sektgläsern an. Unsere Blicke treffen sich, und wir müssen beide lächeln. Plötzlich spüre ich, dass mein Körper sich langsam lockert. Ich hatte ganz vergessen, wie es sich anfühlt mit Aidan. Dieses warme, sichere, *richtige* Gefühl.

»Ich bin dran«, sage ich. »Warum sind Sie von London nach New York gezogen?«

»Ich schätze, ich fühle mich hier heimisch. Ich habe dieses Gefühl nirgends sonst.«

»Mir geht es genauso«, sage ich. Es ist wahr. Ich fühle mich hier wirklich zu Hause. Ich gehöre hierher. Wenn ich an New York und an Brooklyn und an die Union Street und unser Nest denke, denke ich unwillkürlich: *meins.* »Wissen Sie, ich bin halb Schweizerin und halb indisch, aber ich habe nicht das Gefühl, dass ich durch meine Nationalität definiert werde. Ich habe sie mir nicht ausgesucht, ich kann nichts daran ändern … Ich hasse es auch, nach etwas beurteilt zu werden, über das ich keine Kontrolle habe.«

»Ich verstehe genau, was Sie meinen.« Aidan grinst mich an. »Okay, ich bin an der Reihe. Lieblingseissorte?«

»Erdbeere«, antworte ich.

»Wie uncool. Ich hätte erwartet, Sie sagen Kakao mit Chili und Kardamom oder etwas ähnlich Pfiffiges.«

»Pfiffig? Hübsches Wort. Sie sind so hip. Na ja, ich hatte schon immer eine Schwäche für rosafarbene Lebensmittel. Wahrscheinlich weil ich ein Mädchen bin. Und Ihre Lieblingssorte?«

»Schokosplitter-Minze.«

»O bitte, *das* ist uncool«, entgegne ich. »Wie alt sind Sie, sechs?«

»Ich bin neunundzwanzig. Und Sie?«

»Zweiundzwanzig«, sage ich. »Sie sind aber alt.«

»Und Sie sind … weitaus jünger, als ich dachte«, erwidert er und lacht, offenbar irritiert. »Himmel! Ich habe Sie für mindestens fünfundzwanzig gehalten.«

»Wollen Sie damit sagen, dass es Zeit ist für Botox?«

Wir haben unsere Gläser so schnell leer, dass Aidan eine ganze Flasche bestellt, als der erste Gang kommt.

Er erfährt von den Orten, an denen ich aufgewachsen bin, von unserem hübschen Haus und von den Mädels, vom SchlankMobil und dass ich Toto mehr liebe, als jemals jemand einen Truck geliebt hat.

Im Gegenzug erfahre ich, dass Aidan für eine Beteiligungsgesellschaft arbeitet (was zum Geier das auch immer ist; er gibt mir sogar seine Visitenkarte, um zu beweisen, dass er das nicht erfunden hat: *Aidan Carr, Senior Associate*), dass er seinen Hund Ziggy, den er adoptiert hat, als ein Freund von ihm sich scheiden ließ, liebt (»Zig war traumatisiert, aber wir haben es gemeinsam überstanden«), dass er nach dem Studium ein Jahr nach Australien ging und auf einem Schiff arbeitete und dass er vierzehn Neffen und Nichten hat, was er seinen älteren Brüdern verdankt.

»Vierzehn!« Ich bin fassungslos. »Das ist irgendwie exzessiv, oder?«

»Wir sind nichtpraktizierende Katholiken, aber alte Gewohnheiten lassen sich nun einmal schwer ablegen«, erwidert er.

Das Zwanzig-Fragen-Spiel war eine geniale Idee. Und

jedes winzige Detail, das ich über ihn erfahre, bestärkt mich darin, dass mein Instinkt – irgendetwas an ihm ist einfach *richtig* – mich nicht getrogen hat.

»Sind Sie froh, dass Sie so viel herumgekommen sind? Früher als Kind und Teenager, meine ich?«

»Definitiv«, antwortet Aidan. »Ich glaube, als Auswandererkind fällt es einem leichter, sich an neue Situationen zu gewöhnen, Freundschaften zu schließen und so weiter.«

Ich grinse. »Auswandererkind … Das gefällt mir. Aber die meisten Auswandererkinder, die ich kennengelernt habe, sind irgendwie …« Ich überlege, wie ich es ausdrücken soll.

»Durchgeknallt?«, schlägt er vor.

»Ja«, sage ich. »Ich glaube, das trifft es. Sie dagegen machen irgendwie einen … nichtdurchgeknallten Eindruck.«

»Ich habe folgende Theorie dazu«, sagt er und senkt die Stimme, als würde er mir ein Geheimnis verraten. »So etwas wie nichtdurchgeknallt gibt es gar nicht. Das denken zwar viele, aber das gibt es einfach nicht. Jeder von uns ist auf die eine oder andere Art durchgeknallt. Die Frage ist nur, wie man seine Durchgeknalltheit sinnvoll nutzt.«

»Hübsche Theorie. Die sollte man auf eine Glückwunschkarte drucken.«

»Vielleicht mache ich das mal.«

Wir grinsen uns an, als unsere Crostini kommen.

»Ich mag Ihre Augenbrauen«, sage ich.

»Und ich mag Ihre Daumen«, erwidert er.

»Meine Daumen?«

»Sie sind sehr lang und filigran. Sehen Sie.«

Er greift nach meiner Hand. Seine Berührung jagt mir einen Schauer über den Rücken. Sie fühlt sich so vertraut an. Und unheimlich.

Ich ziehe meine Hand rasch weg und konzentriere

mich auf die Crostini. »Ich wette, das sagen Sie allen Frauen, die Sie im Taxi kennenlernen.«

»Schon, aber meistens ist es gelogen.«

»Oh, wie charmant.«

»Das bin ich, nicht?«

Unsere Blicke treffen sich erneut, und ich werde wieder von diesem warmen Kribbeln überrollt.

Aidan zögert kurz. »Schön, ich habe nachgedacht. Wir sollten den ersten Kuss einfach hinter uns bringen.«

»Bevor wir fertig gegessen haben?«

Ein Kuss? Jetzt? Bei der Vorstellung klopft mein Herz vor Aufregung bis zum Hals.

»Gott, natürlich. Wissen Sie, wie viel Knoblauch die hier ins Essen tun? Das ist nur eine kluge Planung. Vertrauen Sie mir.«

»Sie sind wirklich gerissen.«

Er zögert. »Gerissen im Sinne von charmant oder gerissen wie ein Mistkerl?«

»Charmant, glaube ich«, antworte ich mit tiefem Stirnrunzeln, als müsste ich stark überlegen.

»Ich wusste, ich hätte mein Führungszeugnis mitbringen sollen«, sagt er. »Okay, na schön. Um klarzustellen, dass ich kein Mistkerl bin, werden wir uns heute Abend nicht küssen. Heben wir uns den Kuss auf für unsere nächste Verabredung.«

»Oh«, sage ich mit einem Stich des Bedauerns.

»Ja, so machen wir es«, bekräftigt er. »Und nun lassen Sie uns essen. Von dem Prickelwasser werde ich nämlich immer ganz albern wie ein Schulmädchen.«

Ich kichere und merke, dass ich ein bisschen beschwipst bin.

»Erzählen Sie mir mehr über Ihren Food Truck.«

»Ich spiele gerade mit dem Gedanken, mir für das Wochenende eine Aushilfe zu leisten. Ich kenne da einen

Schauspieler, der verbringt scheinbar sein ganzes Leben damit, seltsame Jobs für irgendwelche Leute in Brooklyn zu erledigen.«

»Gott sei Dank, dass Schauspieler wenigstens für etwas nützlich sind. Oh, probieren Sie mal das hier. Das ist Hühnerleber mit Pistazien. Sehen Sie mich nicht so an, es schmeckt fantastisch.«

Ich beiße skeptisch in die Hühnerleber. Aber er hat recht: Sie schmeckt tatsächlich fantastisch. »Ist das nicht unglaublich, dass die ganzen Speisen, vor denen man sich eigentlich ekelt, in Wirklichkeit absolut köstlich sind?«

»Ja, unglaublich. Beim nächsten Mal sollten wir nach Tribeca ins Terroir gehen und Knochenmark bestellen. Das ist der helle Wahnsinn.«

»Sie sind ein echter Feinschmecker, was?«

»Nein, nur ein Vielfraß. Erzählen Sie mir mehr über Ihr Unternehmen.«

»Da gibt es nicht mehr zu erzählen«, erwidere ich. Nicht ganz die Wahrheit, aber »... und ich schulde einem Kredithai mehrere tausend Dollar ...« ist nicht gerade ein geeignetes Gesprächsthema für ein erstes Date. »Ich hatte die Idee, ich habe den Truck gekauft, und jetzt versuche ich, das Geschäft zum Laufen zu bringen.«

»Sie sind so erwachsen«, sagt Aidan und schüttelt grinsend den Kopf.

»O mein Gott, das bin ich eben nicht«, sage ich erschrocken. »Ich bin das personifizierte Chaos, das können Sie mir glauben.«

»Aber Sie haben alles genau geplant«, sagt er. »Ich habe Jahre gebraucht, um herauszufinden, was ich aus meinem Leben machen möchte.«

»Jahre?«

»Na ja, ich habe in einer Investmentbank angefangen und es gehasst. Dann bekam ich einen Job bei Google, den ich zuerst für die Antwort auf alles hielt, bis ich ihn auch hasste. Also ging ich zurück in das Investmentbanking und hasste es immer noch. Ich kam mir vor wie ein absoluter Versager … Bis ich schließlich herausfand, was mich glücklich macht. Und nun bin ich hier.«

»Um die Welt des Risikokapitals zu erobern?«, frage ich.

Er lacht. »So ähnlich. Wissen Sie, die Arbeit ist interessant und abwechslungsreich. Ich bin zufrieden.«

»Interessant und abwechslungsreich ist alles, worauf es ankommt«, sage ich.

»Darauf stoße ich an.«

Wir unterbrechen uns kurz, um mit den Gläsern anzustoßen, mein Herz klopft sehr laut.

»Ich glaube nicht, dass ich alles genau geplant habe.« Ich fühle mich derart wohl dabei, mich ihm anzuvertrauen, dass es schon unheimlich ist. Ich habe das Gefühl, wir könnten die ganze Nacht durchquatschen. »Außerdem weiß ich nicht, ob ich für immer ein Food Trucker sein möchte. Beziehungsweise in der Gastronomie bleiben. Ich bin nämlich nicht sehr bewandert in den kulinarischen Künsten.« Er grinst. »Ich weiß eigentlich nicht so richtig, was ich mit meinem Leben anfangen soll, aber ich bemühe mich nach Leibeskräften, es herauszufinden.« Ich mache eine kleine Pause. »Und ich glaube, das ist okay.«

»Okay? Das ist ganz erstaunlich«, sagt Aidan. »Mit Ihren zweiundzwanzig Jahren haben Sie der Welt bewiesen, dass Sie es allein schaffen.«

»Danke, aber ich denke, eigentlich möchte ich nur meinen Eltern beweisen, dass ich keine verwöhnte Prinzessin bin. Dass ich aus meinem Leben etwas machen kann, ohne auf ihr Geld angewiesen zu sein. Und dass ich in Wirklichkeit nicht so eine große Enttäuschung bin, wie sie denken.« Ich werde rot. »Äh … tut mir leid, ich wollte Sie nicht langweilen …«

»Das tun Sie nicht«, sagt er. Er greift wieder nach meiner Hand. »Ich genieße unsere Unterhaltung.«

Seine Hand fühlt sich so richtig an, seine Haut ist so warm und glatt und Gott, so perfekt, und unser Gespräch ist ungelogen die lockerste und zugleich anregendste und vergnüglichste Unterhaltung, die ich wohl jemals geführt habe, und plötzlich habe ich das Gefühl, dass die ganze aufgestaute Anspannung von mir abfällt. Zum ersten Mal seit Wochen bin ich klar und ruhig.

Ich blicke in Aidans Gesicht und fühle mich … sicher.

Und das ist der Moment, in dem ich ihn wahrnehme. Ich drehe den Kopf und starre zu ihm hinüber: sehr groß, rotblonde Haare, maßgeschneiderter Anzug, darunter ein Hemd ohne Krawatte …

Ich schnappe nach Luft und reiße ruckartig meine Hand von Aidan weg.

»Was ist?«, fragt er.

Ich bringe keinen Ton heraus.

Denn nur fünf Meter von uns entfernt steht der Mann, in den ich mich zum ersten Mal verliebt habe. Mein Highschool-Freund, der mir den Hof gemacht, mich erobert hat und mich dann hat fallen lassen mit den Worten, ich hätte es verdient und kommen sehen müssen.

Eddie.

21

Ich greife nach meinem Glas und leere es in einem Zug.

Dann gieße ich mir das nächste ein und leere es auch in einem Zug.

»Wo ist die Kellnerin? Haben die hier Wodka?«

»Alles in Ordnung?«, fragt Aidan stirnrunzelnd.

»Ja. Kann ich mir noch ein Getränk bestellen?«

»Natürlich … Und Sie sind sich wirklich sicher, dass alles in Ordnung ist? Sie machen nicht den Eindruck …«

»Es geht mir gut!«, unterbreche ich ihn. »Lassen Sie uns noch was zu trinken bestellen!«

Während der nächsten zwanzig Minuten konzentriere ich mich darauf, wie Aidans Lippen sich bewegen, nicke, wenn er eine Pause macht, und lache, wenn er lächelt. Aber allmählich hört er auf zu lächeln.

»Hören Sie, gibt es etwas, das Sie bedrückt?«, fragt er. »Habe ich etwas Falsches gesagt, oder …«

Ich leere mein drittes Glas Wein. »Quatsch! Locker bleiben, hahaha … Nein, nein, es ist alles in Ordnung.« Ich stehe rasch auf, wobei ich versehentlich gegen den Tisch stoße. Alles wackelt, aber es fällt nichts herunter. »Puh!«, sage ich. »Wenn Sie mich kurz entschuldigen, ich gehe mal … für kleine Mädchen.«

Aidan steht höflicherweise auf – wirklich gute Manieren –, aber ich nehme ihn nicht einmal richtig wahr. Alles, was ich denken kann, ist: Eddie. O mein Gott, Eddie.

Obwohl unsere letzte Begegnung schon eine Ewigkeit her ist und ich ihn nur von der Seite sehe, habe ich Eddie sofort erkannt. Wie kann einem jemand noch so vertraut sein nach einer Trennung, die so lange her ist? Und warum, warum, warum flippe ich bei seinem Anblick direkt aus? Ich bin über ihn hinweg! Ich bin hundertprozentig über ihn hinweg.

Ich bahne mir einen Weg durch die Tische auf der Außenterrasse, bemüht, nirgendwo anzustoßen. Eddies Tisch ist ganz vorn, direkt an der Hauswand. Während ich die Treppe hochgehe, sehe ich zu ihm hinunter. Eddie sitzt mit dem Rücken zu mir, aber er ist es, er ist es definitiv. Er ist in Begleitung einer schlanken Frau mit honigblonden Haaren, ihnen gegenüber sitzt ein elegant aussehendes älteres Paar. Ihre Eltern, nehme ich an. Oben auf dem Treppenabsatz verharre ich kurz. Eddie macht gerade eine Bemerkung, und der ganze Tisch lacht. Ich stolpere blindlings in das Restaurant, wobei ich fast eine Kellnerin umrenne.

»Toilette? Wo … finde ich … bitte?«, frage ich, unfähig, einen halbwegs vollständigen Satz zu bilden.

Die Kellnerin deutet auf eine Tür gegenüber der Küche, und ich stürme halb im Laufschritt darauf zu. In der Kabine klappe ich mit dem Fuß den Klodeckel herunter und setze mich darauf. Mein Atem geht schwer und unregelmäßig.

Eddie.

Eddie und ich waren fast zwei Jahre ein Paar. Es ist nicht nur mein Verstand, der sich an ihn erinnert, es ist mein ganzer Körper. Ich weiß noch genau, wie sich sein Kinn an meinen Lippen anfühlt, wie sich seine Finger anfühlen, wenn sie mit meinen verschlungen sind. Ich weiß, dass Eddie sich insgeheim immer noch vor Graf Zahl aus der Sesamstraße fürchtet und dass er die Dialoge von *Toy Story* auswendig kann – vom Anfang bis zum Ende. Ich weiß, wie seine Stimme klingt, wenn er als Erstes morgens »Keller« knurrt, und ich weiß, dass er das Internat hasste, bis er mich kennenlernte, obwohl er zu den beliebtesten Jungs zählte. Ich weiß das alles.

Ich weiß auch, dass er log, als er mir sagte, dass ich seine Traumfrau sei und dass er mich liebe und dass ich es hätte kommen sehen müssen.

Ich blicke auf meine Hände. Sie zittern.

Scheiße, ich habe meine Handtasche mit meinem Handy am Tisch zurückgelassen. Jetzt kann ich nicht einmal jemandem simsen. Angie würde wissen, was zu tun ist … oder eventuell sogar Julia. Und Coco würde mir ihre moralische Unterstützung anbieten. Madeleine … Ach, weiß der Geier, wie sie reagieren würde.

Ich wasche mir die Hände am Waschbecken und starre in den Spiegel. »Reiß dich zusammen, Pia.« Ich versuche, so streng wie möglich zu klingen. »Hör auf, so ein verdammter Loser zu sein.«

Gute Motivationsansprache.

Ich verlasse die Toilette und durchquere das Restaurant in Richtung Außenterrasse. Und dann, als ich die Treppe erreiche, steht er da. Eddie. Direkt vor mir.

Ich versuche zu sprechen, aber es kommt kein Ton heraus. Meine Stimme ist weg.

Eddie klappt vor Schreck das Kinn herunter. »Pia!«

Ich stütze mich am Geländer ab und versuche, eine coole Gelassenheit an den Tag zu legen, die ich nicht empfinde, das Gesicht verziehe ich zu einem fröhlichen, überraschten Lächeln. Aber mein Herz hat gerade ungefähr vier Takte lang ausgesetzt, meine Hände zittern so sehr, dass ich sie auf dem Rücken verstecken muss, und ich habe das Gefühl zu ersticken. O Gott, bitte nicht, keine Panikattacke, nicht jetzt …

»Was machst du denn hier?«, fragt Eddie. »Du hier, ausgerechnet in Brooklyn?«

»Ich … bin hier zum Essen …«, bringe ich heraus. »Und du?«

»Äh … ich auch, mit Josephina, meiner … und ihren Eltern.«

»T-t-t-toll«, sage ich.

Ich spüre einen winzigen Muskel in meiner Wange zucken, während ich lächle, sodass meine Unterlippe leicht zu beben beginnt. Ich sehe, dass sein Gesichtsausdruck sich plötzlich ändert und sein selbstsicheres Siegerlächeln fällt.

»Gott, Keller …«, sagt er, steigt die letzten paar Stufen zu mir hoch und streckt die Hand nach meinem Arm aus.

Ich weiche instinktiv zurück, bevor es zu einem Körperkontakt kommen kann, und drängle mich an ihm vorbei die Treppe hinunter.

Unten drehe ich mich um und schaue hoch. Eddie starrt mich wie versteinert an, aber ich kann sein Gesicht nicht deuten. Er wirkt … Bestürzt? Verwirrt?

»War nett … dich mal wiederzusehen«, sage ich leise und nicke dabei eifrig im Bemühen, die Worte herauszubekommen.

Bevor er etwas erwidern kann, drehe ich mich wieder um und eile zurück zu Aidan. Ich schnappe mir mein Weinglas, bevor ich mich überhaupt hingesetzt habe, und trinke gierig. Verfluchte Scheiße, was für ein Albtraum.

Aidan beobachtet mich mit einer Mischung aus Belustigung und Sorge.

»Möchten Sie mir erzählen, was los ist?«

»Nein«, sage ich. »Kommen Sie, betrinken wir uns lieber.«

»Nein«, erwidert Aidan. »Genießen wir einfach wieder den Abend.«

Die Unterhaltung plätschert so vor sich hin. Ich trinke, so schnell ich kann, ohne zu wissen, was ich sagen soll. Es ist zu schwierig, wird mir bewusst, während ich Aidan anschaue. Ich kann das nicht. Ich möchte es erst gar nicht versuchen. Ich möchte kein Risiko mehr eingehen.

»Pia, was ist los?«, fragt Aidan. »Ich dachte eigentlich, der Abend liefe ganz gut, aber …«

»Na ja, das dachte ich auch, aber ich täusche mich immer, in allem«, unterbreche ich ihn. »Sie machen den Eindruck, ein netter Kerl zu sein, aber wahrscheinlich sind Sie das gar nicht. Sie sind bestimmt nur aus Langeweile hier, oder weil Sie mich falsch einschätzen, weil Sie nur auf eine schnelle Nummer aus sind und ich so aussehe, als wäre ich dafür zu haben.«

»Das ist lächerlich«, entgegnet Aidan scharf, und sein Gesicht verfinstert sich.

»Ach ja?«, sage ich. »Es ist die Wahrheit. So sind die Menschen nun einmal. So ist das Leben.«

»So ist das Leben? Ich denke …«

»Es ist mir egal, was Sie denken. Wir sind hier fertig«, falle ich ihm ins Wort.

»Gut«, blafft er.

Aidan verlangt die Rechnung, und wir warten schweigend, derweil ich den restlichen Wein austrinke. Als die Rechnung schließlich kommt, hindert er mich am Bezahlen. Ich werfe ihm einfach die Hälfte der Summe in bar hin und stürme aus dem Restaurant.

Als ich auf der Straße stehe, atme ich tief die frische Luft ein.

»Dann war's das also?«, höre ich eine Stimme. Ich drehe mich um, Aidan steht hinter mir. »Ich begegne Ihnen auf der Court Street, und Sie gehen mir tagelang nicht mehr aus dem Kopf.« Er erinnert sich an unsere erste Begegnung? Das hätte ich nicht gedacht … »Dann führt das Schicksal uns auf einem Taxirücksitz wieder zusammen –

gleich zweimal! –, und wir verbringen einen halben wunderbaren Abend miteinander, bis Sie aus heiterem Himmel beschließen, sich die verdammte Mühe zu sparen, um zu sehen, was als Nächstes passiert. Feiner Zug, Pia.«

»Wagen Sie es nicht, mich anzuschreien!«

»Und warum nicht? Sie schreien mich doch auch an!«

»Sie kennen mich nicht! So können Sie nicht mit mir umspringen!«

»Doch, ich kenne Sie«, widerspricht er mit wutverzerrtem Gesicht. »Sie fühlen sich überall fehl am Platz, obwohl Sie schnell mit den Leuten warm werden. Sie verreisen gern, aber Sie fühlen sich nirgendwo zu Hause. Sie genießen es dazuzugehören, möchten aber gleichzeitig unabhängig sein.«

»Hören Sie auf, mich zu analysieren!«, schreie ich.

»Ich kenne Sie, weil Sie so sind wie ich!«, schreit er zurück.

Zufällig kommt in diesem Moment ein Taxi vorbei, also rufe ich »Taxi!«, und es hält mit quietschenden Reifen. Ich steige ein und ziehe die Tür zu, bevor Aidan mich aufhalten kann.

»Wohin?«, fragt der Fahrer.

»Manhattan«, antworte ich, ohne Aidan noch einmal anzusehen, der, das spüre ich, wie angewurzelt dasteht und mich anstarrt.

»Wohin genau?«

»Das sage ich Ihnen unterwegs. Bringen Sie mich einfach bloß schnell weg aus Brooklyn.«

Ich tippe hektisch eine SMS an Angie. *Hilfe, Hilfe, Hilfe, EDDIE*

Sie ruft sofort an.

»Was zum Teufel ist los?«

»Er war im Restaurant, und ich bin ausgeflippt«, sage ich.

»Was ist mit dem Engländer?«

»Ich habe ihn stehen lassen.«

»Komm zu uns«, sagt sie. »Hier wartet ein Wodka auf dich, der so groß ist wie Maine.«

»Adresse?«

»Wir sind im West Village. Fahr zur Grove Street, Ecke Bleecker, und dann meldest du dich wieder.«

»Okay.«

Wir sind noch nicht einmal auf der Brooklyn Bridge. Ich schließe die Augen und befehle dem Taxifahrer stumm, aufs Gas zu drücken. Ich habe Lust auf Champagner, Wodka, Tequila, eine Zigarette, einen Joint, zum ersten Mal seit meinem Schulverweis sogar auf eine verdammte Line … egal, was, Hauptsache, dieses schreckliche Gefühl geht weg.

Ich bin es leid zu arbeiten. Ich bin es leid, mir Sorgen zu machen. Ich bin es leid, Risiken einzugehen. Bei mir klappt sowieso nichts. Ich habe nicht einmal mehr Lust, ich zu sein.

22

Das Nächste, was ich weiß, ist, dass es drei Uhr morgens ist.

»Pia! Wir gehen!«, schreit Angie über die Musik hinweg.

»Ihr seid langweilig!«, rufe ich zurück.

Der Kerl neben mir – Stef? Stan? – wirft den Kopf in den Nacken und lacht schallend, bevor er mich abklatscht. Er ist ein heißer Typ (langhaarig, überprivilegiert, Sohn von reichen Eltern), und ich habe das Gefühl, dass ich später mit ihm im Bett landen werde. Vor einer Stunde habe ich an der Theke mit einem anderen Typen geknutscht. Ich frage mich, wo er geblieben ist. Was soll's. Im Moment will ich einfach nur meinen Spaß haben!

»Musst du nicht in drei Stunden in deinen Truck steigen?«, fragt Angie. Sie hat den ganzen Abend mit Ali herumgeturtelt und sich ansonsten sehr zurückgehalten. »Komm schon, ich bringe dich nach Hause.«

»Fuck the truck!«, sage ich mit dem ganzen schamlosen, unbesonnenen Übermut nach einem halben Gramm Koks und einem Eimer Champagner. »Scheiß drauf!«

»Pia, Spaß beiseite«, sagt sie mit ihrem »Hör mir zu«-Gesicht.

»Angie, *Spaß beiseite*«, äffe ich sie nach. Ich möchte niemandem zuhören. Ich fühle mich großartig!

»Und was ist mit morgen?«

»Scheiß auf morgen!«

Kurz darauf brechen Angie und Ali auf. Ich weiß nicht, wohin sie wollen oder wo genau wir uns befinden. Wir ziehen seit elf durch die Kneipen. Im Moment sind wir in einer Bar mit kleinen Sitznischen hinter Samtvorhängen, die die ganze Nacht geöffnet ist. Es sind nur noch vier von uns übrig: ich, Stan/Stef und Veronique und Charles, ein Pärchen, das seit zwei Stunden ineinander verschlungen ist.

»Wo gehen wir als Nächstes hin, Stef?«, fragt Charles. Ah, gut. Jetzt weiß ich wenigstens, dass er Stef heißt.

»Wir feiern in meiner Wohnung weiter«, antwortet Stef.

Charles wirft einen Blick auf mich und zwinkert dann Stef zu. Hält der mich für blind oder für dämlich?

»Das machen wir! Bereit zum Aufbruch, Ladys?«

»Du kommst mit mir«, sagt Stef und verschränkt seine Finger mit meinen. Er hat lange, kühle Finger, und sie fühlen sich falsch an. Aber ich verdränge diesen Gedanken, indem ich mir ein weiteres Glas Champagner hinter die Binde kippe. »Beeindruckend, wie schnell du Schampus trinken kannst.«

»Ich habe keinen natürlichen Würgereflex«, entgegne ich und richte die Augen auf ihn.

Er lacht. »Baby, du bist der Hammer!«

Das Nächste, was ich mitbekomme, ist, dass wir in Stefs Wohnung landen, einem geräumigen Apartment ganz in Weiß auf dem Columbus Circle, mit einem Flachbildschirmfernseher, der eine ganze Wandbreite einnimmt, und sehr kalten weißen Ledersofas.

»Seit wann wohnst du hier?«, frage ich Stef.

Wir sitzen auf einer Couch, Charles und Veronique auf der anderen.

»Seit zwei Jahren«, antwortet Stef.

»Kannst du dir keinen Innendesigner leisten?«, sage ich. »Wow, die Zeiten sind hart.«

»Ich war beschäftigt.«

»Du arbeitest?«

»Teufel, nein, Baby, ich amüsiere mich nur.«

Stef drückt mich in die Couch und küsst mich, und ich verliere mich in seinem Kuss. Unvermittelt sind wir allein.

»Lass uns noch ein Näschen ziehen, dann machen wir uns nackt«, schlägt Stef vor und küsst die Stelle hinter meinem Ohrläppchen, was mir am ganzen Körper Gänsehaut verursacht.

Im Zimmer ist kein Licht, nur aus der Diele dringt ein schwacher Schein. Ich kann Stefs Gesicht kaum erkennen. Plötzlich weiß ich nicht mehr, wie er aussieht. Er küsst mich wieder, dann rollt er sich auf mich und presst seinen Körper gegen meinen.

»Autsch«, sage ich. »Gürtel.«

»Ich nehme ihn ab«, sagt er.

Eine leise Stimme in meinem Kopf flüstert: *Du solltest nicht hier sein.*

Ich schließe die Augen und ignoriere sie. Küss einfach weiter und denk nicht an Eddie, Aidan, das SchlankMobil und alles andere …

»Du törnst mich so an«, flüstert Stef und schnappt sich meine Hand, um es mir zu beweisen.

Nein.

Ich reiße meine Hand weg, schiebe ihn weg und setze mich auf. »Ich will nicht.«

»Sicher willst du«, sagt Stef.

Er hält meine Arme fest, rutscht flink ein Stück nach unten und fängt an, die Innenseite meines Oberschenkels zu küssen. Mit den Zähnen schiebt er den Saum meiner Shorts hoch. Coco hat mir vorhin geholfen, diese Shorts auszusuchen. Ist das wirklich erst ein paar Stunden her? Es fühlt sich an wie Jahre. Was zum Teufel habe ich in einer leeren Wohnung verloren mit einem fremden Kerl, der an meinen Oberschenkeln knabbert? Gott allein weiß, wo diese Zunge schon überall gewesen ist.

»Nein«, sage ich, schiebe seinen Kopf weg und ziehe die Beine an, um eine Barriere zwischen uns zu bilden. »Ich will nicht … ich will nicht hier sein.«

Stef setzt sich auf und ordnet rasch seine Frisur. Ganz der Coole, keine Frage. »Kein Problem. Wo möchtest du denn hingehen, Baby? Ich fliege am Freitag auf die Bahamas. Warum kommst du nicht mit?«

»Nein«, sage ich und klettere schwankend von der Couch. Wo sind meine Stiefel? »Ich will nach Hause.«

»Schön.«

Er schaltet um von zärtlich auf kalt. Verwöhnte Kinder machen das oft, wenn man ihnen eine Abfuhr erteilt. Sie glauben, dass man dann ein schlechtes Gewissen bekommt und zwangsläufig nach Bestätigung und Aufmerksamkeit sucht, indem man die Beine breit macht. Leider, aus Stefs Sicht, habe ich dieses Spiel zu oft mitgespielt.

»Gut«, sage ich.

Endlich entdecke ich meine Stiefel. Ich ziehe sie an und verschwinde, ohne mich zu verabschieden. Als ich sicher im Aufzug stehe, werfe ich einen Blick auf mein Handy. Es ist kurz nach fünf. Gestern war ich um diese Zeit schon auf den Beinen und habe gearbeitet. Gott, das fühlt sich so verkehrt an. Ich sollte mich schon längst um die Arbeit kümmern und Toto vom Stellplatz holen, die Salate vorbereiten, nach Manhattan aufbrechen …

Ich habe wirklich Riesenbockmist gebaut.

Die Straßen in Manhattan sind grau, es ist windig und kalt, und bis ich ein Taxi finde und zu Hause ankomme, ist die Sonne aufgegangen. O Gott, ich muss heute arbeiten. Wie konnte ich das gestern Abend völlig vergessen?

Fröstelnd schleiche ich auf Zehenspitzen ins Haus.

Verdammt. Stimmen in der Küche. Madeleine und Julia, nehme ich an. Ich versuche, die Treppe unbemerkt hochzuschleichen, aber dann …

»Pia? Wow, scheint wohl ein gutes Date gewesen zu sein!«

Ich drehe mich um. Madeleine und Julia, beide in Joggingkluft, startbereit, auf ihre perfekte und kompetente Art, bevor sie zur Arbeit gehen, die sie perfekt und kompetent erledigen, und später nach Hause kommen in ihr perfektes und kompetentes Leben.

»Falsch«, sage ich. »Es war nicht gut. Ich habe es nämlich vermasselt, und jetzt wird er nie wieder mit mir reden. Ich war dann noch was trinken, und es ging ziemlich rund. Ich habe gekokst und bin mit irgendeinem Typen in seine Wohnung. Und jetzt verpasse ich einen ganzen Tag mit dem SchlankMobil, und Cosmo wird mir am Schluss wahrscheinlich einen Zeh nach dem anderen abschneiden. Ihr kennt ja den Spruch: Wenn man schon sein Leben ruiniert, dann richtig!« Beide starren mich erschrocken an. »Ich bin ein beschissener Loser, okay?«

Bevor sie eine Antwort geben können, drehe ich mich um und stapfe nach oben in mein Zimmer. Irgendwie bringe ich noch die Energie auf, zu duschen und das klebrige Gefühl der Nacht abzuwaschen, und dann – endlich – gehe ich ins Bett.

Der Kokskick ist schon lange verflogen und hat eine bleierne Müdigkeit hinterlassen, trotzdem rast mein Verstand, ohne länger bei einem Gedanken verweilen zu können, einer Abwärtsspirale folgend. Aidan, Eddie, Toto, Mike, Jonah, Bianca, Julia, Angie, Madeleine, Coco, Cosmo, Nicky, meine Eltern … Ich finde keinen Gedanken, der mich tröstet. Mein Leben ist zu kompliziert, zu schwierig.

Gegen sieben Uhr falle ich endlich in einen traumlosen Schlaf.

23

Es ist früher Abend, und ich liege immer noch im Bett. Ich bin seit einer Stunde wach. Vielleicht auch seit zwei. Oder drei. Ich kann es nicht sagen. Alles, was ich weiß, ist, dass es draußen hell war, als ich aufwachte, und jetzt ist es nicht mehr hell. Ich kann mich nicht überwinden, mich zu bewegen.

Es klopft an meiner Tür.

»Pia?« Es ist Julia. »Notfallversammlung. Küche. Sofort.«

Ich öffne den Mund, um zu antworten, aber es kommt kein Ton heraus.

»Pia? Bist du wach?«

»Ich komme!«, bringe ich schließlich heraus. »Zieh mich nur schnell an.«

Das ist die Bestätigung. Ich habe Scheiße gebaut.

Wieder einmal.

In den letzten paar Wochen war mir ein schlechtes Gewissen nicht gerade fremd. Es war weitestgehend selbst verschuldet und auch weitestgehend vermeidbar. Aber das war nichts verglichen mit heute. Dies hier ist eine Mischung aus Selbstmitleid, Reue, Selbstkasteiung und gutem alten Katzenjammer, gewürzt mit einer Prise Brummschädel.

Ohne zu überlegen, schnappe ich mir von meinem Nachttisch *Das Beste von allem* und schlage es auf.

»Jedes Mal, wenn man unglücklich ist«, sagte Sidney, »kommt es einem so vor, dass man schon immer unglücklich gewesen ist, und es fallen einem all die schlechten Din-

ge und Enttäuschungen ein. Kommt man aber in eine gute Phase, dann scheint es, als wäre das Leben insgesamt gar nicht so schlecht.«

Verdammt. Dieses Buch liest ständig meine blöden Gedanken.

Ich stehe auf und schlüpfe in eine Jeans und ein ausgefranstes Prada-Hemd, das Angie ihrem Exfreund geklaut hat.

Ich habe Eddie gesehen und Aidan angeschrien und Koks geschnupft und bin mit irgendeinem wildfremden Kerl nach Hause gegangen und habe ihn an meinen Schenkeln lecken lassen und habe einen ganzen Arbeitstag verpasst, und ich werde Cosmo nie alles zurückzahlen können. Ich stehe am Rand eines Abgrunds und starre hinunter. Ich drohe zu fallen, und ich werde nie wieder da rauskommen, nie wieder.

Wahrscheinlich wird Jules mich rausschmeißen. Vielleicht ist das der Grund für die WG-Versammlung. Ich könnte es ihr nicht verübeln.

Seufzend mache ich mich auf den Weg nach unten. Die anderen sitzen alle nüchtern am Küchentisch und starren mich an.

»Pia …«, beginnt Julia.

»Ist das eine Intervention? Ich schwöre, ich brauche keine«, sage ich.

Niemand lacht.

»Wir wollten nur … wir wollten mit dir reden«, sagt Julia sanft.

»Tut mir leid, dass ich heute Morgen so unhöflich war. Ich war nicht … ich selbst.«

»Wir machen uns Sorgen um dich. Wir haben den Eindruck, du wärst …« Jules beißt sich auf die Lippe.

»… kurz vor einem Zusammenbruch«, ergänzt Madeleine.

Ich schließe die Augen und seufze. »Das ist kein Zusammenbruch. Es ist nur … Ich habe Scheiße gebaut. Wieder einmal.«

Coco gibt mir einen Schokokeks frisch aus dem Backofen. Süßes steht für Liebe, denke ich und lächle sie an. Sie lächelt zurück.

»Danke … Ich dachte, ich wäre eine neue, bessere Pia, aber das bin ich nicht. Alles, was ich anfasse, verwandelt sich in einen Haufen Scheiße.« Ich seufze. »Ich werde einfach meine Eltern anrufen. Ich schaffe es nicht allein. Ich kriege die Kohle nicht rechtzeitig zusammen.«

»Warum hast du deine Meinung geändert? Du warst doch die ganze Woche so zuversichtlich!«, sagt Coco.

»Ich weiß nicht.« Ich starre ins Leere und überlege. »Ich schätze, die Begegnung mit Eddie hat in mir die Erinnerung geweckt, wie ich mich damals gefühlt habe nach seiner Abfuhr …«

»Wer zum Teufel ist Eddie?«, fragt Julia.

»Ein Kerl, mit dem ich vor langer Zeit mal zusammen war. Ein Fehler. Genau wie das Date mit Aidan ein Fehler war und der Kredit ein Fehler war und das SchlankMobil ein gottverdammter Riesenfehler war«, sage ich. »Wollt ihr was Lustiges hören? Eddie hat mir an einem 26. August den Laufpass gegeben, was der Grund ist, warum ich mir an diesem Tag immer die Kante gebe. In diesem Jahr war das auf der Einweihungsparty, was dazu geführt hat, dass ich mit einer Flasche Captain Morgan am Hals auf dem Tisch getanzt habe, was mich meinen Job gekostet hat, was mir den Job im Bartolo's verschafft hat, was mich auf den Flohmarkt geführt hat, was mich schließlich veranlasst hat, Toto zu kaufen und mir dafür von einem Kredithai Geld zu leihen. Das ist wie eine Kettenreaktion aus der Hölle. Der Eddie-Trauertag am 26. August ist der Grund, warum ich in diesem ganzen Chaos stecke.«

»Ich denke, da irrst du dich«, sagt Angie leise.

»Was?«

»Du irrst dich. Ich glaube, du trauerst am 26. August nicht, sondern du feierst diesen Tag. Das ist dir nur nicht bewusst, weil es dir ganz gut in den Kram passt, auf irgendeine selbstquälerische Art so zu tun, als wäre Eddie der perfekte Mann gewesen, der in deine Seele schauen konnte oder was zum Teufel auch immer er deiner Meinung nach getan hat, und erkannte, dass du keine Liebe verdienst. Aber das ist nicht wahr.« Sie zögert kurz. »Eddie war ein spießiger Kontrollfreak, Pia.«

»Was? Nein, war er nicht!«

»Er hat dir Lernstunden verordnet und den Plan jeden Abend aktualisiert.«

»Er hat mir geholfen, meine Noten zu verbessern!«

»Er hat dich im Skiurlaub die ganze Zeit von mir ferngehalten.«

»Er trinkt eben nicht gern.«

»Pia, er hat dir vorgeschrieben, was du anziehen sollst, er hat sichergestellt, dass du jede Entscheidung zuerst mit ihm besprichst, er hat versucht, dich rund um die Uhr zu kontrollieren! Wenn du mich fragst, war der einzige Grund, warum Eddie sich von dir getrennt hat, der, dass er wusste, es würde zu schwierig sein, dich weiter zu überwachen, wenn er nach Berkeley geht und du auf die Brown. Der Kerl war eine verdammte Nervensäge. Und er kannte dich kein kleines bisschen. Weil jeder, der dich wirklich kennt, nicht anders kann, als dich gernzuhaben, so wie du bist.«

Schweigen.

Und plötzlich weiß ich nicht, was ich sagen soll. Weil Angie recht hat. Es stimmt alles.

Und trotzdem …

»Ich war total von der Spur.« Ich klinge so unsicher,

wie ich mich fühle. »Ich war total von der Spur, und Eddie hat mich zurückgebracht. Ich war der absolute Loser, ich war …«

»Du warst ein ganz normaler Teenager, Pia. Ein Teenager, der das Beste getan hat, um die Realität zu überleben, mehr nicht.« Angies Stimme bebt vor Intensität. Ich habe sie noch nie so erlebt. »Weißt du, was ich glaube, warum du dich so verhältst? Wegen deiner heimlichen Überzeugung, dass du kein Glück verdient hast. Du musst dir das mit dem Koks und dem Betrug und dem ganzen Mist verzeihen, Pia. Du hast es so tief verdrängt, dass ich wette, dass du dir nicht einmal erlaubst, daran zu denken, und trotzdem haben diese Schuldgefühle Einfluss auf alles, was du tust. Dabei interessiert es niemanden, was du angestellt hast, als du vierzehn warst.«

»Meine Eltern schon«, sage ich mit sehr leiser Stimme.

Angie seufzt. »Die interessieren sich mehr dafür, was du aus deinem restlichen Leben machst.«

Julia stößt ein Räuspern aus. »Äh … Verzeihung? Was für ein Koks?«

»Was für ein Betrug?«, fragt Madeleine.

»Und was genau war mit diesem Eddie?«, fragt Coco.

Zwei Stunden später habe ich mich ausgequatscht. Und zum ersten Mal seit Jahren fühle ich mich leicht.

»Das wird nie wieder vorkommen«, sage ich. »Keine Drogen mehr. Nie wieder. Versprochen.« Plötzlich wird mir richtig bewusst, was ich getan habe. »Ich kann nicht fassen, dass ich einen ganzen Tag mit dem SchlankMobil verloren habe. Ich habe nur noch gut zwei Wochen Zeit, um dreizehntausend Dollar zurückzahlen zu können.« Ich stoße ein hysterisches Lachen aus. »Sehen wir den Tatsachen ins Auge. Das wird nicht klappen. Das schaffe ich nie.«

»Natürlich schaffst du das!«, sagt Coco.

Ich schüttle den Kopf. »Ich werde meine Eltern anrufen. Sie überreden, dass sie mir aus der Patsche helfen. Den Kredit zurückzahlen. Als Sekretärin arbeiten oder was zum Teufel sie sich auch immer für mich ausdenken. Die Idee mit dem Food Truck war einfach saudämlich.«

»Das reicht! Ich habe deine Einstellung verdammt satt!«, schreit Angie und springt so rasch auf, dass ihr Stuhl umkippt.

»Was?«

»Pia, ich kenne dich seit einundzwanzig verdammten Jahren, und ich habe dich noch nie so glücklich erlebt wie in den letzten paar Wochen. Darum entschuldige, wenn ich hier nicht länger sitze und mir deine erbärmlichen Ausreden anhören möchte darüber, dass du dich mit deinem Scheitern abgefunden hast, weil du es erst gar nicht versuchen willst. Du bist die Herrin deines eigenen Untergangs, Pia. Das warst du schon immer, und daran hat sich nichts geändert.«

Ich will etwas sagen, aber ich kann nicht sprechen. Ich starre sie einfach nur an, hilflos.

Angie marschiert zur Tür, dreht sich noch einmal um und sieht mich an. »Gib mir Bescheid, wenn du beschlossen hast, dich nicht mehr selbst zu bemitleiden. Ich helfe dir gern. Bis dahin bin ich erst mal weg.«

Sie verschwindet, und wenige Sekunden später höre ich die Haustür zuschlagen. Julia, Madeleine und Coco sehen so erschüttert aus, wie ich mich fühle.

»Sie hat recht«, sage ich schließlich. »Sie hat völlig recht.«

Julia sieht mich an. »Du solltest …«

Ich nicke. »Ja, ich weiß.«

Als ich die Haustür öffne, steht Angie unten an der Treppe und zündet sich eine Zigarette an.

»Angie!«, rufe ich und flitze die Stufen hinunter. »Angie, du hast recht. Ich weiß, dass du recht hast. Ich werde es versuchen. Das verspreche ich.«

Angie nimmt einen Zug von ihrer Zigarette, ohne mich anzusehen. »Tut mir leid, dass ich gerade die Nerven verloren habe. Das sieht mir überhaupt nicht ähnlich.«

»Nein, das war genau das Richtige.«

Angie grinst ironisch. »Genau darum sieht es mir ja überhaupt nicht ähnlich.«

»Danke«, sage ich.

»Müssen wir uns jetzt umarmen oder so was Unangenehmes?«

»Ja«, sage ich. »Müssen wir.«

Angie verdreht die Augen, aber wir nehmen uns in den Arm und drücken uns fest. Angie ist viel zarter als ich. Dabei denke ich immer, sie ist größer und breiter aufgrund ihrer Persönlichkeit, aber tatsächlich ist sie so dünn, dass ich ihre Rippen und Schulterblätter spüren kann. Sofort ist mein Beschützerinstinkt geweckt.

»Können wir jetzt mal über dich reden? Kannst du mir sagen, was mit *dir* los ist?«

»Scheiße, nein«, erwidert sie. »Im Moment ist sowieso alles gut. Ich bin in einer halben Stunde mit Ali verabredet. Bis später.« Sie winkt mir zu und schlendert davon.

Ich gehe wieder die Treppe hoch, als ich eine Stimme hinter mir höre.

»Pia!«

Ich drehe mich rasch um. Es ist … Bianca?

Was will die denn hier?

»Du bist okay«, sagt sie erleichtert. »Als heute keine Twitter-Meldungen von dir kamen, dachte ich schon …«

Plötzlich sehe ich, dass sie völlig von der Rolle ist: bleich, verstört, die Augen mit Wimperntusche verschmiert. Sie sieht die Straße rauf und runter und läuft rasch die Treppe zu mir hoch. Dann schiebt sie mich ins Haus, wo sie die Tür hinter uns schließt.

»Cosmo«, sagt sie. »Soviel ich weiß, hat er dir auch Geld geliehen. Es tut mir schrecklich leid, dass ich dich auf ihn gebracht habe, Pia, wirklich …«

»Was?«

»Ich verschwinde«, sagt sie mit zitternder Stimme. »Ich habe mir von ihm über achtzigtausend geliehen als Startkapital für meinen Truck. Ursprünglich wollte ich nur selbst gemachte Kuchen anbieten, ich schwöre, aber dann hörte ich von deiner Idee mit der kohlenhydratarmen und proteinreichen Ernährung. Ich wusste, dass das funktioniert, also habe ich dich kopiert. Egal, jedenfalls bin ich bereits eine Rate im Rückstand, und ich kann nicht … ich kann Cosmo nicht mehr unter die Augen treten. Meine Umsätze sind nicht so hoch, wie ich erwartet habe, und Cosmo hat bereits die Zinsen erhöht, und dann hat er … Ich werde nie …« Sie schluckt nervös, unfähig, die Worte herauszubringen.

»Hat er dir was getan?«, sage ich schließlich. »Nicky? War es Nicky?«

»Nicky? Nicky ist der nette Junge«, entgegnet sie und nimmt mit zitternden Händen eine Schachtel Zigaretten aus ihrer Umhängetasche.

Bianca ist nicht durcheinander, sie hat Angst, eine Riesenangst.

»Wo willst du hin?«, frage ich.

Sie schüttelt den Kopf. »Ich wollte dir nur sagen, dass du vorsichtig sein sollst. Jonah hat mir erzählt, dass du dir auch Geld von Cosmo geliehen hast. Verpass bloß keine Rate, nimm dich vor Cosmo in Acht, und lass ihn vor allem nicht in euer Haus. Okay?«

»Okay«, sage ich.

»Versprich es mir!«, sagt sie. »Cosmo ist nicht das, was

er zu sein scheint. Gib einfach Nicky immer pünktlich das Geld und bring es schnell hinter dich, damit du ihn loswirst.«

»Ich verspreche es«, sage ich. »Sorry, aber warum erzählst du mir das eigentlich alles? Das letzte Mal, als wir uns gesehen haben, warst du nicht gerade mein größter Fan.« Ich zögere kurz. »Und ich bin mir ziemlich sicher, dass du in jener Nacht meinen Truck demoliert hast.«

Bianca seufzt. »Ich habe nicht so viele … Freundinnen. Das ist halt so. Und ja, das mit dem Truck war ich. Es tut mir auch nicht leid, das war die Rache für die Eunuchen. Aber dass ich verantwortlich dafür bin … so einen … so etwas in dein Leben zu bringen …« Sie fröstelt. »Ich musste dich einfach warnen.«

Und damit öffnet sie die Haustür, nimmt zwei Stufen auf einmal die Treppe hinunter und springt in ein wartendes Taxi.

Jetzt weiß ich, was ich zu tun habe.

Ich muss härter schuften, als je ein Mensch zuvor es getan hat.

24

Das ist es.

Mein letzter Arbeitstag im Schatten meiner Schulden.

Die beiden letzten Zahltage liefen reibungslos: Ich öffnete mit den Mädels zusammen die Tür, übergab Nicky den Umschlag, sah zu, wie er das Geld zählte und anschließend wieder ging. Ohne ein Wort zu sagen.

Ich habe jeden Tag zwölf Stunden gearbeitet, sieben Tage in der Woche, mit Jonah (meinem neuen Angestellten) an meiner Seite.

Und die Mädels haben mich auch unterstützt. Julia hilft mir abends, Toto sauberzumachen, Madeleine hilft mir bei den Vorbereitungen, Coco erfindet ständig neue unglaubliche, fettarme Backrezepte, und Angie benutzt heimlich die Kontakte ihrer Chefin, um jeder Feinschmeckerzeitschrift und -Homepage in New York Spezialangebote zu machen, was zu einer Sintflut an Reaktionen des Who's Who in Manhattans Schlemmerszene führte, einem Bericht in der *New York Times* vergangenen Sonntag und im *Page Six Magazine* der *New York Post* am Mittwoch. Da klingelt die Kasse!

Und heute ist der letzte Freitag vor der großen Abschlusszahlung an Cosmo, und ich habe die zehntausend Dollar zusammen.

Die ganze Summe.

Bis auf den letzten Penny.

Da ich Schiss habe, jemand könnte in unser Haus einbrechen, und ich müsste dann aus dem Nichts zehntausend Dollar auftreiben, lege ich das Geld nachts immer unter mein Kopfkissen und trage es tagsüber ständig mit mir herum. Im Moment liegt es sicher verstaut unter Totos Beifahrersitz. Man sieht überhaupt nicht, dass es da ist.

Ansonsten läuft es auch super – na ja, größtenteils. Coco hat ihr Pille-danach-Eric-Trauma überwunden. Julia hatte ein Date mit Mason, dem Mann, den sie in der Karaoke-Bar kennengelernt hat, und ist so glücklich wie nie, seit wir nicht mehr auf dem College sind. Angie ist immer noch mit Ali zusammen, verbringt aber auch erstaunlich viele Abende zu Hause mit uns. Selbst Madeleine macht einen zufriedenen Eindruck. Ihr wisst schon, für Madeleine.

Im Moment bin ich mit Toto unterwegs nach Manhattan. Ich fahre über die Brooklyn Bridge, die Sonne spiegelt sich in den Wolkenkratzern und bringt Manhattan zum Funkeln. Es ist inzwischen mein Manhattan, mein Brooklyn, mein New York. Zum ersten Mal überhaupt habe ich das Gefühl dazuzugehören … als könnte ich in Zukunft, falls ich Glück habe, das Leben führen, das ich mir wünsche.

Plötzlich fällt mir ein Satz aus *Das Beste von allem* ein, jenem Buch, das ich mir vor einer Ewigkeit aus unserer Bibliothek (dem Bücherschrank im Wohnzimmer) geliehen habe.

Es war wie ein Traum, in dem man alles haben konnte, was man wollte, solange man sehr, sehr vorsichtig war.

Genau so fühle ich mich.

Zum ersten Mal seit Wochen – eigentlich zum ersten Mal überhaupt – fühle ich mich unbesiegbar. Als könnte mich nichts aufhalten.

Ich habe vor zwei Wochen mit meinen Eltern telefoniert und ihnen versichert, dass ich fleißig »in der Gastronomie« arbeiten und viel Geld verdienen würde. Natürlich haben sie mir nicht geglaubt. Am kommenden Dienstag landen sie in New York. Noch viermal schlafen, dann kann ich ihnen zeigen, wie hart ich geschuftet habe und dass ich endlich etwas aus meinem Leben mache.

Ich stehe heute wieder vor Linas Firma, nachdem sie mir gestern Abend eine SMS geschickt hat. Offenbar haben ihre Kollegen sie angefleht, mich zu bitten, dass ich wiederkomme. Ich bereite die Pfannkuchen vor – ich backe immer ein paar im Voraus, damit sie schnell, aber heiß aus der Pfanne kommen.

»Pfannkuchen! Frühstückspfannkuchen! Fettarme, glutenfreie Pfannkuchen!«

Die Frühstücksschlange reicht bald den ganzen Block entlang, und an der Spitze steht Lina, die ihren kleinen Sohn Gabe an der Hand hält.

»Gabe!«, sage ich und beuge mich aus dem Fenster, damit er mich sehen kann. »Du gehst in deinem Alter schon arbeiten? Das ist gut, kleiner Mann. Man kann nie früh genug damit anfangen, sich seinen Lebensunterhalt zu verdienen.«

Gabe kichert. »Ich geh nicht arbeiten. Ich bin erst vier!«

»Unser Kindermädchen ist krank, deshalb kümmere ich mich um Gabe bis zum Mittag«, erklärt Lina. »Wir haben Sie hier wirklich vermisst, Pia. Ihr Food Truck ist mit Abstand der beliebteste.«

»Pfannkuchen!«, quiekt Gabe begeistert.

»Ehrlich? Dann muss es in Ihrer Firma außerordentlich viele Leute mit einem guten Geschmack und einer schlanken Taille geben«, erwidere ich.

Ich packe beiden jeweils einen Pfannkuchen gratis drauf sowie eine Extraportion Agavensirup und einen fettfreien griechischen Joghurt.

»Danke, große Pia!«, ruft Gabe.

Lina und ich müssen lachen. »So nennen wir Sie bei uns zu Hause, damit es keine Verwechslung mit der kleinen Pia gibt«, erklärt Lina.

»Mich hat noch nie jemand als groß bezeichnet«, sage ich. »Das gefällt mir.«

Ich bin an diesem Morgen so sehr beschäftigt, dass ich kaum etwas von meiner Umgebung wahrnehme, obwohl ich schwören könnte – ich meine so richtig, bei meinem Leben –, dass ich irgendwann Aidan habe vorbeigehen sehen. Mein Herz schlug sofort bis zum Hals, aber einen Moment später war er schon wieder verschwunden. Das ist schon das fünfzigste Mal, dass mir das passiert ist, seit ich bei unserem Date ausgeflippt bin.

Ich schüttle den Kopf, um die Gedanken an Aidan zu vertreiben, bevor ich die nächste Kundin bediene, eine junge Frau ungefähr in meinem Alter, die in ihr Handy schreit.

»Scheiße, nein, ich ruf ihn nicht zurück! Das war das schlimmste Date aller Zeiten! Mein Leben ist im Moment schon schwierig genug, okay? Gut, Schatz, bis später, ciao.«

Sie legt auf und sieht zu mir hoch.

»Der Kerl, mit dem ich gestern Abend verabredet war, hat um zehn seine Mutter angerufen, um ihr Gute Nacht zu sagen. Er ist neunundzwanzig. Ich habe ihn gefragt, ob ich ihm die Windel wechseln soll. Er sagte, nein, er könne sich mittlerweile allein den Po abwischen. Und darauf war er auch noch stolz.«

Ich muss so sehr lachen, dass ich kaum imstande bin, ihre Bestellung auszuführen. Gott, ich liebe die Menschen. Und ja, ich weiß, dass das total abgedroschen klingt. Aber die meisten Leute sind einfach so lustig und nett. Ich würde in einem Job, in dem ich den ganzen Tag keinen persönlichen Kontakt zu anderen Menschen habe, zugrunde gehen. In einer Bürozelle arbeiten? Mit der Außenwelt nur über E-Mail kommunizieren? Vergesst es. Ich bin für diesen Job hier geboren!

»Lass mich rein!«, ruft eine Stimme. Es ist Jonah. Er steigt in den Truck und nimmt sofort seine unkomplizierte »Ich bin hier, um zu helfen«-Haltung an, für die ihn die Kunden einfach lieben.

»Kriegt man ihn zum Dessert dazu?«, fragt die Frau mit dem fürchterlichen Date.

»Klar doch«, erwidert Jonah und schenkt ihr sein bestes Lächeln. »Aber ich bin zuckersüß.«

»Oh, ich denke, das ist okay.« Sie miaut förmlich. Widerstrebend nimmt sie ihr Frühstück und geht.

»Superspruch, Jonah«, sage ich. »Okay, mehr arbeiten, weniger flirten.«

»Ja, Boss«, erwidert er. »Hallo, Sir! Wie kann ich Ihnen helfen?« Er wendet sich dem nächsten Kunden in der Schlange zu.

»Ich habe eigentlich gehofft, von ihr bedient zu werden«, sagt der Mann, einer meiner Stammkunden – ein pummeliger Buchhalter in einem billigen Anzug, leicht verschwitzt.

»Sie hat gerade zu tun, aber sie lässt Ihnen beste Grüße ausrichten«, erwidert Jonah schlagfertig.

Der Buchhalter ignoriert ihn. »Ich wollte Ihnen nur sagen, dass ich zehn Pfund abgenommen habe, seit ich vor drei Wochen angefangen habe, bei Ihnen zu kaufen!«, verkündet er triumphierend. Ich beuge mich hinaus und klatsche ihn ab.

»Hey, das ist unglaublich! Super! Danke für die Rückmeldung!«

»Nein, ich habe zu danken. Ich habe schon jede Diät ausprobiert, die es gibt!«

Lächelnd wende ich mich an die Kundin hinter ihm. Es ist die Grub Street Bloggerin Becca.

»Hi!«, sagt sie. »Können Sie mir ein kurzes Statement geben, wie Sie sich fühlen, nachdem Sie für den Vendy Award nominiert sind?«

»Wow! Ich bin was? Ich meine … Ich bin nominiert?«

Becca fängt an zu lachen. »Das ist eine ziemlich große Sache, wissen Sie. Das ist praktisch der Oscar in der Welt der mobilen Gastronomie. Okay, ich starte jetzt die Aufnahme … Sprechen Sie lauter, wegen des Verkehrslärms.«

»Oje, spontanes Denken ist nicht gerade meine Stärke«, sage ich. Aber bevor ich überhaupt Zeit habe, in Panik zu verfallen und einen übersäuerten Magen zu bekommen vor lauter Lampenfieber, leuchtet das kleine rote Lämpchen auf. Also beginne ich zu reden. »Ich bin Pia vom SchlankMobil, und ich fühle mich geehrt, dass ich für den Vendy Award nominiert bin. Das beweist, dass die New Yorker sich einen Food Truck wünschen, der genauso viel Wert auf ihren Poumfang wie auf ihre Geschmacksnerven legt! Vorwärts, SchlankMobil!«

Ich muss viel lauter gesprochen haben, als ich dachte, denn die ganze Schlange fängt plötzlich an zu jubeln und zu pfeifen. Ich werde rot. Ups. Wow.

Ich war in meinem ganzen Leben noch nie für etwas nominiert. Selbst wenn ich nicht gewinne, ist das ein Zeichen. Alles wird gut.

Gegen halb elf geht uns der Pfannkuchenteig aus, wie immer. Wir schließen die Luke und hängen draußen das »Geschlossen während der Vorbereitungen für Ihren SchlankMobil-Lunch!«-Schild auf, das Jonah gemalt hat (für meinen Geschmack ein bisschen zu keck – ich hätte das Ausrufezeichen weggelassen). Wir machen nach dem Frühstück sauber und bereiten den Lunch vor. Gott, das geht alles so viel einfacher, wenn man zu zweit ist.

»Fertig. Hey, weißt du was? Den BROOKLYN REGIO-

NAL FOOD TRUCK gibt es nicht mehr. Die sind pleitegegangen.«

»Das glaub ich nicht«, sage ich. »Armer Phil, arme Lara! Geht es ihnen gut?«

»Ja, alles bestens. Die beiden nehmen es ziemlich locker. Wie gewonnen, so zerronnen, weißt du?«

»Ja«, sage ich. »Verstehe.« Aber alles, was ich denken kann, ist: Was für ein Jammer. Essen aus der Region anzubieten war so eine tolle Idee. Trotzdem war sie nicht erfolgreich. Eine gute Idee allein reicht eben nicht aus. Man muss auch so hart wie möglich arbeiten. »Hey, Jonah … Würdest du es in Erwägung ziehen, Vollzeit für mich zu arbeiten, sobald ich, du weißt schon, dir mehr zahlen kann?«, frage ich. Zurzeit arbeitet er für einen kriminell niedrigen Stundenlohn.

»Kann ich dann immer freihaben, wenn ich für eine Rolle vorsprechen muss?«

»Klar! Seit wann gehst du denn zum Vorsprechen?«

»Seit letzter Woche. Seit ich einen Agenten habe«, antwortet er bescheiden. »Keinen Bock mehr auf blöde Internet-Werbefilmchen.«

»Mensch, das ist ja super, ich gratuliere!«, sage ich.

»Pia, das habe ich nur dir zu verdanken. Weißt du noch, an dem Sonntag im Carroll Park, als du mir gesagt hast, dass niemand meine Träume wahrmachen kann, nur ich selbst?«, erwidert er. »Das hat mich richtig wachgerüttelt. Ich habe die ganzen Jahre bloß herumgesessen und darauf gewartet, dass mir etwas in den Schoß fällt … Schluss mit diesem Mist!«

»Verdammt richtig! Ich freue mich total für dich. Gut gemacht! Falls du zu einem Casting eingeladen wirst, kannst du jederzeit gehen.«

»Cool«, sagt er. »Äh … kann ich gleich heute Nachmittag früher weg? Die casten nämlich heute Leute für eine Rolle in dieser Anwaltsserie … Ich meine, es ist zwar ziemlich aussichtslos …«

»Sicher! Welche Serie denn? Die mit der Anwältin, die mit diesem Typen gemeinsame Sache macht? Ich bin besessen von ihren Augenbrauen …«

Plaudernd bereiten wir alles vor und öffnen um Viertel vor zwölf. Um halb drei verschwindet Jonah zu seinem Vorsprechtermin, und ich bediene allein weiter. Gegen halb vier schrumpft die Schlange langsam.

Und das ist der Moment, in dem es passiert.

Ein superlauter KNALL.

Toto vibriert unter meinen Füßen, ich höre das Knirschen von Metall und das Splittern von Glas. Ich gebe gerade einen Salat an einen meiner Stammkunden heraus, und wir stocken beide und blicken uns an.

»Haben Sie das auch gehört?«, frage ich.

Seine Augen sind weit aufgerissen vor Schreck. »Das hat sich angehört, als hätte Godzilla Ihren Truck gestreift.«

Ich öffne die Heckklappe: Dort steht ein dürrer, kahlköpfiger Kerl, den ich noch nie gesehen habe. Er trägt ein Kapuzen-Sweatshirt und Basketball-Shorts und hat einen wahnsinnigen, hochkonzentrierten Ausdruck in den Augen … Und er attackiert meinen Truck mit einem Baseballschläger. Er hat bereits eine Bremsleuchte zertrümmert, als ich aus dem Truck steige, schlägt er gerade die andere kaputt.

»Hast du einen Knall?«, brülle ich. »Geh sofort weg von meinem Truck, verdammt!«

»An deiner Stelle würde ich nicht so reden«, entgegnet er mit einer Singsangstimme, während er den Schläger über seinem Kopf kreisen lässt wie ein Profispieler. Ich nehme plötzlich wahr, dass er schwitzt, eine seiner Augenbrauen zuckt unkontrolliert. Scheiße, der Typ ist völlig durchgeknallt.

»Hör auf, mit dem Baseballschläger auf meinen Truck einzudreschen«, sage ich, bemüht, ruhig zu klingen.

Er ignoriert mich und schwingt weiter den Schläger. »Das ist nur ein Vorgeschmack.«

»Ein Vorgeschmack auf was?«

Er lässt wieder den Schläger kreisen und drischt mit voller Wucht eine Beule in die Hecktür. Und plötzlich ist es mir egal, dass er wahrscheinlich wahnsinnig ist. Ich fühle mich selbst ein bisschen wahnsinnig.

»Das reicht! Ich rufe die Polizei! Du kranker Irrer! Du hast wohl deinen verdammten Verstand verloren! Du kannst nicht einfach so fremdes Eigentum beschädigen!«

Er greift jetzt in seine Hosentasche, zieht ein Handy heraus und gibt es mir. »Das ist für dich, Pia.«

Er kennt meinen Namen?

»Hallo?«

»Hallo, Pia, Darling«, sagt eine vertraute Stimme mit Brooklyner Akzent. »Hier ist Cosmo.«

Ein eiskalter Schauer läuft mir über den Rücken. »Cosmo.«

»Ich wollte, dass du Nolan kennenlernst. Wenn Nicky etwas nicht machen kann, Nolan macht es.«

»Oh …«, sage ich und mustere Nolan. Er schnieft und kaut und wackelt mit dem Kopf zu nicht existierender Musik. Er ist nicht verrückt, wird mir plötzlich bewusst. Er ist auf Meth oder Crack oder so. Nolan ist ein Junkie. Und ein weiterer Handlanger von Cosmo.

»Wie geht es dir?«

»Warum haben Sie das getan? Ich habe Ihr Geld, ich wollte nicht …« Ich kann meine Gedanken nicht richtig ordnen, der zugedröhnte Junkie steht nur ein paar Meter von mir entfernt. »Warum lassen Sie meinen Truck demolieren?«

»Ich dachte, es wäre vielleicht eine hübsche Idee, dich

daran zu erinnern, dass ich ein seriöser Geschäftsmann bin. Für den Fall, dass diese kleine Schlampe mit der Rasenmäherfrisur dir etwas anderes erzählt hat. Verstanden?«

Bianca. Er weiß, dass Bianca bei mir war, um mich vor ihm zu warnen. Und jetzt ist er angepisst. »Verstanden«, sage ich leise.

»Ich werde am Sonntagabend um neunzehn Uhr persönlich bei dir vorbeikommen.«

»Ich werde da sein«, sage ich innerlich zitternd.

»Mir hat übrigens dein kleines Outfit mit den Shorts gut gefallen, das du getragen hast, als du dich vor ein paar Wochen abends mit diesem Kerl getroffen hast. Warum ziehst du es nicht am Sonntag an?«

Mir stockt der Atem. Mein Date mit Aidan. Cosmo hat mich beobachtet. Plötzlich habe ich das Gefühl, mich übergeben zu müssen.

»Ich muss aufhören, Pia. Nimm dich in Acht vor Nolan. Er steht permanent unter Strom.«

Cosmo legt auf, und ich gebe das Handy Nolan zurück, der immer noch den Schläger über seinem Kopf kreisen lässt.

»Lass meinen Truck in Ruhe«, sage ich mit einer, wie ich hoffe, kontrollierten, superselbstsicheren Stimme.

»Ich habe die Polizei gerufen!«, ruft jemand. Ich drehe mich um und sehe den Bürohengst von vorhin, der uns mit seinem Handy winkt, bevor er rasch in das Gebäude hinter ihm läuft.

»Du gehst jetzt besser«, sage ich zu Nolan.

»Das war dumm von dir, Schlampe. Ich habe die Anweisung, sämtliche Scheiben von deinem Truck einzuschlagen und es dabei zu belassen. Stattdessen werde ich mir jetzt deine beschissene Yuppie-Hütte vorknöpfen und jedes verfluchte Fenster zertrümmern, eins nach dem anderen.«

Ich keuche laut. »Du wirst doch nicht …«

»Ich hoffe, die kleine Blonde mit den dicken Titten ist zu Hause. Die gefällt mir nämlich.« Heilige Scheiße! Coco?

»Rühr sie bloß nicht an, du dreckiger Junkie! Wehe, du tust ihr was an!«

Nolan hüpft auf der Stelle und stößt einen ohrenbetäubenden Tarzanschrei aus, während er mit dem Baseballschläger vor meinem Gesicht herumfuchtelt. Dann läuft er um Toto herum und holt weit aus. Das laute Scheppern des Blechs bringt den ganzen Truck zum Beben. Kunden und Schaulustige, die unsere Auseinandersetzung aus sicherer Entfernung beobachtet haben, stieben auseinander. Ich höre, dass wieder Glas zu Bruch geht, aber ich bin immer noch bewegungsunfähig. Ich bin wie versteinert vor Angst. Wie in einem dieser Träume, in denen man versucht zu schreien, aber nicht einmal ein Piepsen herausbringt.

Sekunden später rennt Nolan ein Stück die Straße hoch zu einem roten Kleinwagen, springt hinter das Lenkrad und braust davon.

O mein Gott.

Er fährt zu uns nach Hause. Er wird jede einzelne Scheibe einschlagen und Gott weiß was mit Coco anstellen, die jeden Moment von ihrer Kita kommen muss. Und Vic und Marie sind wahrscheinlich auch zu Hause. Was, wenn sie etwas hören und rauskommen? Was macht er dann mit ihnen?

Ich habe keine Zeit zum Überlegen, ich habe keine Zeit für irgendwas. Ich muss einfach sofort nach Hause und Nolan daran hindern, dass er unser Haus verwüstet und meinen Freundinnen etwas antut.

Ich knalle Totos Heckklappe zu, rufe laut »Sorry! Nächstes Mal!« zu den wenigen übrig gebliebenen Kunden, die aus sicherer Entfernung herübergaffen, laufe dann vor zur Fahrerkabine und steige ein.

Zuerst will Toto nicht anspringen. »Komm schon, Toto, komm schon …«, murmle ich.

Er hustet und spuckt, aber schließlich löst sich der Schleim, und Toto erwacht zum Leben. Ich schere aus auf die Straße, mache einen absolut verbotenen U-Turn, setze meine Pilotensonnenbrille auf und düse in Richtung Brooklyn Bridge. Ich habe hinten nicht alles zusammengepackt. Es wird ein Blutbad aus Salaten geben, aber das ist mir egal.

Auf der gesamten Strecke von der Innenstadt durch das East Village rase ich jede Abkürzung, jede Ampelumgehung und jeden Schleichweg entlang, die ich kenne, scharfe Kurven nehme ich auf zwei Rädern, drängle mich rücksichtslos vor und schimpfe über haltende Taxis, die mich ausbremsen. Ich fühle mich, als würde ich in einem Film mitspielen, in meiner eigenen persönlichen Nachmittagsvorstellung mit dem Titel *Rette dein Haus vor dem durchgeknallten Lakaien eines Kredithais.*

Kurz bevor ich die Houston Street überqueren will, springt die Ampel dort auf Gelb. Normalerweise würde ich bremsen, aber ich weiß aus Erfahrung, dass dies eine der langsamsten Ampelschaltungen in Lower Manhattan ist, und außerdem handelt es sich hier um einen Notfall, verdammt. Also rase ich über die Houston Street mit knapp hundertfünfzig Sachen.

Gleich darauf höre ich ein Knirschen. Dann eine Polizeisirene. Scheiße, direkt hinter mir ist ein Streifenwagen! Ich muss anhalten, ich weiß, dass ich anhalten muss, aber ich bin auf einer Art Autopilot, also drücke ich das Gaspedal durch. Die Bullen hängen sich natürlich an mich. Warum habe ich nicht angehalten, heilige Scheiße, passiert das gerade wirklich? Schließlich bekomme ich mich irgendwie unter Kontrolle und fahre rechts ran, mit schmerzhaft hämmerndem Herzschlag.

In einer Art Trance ziehe ich die Handbremse an, nehme die Sonnenbrille ab und versuche, ein Lächeln aufzusetzen, während ich beobachte, wie ein Polizist sich meiner Tür nähert.

Bleib ruhig, Pia. Ganz ruhig.

»Gibt es ein Problem, Officer?«

25

Defekte Bremsbeleuchtung.

Missachten einer roten Ampel.

Rücksichtsloses Verhalten im Straßenverkehr.

Fahrerflucht nach einem Unfall.

Fehlende Betriebsgenehmigung.

»Es tut mir wirklich leid, Sir, die Lizenz läuft auf den Namen der Vorbesitzerin. Ich bin noch nicht dazugekommen, sie umschreiben zu lassen. Und das Bremslicht ist erst seit fünf Minuten kaputt. Äh … à propos … Da ist so ein Typ, ein Irrer, ich glaube, er steht unter Drogen, der fährt ein rotes Auto und ist gerade auf dem Weg zu unserem Haus auf der Union Street in Brooklyn.« Ich gerate ins Schwafeln, aber ich kann nicht anders. »Er wird alle Fenster einschlagen und meiner Mitbewohnerin vielleicht etwas antun …«

Der Polizist wirkt sehr zufrieden mit sich selbst. Ich nehme an, das ist für ihn ein Glücksfall: Er war zunächst einem anderen Wagen gefolgt, weil die Fahrerin einen betrunkenen Eindruck machte, und als ich über Rot fuhr und das Fahrzeug der Frau rammte, machte er einen doppelten Fang. Der betrunkenen Fahrerin geht es gut. Sie ist zwar kaum bei sich, aber unverletzt, Gott sei Dank.

»Das mag ja sein, Ma'am, aber wir werden Ihr Fahrzeug trotzdem beschlagnahmen müssen«, sagt der Polizist.

»Was?«, rufe ich. »Sind Sie verrückt? Das geht nicht! Ich muss dringend nach Hause!«

»Ma'am, bitte, beruhigen Sie sich.«

»Aber das können Sie nicht machen! Sie können

nicht … ich kann nicht …« Ich sehe auf Toto, den schönen rosaroten Toto, blind mit seinen kaputten Scheinwerfern. »Lassen Sie mich einfach nach Hause fahren, und ich verspreche Ihnen, dass ich danach auf die Wache komme, damit wir alles klären können. Ich verspreche es.«

»Ma'am, beruhigen Sie sich.«

»Ich bin ruhig!« Ich klinge mit jedem Wort hysterischer. »Lassen Sie mich gehen! Das ist mein Ernst!«

»Ma'am, sprechen Sie bitte leiser und händigen Sie mir den Wagenschlüssel aus.«

Toto aushändigen? Den Schlüssel für die einzige Sache aushändigen, die zwischen mir, einem Kredithai und meinen Eltern steht? In der ein Umschlag mit zehntausend Dollar unter dem Sitz versteckt ist? Nein. Niemals.

Also mache ich den größten Fehler meines – seien wir ehrlich – von Fehlern erfüllten Lebens.

Ich nehme die Arme hoch und gebe dem Polizisten einen Schubs, nur ganz leicht. Zwanzig Minuten später sitze ich auf dem Rücksitz eines Streifenwagens, in Handschellen, während wir durch Manhattan brausen.

Es stellt sich heraus, mit einem Polizisten herumzustreiten, ihn zu schubsen und zu versuchen wegzulaufen, ist ungefähr dasselbe wie Widerstand gegen die Staatsgewalt.

Beziehungsweise … genau dasselbe.

Die nächsten paar Stunden vergehen wie in einem Nebel. Ich werde durchsucht, von meinen Habseligkeiten befreit, dann werden mir meine Vergehen vorgelesen, ein Polizeifoto wird gemacht, und ich werde gefragt, ob ich auf Medikamente angewiesen bin oder auf andere Drogen. Ich kann mich auf das meiste kaum konzentrieren, die Worte rauschen einfach an mir vorbei, manche mit einer Bedeutung, andere ohne. »Gewahrsam« und »Anklageerhebung morgen früh« dringen heraus.

Und so kommt es, dass ich die Nacht in einer Sammelzelle im Manhattan Central Booking verbringen muss.

Ich bin so außer mir vor Angst wegen Nolan und Cosmo, dass ich zuerst gar nicht an die zehntausend Dollar denke, die unter Totos Sitz versteckt sind. Dann fällt es mir wieder ein, und mein Gehirn schnellt zwischen den beiden Sorgen hin und her wie ein Pingpongball. Ich kann mich weder mit dem einen noch mit dem anderen Problem an die Polizei wenden, weil es so dubios klingt. Ich bin von einem drogenabhängigen Schläger bedroht worden, der für einen Kredithai arbeitet? Ich meine, ist es überhaupt legal, mit einem Kredithai Geschäfte zu machen? Und was würde die Polizei wohl davon halten, dass unter dem Sitz meines Trucks zehntausend Dollar versteckt sind? Sie würden mich sicher für eine Drogendealerin halten.

Was für ein dämlicher Idiot manövriert sich in ein solches Chaos?

Spart euch die Antwort.

Aber der Polizeigewahrsam ist wahrscheinlich der sicherste Ort für zehntausend Dollar, oder? Wer beklaut schon die Polizei? Genau, niemand. Als ich schließlich in die fensterlose Zelle gebracht werde, in der ich wohl die Nacht verbringen darf, komme ich zu dem Schluss, dass ich mir nur wegen Nolan Sorgen machen muss. Und das ist schon mehr als genug.

Es ist kurz nach neun, als ich in die Zelle komme. Es ist kein dunkles, winziges Verlies, wie ich mir ausgemalt habe. Die Zelle ist ungefähr viereinhalb mal sechs Meter groß und grell erleuchtet von migräneverursachendem Neonlicht, das den anämischen schimmelgrünen Wänden nicht schmeichelt. Und es stinkt – dank der zugeschissenen Kloschüssel in der Ecke, wie ich annehme.

In der Zelle sind schon ungefähr sechzehn andere Frauen. Die Hälfte davon ist betrunken oder high. Die andere

Hälfte sitzt still auf der Metallbank, die an den Wänden entlangläuft, mit geschlossenen Augen, als ein Versuch, sich in sich selbst zurückzuziehen. Ich nehme an, man findet unwillkürlich Privatsphäre, wenn man die Augen schließt, egal, wo man sich befindet.

»Willkommen in der Gruft, Bollywood!«, ruft jemand.

Ich ignoriere das und auch die Angst, die plötzlich in mir hochsteigt. Ich bin allein. Im Knast. Ich finde schnell heraus, dass das Münztelefon kaputt ist, also versuche ich, obwohl ich die anderen Frauen in der Zelle nicht stören möchte, die Aufmerksamkeit des Wachpersonals auf mich zu lenken.

»Entschuldigung, Ma'am?«, rufe ich zögernd. »Ich müsste mal telefonieren. Bitte! Ich muss dringend jemanden anrufen!«

Nichts. Kein Mucks.

Ich versuche es wieder.

»Verzeihung? Ma'am? Officer? Ich muss telefonieren! Ich muss dringend jemanden warnen!«

Nichts.

Ich räuspere mich und schreie: »HAAALLOOO.«

»HALT DIE SCHNAUZE!«

Ich wirble herum. Direkt hinter mir steht eine Frau. Eine hagere gelbblonde Erscheinung, das Wort PEACHES auf dem Hals tätowiert.

»Tut mir leid«, sage ich mit leiser Stimme.

Peaches sieht mich mit schmalen Augen an. »Fuck! Was ist dein verficktes Problem?«

Ich fange an zu stammeln. »Ich versuche nur, jemanden zu warnen … weil … da ist dieser Irre und …«

»Da ist immer ein Irrer«, ruft eine Frau aus der Ecke. »Wir haben es alle mit Irren zu tun!«

Die Frauen in der Zelle lachen, und mein Magen revoltiert vor Panik.

»Aber er … er ist gefährlich«, murmle ich.

Peaches starrt mich nieder. Sie riecht nach Zimtkaugummi und Bourbon.

»Gefährlich?«, sagt sie. »Tja, dann sollte man das Herzchen hier sofort rauslassen!«

Wieder kringeln sich alle vor Lachen.

»Ich brauche nur ein Telefon, okay?«, sage ich. »Ich muss dringend jemanden anrufen.«

»Warum? Was ist so wichtig, dass es nicht warten kann? Und woher kommst du überhaupt?«

Das reicht.

Ich sehe ihr direkt in die Augen. »Ich bin aus Brooklyn. Ich habe mir zehntausend Mäuse von einem Kredithai geliehen, der seine Schläger losgeschickt hat, um meinen Truck zu demolieren, mein Geschäft zu sabotieren und meine besten Freundinnen zu bedrohen, und wenn ich nicht ganz schnell telefonieren darf, werde ich die ganze Nacht herumbrüllen. Kapiert?«

Peaches dreht sich zu den Gitterstäben. »OFFICER! WIR BRAUCHEN SOFORT EIN VERDAMMTES TELEFON! MEDIZINISCHER NOTFALL!« Sie scheint zu wissen, wie man hier auf sich aufmerksam macht. Als ich aus der Zelle gehe, klatscht sie mich ab. »Viel Glück, Bollywood!«

Ich habe natürlich meine Handtasche nicht mehr, und ich kann keine einzige Nummer auswendig. Weiß heutzutage noch jemand eine Telefonnummer auswendig? Ich kann mir ja kaum meine eigene Nummer merken. Wie kann man sich in einer derart übervernetzten Welt so leicht verirren? Ich beschließe, es auf einen Versuch ankommen zu lassen, und wähle den Operator.

»Vermittlung.«

»Ich möchte bitte ein R-Gespräch anmelden mit Julia Russotti, Union Street, Brooklyn.«

Es entsteht eine kurze Pause.

»Es gibt in Brooklyn keinen Eintrag unter diesem Namen, Ma'am.«

Mist, verdammter. Der Festnetzanschluss läuft nicht auf Julias Namen. Die Telefonrechnungen gehen direkt an ihren Vater – sie sind in der Warmmiete enthalten. Aber an dem Tag, als wir eingezogen sind, lag alte Post unter der Tür, adressiert an Julias Tante Jo … sie hieß Jo … Jo …

»Versuchen Sie es mit Jo Lucalli.«

Einen Moment später klingelt es in der Leitung, und dann nimmt eine atemlos klingende Julia das R-Gespräch an.

»Pia! O mein Gott. Gott sei Dank … Wo zum Teufel steckst du? Wir haben uns solche Sorgen gemacht!«

»Ist das Haus okay? Geht es allen gut?«

»Ja, alles gut, wir sind okay. Wo bist du?«

»Ich bin … ich bin im Knast. Und ihr hattet keinen Besuch? Coco oder Vic oder Marie ist nichts passiert?«

»Nein, nichts, uns geht es allen gut … Sorry, was hast du eben gesagt, wo bist du?«

»Ich bin im Knast, Julia.«

Einen Sekundenbruchteil später wird mir bewusst, wie irrsinnig diese Aussage klingt, und ich lache unkontrolliert los. Pia Keller: verwöhnte Prinzessin, internationales Partygirl, Elite-Uni-Absolventin, gescheiterte PR-Frau, Kredithaikundin, Food-Truck-Besitzerin und nun … Knastschwester.

Es ist zum Totlachen.

Julia lacht allerdings nicht mit. Sie sagt immer wieder: »Was ist denn los? Was ist denn los?«

Schließlich habe ich mich wieder so weit beruhigt, dass ich normal sprechen kann.

»Also, kannst du bitte morgen kommen und ein Scheckheft mitbringen? Ich muss eine Geldstrafe zahlen. Es tut mir schrecklich leid, du bekommst es auch ganz schnell zurück. Ich hole das nächste Woche mit dem SchlankMobil wieder rein.« Gott sei Dank liegen meine zehntausend Dollar sicher unter Totos Beifahrersitz, irgendwo auf einem Abstellhof hinter Schloss und Riegel.

»Eine Geldstrafe? Ich meine … Ja, sicher kann ich morgen kommen, aber können wir nicht sofort etwas tun? Können wir dich sehen?«

»Nun, nein, ihr könnt nicht einfach vorbeischauen, um Hallo zu sagen, ich meine … Ich bin im Knast«, sage ich und fange wieder an zu lachen, völlig hysterisch.

»Pia, was zum Teufel ist passiert?«

Ich erkläre Julia alles so rasch wie möglich. Sie ist nicht allein – zwischendurch gibt sie meine Neuigkeiten stichwortartig an Coco, Angie und Madeleine weiter. Ich kann im Hintergund ihre Reaktionen hören: »O mein Gott!«, »Leck mich!« und »Sag ihr, sie soll sich die Hände waschen, nachdem sie das Telefon benutzt hat.«

»Also, Nolan war nicht hier«, sagt Julia, als ich fertig bin. »Von uns hat ihn keiner gesehen.«

»Nein? Seid ihr sicher?«

»Absolut sicher.«

»Und ihr seid wirklich alle okay?«, frage ich wieder.

Nolan ist nicht aufgetaucht? Was ist wohl passiert?

»Uns geht es gut«, antwortet Julia. »Wir sind alle hier. Wir sind einfach nur froh, dass dir nichts fehlt.«

»Oh … Ich vermisse euch.« Plötzlich wird mir bewusst, dass es nichts mehr zu sagen gibt. Und gleich werde ich in der fensterlosen Zelle sitzen bis zum Morgen. »O Gott … ich leg jetzt besser auf.«

»Kommst du klar?«, fragt Julia.

»Ja.« Meine Stimme klingt sehr hoch und erstickt. Tränen bilden sich in meinen Augen und überschwemmen meine Wangen, richtig dicke Kullertränen, die einfach nicht versiegen. »Vielen, vielen Dank. Du bist die Beste. Ihr seid die Besten … Ich wüsste nicht, was ich ohne euch tun würde. Ihr seid das Beste in meinem Leben.«

»Pass auf dich auf, ja?« Julia klingt, als würde sie gleich weinen. »Wir haben dich lieb. Wir kommen gleich morgen früh vorbei.«

»Okay«, sage ich. Ein schmerzhaft dicker Kloß hat sich in meiner Kehle gebildet. »Ich hab euch auch alle lieb.«

Ich lege auf, und eine Sekunde lang herrscht nichts außer Stille. Ein stiller Flur in einer stillen Polizeiwache in der lautesten Stadt der Welt. Dann bringt mich die Wache wieder zurück in die Zelle, während ich mir auf dem Weg hektisch das Gesicht abwische.

»Und, Bollywood? Hat sich dein Irrer blicken lassen?«, ruft Peaches.

»Er ist abgetaucht«, sage ich. »Ich habe keine Ahnung, wo er ist.«

»Der wird sicher wieder auftauchen«, entgegnet sie. »Das tun sie immer.«

Ich setze mich auf die Bank, abseits in einer Ecke der Zelle. Ich werde nicht mehr weinen. Das hier wird mich nicht zerbrechen.

Und dann schließe ich die Augen und konzentriere mich auf unser Heim. Ich denke an die abblätternde Rosentapete und an die knarrenden Holzdielen unter dem Teppichboden. Ich denke an den Ausblick von meinem Zimmer auf die Union Street und daran, wie sich der Couchbezug an meiner Wange anfühlt, wenn wir zusammen vor dem Fernseher abhängen. Ich denke an Vic und Marie, die unter uns wohnen und über uns wachen. Und ich denke an den Küchentisch und daran, wie es ist, wenn wir alle darum versammelt sind.

Und plötzlich werde ich ganz ruhig.

Ich werde das überstehen.

26

Die Anklageerhebung dauert ungefähr neun Sekunden, und mit diesem seltsamen Jetlag-Gefühl, das daher rührt, dass ich die ganze Nacht nicht geschlafen und meine Zähne nicht geputzt habe, brauche ich einen Moment, bis mir bewusst wird, dass Madeleine allein gekommen ist. Sie zahlt gerade die Geldstrafe. Wir reden erst, nachdem wir das Gebäude verlassen haben. Aber zuallererst fallen wir uns in die Arme und umklammern uns – eine unendlich scheinende Minute lang.

»Es tut so gut, dich zu sehen! Hast du letzte Nacht schlafen können? Geht es dir gut?«, fragt sie im selben Moment, als ich sage: »Es tut so gut, dich zu sehen! Es tut mir unheimlich leid, ich zahle dir die Kohle auch ganz schnell zurück, das verspreche ich … Wo sind die anderen?«

»Marie ist letzte Nacht gestorben«, sagt Madeleine.

Mir stockt der Atem.

»Die anderen sind bei Vic geblieben, bis Maries Kinder eintreffen. Sie kümmern sich bereits um alles Nötige, und wir … wir wollten nicht, dass Vic allein ist.«

»Oh, natürlich …« Mir ist heiß und schwindelig. Marie, *tot?* »Wie … wie …«

»Im Schlaf. Sie ist wohl ganz friedlich eingeschlafen. Pia, du wirst ja ganz weiß im Gesicht. Ist alles …«

Ich setze mich an Ort und Stelle auf den kalten Asphalt, weil ich befürchte, sonst zusammenzubrechen. O Gott, arme Marie. Armer Vic. Arme Coco und arme Julia …

Madeleine kniet plötzlich neben mir und hält mir eine Flasche an die Lippen. »Pia? Atme einfach, okay? Trink ein bisschen Wasser …«

Ich nippe daran, dann schlinge ich die Arme um die Knie und starre auf die kalte Bordsteinkante zwischen meinen Füßen. Es regnet heute zum ersten Mal seit Monaten, und es weht ein frischer Oktoberwind, und ich friere von innen wie von außen. O Gott, Marie und Vic …

Madeleine zieht ihren Pullover aus und legt ihn mir um die Schulter. »Komm.« Sie packt mich unter den Armen und zieht mich hoch. »Ich will nicht, dass du verhaftet wirst wegen Herumlungerns.«

»Ich fühle mich nicht besonders.« Meine Stimme klingt ganz hoch und dünn.

»Du musst was essen.« Madeleine schleppt mich zu einem Imbisswagen an der Ecke, wo sie eine Cola und einen Bagel mit Erdnussbutter für mich kauft.

Ich stehe wie betäubt neben ihr, während die Drähte in meinem Gehirn glühen. Armer Vic. Armer, lieber Vic. Seine Eleanor ist gestorben, Julias Mutter und Tante sind gestorben, seine Schwester ist gestorben … Er muss sich sehr allein fühlen.

Wie schrecklich muss es sein, wenn man niemanden mehr hat, der das Leben von früher kennt, als man selbst noch jung war. Wie schrecklich, der einzige Mensch zu sein, der all die Erinnerungen bewahrt.

Schweigend fahren wir mit der U-Bahn zurück nach Brooklyn. Wir sitzen in Gedanken versunken in dem halb leeren Abteil, ich esse den Bagel und trinke die Cola, ohne irgendetwas zu schmecken. Dann drehe ich den Kopf zu Madeleine. Sie trägt nur noch ein kurzärmliges T-Shirt und streicht geistesabwesend über die Innenseite ihres Handgelenks, das mit winzigen hellen

Narben übersät ist. Ich habe noch nie zuvor ihre nackten Arme gesehen.

»Ritzt du dich?«

»Nein«, sagt sie und verschränkt rasch die Arme.

Wir sehen uns für ein paar lange Sekunden in die Augen.

»Also gut, früher mal. Aber das ist lange her. Ich war in Therapie, jetzt mache ich es nicht mehr.«

»Möchtest du …«

»Nein. Ich möchte nicht darüber reden.«

»Maddy …«

»Pia, ich habe Nein gesagt.« Sie zögert, dann sieht sie mir wieder in die Augen. »Ich darf auch meine Geheimnisse haben.«

»Vielleicht fühlst du dich besser, wenn du darüber sprichst«, sage ich. »Bei mir war es so.«

»Ja, okay, ich werde darauf zurückkommen.« Sie hebt den Kopf. »Komm. Die nächste Haltestelle ist unsere. Mach dir wegen mir keine Gedanken, okay? Es geht mir gut.«

Als wir nach Hause kommen, ist es fast elf Uhr. Julia und Coco sitzen auf einer Couch, Angie hat sich auf der anderen zusammengerollt. Sie sehen sich schweigend eine Folge von *Babar, der kleine Elefant* an.

Ich setze mich zwischen Julia und Coco und ziehe die Beine hoch. Coco kuschelt sich sofort an mich wie ein kleines Kind und fängt an zu weinen, worauf Julia den Fernseher stummschaltet und wütend blinzelt.

»Ich kann nicht mehr weinen«, sagt sie. »Ich kann nicht. Oder ich höre nie wieder auf.«

»Was genau ist passiert?«, frage ich sanft.

»Vic hat heute Morgen in aller Herrgottsfrühe bei uns geklingelt.« Julia zupft an einem der bestickten Kissen. »Ich habe aufgemacht und dachte im ersten Moment, er hätte einen Herzinfarkt, weil er so grau war. Er sah furchtbar aus, und er brachte keinen Ton heraus. Er hat mich einfach an die Hand genommen und nach unten geführt.«

»O Gott, nein ...« Julia musste Maries Tod bestätigen? Das ist nicht fair, nicht nach der Geschichte mit ihrer Mutter, das hätte nicht sein müssen ...

»Und dann kam Angie herunter.«

»Ich habe die Klingel gehört«, sagt Angie. Ohne Schminke sieht sie aus wie fünf.

»Angie hat den Notarzt gerufen, und dann kam der Krankenwagen und ... egal, jedenfalls sind Coco und ich bei Vic geblieben. Wir haben versucht, ihn zu überreden, dass er was zu sich nimmt, aber er hat nur aus dem Fenster gestarrt, ohne eine Reaktion zu zeigen. Vor einer halben Stunde sind Maries Töchter gekommen, und kurz darauf ist er mit ihnen weggefahren.«

»Es war so schrecklich«, sagt Coco und schluchzt in meine Schulter.

Madeleine kommt mit Decken ins Zimmer und hüllt uns darin ein, dann setzt sie sich still neben Angie. Ich streiche sanft über Cocos Haar. Sie wirkt so jung und zerbrechlich. Wer wird sich um sie kümmern? Wer wird sich um Vic kümmern? Wer wird sich um irgendwen von uns kümmern?

»Möchtest du über Marie reden?«, frage ich, aber Julia schüttelt den Kopf. »Kommt euer Vater?«

»Er ist gerade geschäftlich in Kalifornien.«

Wir verfolgen alle, wie Babar über die Mattscheibe hüpft.

»Wisst ihr, ich weiß nicht, warum ich mir so viel Stress wegen meines Jobs mache«, sagt Julia. »Ich sollte einfach kündigen. Ich könnte nämlich jeden Moment sterben. Ich sollte um die Welt reisen und mit Männern schlafen und Drogen nehmen und mal so richtig auf die Kacke hauen.«

»Was?« Coco setzt sich erschrocken auf. »Tu das nicht!«

»Außer, du willst es unbedingt«, sage ich.

»Ich will es ja gar nicht wirklich«, erwidert Julia seufzend. »Aber ich will glücklich sein.«

Ein paar Minuten lang sitzen wir schweigend da. Das ist alles, was jede von uns sich im Moment wünscht.

»Okay, jetzt du. Wir war's im Knast?«, fragt Julia.

Unsere Blicke treffen sich einen Augenblick. Im Zimmer ist es mucksmäuschenstill. Eine Sekunde später lacht sie los.

»Knast!«, ruft sie ungläubig.

Dann verlieren wir alle die Beherrschung.

Ich muss so heftig lachen, dass ich das Gefühl habe zu platzen. Wir kreischen mit diesem hysterischen Unterton, den man hat, wenn man nicht mehr weinen kann, wenn Lachen die einzige Möglichkeit ist, die einem bleibt, weil einem in diesem Moment das Leben so schrecklich erscheint. Julia laufen die Tränen übers Gesicht, und sie bekommt einen Schluckauf, während Coco aus dem Zimmer rennt.

»Ich habe mir in die Hose gepinkelt!«, quiekt sie.

»Hast du die Telefonnummern von Vics Nichten und Neffen?«, frage ich Julia, nachdem wir uns beruhigt haben. »Wir sollten uns mit ihnen kurzschließen und ihnen anbieten, dass wir uns um Vic kümmern … oder seine Wohnung putzen, Lebensmittel einkaufen, solche Sachen eben.«

»Ich hatte dieselbe Idee«, sagt Julia. »Ich glaube, Vic bleibt diese Woche erst einmal bei seinen Angehörigen. Aber ich habe ihnen bereits angeboten, seinen Kühlschrank aufzufüllen, bevor er nach Hause kommt, und Maries Bett abzuziehen …«

Sie schluckt und schließt die Augen.

»Du musst das nicht tun«, sage ich.

»Ich will nicht, dass ihre Töchter es tun müssen«, entgegnet sie leise.

»Dann mache ich es«, sage ich. »Du kümmerst dich um den Kühlschrank, ich mich um das Bett. Wann ist die Beisetzung?«

Julia zuckt mit den Schultern. »Das wissen sie noch nicht. Ende der Woche, schätze ich.«

Ich weiß, ich sollte duschen oder schlafen gehen oder überlegen, wie zum Teufel ich zu dem Abschlepphof in Queens komme, um den armen Toto abzuholen und meine zehntausend Dollar, bevor Cosmo morgen Abend hier auftaucht. Aber ich halte es nicht aus, allein zu sein, und ich halte es auch nicht aus, die Mädels allein zu lassen.

Und wisst ihr was? Das Geld und die Schulden und alles andere kommen mir gar nicht mehr so wichtig vor, verglichen mit dem hier. Das Einzige, was mir momentan wichtig ist, ist, hier zu sein.

Also stellen wir den Ton von *Babar* wieder laut und schauen die Folge bis zum Schluss, und danach macht Coco so viel Popcorn, dass es für ein ganzes Kino reichen würde, und wir legen *Mighty Ducks – Das Superteam* auf, Julias Lieblingsfilm, als sie ein Kind war.

Mitten im Film kommt Angie zu uns herüber und quetscht sich zwischen Coco und mich. Sie rollt sich unter meinem Arm zusammen, Coco kuschelt sich an sie. Dann schnappt Madeleine sich ein Kissen, hockt sich vor Julia und mich auf den Boden und lehnt den Kopf gegen unsere Knie. Wir streichen ihr über das Haar.

Wir sind alle tief in unseren Gedanken versunken, und trotzdem habe ich mich nie zugehöriger gefühlt als in diesem Moment. Wir fünf gemeinsam, egal, was kommt. Wir stehen das alles gemeinsam durch.

In Anbetracht der Situation ist es wahrscheinlich seltsam, dass ich glücklicher bin als vielleicht jemals zuvor. Aber es ist so. Ich bin ruhig und gelassen, aber glücklich.

Der Film endet, und wir sitzen alle da, vollgekrümelt mit Popcorn.

»Ich habe einen Krampf im Bein«, sagt Julia.

»Ich auch«, sagt Madeleine, die sich nun flach auf den Rücken rollt und die Knie anzieht, um ihre Muskeln zu dehnen.

»Ich muss meine Zähne putzen«, sagt Coco.

»Ich muss zu Toto«, sage ich. »Und dann muss ich mich bereit machen für Cosmo morgen Abend.«

»Sag uns, was wir tun können, um dir zu helfen«, sagt Angie. »Wir hängen da alle zusammen drin, schon vergessen?«

»Begleitest du mich nach Queens?«

»Scheiße. Ich wusste, ich hätte den Mund halten sollen.«

Das Abholen von Toto ist die U-Bahn-Fußmarsch-GPS-iPhone-Schlangestehen-Anflehen-Hölle, die zu erwarten war, aber um vier sind wir auf dem Weg nach Hause.

Angie hat mich begleitet. Nicht, dass sie eine große Unterhaltung gewesen wäre – sie hat kaum ein Wort gesagt.

Als wir Brooklyn Heights erreichen, zündet sie sich eine Zigarette an. Es stört mich, wenn im Wagen geraucht wird. »Süße, muss das …«

»Ali hat mit mir Schluss gemacht«, fällt sie mir ins Wort.

Rauchen ist plötzlich nicht nur verständlich, sondern notwendig. »Verdammt. Das tut mir leid. Lass mich auch mal ziehen.«

»Wir waren gestern Abend verabredet. Er meinte, er halte es für das Beste, wenn wir uns nicht mehr sähen.« Sie spricht fast emotionslos.

»Was für ein Idiot«, sage ich.

»Es kommt noch besser«, fährt sie fort. »Er hat gesagt, er glaube, ich hätte ein Problem mit Intimität. Scheiße, was soll das heißen? Dass ich ihm beim Sex nicht liebevoll in die Augen schaue? Ich will ihn dabei nicht ansehen! Ich will die Augen schließen und mich darauf konzentrieren zu kommen!«

»Okay, beruhige dich … Ich glaube nicht, dass er es so gemeint hat.«

»Und wie hat er es dann gemeint? Fuck! Dieses blöde Arschloch! Wir haben erst letzte Woche zum ersten Mal miteinander geschlafen, verfluchte Scheiße!«

»Augenblick … Du kommst beim Sex? Also beim eigentlichen Sex?«

»Klar. Du nicht?«

»Nein, nur oral.«

»Ich kann mich bei Oralsex nicht konzentrieren. Die Kerle wissen nie, was sie tun, und ich frage mich dann immer, was in ihren Köpfen vorgeht, wenn sie sich so abmühen … Aber darum geht es nicht, Pia. Was stimmt nicht mit mir?«

»Mit dir stimmt alles! Offensichtlich ist Ali nur ein weiterer schwanzgesteuerter Idiot«, antworte ich. »Ganz schlicht und einfach.«

»Scheißidiot!«, brüllt Angie.

Sie lehnt sich aus dem Fenster und schreit es in voller Lautstärke hinaus, den ganzen Weg bis nach Hause. Scheiß drauf, denke ich, und brülle mit. Alle Männer sind Idioten. Aidan ist auch einer. Also was soll's, dass ich für Aidan das reinste Psycho-Date aus der Hölle war?

Am Steuer aus voller Lunge zu fluchen hat eine überraschend therapeutische Wirkung. Die letzten vierundzwanzig Stunden waren der helle Wahnsinn, aber morgen werde ich ein für alle Mal meine Schulden begleichen, und dann bin ich frei.

Als wir zu Hause angekommen sind, greife ich unter den Beifahrersitz, um den Umschlag hervorzuholen, in dem Cosmos zehntausend Dollar stecken, das Geld, das seit gestern Morgen sicher dort verwahrt war.

Aber es ist weg.

Mein ganzer Körper verkrampft sich vor Schreck. »Nein!«

»Was ist?«, fragt Angie.

»Nein!«, schreie ich und reiße den ganzen Teppich hervor. »Das kann nicht sein … das kann nicht sein …«

Ich beuge mich über den Fahrersitz und taste den Boden darunter ab. Nichts. Dann sehe ich im Handschuhfach nach, unter dem Rücksitz, unter dem Teppich hinten. Nichts!

»Es ist weg. Es ist weg!«, brülle ich.

»Was? Was ist weg?«, fragt Angie. »Fuck, du bist eine Dramaqueen! Beruhige dich!«

»Mein Geld … die ganze Kohle … die zehntausend Dollar … die haben es geklaut … die Leute vom Abschlepphof!«

Ich lasse mich auf den Gehweg fallen und kreische wie am Spieß.

27

»Hör auf zu schreien, du machst mich noch wahnsinnig!«

Plötzlich werde ich ganz still und starr. »Es ist aus, Angie. Es ist alles aus. Ich werde meine Eltern anrufen und ihnen alles beichten, damit sie mir die Kohle für Cosmo geben. Und dann fliege ich mit ihnen nach Zürich und komme nie wieder. Ich werde die Schulden nie aus eigener Kraft zurückzahlen können. Es ist vorbei.«

»Es muss noch eine andere Möglichkeit geben«, sagt Angie.

»Es gibt keine.« Mein Mund ist ganz trocken vor Grauen. »Das war's. Ende der Straße. Es ist vorbei.«

Zwei Stunden später, als ich mit den Mädels am Küchentisch sitze, höre ich mich dasselbe noch einmal sagen.

»Es ist aus. Ich hatte das Geld schon zusammen, aber das hat sich irgendjemand vom Abschlepphof eingesackt. Es ist weg.«

»Das kann nicht sein«, sagt Coco zum sechzehnten Mal.

»Es muss einen Ausweg geben«, sagt Madeleine.

»Den gibt es nicht«, erwidere ich. »Ich habe den Truck schätzen lassen, wisst ihr? Aber leider ist er nicht das wert, was ich für ihn bezahlt habe. Ich habe sonst keine Reserven. Und auch wenn ihr mir unbedingt helfen möchtet, ich weiß, dass ihr keine zehntausend Dollar habt, und ich will nicht, dass ihr eure Eltern fragt. Ich will das einfach nicht.« Ich lasse den Blick über die Gesichter meiner Freundinnen schweifen. Niemand widerspricht. »Es ist vorbei. Ich möchte, dass ihr alle morgen Nachmittag das Haus verlasst und euch in Sicherheit bringt. Ich werde mich um Cosmo kümmern, und zwar allein.«

»Kommt nicht infrage«, sagt Coco.

»Wir bleiben bei dir, egal, was passiert«, sagt Madeleine.

»Frauenpower!« Angie ballt die Siegerfaust. »Das war ironisch gemeint. Eine ironische Siegerfaust.«

Ich lächle sie alle an. An ihrer Stelle würde ich auch so reagieren.

»Verkauf den Truck nicht«, sagt Julia bedächtig.

»Ich habe doch gerade gesagt, dass das sowieso nichts bringt. Dieser Al von der Autowerkstatt meinte, Toto sei praktisch nichts wert.«

»Nein, ich meine, verkauf nicht den Truck … verkauf die Idee«, sagt Julia.

Ich sehe sie stirnrunzelnd an. Die Idee verkaufen? »Aber sie ist erst sechs Wochen alt.«

»Ja, aber sie ist ein Erfolg«, erwidert sie. »Das Konzept ist einzigartig, du hast dir auf dem Markt eine eigene Nische geschaffen. Deine Umsätze sind unglaublich, du hast jede Menge Publicity, deine Follower auf Twitter und Facebook sind leidenschaftliche Fürsprecher … Du hast ein kleines, erfolgreiches Unternehmen auf die Beine gestellt, Pia. Du kannst das ganze Konzept für das Zigfache dessen verkaufen, was der Truck wert ist.« Sie macht eine Pause. »Ich meine, ich habe keine Ahnung, für wie viel sich die Idee verkaufen lässt. Aber es ist ganz sicher mehr, als du für den Truck bekämst.«

Ich starre auf den Tisch und überlege. Sie hat recht. Sie hat völlig recht. Ich könnte das Geschäft verkaufen. Genau wie Vic gesagt hat vor all den Monaten. *Eine Idee haben, sie umsetzen und dann weiterverkaufen …*

»Aber wie … wie stelle ich das an?«, frage ich. »Wer würde die Idee kaufen?«

»Ich weiß nicht«, sagt Julia. »So weit habe ich noch nicht gedacht. Vielleicht ein Risikokapitalgeber?«

»Was zum Teufel ist ein Risikokapitalgeber?«, fragt Angie.

»Ein Investor, der Unternehmensgründungen finanziert im Austausch gegen eine Eigenkapitalbeteiligung«, erklärt Julia.

»Was zum Teufel ist eine Eigenkapitalbeteiligung?«, fragt Angie in genau demselben Ton.

Ich muss wider meinen Willen lachen.

»Das hier ist ernst, Leute«, sagt Julia.

»Wir sind ernst!«, erwidern Angie und ich gleichzeitig.

»Risikokapitalgeber geben einem das Startkapital, um eine Firma zu gründen, und im Gegenzug gehört ihnen ein Teil der Firma«, erklärt Madeleine. »Die sind immer auf der Suche nach originellen Ideen, wisst ihr, nach Dingen, die es noch nicht gibt.«

»Aidan arbeitet bei einer Kapitalgesellschaft«, sage ich. Es ist das erste Mal seit Tagen, dass ich seinen Namen laut ausspreche. »Ich habe seine Visitenkarte.«

»Ruf ihn an!«, sagt Coco.

»Nein«, sage ich und schließe fest die Augen, um den Gedanken an ihn zu verdrängen. »Das geht nicht.«

»Ich weiß, dass er dir noch durch den Kopf spukt«, sagt Julia. »Du kriegst dann immer diesen verträumten Gesichtsausdruck.«

Mist, ich hasse es, wenn ich so leicht zu durchschauen bin.

»Das stimmt«, bekräftigt Angie. »Ich finde auch, dass du Aidan anrufen solltest. Das Date lief gut, bis Eddie aufgetaucht ist, richtig?«

Ich denke daran zurück. Es war gut. Tatsächlich war es besser als gut. Es war perfekt …

»Das ist unwichtig«, sage ich.

»Hegst du immer noch Gefühle für Eddie?«, fragt Coco. »Ist das der Grund?«

»Nein!«, sage ich sofort.

Tatsächlich habe ich an Eddie keinen einzigen Gedanken mehr verschwendet, nur an Aidan. Die Begegnung mit Eddie im Frankies an jenem Abend war, als wäre die Vergangenheit wieder hochgekommen, um mir eine Ohrfeige zu verpassen … Und da gehört Eddie auch hin. In die Vergangenheit. Ich hätte ihn schon vor Jahren dort begraben sollen, statt zuzulassen, dass mich sein »Fluchtrisiko«-Kommentar dermaßen verfolgt. Eddie war nicht perfekt. Er kannte mich gar nicht richtig. Aber das spielt keine Rolle mehr. Ich bin über ihn hinweg.

Und ich werde auch über Aidan hinwegkommen.

»Ich werde mich sicher nicht an einen Mann wenden, um meine Probleme zu lösen, Herrgott noch mal«, sage ich. »Außerdem würde Aidan mir wahrscheinlich sowieso nicht helfen. Er hält mich sicher für eine Irre.« Weil ich mich wie eine aufgeführt habe. Aber das spielt jetzt auch keine Rolle mehr. »Also, womit fange ich an? Soll ich ›Risikokapitalgeber‹ googeln?«

»Eher nicht«, antwortet Julia. »Du brauchst eine Empfehlung … Kontakte. Leute wie Aidan.«

»Ich werde Aidan *nicht* anrufen … und ich habe sonst keine Kontakte. Ich werde eine Liste machen und es einfach mal telefonisch versuchen. Aber vor Montag erreiche ich sowieso keinen, und Cosmo kommt morgen Abend.«

Bei der Vorstellung wird mir sofort schlecht.

»Vielleicht könntest du dich an Leute wenden, die einen Food Truck mit fettarmer, kohlenhydratarmer und proteinreicher Küche besitzen *sollten*.«

»Können wir bei Bartolo's etwas bestellen?«, fragt Coco. »Wir sollten was essen.«

Während wir auf unsere Pizza warten und ich jeglichen Gedanken an Aidan oder Cosmo aus meinem Kopf verbanne, diskutieren wir, wer ein Interesse daran haben könnte, meine Geschäftsidee zu kaufen.

»Jenny Craig?«

»Oh, bitte ...«

»Eine Fitnesskette? Equinox?«

»Tracy Anderson? Gwyneths Personal Trainer?«

»Diese Bar-Method-Studios? Im Ernst, jeder, der dort trainiert, wird geschliffen wie ein verdammter Diamant.«

»Der Condé-Nast-Verlag? Damit sie die ganzen Hungerhaken füttern können, die für die *Vogue* arbeiten?«

»Eine Modelagentur? Ich wette, die wären davon begeistert ...«

»Eine von diesen Ran-an-den-Speck-Dokusoaps im Fernsehen?«

»Die *Today Show?*«

»Warum zum Teufel sollte das Frühstücksfernsehen am SchlankMobil interessiert sein?«

»Oprah? Oprah würde sicher sofort zuschlagen.«

»Diese TV-Köchin in *Hungry Girl?*«

»Vergesst es«, sage ich. »Selbst wenn all diese Leute an einem Food Truck interessiert wären, um für sich Werbung zu machen, heißt das nicht, dass sie die Idee auch kaufen. Wie soll ich sie überzeugen? Die haben doch alle ihre Marketingexperten, die ihnen sagen, was sie tun sollen, und dafür werden vorher eigens Gesprächsgruppen gebildet, und es wird Marktforschung betrieben ...«

»Woher weißt du das alles?«, fragt Angie.

»Lina hat mir das erklärt«, sage ich und gieße mir ein weiteres Glas Wein ein. Dann stocke ich kurz. »Lina ... Sie ist Vizepräsidentin für strategische Entwicklung bei irgendeiner großen Hotel- und Restaurantkette«, denke ich laut. »Genau, Carus International! Vielleicht hat sie einen Rat für mich. Oder Kontakte! Vielleicht kann sie mir helfen!« Ich sehe auf die Küchenuhr. »Es ist Samstagabend acht Uhr. Ich kann sie jetzt nicht mehr anrufen, oder?«

»Du kannst ihr eine E-Mail schicken«, sagt Julia. »Oder eine SMS. Sie wohnt doch hier in der Nähe, richtig?«

Ich nicke. »Ich glaube schon. Ich meine, bestimmt, schließlich habe ich sie im Bartolo's getroffen und neulich auf der Straße mit ihren Kindern …«

»Dann schick ihr eine SMS. Lad sie auf einen Kaffee ein im Austausch für einen kleinen geschäftlichen Rat. Das klingt schmeichelhaft. Normalerweise geben die Leute gern Ratschläge. Ich habe im Laufe der Jahre bestimmt schon hundert Leute per E-Mail um Rat gebeten. So habe ich meinen Job bekommen, weißt du.«

»Wirklich? Okay! Das mache ich!« Ich schnappe mir mein Handy.

Während die anderen die leeren Pizzakartons wegräumen, feile ich an einem Text. *Lina, hier ist Pia. Ich wollte fragen, ob ich Ihnen morgen ein halbes Stündchen Ihrer Zeit stehlen darf, um bei einem Kaffee miteinander zu reden. Ich benötige professionellen Rat … Sorry, dass ich so kurzfristig frage, es ist ein (halber) Notfall.*

Das ist gut, nicht? Ich betone die Dringlichkeit, ohne melodramatisch zu werden.

Zehn Minuten später erhalte ich eine Antwort.

Sicher! Um elf im Chestnut?

Um halb zwölf am nächsten Vormittag habe ich Lina alles erzählt. Angefangen von meiner Kündigung wegen des Vorfalls mit Captain Morgan und Facebook, über die Zehntausend, die ich mir von Cosmo geliehen habe, über meine Anstrengungen, das SchlankMobil aufzubauen, bis zu guter Letzt meiner Nacht im Gefängnis. Ich habe mich so kurz wie möglich gefasst und den Cosmo-ist-eindurchgeknallter-Freak-Part übergangen, trotzdem brauche ich zwanzig Minuten für meine Beichte.

»Auf die Sache mit dem Kredithai bin ich nicht besonders stolz.« Ich male mit dem Löffel kleine Kreise in meinen Müsli-Joghurt. Dann wird mir bewusst, dass das unappetitlich aussieht, also höre ich auf. »Und auf den Knast genauso wenig.«

»Eine Nacht im Knast kann jedem mal passieren. Ich wurde mit achtzehn verhaftet, weil ich im Washington Square Park einen Joint geraucht habe. Tja, sieht wohl so aus, als könnte ich nie Präsidentschaftskandidatin werden … Aber die Geschichte mit dem Kredithai ist eine andere Sache. Um solche Leute macht man besser einen großen Bogen, darum bin ich ein bisschen beunruhigt. Ich denke, wir sollten die Polizei verständigen …«

»Nein, nein, schon gut, machen Sie sich deswegen keine Sorgen.« Ich lüge rasch. »Ich habe das Geld. Meine Eltern haben es mir überwiesen. Aber jetzt muss ich … es ihnen zurückzahlen. Ziemlich schnell.« Oje, ich bin ganz schlecht im Lügen.

Lina steckt sich einen Bissen von ihrem Haferpfannkuchen in den Mund, fängt an zu kauen und runzelt die Stirn. »Der schmeckt nicht so gut wie Ihre Pfannkuchen.«

»Ha! Vielen Dank, aber ich bin mir sicher, das ist nicht wahr … egal. Also, meine Freundin Julia hat mich auf die Idee gebracht, das SchlankMobil zu verkaufen. Also das ganze Konzept, wissen Sie, nicht nur den Truck. Ich weiß, so was lässt sich nicht über Nacht einfädeln, aber ich hoffe, dass dies eine Möglichkeit sein könnte«, sage ich. »Und ich hoffe, dass Sie einen Rat für mich haben …«

Lina nickt. »Okay, nun, ich kann nicht …«

Sie unterbricht sich und starrt auf die Wand hinter mir, während sie konzentriert überlegt. Nach einer Schweigeminute kneift sie die Augen zusammen und sieht mich wieder an. Dann fängt sie an, mich mit Fragen zu bombardieren.

»Es ist erst … sechs Wochen her, seit Sie angefangen haben? Wie haben Sie das alles organisiert? Woher wussten Sie, an wen Sie sich wenden, und was Sie tun müssen, wie Sie auf Twitter und Facebook werben? Woher wussten Sie, was bei den Leuten ankommt?«

Ich überlege ein paar Sekunden. »Reiner Instinkt, nehme ich an. Auf das SchlankMobil bin ich nur gekommen, weil es so offensichtlich war. Darum bin ich mir nicht sicher, ob meine Geschäftsidee sich überhaupt verkaufen lässt. Im Grunde kann das jeder. Es ist nichts Besonderes.«

Lina starrt mich an und nickt, wieder in Gedanken versunken. Die Sekunden verrinnen und werden zu Minuten, und mir dämmert, dass Lina gerade überlegt, wie sie mir erklären kann, dass ich mich gefälligst zusammenreißen soll. O Gott, wie peinlich. Ich bin so dämlich. Ich werde mich bei ihr entschuldigen, weil ich ihre Zeit verschwendet habe, ich werde einfach sagen …

Dann blickt sie mir direkt in die Augen und fängt an zu reden. »Die Feinschmecker-Food-Truck-Bewegung hat in den letzten vier oder fünf Jahren einen gewaltigen Aufschwung erlebt. Das Konzept kommt bei den Leuten gut an. Es ist nämlich eine besondere Kombination aus aufrichtiger Leidenschaft für eine hochwertige Ernährung beziehungsweise für Feinschmeckerkost und dem persönlichen Touch, vom Chef persönlich bedient zu werden. Dazu kommt die spielzeugähnliche Optik der Trucks, die viele niedlich finden … Außerdem ist das der Tante-Emma-Laden der Zukunft. Hier geht es noch persönlich zu, der Besitzer *ist* der Food Truck: Er fährt, kocht, bedient und verkauft. In der heutigen Zeit ist etwas, das sich so authentisch anfühlt, quasi ein Selbstläufer …« Ich nicke unsicher. Es kommt mir vor, als würde

Lina eine Präsentation halten, aber ich weiß nicht genau, warum. »Bei einem Food Truck weiß man genau, was man bekommt. Schnelles Essen, aber kein billiges Fastfood. Die Preise sind niedrig, der Nutzen ist hoch. Man kann die Route online verfolgen, sie über die sozialen Netzwerke ausfindig machen, was einem dann wie eine kleine Errungenschaft vorkommt … Das ist wie ein Spiel.«

Ich nicke. Alles, was sie sagt, ergibt für mich einen Sinn. »Ich denke, die Kunden entwickeln auch eine emotionale Bindung zu ihrem Food Truck«, sage ich zögernd. »Das kann zu einer richtigen Begeisterung führen. So ähnlich, als würde man einem alten Kumpel auf der Straße begegnen … Man hat das Gefühl, als würde einem der Truck gehören. Wenn ich mit Toto unterwegs bin, winken mir die Leute auf der Straße zu!«

»Das ist wirklich verblüffend!«, sagt Lina und nickt. »Inzwischen gibt es schon Food Trucks, die mit namhaften Marken kooperieren. Ich war vor ein paar Jahren in San Francisco und habe mir an einem Food Truck ein Eis gekauft, der gleichzeitig Werbung für ein Skigebiet machte. Ich meine, das ist doch eine fantastische Idee, oder? Die Trucks können also auch als Werbefläche benutzt werden. Oder man setzt sie bei Veranstaltungen und Premieren ein – zur Verköstigung mit individueller Markenpromotion. Das ist aufregender als die ganzen allgegenwärtigen Caterer mit ihren verdammten Cupcakes. Diese Treatery-Trucks mit Eis und Süßigkeiten zum Beispiel, die machen ein Bombengeschäft. Sie arbeiten mit anderen Firmen zusammen, treten aber unter ihrem eigenen Namen auf. Jedes Mal, wenn sie im Auftrag eines Markenherstellers unterwegs sind, ist das wie eine Art Gütesiegel.«

»Verstehe«, sage ich. Ich weiß nicht wirklich, wovon sie redet.

»Sie denken vielleicht, dass jeder auf diese Idee hätte kommen können, Pia. Aber das stimmt nicht. Es gibt Menschen, die sind kreativ und haben originelle Ideen, andere haben das nicht. Die kreativen Denker neigen gern zu der Annahme, dass ihre Ideen auf der Hand liegen, so wie Sie … Okay, ich bin eine Strategin, und ich bin nicht besonders kreativ, aber ich erkenne eine gute Idee, wenn sie vor mir liegt. Und, wichtiger noch, ich kann erklären, warum sie funktioniert. Erzählen Sie mir mehr darüber, wie Sie ursprünglich darauf gekommen sind.«

»Hm … meine Mitbewohnerinnen haben sich immer darüber beschwert, dass sie nachmittags im Büro plötzlich Heißhungerattacken bekommen, und ich habe die ganzen Food Trucks gesehen mit ihrem fettmachenden Essen. Ich bin jemand, der für sein Leben gern isst, aber auch gern enge Jeans anzieht, wissen Sie? Im Grunde dreht sich beim SchlankMobil alles um die Eitelkeit …« Ich grinse über meinen lustig gemeinten Spruch, aber Lina verzieht keine Miene.

»Die Eitelkeit ist ein wichtiger Faktor für jeden großen Geschäftserfolg des letzten Jahrhunderts«, sagt sie ernst. »Sie ist Teil der menschlichen Natur. Wer gut aussieht, ist zufriedener … Niemand sollte sich für seine Eitelkeit entschuldigen müssen. Sie ist der Grund, warum die Fitnessindustrie in den letzten zwanzig Jahren Milliardenumsätze gemacht hat. Ganz zu schweigen von der Mode- und Kosmetikbranche …«

Wieder entsteht eine Pause. Ich nehme einen Schluck von meinem Kaffee und nicke. Ich habe keine Ahnung von der Fitnessindustrie oder von der Mode- und Kosmetikbranche. Ich habe das Gefühl, hektisch herumzupaddeln, um mit Linas Verstand Schritt zu halten.

Dann lächelt sie mich an. »Ich denke, das Food-Truck-Konzept ist wirklich interessant, Pia. Und vor allem denke ich, dass Ihre Umsetzung dieses Konzepts wirklich interessant ist.«

»Danke«, sage ich.

»Haben Sie noch weitere Ideen? Also bezogen auf Food Trucks?«

»Ja … sogar jede Menge. Wenn man einen Food Truck fährt, hat man viel Zeit zum Träumen.«

»Beeindrucken Sie mich«, sagt sie.

»Warten Sie … Ich denke, es sollte einen Food Truck geben, der den ganzen Tag ein gesundes Frühstück anbietet. Die Leute haben immer Appetit auf glutenfreie Pfannkuchen. Sie kommen selbst noch nachmittags um drei zu mir, dann kann ich ihre Bestellung nur nicht ausführen, weil ich keinen Teig mehr habe. Und es sollten auch Waffeln auf der Karte stehen, und Obstsalat mit Früchten der Saison und mit fettfreiem Joghurt … Und es sollte einen Truck geben, der sich auf Eierspeisen spezialisiert: Omeletts, Eiweiß-Omeletts, Rührei … Ich werde ständig danach gefragt, aber ich habe nicht die Kapazitäten, um das alles anzubieten.«

»Reden Sie weiter«, sagt Lina. Ihre Augen funkeln.

»Bekannte von mir hatten einen Truck, der hieß BROOKLYN REGIONAL FOOD TRUCK. Sämtliche Zutaten stammten aus Brooklyn. Nachhaltig, biodynamisch, handgezogen und so weiter. Eine super Idee, typisch Brooklyn eben. Aber das Konzept ist gescheitert. Sie mussten das Geschäft aufgeben. Jemand sollte ihnen die Idee abkaufen, beziehungsweise die … Eigenkapitalanteile.« Ich rede schnell, um zu vertuschen, dass ich immer noch nicht genau weiß, was Eigenkapitalanteile sind. »Man könnte landesweit eine Kette von Trucks starten und das Angebot mit Zutaten aus der jeweiligen Region gestalten … Santa Barbara, Seattle, Dallas …«

»Detroit?«, sagt Lina mit verschmitztem Grinsen.

»Genau«, sage ich. »Und es sollte einen Food Truck geben, der morgens Lunchpakete anbietet, für Leute wie meine Freundin Julia, die selten von ihrem Schreibtisch wegkommen. Dann kann man sich einen guten Lunch zum Mitnehmen kaufen, mit einem kleinen Snack für den späten Vormittag und einem für den Nachmittag. So eine Art Vesperdose wie in der Schule! Mit einer kleinen Portion getrockneter Cranberries oder vielleicht Selleriestangen mit Erdnussbutter oder einem Pfannkuchen ohne Zucker …«

»Tolle Idee!«

»Und es sollte einen Dinner-for-two-Truck geben, wo man sich nach Feierabend ein Menü für zwei besorgen kann, das man dann nur noch in den Backofen zu schieben braucht und das man sich mit seinem Freund oder Mann oder wem auch immer teilen kann. Nachmittags kaufen die Kunden oft Salate bei mir, die sie für das Abendessen mit nach Hause nehmen. Aber im Winter werden sie keine Lust auf Salat haben. Dann brauchen sie etwas Warmes für zu Hause. Zum Beispiel Ingwer-Honig-Huhn in Gemüse gedünstet oder Thunfischsteak in Kräutermarinade, das man nur noch kurz von beiden Seiten anbraten muss … Ich meine, so was kann man sich auch im Biosupermarkt besorgen, darum ist es wichtig, dass die Leute es direkt in der Nähe ihrer Firma bekommen, ohne einen Umweg machen oder ein Vermögen ausgeben zu müssen, richtig? Und es sollte einen Food Truck mit italienischer Bioküche geben, der glutenfreie Lasagne oder Pasta zum Mitnehmen anbietet …«

»Das ist großartig! Reden Sie weiter!«

»Und es sollte einen Suppentruck geben, aber mit wirklich fettarmen, gesunden, salzarmen Suppen und glutenfreien Brötchen. Die Hälfte der Suppenküchen in dieser Stadt benutzt mehr Fett und Natrium, als ein Big Mac enthält …«

»Pia, das ist hochspannend. Wirklich, ungemein spannend.« Lina sieht mich eindringlich an.

Ich strahle. Warum fühle ich mich plötzlich, als hätte ich gerade eine Prüfung bestanden?

Lina räuspert sich. »Hören Sie, ich kenne beruflich jemanden, mit dem Sie sich mal unterhalten sollten. Außerdem arbeite ich an diesem Projekt, das vielleicht … Hm. Ich sollte Ihnen erst mehr darüber erzählen, wenn ich herausgefunden habe, ob und wie es funktionieren kann. Aber ich werde mir etwas einfallen lassen. Können Sie morgen Vormittag um zehn in mein Büro kommen? Es ist möglich, dass Sie eine Weile warten müssen, sein Terminkalender platzt aus allen Nähten. Aber falls ich in meinem Job etwas tauge, wird er Zeit finden, um Ihnen zuzuhören.«

»Ja …«, sage ich. Ich bin verwirrt. Wer ist »er«? Was will eine große, glänzende Hotel- und Restaurantkette mit einem popligen kleinen SchlankMobil? Aber ich nicke einfach. Irgendwie wecken Linas Enthusiasmus und Zielstrebigkeit in mir den verzweifelten Wunsch, sie zu beeindrucken. »Danke, Lina, vielen Dank.«

Ihr Handy klingelt. »Hallo, Schatz … Okay, kein Problem, ich komme gleich.« Sie legt auf. »Ich muss los, Pia. Wir treffen uns zu einem Spielenachmittag mit einer anderen Familie, deren Kinder im selben Alter sind wie Pia und Gabe.«

»Klingt lustig«, sage ich.

»Oh, das wird es bestimmt«, erwidert sie und zieht ihre Jacke an. »Das ist wie ein Doppeldate, nur mit mehr Potenzial für Sandkastenkämpfe und Tränen. Dann sehen wir uns morgen früh um zehn?«

»Ja!«, rufe ich. Ups, schnell den verzweifelten Unterton herunterfahren. »Ich meine, ja. Danke, dass Sie sich für mich Zeit genommen haben. Ich weiß das wirklich sehr zu schätzen«, füge ich hinzu. »Gehen Sie ruhig. Ich werde mir noch einen Kaffee bestellen. Und … kann ich für morgen irgendwas vorbereiten?«

»Könnten Sie ein paar Fotos von Ihren Salaten und dem Truck mitbringen? Sonst brauchen Sie nichts. Sie sind schon perfekt.«

Sie holt ihr Portemonnaie hervor und versucht, mir Geld zu geben.

»Nein, nein!«, wehre ich ab. »Ich bezahle. Nochmals herzlichen Dank, dass Sie gekommen sind.«

Nachdem Lina und ich uns voneinander verabschiedet haben und sie in ihr ausgefülltes, scheinbar perfektes Erwachsenenleben als Familienmutter zurückeilt, schwirrt mir der Kopf.

Was hat sie vor? Hätte ich meinen verdammten Mund aufmachen und sie ausfragen sollen, statt so zu tun, als hätte ich alles verstanden? Ich habe bei ihr Rat gesucht – und jetzt bin ich sogar noch mehr durcheinander!

Okay, okay, schon gut. Ich werde mich einfach vorbereiten auf das, was auch immer mich morgen erwartet, genau wie Lina gesagt hat.

28

Als Erstes rufe ich also Angie an, und wir fahren mit Toto und ein paar frisch zubereiteten SchlankMobil-Salaten direkt zu ihrem Arbeitsplatz in Chelsea.

»Und du bist dir auch sicher, dass das okay ist?«, frage ich zum sechzehnten Mal.

»Die Zicke ist dieses Wochenende in Miami. Außerdem ist es ein Fotoatelier, ich meine, es wartet nur auf uns! Okay, hör zu, wir fahren mit dem Truck in die Tiefgarage. Wir haben dort unten einen Extrabereich für Großobjekte.«

Zwei Stunden später habe ich unzählige unglaubliche Digitalbilder von Toto und meinen Salaten.

»Du hast wirklich Talent!«, sage ich begeistert, während ich die Aufnahmen auf meinem Laptop anschaue.

Angie schwenkt eine hochmoderne Digitalkamera wie ein Profi. Sie hat sogar die Beleuchtung eingestellt, ganz allein. Ich habe nur ehrfürchtig zugesehen.

»Du hast keine Ahnung, wie wenig Talent ich habe«, entgegnet sie. »Diese Aufnahmen würden bei der Zicke Schreikrämpfe verursachen.« Sie grinst und zündet sich eine Zigarette an. »Das würde sich dann ungefähr so anhören: ANGELIQUE? ANGELIQUE?« Angie ahmt eine schrille Stimme mit holländischem Akzent nach. »Mangelhaft, Angelique! Warum ist mein Caffè Latte kalt? Angelique? Du hast versagt, Angelique! Warum ist mein Fahrer nicht draußen? Angelique? Warum führe ich mich jeden verdammten Tag wie eine blöde Oberzicke auf?« Sie springt auf den Tisch und beginnt, die Luft zu rammeln. »Angelique! Warum will mich keiner ficken? Angelique!«

»Angelique?«

Wir fahren beide erschrocken herum. Es ist die Zicke. Groß. Gebräunt. Und sauer.

»Warum rauchst du hier? In meinem Studio? Und warum benutzt du meine Kamera? Und meine Beleuchtung?«

Angie steht immer noch auf dem Tisch, mitten im Trockenrammeln erstarrt.

»Äh …«

»Du bist gefeuert.«

»Du kannst mich nicht feuern! Ich KÜNDIGE!«

Angie springt herunter, legt die Kamera vorsichtig auf den Tisch, dreht sich dann zu der Zicke um und zeigt ihr den Stinkefinger. »Siehst du das? Das ist ein dickes ICH KÜNDIGE, adressiert an dich!«

»Okay, Angie, lass uns abhauen.« Ich klappe rasch meinen Laptop zu und zerre sie in Richtung Toto.

»Und weißt du was? Die Caffè Latte, die ich dir jeden Tag holen musste, waren alle mit VOLLFETTMILCH!«

Ich kann die Zicke noch auf der Straße kreischen hören. Angie lacht auf der ganzen Fahrt nach Hause und nimmt meine Entschuldigung nicht an.

»Das war meine Schuld, tut mir furchtbar leid …«

»Machst du Witze? Ich kann nicht glauben, dass ich es zwei volle Monate bei der ausgehalten habe! Ich finde schnell einen neuen Job. Mach dir um mich keine Gedanken. New York ist eine große Stadt. Ich werde was anderes suchen.« Sie unterbricht sich kurz. »Oder vielleicht steige ich ja auch ins Food-Truck-Geschäft ein.«

»Ha!«

Als wir kurz darauf über die Brooklyn Bridge fahren, kehrt der quälende Gedanke, den ich während der letzten paar Stunden ganz weit nach hinten verdrängt habe, mit einem dumpfen Aufschlag zurück. Heute Abend kommt Cosmo mit seinen Schergen Nicky und Nolan, um seine zehntausend Dollar abzuholen. Die ich nicht habe. Was habe ich erwartet? Dass Lina mir einfach zehntausend Mäuse in die Hand drückt? Dass sie an einem Sonntagnachmittag jemanden findet, der mein Geschäft kauft? Ich bin eine Idiotin.

Ich werde Cosmo einfach bitten – na schön, ihn anflehen –, mir achtundvierzig Stunden Aufschub zu gewähren. Ich werde ihm erklären, dass mir das Geld gestohlen wurde (wegen des irren Nolan!) und dass ich ein bisschen länger brauche, um es zusammenzukriegen. Und falls morgen etwas dabei herauskommt, was Lina auch immer vorhat, werde ich zuschlagen.

Und wenn meine Eltern am Dienstag kommen, werde ich ihnen persönlich erklären, wofür ich das Geld benötige. Wenn sie Toto sehen und auch, wie hart ich gearbeitet habe, werden sie vielleicht ihre Meinung über mich ändern. Vielleicht werden sie dann nicht so enttäuscht sein.

Und danach werde ich Brooklyn verlassen und meine Eltern nach Zürich begleiten, wo ich mir irgendeinen langweiligen Bürojob suche, um ihnen jeden Cent zurückzahlen zu können. Und dann gehe ich wieder nach New York und fange von vorn an.

So soll es halt sein.

29

Irgendwie fühlt es sich falsch an, Vics Wohnung zu betreten. Als würden wir etwas Illegales tun. Julia holt tief Luft, als wappne sie sich gegen ihre Trauer. Ich möchte es ihr nur einfacher machen. Dass Cosmo in drei Stunden hier auftaucht, ist nicht wirklich ein Problem, verglichen mit dem, was Julia gerade durchmacht. Es ist nicht fair, dass eine Person so oft Abschied nehmen muss von Menschen, die sie liebt.

»Ich kümmere mich um Maries Bett«, sage ich. »Du gehst in die Küche und siehst dort nach dem Rechten.«

»Es ist die zweite Tür rechts«, erwidert Julia.

In der Wohnung ist es unheimlich still. Ich gehe in Maries Schlafzimmer. Das Einzelbett und die rosa Bettwäsche mit dem Rosenmuster verursachen sofort einen Kloß in meinem Hals, obwohl ich gar nicht richtig weiß, warum. Auf der Frisierkommode und dem Nachttisch stehen Dutzende Fotos, Maries zierliche Armbanduhr liegt dort und ein kleiner Reisewecker, der aussieht wie ein Dekor aus der *Mad-Men*-Kulisse, daneben liegt aufgeschlagen eine zerfledderte Ausgabe von *Mariana* von Monica Dickens.

Rasch ziehe ich das Bett ab und werfe die Bettwäsche in die Ecke. Dann falte ich den Überwurf und stapele die Kissen darauf. Die Matratze wirkt winzig und hilflos, so nackt.

Anschließend gehe ich in Vics Zimmer und beziehe auch sein Bett neu. Dann öffne ich die Vorhänge und das Fenster, um frische Luft hereinzulassen. Vics Zimmer ist picobello – nicht ein Staubkörnchen. Hier gibt es nur ein Foto: das Schwarz-Weiß-Porträt einer jungen Frau, die fröhlich lächelt und die Augen vor der Sonne abschirmt. Sie sieht aus wie Katharine Hepburn, sie hat lediglich größere Augen und ein kleines, spitzes Kinn. Das muss Eleanor sein, ich lag richtig mit meiner Vermutung, dass sie Vics Frau war.

Plötzlich komme ich mir vor wie ein Eindringling.

»Julia?«, rufe ich. »Alles klar?«

Keine Antwort.

Ich hebe die Bettwäsche vom Boden auf und eile in die Küche. Julias Kopf steckt im Kühlschrank, sie inspiziert den Inhalt.

»Wir müssen Frischmilch, Butter und Brot kaufen«, sagt sie. »Außerdem würde ich für Vic gern eine Suppe oder einen Auflauf kaltstellen, damit er etwas zu essen hat, wenn er morgen nach Hause kommt.«

»Jules, ich werde die Sachen oben bei uns waschen, okay? Kommst du mit? Die Wohnung ist tipptopp. Du musst hier nicht bleiben.«

Julia nickt. Sie hört mir kaum zu.

Ich nehme ihre Hand, und wir gehen wieder nach oben. Draußen fällt das Laub, und die Union Street wirkt ungewohnt leer. Deprimierendes Sonntagabendwetter.

Nachdem ich die Wäsche in die Waschmaschine verfrachtet habe, gehe ich in mein Zimmer und lege mich aufs Bett.

Noch drei Stunden, bis Cosmo kommt.

Wisst ihr, was das Schlimmste ist? Ich hasse die Vorstellung, dass ich meine Eltern bitten muss, mir wieder einmal aus der Klemme zu helfen. Sie leben in Zürich. Das ist die Stadt, die den ganzen Sonntag schläft: Man kann nichts unternehmen, nirgendwohin gehen. Mein Vater liest die *Financial Times* und murmelt dabei leise vor sich hin. Meine Mutter telefoniert mit ihren Schwestern und jammert ihnen vor, was für eine verwöhnte, dumme und zutiefst enttäuschende Tochter ich bin.

In zweiundzwanzig Jahren habe ich meine Eltern nie überrascht … jedenfalls nicht positiv. Und sie haben noch nie verlauten lassen, dass sie stolz auf mich sind. Nicht einmal. Es ist, als fürchteten sie, ein solches Lob könnte mich überheblich machen. Der Schuss ging nach hinten los: Ich wurde gleichgültig.

Nun, nachdem ich so lange nicht mehr mit meinen Eltern gesprochen habe, kann ich unser Verhältnis betrachten, wie es wirklich ist. Dass ich vermeintlich immer gehorchte, aber schnell raushatte, wie ich mich einschmeicheln und meine Eltern um den Finger wickeln konnte, sei es, weil ich mehr Geld von ihnen haben wollte oder einen aufsichtsfreien Urlaub mit Angie. Und nun werde ich wieder angekrochen kommen, um sie zu bitten, meine Schulden in Höhe von zehntausend Dollar zu übernehmen.

Wenn ich meine Eltern wäre, würde ich wahrscheinlich auch nicht stolz auf mich sein.

Aber ich habe mich geändert. Seit sechs Wochen habe ich wirklich das Gefühl, ein Ziel zu haben: das Schlank-Mobil. Zum ersten Mal seit Jahren bin ich mir meiner selbst sicher, zum ersten Mal habe ich das Gefühl, dass ich dort bin, wo ich hingehöre. Dass ich zu Hause bin.

Ich stehe auf und fange an, mein Zimmer aufzuräumen. Ich besitze Dutzende von High Heels, aber seit Wochen ziehe ich jeden Tag dieselben Chucks an. Albern.

O Gott, ich liebe dieses Zimmer, ich liebe dieses Haus. Ich liebe alles daran, von der abblätternden Tapete bis zu dem knarrenden Holzboden. Ich will nicht weg. Ich will bleiben und hier für alle Zeiten zu Hause sein. Ich will meinen Freundinnen helfen, ihren Weg im Leben zu finden. Ich will mit Aidan reden und mich für alles entschuldigen.

Ich will alles. Aber ich kann nichts davon haben.

Ich gehe ins Bad, um die Bettwäsche in den Trockner zu stecken, anschließend laufe ich hinaus auf die Veranda. Draußen ist es kühl und windig. Der Sommer ist endgültig vorbei.

Spontan lege ich mich rücklings auf den Holztisch, breite die Arme aus und schaue hoch zu dem trüben grauen Himmel über mir. Dann schließe ich die Augen und beginne zu sprechen.

»Danke, dass du mich so weit gebracht hast.« Meine Stimme klingt klar in der Abendluft. »In den letzten sechs Wochen bin ich gefeuert geworden, pleitegegangen, wurde bedroht, war betrunken und high und bin verhaftet worden. Meine Geschäftsidee wurde kopiert, mein Eigentum mutwillig zerstört, und mein Liebesleben findet nicht statt. Und ich bin noch hier. Ich lasse mich nicht unterkriegen, egal, was passiert. Ich verspreche, ich werde mir überlegen, was ich als Nächstes mit meinem Leben anfange, und ich werde es wahrmachen. Alles wird gut.«

Während ich es ausspreche, wird mir bewusst, dass es die Wahrheit ist. Es wird wirklich alles gut.

»Aber ich brauche dich heute Abend, um meine Freundinnen zu beschützen. Es ist meine Schuld, dass Cosmo hierherkommt, und es ist auch meine Schuld, dass ich seine zehntausend Dollar nicht habe. Und es tut mir leid, aus tiefstem Herzen, dass ich das mit Cosmo jemals für eine gute Idee gehalten habe. Ich habe meine Lektion gelernt. Ich verspreche … ich verspreche, ich werde denselben Fehler kein zweites Mal machen. Lass einfach nicht zu, dass jemand zu Schaden kommt. Bitte gib mir ein Zeichen, falls du mich hören kannst.« Ich öffne die Augen und atme tief durch. »Nur ein Zeichen. Mehr verlange ich nicht.«

Und genau in diesem Moment fängt es an zu regnen.

Kein Tröpfel-tröpfel-plitsch-platsch-Sommerregen, sondern ein plötzlicher Wolkenbruch, als gäbe es Special-Effects-Leute im Himmel, die wütend »Platzregen« in ihre magische Wettermaschine eingegeben hätten.

Ich schließe wieder die Augen und lächle zum Himmel hoch, spüre die Regentropfen im Gesicht und auf meinem Körper. Ich trage einen weiten Sweater und ausgebeulte alte Jeans, weshalb es eine Weile dauert, bis ich durchnässt bin. Ich werde einfach liegen bleiben und es genießen, mir den kalten Regen über das Gesicht und in die Haare und den Nacken laufen lassen.

Noch zwei Stunden, bis Cosmo kommt.

30

Um sechs Uhr sind alle zu Hause. Wir sitzen im Wohnzimmer. Ich habe die anderen mehrmals gebeten zu verschwinden, mich allein mit ihm verhandeln zu lassen. Sie haben abgelehnt.

»Wir stehen das gemeinsam durch«, sagte Julia. Was in mir sofort das Bedürfnis weckte, zu weinen und ihr gleichzeitig um den Hals zu fallen.

Obwohl wir uns irgendeine Dokusoap über durchgedrehte Brautjungfern ansehen, spult in Wirklichkeit jede von uns ihren eigenen kleinen Film im Kopf ab. Angie mischt nervös die Karten. Julia klopft unruhig mit dem Fuß. Coco liest dieselbe Seite von *Betty und ihre Schwestern* wieder und wieder, und Madeleine knabbert an ihren Haarspitzen. Und ich? Ich spiele einfach diverse Weltuntergangsszenarien in meinem Kopf durch.

Dann klingelt es an der Tür.

»Ich mach auf!«, sagt Coco und hüpft von der Couch. Ich höre, dass die Haustür sich öffnet, dann, eine Sekunde später … »Piiiaaa?«

Julia und ich wechseln einen kurzen Blick und laufen beide aus dem Wohnzimmer.

Es ist Cosmo.

Früh.

In Begleitung von Nicky und Nolan.

»Pia! Schätzchen!«, sagt Cosmo mit einem derart breiten Lächeln, dass es aussieht, als würde sein Gesicht gleich aufplatzen.

Ich bin ihm nicht mehr persönlich gegenübergestanden

seit dem Tag, als wir uns kennenlernten. Er trägt heute Jeans und wieder ein perfekt gebügeltes Hemd. Cosmo sieht nicht weltmännisch aus, wird mir plötzlich bewusst. Sondern unheimlich.

»Sie sind früh dran«, bemerke ich überflüssigerweise.

»Ich habe Pläne für den Abend«, erwidert er. »Außerdem habe ich dich vermisst, Pia. Ich wollte dich endlich wiedersehen.«

Vor lauter Grausen läuft es mir eiskalt über den Rücken. Links von ihm steht Nolan, den Arm in einer Schlinge. Er wirkt heute weniger konzentriert, aber dafür noch gefährlicher als zwei Tage zuvor. Auf der anderen Seite steht Nicky, der Kleiderschrank.

»Möchtest du uns nicht hereinbitten?«, sagt Cosmo.

»Nein«, sagt Julia neben mir. »Das ist mein Haus. Sie sind hier nicht willkommen.«

Cosmo schenkt ihr kaum Beachtung. Sein Blick verharrt auf mir. »Dann gib mir meine Zehntausend, kleine Pia.«

Ich räuspere mich. »Ich habe gehofft … dass Sie mir etwas Aufschub geben. Nur achtundvierzig Stunden, mehr brauche ich nicht.«

»Ts, ts, ts …« Cosmo legt den Kopf schief und sieht mich an, dann macht er plötzlich ein paar Schritte vorwärts und steht in der Diele. Julia, Coco und ich weichen unwillkürlich zurück. »Damit habe ich gerechnet.«

»Ich hatte das Geld, aber wegen des … Zwischenfalls mit Nolan hatte ich einen Unfall und bin verhaftet worden, und man hat mir das Geld gestohlen …«

»Das klingt ziemlich unwahrscheinlich. Aber keine Sorge, wir werden eine andere Lösung finden«, erwidert er und macht einen weiteren Schritt ins Haus hinein. Wieder weichen Julia, Coco und ich zurück.

In meiner Panik fange ich an, mir Fluchtmöglichkeiten

zu überlegen. Wir könnten in die Küche rennen und von dort hinaus auf die Veranda, aber wir würden es nie alle fünf schaffen, ohne dass die drei uns einholen. Wir könnten nach oben laufen in eins der Zimmer, aber keins davon kann man abschließen. Wir könnten versuchen, an ihnen vorbeizukommen, aber …

»Bitte gehen Sie, und kommen Sie in zwei Tagen wieder«, sage ich zu Cosmo. Meine Stimme klingt erstaunlicherweise viel fester, als ich erwartet habe.

»Niemand geht hier irgendwohin«, sagt Cosmo.

»Was ist mit deinem Arm passiert, Nolan?«, frage ich, als Ablenkungsmanöver.

»Autocrash. Freitag.«

Darum kam Nolan also nie hier an, um die Scheiben einzuschlagen oder jemanden zu verletzen. Er war so blindwütig, dass er einen Unfall hatte.

»Ah, die ganze Bande ist hier«, sagt Cosmo. Ich werfe einen Blick hinter mich und sehe, dass Angie und Madeleine nun auch in der Diele stehen. »Fangen wir an, Jungs.«

Auf dieses Stichwort hin packt Nolan Coco im Nacken, um sie in Richtung Wohnzimmer zu schieben. Sie stößt ein ängstliches Jaulen aus und versucht, sich von ihm loszureißen, indem sie sich panisch hin und her windet.

»Lass sie los!«

Julia versucht sofort, Nolans Arm von Coco wegzuzerren, aber Nicky geht dazwischen, umklammert mit einer seiner Fleischerhakenpranken Julias Handgelenke und reißt sie hoch über ihren Kopf.

Dann bricht die Hölle los: Angie und Madeleine stürzen herbei, während ich versuche, Nicky von Julia wegzuziehen. Alles brüllt und schreit durcheinander, und alles, was ich denken kann, ist, nein, nein, nein, nein, nein, nein, nein …

In diesem Moment höre ich ein lautes Klicken.

Cosmo hält eine Waffe in der Hand.

Und zielt damit auf mich.

Wir keuchen alle gleichzeitig auf. Ich habe noch nie eine Waffe aus nächster Nähe gesehen. In einem meiner Internate gab es einen Schießstand, aber das hier ist etwas anderes. O mein Gott, was habe ich getan?

»Hören mir jetzt alle brav zu? Gut«, sagt Cosmo. »Und nun gehen wir zusammen ins Wohnzimmer und klären das wie Freunde.«

Cosmo umklammert meinen Oberarm und schiebt mich durch die Diele, gefolgt von Nolan mit Coco und schließlich Nicky, der mit einer Hand Angie und Madeleine abwehrt und mit der anderen Julia festhält.

»Was werden die mit uns anstellen?«, flüstert Madeleine, als wir das Wohnzimmer erreichen, und Coco schluchzt auf.

Gleich darauf höre ich ein zweites, viel lauteres Klicken hinter mir. Ich drehe den Kopf. Es ist Vic. Mit einer abgesägten Schrotflinte.

»Wer zur Hölle ist das denn?«, sagt Cosmo.

»Der Nachbar, der Alte von unten«, zischt Nolan.

Natürlich: Er war es, der uns ausspioniert hat, er weiß genau, wer wer ist.

»Ich werde das jetzt nur ein Mal sagen. Lasst sofort die Mädchen los und haut ab.«

Vic nimmt uns nicht einmal richtig wahr: Er hat nur Augen für Cosmo.

»Verpiss dich, alter Mann!«, faucht Cosmo.

»Kein Respekt vor den Älteren«, erwidert Vic seufzend. »Den hattest du noch nie.«

»Er hat eine Lapua«, sagt Nicky in ehrfürchtigem Ton. Er starrt auf die Schrotflinte.

Vic hat noch nie einen so starken Eindruck gemacht.

»Nimm die Waffe runter, Antony Cosmolli.«

»Zum Teufel, woher kennst du meinen Namen, Alter?«, sagt Cosmo leise, aber er lässt die Waffe sinken, sodass die Mündung nun auf den Boden zeigt.

»Fick dich«, murmelt Nolan.

Ich drehe gerade noch rechtzeitig den Kopf, um zu sehen, dass er ein Messer aus der Tasche zieht und sich Coco schnappt, aber im nächsten Moment gibt es einen ohrenbetäubenden Knall aus Vics Schrotflinte, und das Messer fällt aus Nolans Hand. Nolan brüllt auf und krümmt sich vor Schmerzen über seine blutende Hand.

Nicky lässt die Mädchen los, hebt rasch Nolans anderen Arm aus der Schlinge und benutzt diese, um die Wunde zu verbinden. Nolan gibt ein hohes Wimmern von sich. Der Rest von uns ist wie erstarrt vor Schreck.

»Halt die Fresse, Nolan«, herrscht Cosmo ihn an, ohne die Augen von Vic abzuwenden.

»Hier ist dein Geld«, sagt Vic und zieht einen Umschlag aus seiner Gesäßtasche. »Nimm es und dann raus hier. Und lass dich hier nie wieder blicken, wenn du weißt, was gut ist für dich.«

Cosmo schnappt sich den Umschlag und öffnet den Mund, um etwas zu sagen, überlegt es sich dann aber anders und bewegt sich in Richtung Haustür. Nicky und Nolan folgen ihm sofort. Nolans gebrochener Arm baumelt ohne Schlinge hilflos herunter, die blutende Hand hält er an die Brust gedrückt.

Vic folgt ihnen, die Schrotflinte im Anschlag, und ich gehe ihm hinterher. Wir bleiben im Eingang stehen und beobachten, wie die drei die Treppe hinunterhasten.

»Lasst euch hier nie wieder blicken. Nie wieder!«, ruft Vic. »Habt ihr gehört?«

»Nie wieder«, wiederhole ich flüsternd.

Cosmo ignoriert uns, schließt seinen Wagen auf, sie steigen alle ein und rasen gleich darauf über die Union Street davon.

»Ich glaube, die seht ihr nie wieder«, sagt Vic.

Ich drehe mich zu ihm. »Oh Vic, ich weiß gar nicht, wie ich Ihnen danken soll … Woher … woher … wussten Sie das?«

»Wenn Sie schon draußen auf der Veranda mit dem Himmel sprechen, sollten Sie sich vorher vergewissern, dass Ihre Nachbarn nicht mithören, meine Kleine«, antwortet er.

In seinen Augen glimmt Wut, aber er wirkt auch abgespannt und unendlich müde, und plötzlich fällt es mir wieder ein.

»Oh … Vic, es tut mir so leid wegen Marie«, sage ich.

»Mir auch«, erwidert er schroff. »Es war übrigens ihr Geld, mit dem wir diesen kleinen Idioten bezahlt haben. Ich wusste, dass Marie ihr Bargeld unter ihrer Matratze aufbewahrt hat. Marie war schon immer ein Dickschädel. Die hat keiner Bank getraut.«

Wir gehen zurück ins Wohnzimmer, wo die anderen sitzen, vor Schock wie gelähmt. Ich fühle mich, als ob ich high wäre. Adrenalin fließt durch meinen Körper – ausgeschüttet durch Angst, Euphorie, Erleichterung, Entsetzen … alles gleichzeitig.

»Es tut mir so leid, es tut mir so leid«, sage ich und gehe rasch zu Julia und Coco, die beide kreidebleich sind. »Seid ihr okay? Ist jemand verletzt?«

»Wir sind alle mit dem Schrecken davongekommen«, sagt Vic ruhig. »Ihr braucht keine Angst mehr zu haben. Er wird hier nie wieder auftauchen.«

»Woher wollen Sie das wissen?«, entgegnet Madeleine. »Was, wenn wir gerade einen Krieg entfacht haben mit diesen Schlägern?«

»Keine Sorge«, antwortet Vic. »Die habt ihr zum letzten Mal hier gesehen.«

»Woher weißt du das, Onkel Vic?«, fragt Coco.

»Ich kenne Cosmos Onkel gut. Ich werde ihn gleich nachher anrufen«, erwidert Vic. Und damit ist die Unterhaltung über Cosmo scheinbar beendet.

»Warum hast du eine Schrotflinte?«, fragt Julia mit zittriger Stimme.

»Ich hüte sie für ein paar Freunde seit 1972«, antwortet er. »Offen gesagt, bin ich etwas überrascht, dass sie noch funktioniert.«

»Sie waren wie Clint Eastwood in *Gran Torino*«, sagt Angie ehrfürchtig.

»Seid ihr auch wirklich alle okay?«, frage ich. »Es tut mir schrecklich leid. Ich kann nicht glauben, dass das gerade passiert ist, es tut mir so leid …«

Alle fangen gleichzeitig an zu reden.

»Ich bin okay, ich bin okay …«

»Ich glaube, ich muss mich übergeben. Ich hatte noch nie so viel Angst …«

»Ist das wirklich gerade passiert?«

»Ich schwöre bei Gott, Pia, wenn du wieder so was machst …« Das ist Madeleine.

»Es tut mir so leid«, sage ich zum x-ten Mal. Ich habe das Gefühl, als müsste ich mich bis in alle Ewigkeit entschuldigen. »Ich fasse es nicht, dass ich euch alle da mit reingezogen habe. Ich werde nie wieder so eine Dummheit begehen, das verspreche ich …«

»Schon gut«, sagt Angie ruhig. »Das war eine Situation, die du nicht kontrollieren konntest. Wir verstehen das alle.«

Julia, Madeleine und Coco nicken, und ich bin überwältigt vor Erleichterung. Sie hassen mich nicht.

»O mein Gott, seht mal, da ist sein Finger!«, ruft Coco

plötzlich und weist auf den Boden neben der Couch. Sie sieht genauer hin. »Schwarze Trauerränder. Iihhh. Wir sollten den Finger in Eis packen.«

»Ist das dein Ernst?«, sagt Julia. »Wir sollten ihn in dem verdammten Klo hinunterspülen.«

»Ich habe den ganzen Finger erwischt?«, fragt Vic. Er klingt stolz.

Julia geht hinüber zur Couch, wirft einen Blick auf Nolans abgeschossenen Finger und fällt prompt in Ohnmacht. Chaos bricht aus, aber nach ein paar Sekunden kommt Julia wieder zu sich. Coco treibt uns alle hinaus auf die Veranda an die frische Luft, wo wir einen sehr starken süßen Tee trinken und Haferkekse essen, die sie am Morgen gebacken hat. Zum Glück hat es aufgehört zu regnen.

»Das war unglaublich«, sagt Julia. »Ich bin noch nie ohnmächtig geworden.«

»Noch einen Cookie, bitte«, sagt Madeleine.

Ich wundere mich, dass niemand mehr sauer auf mich ist. Sie hätten schließlich allen Grund dazu. Wahrscheinlich habe ich sie in die größte Gefahr gebracht, der sie jemals ausgesetzt waren. Trotzdem haben sie Verständnis gezeigt und mir einfach verziehen. Ich bin den Tränen nahe vor Erleichterung.

»Sie bekommen das Geld so schnell wie möglich zurück, Vic«, sage ich. »Ich werde meine Eltern fragen, sobald ich mit ihnen spreche.«

»Es eilt nicht. Betrachten Sie es als ein Darlehen.«

»Nein, das kann ich nicht«, sage ich und stehe rasch auf, um Stift und Papier aus der Küche zu holen. Gleich darauf nehme ich wieder Platz und fange an zu schreiben.

Ich schulde Vittorio Bartolo 10 000 US-Dollar.

Gezeichnet, Pia Keller.

Ich falte den Zettel zusammen, gebe ihn Vic, und er steckt ihn in seine Hemdtasche.

»Ich verspreche, Sie bekommen es wieder«, sage ich.

»Keine Sorge«, gibt er zurück und grinst mich an. »Ich weiß ja, wo Sie wohnen.«

31

»Betrachte es wie einen Krieg«, sagt Julia. »Du hast das Terrain ausgekundschaftet, du hast einen Schlachtplan, und nun steigst du in eine gottverdammte Rüstung und zeigst es denen. Es ist noch nicht alles verloren.«

Ich nicke gehorsam. Es ist Viertel nach sechs, und Julia steht in meiner Tür, voll bekleidet, die Sporttasche über der Schulter, während sie mir eine Motivationsansprache hält wie ein Highschool-Football-Trainer.

Sie hat besagte Motivationsansprache gestern Abend begonnen und seitdem nicht wirklich beendet, außer für die kurze Zeit, in der wir geschlafen haben. Ich musste sie anflehen, mich ein wenig schlafen zu lassen. Ich glaube, das ist ihre Art, ihre Vormachtstellung zurückzugewinnen nach ihrem Ohnmachtsanfall.

Ich sitze auf meiner Bettkante, im Pyjama.

»Ich bin seit vier Uhr auf«, sage ich.

»Ich habe morgens um vier die besten Ideen«, erwidert sie und nickt.

»Ich habe morgens um vier die besten Panikanfälle«, kontere ich.

»Das ist dein großer Moment, Pia. Das ist das, worauf du hingearbeitet hast. Du siehst übrigens scheiße aus.«

»Danke«, sage ich. »Ich fühle mich auch so.«

Ich habe genau genommen gar nicht geschlafen, ich habe kein Auge zubekommen. In meinem Kopf spielte ich immer wieder die Szene mit Cosmo, Nicky und Nolan ab. Dann dachte ich an das Meeting mit Lina heute, dann an meine Eltern, und dann dachte ich wieder an Cosmo.

»Sammeln. Ruf deine Soldaten zum …«

»Aber ich weiß nicht einmal, was Lina vorhat«, unterbreche ich sie ängstlich.

»Ich denke, sie will ihrem Chef dein Konzept verkaufen. Ganz einfach.«

»Nein«, sage ich. »Carus International besitzt riesige Luxushotels und Restaurants. Wenn die einen popligen kleinen Food Truck kaufen würden, wäre das, als würde Bergdorf Goodman einen Stand auf dem Brooklyner Flohmarkt eröffnen. Das passt nicht zusammen.«

Julia seufzt. »Red nicht so. Denk positiv, Piepie. Das ist eine gute Sache. Das kann ich in meinen Eingeweiden spüren.«

»Das letzte Mal, als du was in deinen Eingeweiden gespürt hast, entpuppte sich das als eine Blasenentzündung«, sagt Madeleine, die jetzt den Kopf durch die Tür steckt. Sie ist startklar für ihre Morgenrunde. »Soll ich dir auf dem Rückweg einen Kaffee mitbringen, Pia? Ich bin in einer halben Stunde wieder da.«

»Ja, bitte«, sage ich. »Dasselbe wie du, aber mit einem Extra-Shot. Nein, mit zwei. Zwei Extra-Shots.«

»Äh … kann ich mir morgen dein blaues Kleid leihen? Das hochgeschlossene?«

»Ja, natürlich«, sage ich. »Für die Arbeit?«

»Nein … ich … gehe morgen Abend zu diesem Vorsingen«, antwortet Madeleine und wird rot. »Ich habe eine Anzeige in Craigslist gelesen, von einer Band drüben in Williamsburg. Ich habe gestern Abend beschlossen, dass das Leben zu kurz ist, um seine Wünsche nicht wahrzumachen.« Sie zögert kurz. »In angemessenem Rahmen.«

»Süße«, sage ich, »das ist großartig. Sicher kannst du das Kleid haben. Wir müssen uns auch über die Schuhe unterhalten.«

Julia sieht auf ihre Armbanduhr. »Ich muss los. Ich bin

schon spät dran, und ich muss vorher noch eine Flirt-Mail an Mason schreiben. Alles klar bei dir?«

»Sag mir nur eins«, erwidere ich.

»Schieß los«, sagt Julia.

»Kann ich Toto bei euch zu Hause in Rochester unterstellen, solange ich in Zürich bin? Ich bringe es nicht über mich, ihn zu verkaufen. Ich werde eines Tages zurückkommen und ihn holen.«

»Sicher kannst du das«, antwortet Julia. »Aber das wird nicht nötig sein. Du wirst heute nämlich auf ganzer Linie siegen.«

Als ich wieder allein bin, nehme ich mir kurz die Zeit, um eine Twitter-Nachricht zu schreiben.

Sorry, Leute, heute ausnahmsweise kein Schlank-Mobil …
Morgen dafür 20% auf alles als Entschädigung …

Ich habe Jonah gestern Abend eine SMS geschrieben, um ihm zu sagen, dass wir heute nicht arbeiten. Er antwortete, dass er wieder zu einem Casting eingeladen worden sei. Gut für ihn. Er macht gerade was aus seinem Leben.

In diesem Moment klingelt mein Smartphone. Es zeigt die Mobilnummer meines Vaters an. Ich starre einen Augenblick auf das Display, dann drücke ich auf »Lautlos« und lasse es weiterklingeln. Noch nicht. Ich bin mir zwar sicher, dass das Meeting heute reine Zeitverschwendung sein wird und dass es mir nicht erspart bleibt, meinen Vater um zehntausend Dollar anzupumpen, um Vic sein Geld zurückzugeben, aber ich kann das nicht am Telefon.

Ich stelle mich sehr lange unter die heiße Dusche und kehre anschließend in mein Zimmer zurück, wo ich genüsslich dem vertrauten Knarren des Hauses und den Geräuschen meiner Mitbewohnerinnen über und unter mir lausche. Coco singt oben in ihrem Mansardenzimmer zu einem schrecklichen alten Song von Nick Lachey, Angie stapft durch ihr Zimmer in bestimmt zwölf Zentimeter hohen Holzabsätzen, und Madeleine ist mit meinem Kaffee von ihrer Joggingrunde zurück und nimmt nun wie immer eine ausgiebige Dusche. Ich habe sie übrigens nicht auf das HÄSSLICH HÄSSLICH HÄSSLICH auf dem Spiegel angesprochen. Falls es überhaupt Madeleine war. Ich vermute, da hatte bloß jemand einen schlechten Tag.

Was zieht man an, wenn man in die Schlacht zieht?

Ich orientiere mich an Linas Kleidung: anthrazitfarbene Hose, Seidentop, schwarzer Blazer, schwarze Pumps. Perfekt. Professionell, schick und stilvoll. Die Haare elegant und schlicht, sehr dezentes Make-up.

Ich werfe einen letzten Blick in meinen Schrankspiegel, bevor ich aus dem Haus gehe. Das ist es, denke ich. Das ist deine Chance, um etwas wahrzumachen.

Was immer dieses »etwas« ist.

Ich erreiche die Siebenundvierzigste Straße, Ecke Lexington Avenue eine halbe Stunde zu früh. Auch heute ist der Himmel wolkenverhangen und unheilvoll grau. O Gott, ich hoffe, das ist kein schlechtes Omen.

Ich tigere nervös durch die nähere Umgebung, gehe die Siebenundvierzigste Straße in westliche Richtung und biege dann rechts in die Fifth Avenue. Ich betrachte gedankenverloren und mit schwirrendem Kopf die Schaufenster und versuche, mir nicht wie besessen Sorgen darüber zu machen, was mich gleich erwartet.

Nun stehe ich an der Ecke Fifth Avenue und Neunundvierzigste Straße und warte darauf, dass die Fußgängerampel grün wird, während ich den Blick über die Ansammlung von Anzugträgern und Touristen schweifen lasse, die auf der anderen Straßenseite stehen.

Und das ist der Moment, in dem ich sie entdecke.

Meine Eltern.

Sie stehen vor Saks. Ich habe meine Eltern seit Anfang des Sommers nicht mehr gesehen, als ich für einen einwöchigen Pflichtbesuch in Zürich war, bevor ich weiter zu Angie geflogen bin. Meine Eltern sehen so aus wie immer. Meine Mutter sucht gerade etwas in ihrer Handtasche und schnattert ohne Punkt und Komma. Mein Vater raucht eine Zigarre und blickt stirnrunzelnd in die Ferne, das Geplapper ignorierend.

Ich mache eine schnelle Kehrtwende und verschwinde rasch in dem Laden hinter mir. Für ein paar Minuten heuchle ich Interesse an stinklangweiligen Schuhen. Als ich wieder einen Blick nach draußen riskiere, sind meine Eltern weg.

Warum zur Hölle sind sie schon hier? Tja, das ist wohl offensichtlich, nicht? Sie wollten mich überrumpeln und haben so einen zusätzlichen Tag, um dafür zu sorgen, dass ich New York verlasse. Das passiert gerade wirklich. Ich werde von Brooklyn Abschied nehmen müssen und von den Mädels und von dem Leben, das ich mir endlich, vielleicht, hoffentlich gerade aufbaue …

Okay, atme, Pia. Atme. Sie wissen nicht, wo genau du wohnst, sie haben keine Kontaktdaten von den Eltern der anderen. Sie wissen nichts über deine Freundinnen, über dein Leben an sich, Pia, tatsächlich wussten sie nie etwas. Gott sei Dank.

Wie kann ich sicherstellen, dass ich meinen Eltern heute nicht zufällig über den Weg laufe? Okay: Normalerweise übernachten sie im Carlyle Hotel. Es ist halb zehn, wahrscheinlich machen sie gerade ihren obligatorischen Verdauungsspaziergang nach dem Frühstück (etwas, zu dem ich als Kind jeden Samstag und Sonntag und jeden Tag im Urlaub gezwungen wurde, obwohl die beiden immer nebeneinander marschierten und ich hinter ihnen gehen musste und sie nicht einmal mit mir redeten). Meine Mutter shoppt gern im Bergdorf Goodman, mein Vater kehrt gern auf einen Drink in die King Cole Bar im St. Regis Hotel ein, und beide lieben einen Spaziergang durch den Central Park, wo sie immer abfällige Blicke auf Leute mit Hunden werfen.

Meine Eltern können mich morgen wieder anrufen. Dann werde ich mich um sie kümmern. O Gott, jetzt ist mir richtig schlecht. Das kommt zu meiner vom Kaffee begünstigten Nervosität noch dazu.

Ich werde meine Eltern heute einfach aus meinem Kopf streichen. Das sollte nicht so schwierig sein. Ich habe schließlich seit meinem sechsten Lebensjahr Übung darin. Ich muss mich auf das Meeting konzentrieren. Ich muss das Beste daraus machen, was auch immer Lina plant.

Ich kaufe mir in einem Imbiss eine Banane und einen Bagel mit Cream Cheese und schlendere kauend weiter, hin und wieder mache ich eine Dreihundertsechzig-Grad-Drehung, um mich zu vergewissern, dass meine Eltern mir nicht folgen.

Dann, um Punkt neun Uhr fünfundvierzig, mache ich mich auf den Weg zu Linas Firma.

32

Vier Stunden später sitze ich immer noch in der Lobby von Carus International und warte.

Lina kam gleich um zehn herunter und sagte geheimnisvoll: »Unser Timing ist perfekt. Aber ich kann für nichts garantieren. Können Sie sich ein wenig gedulden?«

Gegen elf schickte sie mir dann eine SMS, in der sie schrieb: *Tut mir so leid, bitte gehen Sie noch nicht!*

Und dann die nächste um eins, in der sie schrieb: *Gehen Sie was essen, wir sind noch in der Besprechung.*

Und jetzt ist es zwei Uhr. Und ich bin immer noch hier. Nun gut, die Lobby ist angenehm – weitläufig, hell, mit bequemen Sitzmöbeln und schön begrünt. Aber ich bitte euch. Vier Stunden?

Seltsamerweise bin ich erschöpft von diesem stundenlangen Warten auf nichts. Ich habe einen derart sauren Geschmack im Mund, dass ich mir sicher bin, dass man es an meinem Atem riechen kann. Mein Kopf schmerzt, mein Rücken ist steif, ich habe jede Zeitschrift, die in der Lobby ausliegt, schon zweimal gelesen, und für einen Wodka mit Eis würde ich einen Welpen treten.

Schlimmer noch, mein Handy – das immer noch stumm geschaltet ist – zeigt ständig entgangene Anrufe an. Von meinem Vater. Meine Eltern schwirren irgendwo in New York herum und suchen mich.

Warum lässt Lina mich hier so lange schmoren, dass ich vor Sorge fast umkomme? Ich sollte wohl besser gehen. Sie bringt es einfach nicht übers Herz, mir zu sagen, dass ich hier meine Zeit vergeude. Die SchlankMobil-Idee zu verkaufen, war ein alberner Wunschtraum. Ich kann hier nicht den ganzen Tag herumsitzen. Ich habe Eltern, mit denen ich reden muss, Geld, das ich mir leihen muss, Kredite, die ich abbezahlen muss, und einen Flug in eine kalte europäische Stadt, den ich kriegen muss …

»Pia! Entschuldigen Sie vielmals!« Lina eilt aus dem Aufzug, ein breites Lächeln auf den Lippen. »Kommen Sie, ich erkläre Ihnen alles auf dem Weg. Es war die Hölle heute«, sagt sie. Wir betreten den Aufzug. »Ich hatte ein Meeting nach dem anderen. Tut mir furchtbar leid, dass Sie so lange warten mussten. Sicher sind Sie vor Langeweile fast gestorben.«

»Nein, nein, schon okay! Das macht nichts!«, erwidere ich so fröhlich ich kann. »Was … worum ging es in den Meetings?«

»Ich habe alles für Sie vorbereitet«, antwortet sie.

»Vorbereitet?«

»Ich erkläre es Ihnen gleich«, sagt sie und grinst mich voller Begeisterung an.

Und plötzlich fühle ich mich genauso. Lina ist die geborene Anführerin. Mag sein, dass ich in den Kampf ziehen muss, aber ich bin nicht allein.

Ich folge ihr durch einen Gang mit verglasten Büros auf beiden Seiten, von denen man einen Ausblick auf die City hat. Das ist der hübscheste Arbeitsplatz, den ich jemals gesehen habe. Wände in einem beruhigenden Taubengrau, dunkle, glänzende Schreibtische und eine sanfte, warme Beleuchtung. Ganz anders als die billige Ikea-Einrichtung in der PR-Agentur und die kalte, fluoreszierende Atmosphäre in den Vermittlungsagenturen.

Wir setzen uns in ein leeres Besprechungszimmer. Ich strenge mich sehr an, einen ruhigen Eindruck zu machen.

»Okay«, beginnt Lina. »Pia, bevor ich Ihnen sage, was genau ich vorhabe, möchte ich mit Ihnen ein paar Fragen durchgehen. Über die meisten Themen haben wir gestern schon gesprochen, aber ich möchte sichergehen, dass ich nichts vergessen habe und wir uns einig sind, bevor Sie dem großen Mann alles erklären.«

»Okay, fangen Sie an«, sage ich. Dem großen Mann?

Lina schnappt sich ihren Ordner und ihren Schreibblock und schießt los. Wann hatte ich die Idee für das SchlankMobil? Wie habe ich es angefangen? Warum habe ich geglaubt, dass es funktioniert? Was war mein erster Schritt? Wie hoch war mein Startkapital? Wie hoch sind meine Tagesumsätze? Wie hat sich die Idee entwickelt? Wie würde ich expandieren, wenn ich könnte? Wie kam ich auf die Rezepte? Wie habe ich meine Social Media Strategie entwickelt? (»Meine was? … Ach so, Twitter und so weiter.«) Was denke ich, wie ich im Vergleich mit anderen Food Trucks abschneide? Was halte ich für ausschlaggebend, ob ein Food Truck Erfolg hat oder nicht?

Nach einer Stunde Befragung bin ich voller Energie. Über das SchlankMobil zu reden und darüber, wie ich das Konzept umgesetzt habe, ist richtig spannend, und mir fällt wieder ein, wie sehr ich meinen Job liebe. Tatsächlich bin ich stolz auf mich. Ich zeige Lina die Fotos, die Angie geschossen hat, und sie ist beeindruckt.

»Ich weiß, das Geschäft ist erst sechs Wochen alt«, sage ich. »Und dass der Wachstumskurs …« (ein Begriff, den Lina zuvor benutzt hat und den ich seitdem dreimal verwendet habe, ich sollte wirklich damit aufhören), »… nicht aufrechtzuerhalten ist. Ich meine, natürlich ist der Umsatz gestiegen, seit ich auch Frühstück anbiete, schließlich ist das eine Mahlzeit zusätzlich, und Pfannkuchen sind unglaublich günstig in der Herstellung. Aber sonst könnte ich nur noch Abendessen ins Programm aufnehmen, was viel komplizierter zuzubereiten ist in einem so alten Truck wie meinem, vor allem, weil in den Kühlschränken nicht viel Stauraum ist. Allerdings könnte ich einen Lieferdienst anbieten für Büros und Fitnessstudios. Ich könnte Aushilfen mit einem Bauchladen ausstaffieren und auf dem Union Square Farmers Market oder dem Brooklyn Flea oder im Central Park Salate verkaufen lassen.«

»Hey, nicht so schnell!«, sagt Lina lachend.

»Ich habe auch Ideen für unterschiedliche Arten von Food Trucks«, sage ich. »Italienische Bioküche, Ganztagsfrühstück …«

»Das habe ich mir schon gestern notiert«, sagt Lina und nickt. »Das sind tolle Ideen.«

Ich muss so sehr lächeln, dass meine Wangen ein bisschen wehtun.

»Was Sie so einzigartig macht«, fährt Lina fort und blickt auf ihre Notizen, »ist, dass Sie nicht irgendein abgewirtschafteter Gastronom sind, der dies hier als letzten Ausweg betrachtet, und Sie sind auch kein erfahrener Food-Truck-Betreiber. Vielmehr sind Sie eine waschechte Jungunternehmerin mit der ganzen jugendlichen Energie, Begeisterung und blinden Unerschrockenheit Ihres Alters. Sie haben die Gelegenheit erkannt und zugeschlagen. Ich denke, Sie besitzen einen hervorragenden Geschäftsinstinkt, Ihre Arbeitsmoral ist ohne Zweifel außergewöhnlich, und mit dem richtigen Management und Team im Rücken könnten Sie wirklich …«

Lina unterbricht sich und zögert. Ich kann kaum atmen, so gespannt bin ich. Hält sie wirklich so viel … von mir? Augenblick, was hat sie gerade gesagt? Ich könnte wirklich … Ich könnte wirklich *was*?

»Und das Beste ist, Sie nehmen den Mund nicht zu voll«, fügt Lina hinzu. »Ich habe mir auch Ihre Konkurrenz angesehen, Sie wissen schon, diese Eunuchen-Geschichte, aber sie hat letztendlich sehr schlechte Kritiken bekommen, das war mehr Schein als Sein … die Sorte, die der Branche wirklich Schaden zufügt. Wenn die Menschen den Food Trucks nicht vertrauen, werden sie dort nichts kaufen.«

»Richtig«, sage ich und nicke. Ich frage mich, wo Bianca steckt. Ich hoffe, sie ist an einem sicheren Ort, wo auch immer sie sich verkrochen hat.

»Es ist wahrscheinlich Zeit, Ihnen ein paar Erklärungen zu geben«, sagt Lina. »Ich suche seit Monaten nach neuen Investmentideen. Ich habe mich zunächst auf Hotels konzentriert, die ganz neue Wege gehen und das Persönliche unterstreichen. Wissen Sie, kleine Luxushotels, in denen der Service noch großgeschrieben wird, frisch gestartete oder saisonale Restaurants und Bars, konzipiert für ein Nischenpublikum, das dieses Konzept begeistert annimmt … Es gibt Menschen, die werden immer Megahotels und riesige Restaurants und Großraumdiskotheken bevorzugen, aber viele andere haben das satt. Sie wünschen sich etwas, das sich echt anfühlt. Das sie in ihr Herz schließen können.«

»Etwas, das sich wirklicher anfühlt, das mehr ein Freund ist als eine Firma«, sage ich, unbewusst Linas Gedanken fortführend.

»Genau! Besser kann man es nicht ausdrücken«, erwidert Lina begeistert. »Also, ich hatte heute Morgen ein Meeting mit der Geschäftsführung, um diese anderen Projekte zu besprechen. Und ich habe die Damen und Herren gebeten, sich später noch eine neue Idee anzuschauen. Im Moment kümmern sie sich um ein paar letzte Dinge, aber wir haben für vier Uhr ein weiteres Meeting anberaumt. Sie, Pia, werden eine Präsentation über das Potenzial von Food Trucks halten, wobei Sie sich auf den Nischenaspekt, auf die zielorientierten, nachfragegerechten Ideen konzentrieren – wie das SchlankMobil, die italienische Bioküche, das Ganztagsfrühstück …«

»Ich soll vor der Geschäftsleitung eine Präsentation halten … über Food Trucks?«, sage ich. Mein Mund wird plötzlich trocken. »Und dann? Geht es darum, sie zu überzeugen, das SchlankMobil zu sponsern oder etwas in der Art?«

»So ähnlich«, antwortet sie und klappt einen Laptop auf. »Ich habe gestern Abend für die Einleitung ein paar Power Point Folien erstellt. Die können wir mit diesen tollen Bildern ergänzen, die Ihre Freundin gemacht hat. Sie hat wirklich Talent.«

»Ja, das hat sie, aber … ich … ich soll eine Präsentation halten? Vor so vielen wichtigen Leuten?«

»Es sind nur acht«, erwidert Lina. »Und sie sind alle nett.«

»Wer … wer … wer ist das alles?«

»Der CEO, der COO, der CIO – das steht für Chief Investment Officer für Entwicklung. Diese Frau hat eine Schlüsselfunktion, darum sorgen Sie dafür, Eindruck auf sie zu machen. Außerdem der CFO, der VP für Akquise und Entwicklung, der VP für Konzepte und Gastronomie sowie die jeweiligen VPs für Hotel- beziehungsweise Restaurantgewerbe.« Ich weiß nicht einmal, wofür die meisten Abkürzungen stehen. »Okay, ich hole uns einen Kaffee. Möchten Sie einen Milchkaffee? Fein.«

Während Lina aus dem Raum flitzt, starre ich ausdruckslos vor mich hin. All diese wichtigen Leute. Die ganze Erfahrung, die ganze Kompetenz.

Und ich.

Mein Mund ist so trocken, dass ich nicht schlucken kann, mein Brustkorb schnürt sich zusammen, als würde mich etwas zerdrücken, o Gott, warum heißt das eigentlich nicht Schmerzattacke statt Panikattacke, wenn es so wehtut …

Ich muss mich übergeben.

Irgendwie schaffe ich es gerade noch rechtzeitig quer durch den Raum zum Papierkorb und fange an zu würgen. Kaffee schmeckt rückwärts nicht so doll. Dann rutscht ein nicht besonders gut gekautes Bagelstück an der Plastiktüte herunter, mit der der Papierkorb ausgekleidet ist.

Ich richte mich auf und zwinge mich, tief durchzuatmen. Ich werde nicht umkippen. Ich werde nicht Linas Vertrauen in mich enttäuschen. Ich werde nicht versagen.

Ich schaffe das.

Ich nehme eine Wasserflasche aus meiner Handtasche, spüle mit einem Schluck den Mund aus und spucke dann in den Korb, wobei ich mich im Geiste bei dem armen Hausmeister entschuldige, der sich darum kümmern muss. Dann schiebe ich mir rasch sechs Stück Kaugummi in den Mund.

Wenige Sekunden später, gerade als ich wieder auf meinem Stuhl Platz genommen habe und versuche, einen gelassenen Eindruck zu machen, kehrt Lina mit dem Kaffee zurück.

»Okay«, sagt sie. »Wir werden für Sie ein grobes Manuskript zusammenstellen, an dem Sie sich orientieren können, und ich werde Ihnen hinterher bei den Fragen und Antworten helfen. Das ist einfach. Das können Sie im Schlaf. Okay?«

»Okay«, sage ich. »Dann mal los.«

33

Knapp eine Stunde später habe ich das Gefühl, gerade einen Crashkurs im Einmaleins der Business-Präsentationen gemacht zu haben.

Zappeln Sie nicht herum. Legen Sie den Stift weg.

Stehen Sie gerade. Schwanken und wackeln Sie nicht herum wie ein betrunkener Seemann.

Sehen Sie allen in die Augen, einem nach dem anderen, langsam und fest.

Seien Sie selbstbewusst genug, eine Pause zu machen. Sie brauchen sich nicht zu beeilen: Jeder ist an jedem einzelnen Wort interessiert, das Sie sagen.

Reden Sie lauter … Nein, nicht gleich schreien.

Hören Sie auf, an Ihren Haaren herumzuspielen. Das lenkt nur ab.

Zeigen Sie mehr Enthusiasmus … Okay, jetzt erinnern Sie eher an einen Cheerleader.

Lächeln Sie. Sie sollen den Eindruck vermitteln, dass Sie sich wohlfühlen … Nicht so. Sie sind hier nicht bei einem Schönheitswettbewerb.

Lina ist so streng mit mir, dass ich kurz davor stehe, alles hinzuwerfen, aber ich mache weiter. Ich schaffe das. Auch wenn ich herumstammle und vor Panik meine Magensäure hochsteigt und ich meine Sätze in einem superleise geflüsterten, hilflosen Nichts ausklingen lasse, mache ich weiter.

Um zehn vor vier gibt Lina mir die Namen und eine kurze Beschreibung von allen. Ken. Charlie. Judy. Louis. George. Cassandra. Mike. Jennifer. Die kann ich mir unmöglich alle merken … Dann bombardiert sie mich wahllos mit unglaublich schwierigen Fragen. Ihre aggressive Trainingsstrategie geht auf: Ich bin tougher und selbstbewusster, als ich mich jemals gefühlt habe. Es hat den Anschein, als würde Lina viel Aufwand betreiben für einen kleinen Food Truck, für den sie ihre Firma als Sponsor gewinnen möchte. Aber ich habe nicht vor, mich zu beschweren.

Dann machen wir uns auf und fahren hoch in die dreiundvierzigste Etage, wo alle schon im großen Konferenzraum warten. Lina geht zuerst hinein, gefolgt von mir.

Ich sage »Raum«. »Amphitheater« wäre wohl zutreffender.

Der Konferenzraum ist viermal so groß wie das gemütliche Besprechungszimmer, in dem wir geübt haben. An dem langen Konferenztisch hätten fünfzig Leute Platz. Vitrinen mit Auszeichnungen säumen eine Wand. Die andere Seite ist komplett verglast, von der Decke bis zum Boden, mit Blick auf Manhattan. Ich versuche, nicht mit offenem Mund zu staunen, und konzentriere mich darauf, einen selbstsicheren Eindruck zu machen.

Am anderen Ende der Tafel sitzen acht Männer und Frauen, die gerade Kaffee und Gebäck serviert bekommen haben. Sie tragen alle Anzüge und sind zwischen vierzig und diesem seltsamen Großstadtalter um die sechzig, das in Wirklichkeit auch um die achtzig sein könnte, um das jedoch immer ein großes Geheimnis gemacht wird und nach dem auch keiner fragt.

»Guten Tag zusammen!«, ruft Lina fröhlich.

Sie heben die Köpfe, lächeln kurz und unterhalten sich dann weiter, während Lina ihren Laptop hochfährt. Ich beuge mich darüber und versuche, einen hilfreichen Eindruck zu machen.

»Kommen Sie mit«, sagt Lina.

Ich folge ihr zum anderen Ende des Raumes, und sie stellt mich der versammelten Mannschaft vor. Ich versuche, mir die Namen einzuprägen, und gebe einem nach dem anderen die Hand. Ich konzentriere mich darauf, Blickkontakt herzustellen und sie mit einem aufrichtigen Lächeln und einem festen Händedruck zu begrüßen, den mein Vater mir beigebracht hat, sodass die Namen unweigerlich zum einen Ohr hinein und zum anderen wieder hinausgehen. Die einzigen beiden, die ich mir merken kann, sind Mike, der CEO, der einen ungeduldigen und gereizten Eindruck macht, aber sehr freundliche braune Augen hat, und Judy, der Chief Investment Officer, die sehr kalte Hände hat.

»Dann fange ich mal an, ja?«, sagt Lina.

»Bitte«, sagt Mike. »Es war ein langer Tag.« Er richtet den Blick auf mich. »Nicht, dass wir nicht absolut gespannt wären, natürlich.«

Natürlich, will ich antworten, mit einem strahlenden Lächeln, aber meine Stimme ist weg. Komplett weg, verschwunden. O Gott. Nicht jetzt.

»Vielen Dank, dass Sie sich die Zeit genommen haben. Ich weiß, dass Sie alle schon seit heute Morgen um acht im Haus sind, aber ich denke, uns erwartet eine hochinteressante Stunde«, sagt Lina und geht wieder an das andere Ende des Konferenztisches. Dann sieht sie mich an und tippt auf einen Stuhl vor ihr.

Ich gehe rasch an meinen Platz und setze mich. Dabei knalle ich mit dem Stuhl gegen den Tisch, und ich will »Sorry« sagen, aber meine Stimme ist immer noch weg. Dann spüre ich, wie mein Magen zu flattern beginnt, o Gott, nicht schon wieder eine Panikattacke …

»Food Trucks sind mehr als nur ein Trend. Sie sind die Zukunft der Kleingastronomie …«, beginnt Lina.

Ich klinke mich für einen Moment aus, da ich die Einleitung schon zweimal gehört habe, als Lina sie vorhin im Besprechungszimmer einstudierte, und über das meiste davon haben wir gestern im Chestnut gesprochen. Persönlich, warm, inspirierend, der neue Tante-Emma-Laden …

Bitte, o bitte, lass mich meine Stimme wiederfinden, bitte, mach, dass ich mich nicht übergeben muss, bitte hilf mir, Lina und die Mädels nicht zu enttäuschen …

Dann kommt Lina auf das SchlankMobil zu sprechen.

»Mit einem Startkapital von ungefähr zehntausend Dollar ist es Pia gelungen, aus einem ausgeblichenen rosaroten Truck in nur sechs Wochen einen Verkaufsschlager zu machen. Sie bedient täglich tausendzweihundert Kunden, und sie ist nur an diese Grenze gestoßen, weil die Lagerkapazitäten im Wagen dermaßen ausgeschöpft sind, dass man weitere Vorräte mit einem Hubschrauber aus der Luft auf das Dach laden müsste …«

Alle lachen, und ich öffne den Mund, um auch zu lachen, aber meine Stimme versteckt sich immer noch. Komm schon, Stimme, komm schon …

»Aber ich möchte es Pia gern in ihren eigenen Worten erklären lassen. Pia?«

Ich lächle und springe auf, mein Stuhl kippt um.

»Ich hab ihn«, sagt Lina rasch. »Auf, auf.«

Ich gehorche lächelnd, indem ich meinen Platz am Kopfende des Konferenztisches einnehme. Der Tisch erstreckt sich vor mir wie ein Footballfeld, unvorstellbar lang. Ich kann nicht so laut sprechen. Ich kann das nicht.

»Na los, Pia«, sagt Lina ermutigend.

Ich sehe sie verzweifelt an. Sie hat mir diese Chance ermöglicht, und ich werde sie enttäuschen.

»Ich …«, beginne ich, aber es kommt nur ein leises, schüchternes Piepsen heraus.

Im Saal herrscht Schweigen. Absolutes, schreckliches, den Magen umdrehendes Schweigen.

»Sprechen Sie lauter!«, ruft Mike.

O bitte, o bitte, bitte lass mich meine Stimme wiederfinden. Ich bin nicht so weit gekommen, um jetzt zu versagen. Und wenn Lina an mich glaubt und all meine Freundinnen an mich glauben, dann wird es Zeit, dass auch ich an mich glaube. Ich kann das. Ich kann das wirklich.

»Mein Name ist Pia Keller, und ich bin zweiundzwanzig Jahre alt.«

Ich sehe, dass Mike sich vorbeugt, um besser zu verstehen, und ich lächle und hebe meine Stimme, während ich aus meiner tiefsten Mitte heraus spreche, wie Lina mir geraten hat.

»Ich habe vor ein paar Monaten mein Studium an der Brown University abgeschlossen, und mir wurde ziemlich schnell und schmerzhaft bewusst – wie vielen anderen um mich herum –, dass ich auf dem Arbeitsmarkt nicht vermittelbar bin.«

Die Zuhörer am anderen Tischende grinsen.

»Niemand will jemanden einstellen, der keine Berufserfahrung hat, aber ohne Job kann man keine Erfahrung sammeln. Das ist die klassische Zwickmühle eines jeden frischgebackenen Akademikers, und wenn man bedenkt, dass man sein ganzes Leben damit verbracht hat, sich das Recht zu verdienen, wie ein Erwachsener behandelt zu werden, ist es hart, wenn man erkennen muss, dass die Außenwelt überhaupt nicht daran denkt.«

Ich mache eine kurze Pause. Ich habe die volle Aufmerksamkeit aller. Meine Stimme klingt kräftig. Ich bin absolut ruhig.

»Aber ich brauchte einen Job. Ich musste Geld verdienen. Ich musste die Miete bezahlen, Lebensmittel einkaufen, wollte ein gutes Selbstwertgefühl haben und ein Ziel, für das ich zu kämpfen bereit war. Im Grunde ist das der eigentliche Kampf nach dem College: dass man ein Leben findet, das sich zu leben lohnt.«

Judy nickt. Das ist ein gutes Zeichen, und für einen Moment verliere ich den Faden. Ich stoße ein Räuspern aus.

»Und ich wollte … na ja, ich hoffte, mich in einem Job verwirklichen zu können, für den ich eine Leidenschaft entwickeln und in dem ich aufgehen konnte. Ich erkannte, dass die New Yorker Food-Truck-Branche eine Möglichkeit war, um schnell Geld zu verdienen. Dafür braucht man im Grunde nur einen Truck und eine Idee. Also kaufte ich einen Truck. Und ich hatte eine Idee.«

Ich mache wieder eine Pause. Alle Augen sind immer noch auf mich gerichtet, niemand kritzelt vor sich hin, niemand spielt mit seinem iPhone.

»Das SchlankMobil ist die Lösung für alle viel beschäftigten New Yorker, die sich mittags eine schnelle, sättigende, fantastische Mahlzeit wünschen, die sich nicht sofort auf den … Taillenumfang niederschlägt.« Ein Glück, dass ich nicht »Po« gesagt habe. Ich räuspere mich und lächle. »Meine Freundinnen sind alle Berufseinsteigerinnen, am unteren Ende der Leiter. Sie können es sich nicht leisten, vierzig Dollar auszugeben oder eine Stunde Mittag zu machen für ein Essen im Restaurant. Aber sie wollen auch kein schweres Sandwich essen, von dem sie nur müde werden, oder fettes Fastfood. Sie wünschen sich eine Mahlzeit, die gut schmeckt und nahrhaft ist, die satt macht und Energie verleiht, damit sie nachmittags nicht in das berühmte Loch fallen und unwillkürlich nach einem süßen Cookie oder sechs greifen.«

Mike nickt. Judy legt den Cookie weg, den sie gerade essen wollte. Uups.

»Natürlich ziele ich nicht nur auf die Menschen, die auf ihr Gewicht achten. Man muss nicht auf Diät sein, um aufpassen zu wollen, was man isst. Eine gute Ernährung ist eine Lebensart … oder sollte es zumindest sein.«

Lina beginnt, durch die Bilder zu klicken, die Angie gemacht hat. Gott, sie sind echt super geworden. Ich hole langsam Luft und fahre fort.

»Also habe ich mir einen ziemlich alten Imbisswagen gekauft. Sein Name ist Toto, er besteht aus mehr Rost als Metall, aber er hat viel Charme.«

»Das erinnert mich an den alten Bus, den ich als Student fuhr«, sagt Louis … oder George, ich kann mich nicht erinnern.

»Ich habe mit zwei proteinreichen, weizen- und zuckerfreien Salaten angefangen, die einen niedrigen glykämischen Index hatten. Knackige, geschmackvolle Salate und schlaue Fette wie Mandeln und Avocado. Ich habe auch fett- und zuckerarme Desserts angeboten, und nach einiger Zeit führte ich ein Frühstück ein mit glutenfreien, fettarmen Pfannkuchen. Ich habe mir einen Twitter- und Facebook-Account eingerichtet …« Ich rede weiter, aber ich sehe, dass die Aufmerksamkeit meiner Zuhörer nachlässt, also hole ich aus zum Totschlagargument – zumindest hat Lina es so genannt. »Die unglaublichste Erkenntnis in den vergangenen sechs Wochen war folgende.« Ich mache eine kleine Pause, um mich zu vergewissern, dass alle zuhören. »Ein Food Truck ist die beste Werbung für sich selbst. Man fährt täglich damit herum, von Standort zu Standort, und wird von den Leuten gesehen, wodurch sich ein Wiedererkennungseffekt einstellt. Man aktualisiert in Twitter und Facebook die jeweilige Route, die Leute folgen und leiten sie weiter. Man verkauft Essen, die Kunden empfehlen einen im Freundeskreis weiter oder erzählen in der Mittagspause ihren

Kollegen davon … Alles, was man tut, erhöht die potenzielle Kundenzahl, jeder Kunde ist ein Fürsprecher, jede Fahrt, egal wohin, ist im Prinzip Eigenwerbung. Ich hatte weder die Zeit noch das Geld oder Know-how, um in Marketingmaßnahmen zu investieren, aber das spielte keine Rolle. Food Trucks sind eine niedrige Investition mit hoher Rendite, wenn man bereit ist, alles zu tun, um eine hochwertige Küche anbieten zu können … und es ist wirklich so unkompliziert.«

Ich blicke zu dem anderen Ende der Tafel und sehe, dass Judy etwas auf einen Papierblock kritzelt und ihrem rechten Sitznachbarn zuschiebt. Ich glaube, das ist der CFO, aber ich weiß es nicht mehr genau. O Gott, wahrscheinlich langweilen sie sich. Meine Selbstsicherheit runzelt die Stirn und fällt. Was wollte ich als Nächstes sagen? Ich weiß es nicht mehr.

»Okay, Pia, erzählen Sie uns von Ihren weiteren Food-Truck-Ideen«, hilft Lina mir lächelnd auf die Sprünge.

»Oh, ach ja«, sage ich und fange an, von italienischer Bioküche, regionaler Küche, Lunchpaketen und meiner Idee mit dem Ganztagsfrühstück zu sprechen. Damit wecke ich Mikes Aufmerksamkeit.

Er nickt und lächelt. »Es gibt viele Trucks mit landesspezifischen Spezialitäten oder Feinschmeckerkost«, fahre ich fort. »Aber was es nicht gibt – beziehungsweise noch nicht –, sind Trucks, die die Lücke füllen zwischen sich gut fühlen, gut aussehen und gute Leistung bringen.«

Ich nehme wieder Platz, vor Erleichterung hätte ich beinahe ein lautes Keuchen ausgestoßen. Mein Herz rast. Ich habe es getan!

Lina übernimmt das Wort.

»Mit dem SchlankMobil hat Pia eine Marke geschaffen, die so einfach und echt ist, dass die Leute sofort darauf angesprungen sind. Unser Leben heutzutage ist kompliziert, selbst die Wahl der Ernährung scheint uns vor große Schwierigkeiten unter qualitativen, finanziellen und sogar ethisch-moralischen Gesichtspunkten zu stellen. Aber Food Trucks sind simpel. Food Trucks machen das Leben ein bisschen einfacher, ein bisschen realer. Sie bieten Speisen an, in die man sich verlieben kann. Und wenn die Speisen diese Liebe erwidern, nun … dann sind sie praktisch ein Selbstläufer.«

»Ich hoffe, Lina, du gehst jetzt nicht auf Anti-Restaurant-Kurs«, bemerkt einer der Männer, ich glaube, es ist Christopher, und die anderen lachen.

»Natürlich nicht.« Lina kann eiskalt lächeln, wenn sie will. »Aber dafür gehe ich auf Pro-neue-Einnahmequellen-Kurs, mit denen wir gleichzeitig auf eine einzigartige und innovative Art Werbung für uns machen können.« Mike nickt, und Lina legt eine kleine dramatische Pause ein. »Jede großartige Idee braucht einen magischen Touch. Pia hat ihn getroffen mit dem SchlankMobil. Und ich bin davon überzeugt, dass sie die Intelligenz und das Talent besitzt, das zu wiederholen.«

Ich versuche, angestrengt auf den Tisch zu starren und nicht so begeistert zu wirken, wie ich mich fühle. Aber ich kann nicht anders, als Lina verstohlen anzusehen, während sie spricht. Sie strahlt mich an. Nach einem Räuspern fährt sie fort.

»Ich werde nun kurz das Finanzielle erläutern …«

Sie beginnt, über ROI (ich habe schließlich gelernt, was das heißt: Return On Investment) und USP (Unique Selling Proposition – sprich: Alleinstellungsmerkmal, also das, was das SchlankMobil von anderen Food Trucks unterscheidet) zu reden, über die Umsätze des SchlankMobils, darüber, wie man diese noch steigern kann durch eine schlankere, rationalisierte Produktionslinie, und über lauter solche Sachen.

»Okay, wir werden Sie nicht mehr lange aufhalten«, sagt Lina schließlich. Mike streckt sich unruhig. Er wirkt ein bisschen verstimmt. Ich wette, er hat mittags zu viele Kohlenhydrate gegessen und nun einen Blutzuckerabfall. Lina räuspert sich kurz. »Was einen guten Food Truck einmalig macht, ist die Persönlichkeit dahinter. Jedes große Restaurant könnte von einem Food Truck verkaufen, aber es ist die Person hinter der Theke, zu der der Verbraucher eine Verbindung herstellt. Die Kunden sprechen auf Pia an, nicht nur auf das Essen. Pias Leidenschaft und Weitblick sind der Schlüssel zu ihrem Erfolg.«

Ich werde rot. Ist das so?

Lina fährt fort. »Ich schlage vor, dass wir Pia dabei unterstützen, im Großraum New York das SchlankMobil auf drei Trucks zu erweitern, und wenn sie sich bewähren, sofort mit der italienischen Bioküche und dem Ganztagsfrühstück nachzuziehen, und anschließend führen wir die Marke in Chicago, Boston, San Francisco und L.A. ein.«

Was?

»Ich verstehe«, sagt Mike. »Wie sieht der Zeitrahmen aus?«

»Das grundlegende Problem bei solchen Initiativen ist, das richtige Personal zu finden. Allerdings können wir uns in dieser Hinsicht unglaublich glücklich schätzen. Mit Pia als Verantwortlicher für ein kleines, zuverlässiges Team, das die Trucks fährt und die Produkte verkauft, und natürlich mit der Unterstützung unseres Managements und von Carus Support Teams bei jedem einzelnen Schritt, können wir direkt loslegen. Ich empfehle daher, in das SchlankMobil-Konzept zu investieren und sofort zu expandieren, um innerhalb von zwölf Monaten ein Food-Truck-Imperium aufzubauen. Es ist die perfekte Carus-

Initiative: clever, vorausdenkend, kundenorientiert und mit Herz.«

Ein Glück, dass ich sitze. Anderenfalls wäre ich umgefallen. Ich als Verantwortliche? Wo zum Teufel kommt das plötzlich her?

»Wir werden darüber beraten müssen«, sagt Mike und wechselt einen Blick mit Judy.

»Ich sollte noch hinzufügen, dass Pia bereits ein Angebot vorliegt und sie versprochen hat, bis heute zu antworten«, erwidert Lina aalglatt. »Daher die Eile. Ich wollte nicht die einzigartige Gelegenheit verpassen, ein neues Projekt zu starten, das sofort einsatzbereit ist, hohe Gewinnmargen verspricht und unseren Marktwert steigert.«

»Okay«, sagt Mike abrupt. Es gefällt ihm offensichtlich nicht, ein Ultimatum gestellt zu bekommen. »Vielen Dank.«

Wir stehen alle auf. Ich folge Lina an das andere Tischende und gebe wieder jedem die Hand. Auch dieses Mal achte ich darauf, allen in die Augen zu schauen und so selbstsicher und aufrichtig zu lächeln, wie ich kann.

»Danke für Ihren Besuch«, sagt Mike.

Ich kann seine Miene überhaupt nicht deuten. Ist er beeindruckt? Unbeeindruckt? Seine Augen blicken immer noch freundlich, aber sein Gesicht verrät nichts. Ich schätze, das ist der Grund, warum er der Chef ist. Verdammt.

»Gut gemacht«, sagt Judy mit den eiskalten Händen. »Sehr interessant.«

Ich verlasse den Konferenzraum und drehe mich dann um zu Lina. Sie sieht so vergnügt aus, wie ich mich fühle.

»Zum Jubeln ist es noch zu früh! Ab in mein Büro!«

Lina scheucht mich weiter, und ich folge ihr gehorsam zum Aufzug, mit dem wir hinunter zu ihrem Büro fahren. Es ist klein, aber mit einem großen Fenster, der Schreibtisch ist aufgeräumt und frei von jeglichem Durcheinander. Als sie die Tür hinter uns schließt, grinsen wir bis über beide Ohren. Ich muss mich beherrschen, um nicht auf und ab zu hüpfen.

»Gute Arbeit«, sagt Lina.

»War das gut? Wirklich?« Ich weiß, dass ich gut war, aber ich möchte Komplimente.

»Es war ausgezeichnet«, antwortet Lina. »Ich habe schon erlebt, dass Mike ein Meeting verlässt, wenn er sich langweilt. Er tut dann immer so, als müsste er telefonieren, und kommt nicht wieder.«

»Vielen Dank für alles! O mein Gott – ich hatte ja keine Ahnung, was Sie vorhaben …«

»Ich wollte Sie nicht unter Druck setzen«, unterbricht sie mich lachend. »Nervosität kann die bombensicherste Präsentation ruinieren.«

»Wem sagen Sie das!«

Plötzlich wird mir bewusst, dass die Säure in meinem Magen nicht mehr blubbert. Ich habe soeben eine Präsentation vor lauter wichtigen, fähigen Leuten gehalten. Ich habe meine Stimme nicht verloren. Ich habe keinen Unsinn von mir gegeben. Ich habe es fertiggebracht. Ich bin so happy, dass ich das Gefühl habe, von innen zu strahlen.

»Hören Sie, Sie sollten jetzt nach Hause gehen«, sagt Lina. »Ich werde hier die Stellung halten, ich muss sowieso noch mit ein paar Leuten telefonieren wegen anderer Projekte. Ich habe das Gefühl, dass Mikes Anruf nicht sehr lange auf sich warten lassen wird.«

»Okay«, sage ich.

Mit einem Schlag bin ich ernüchtert. Das war's?

»Keine Angst«, sagt sie und sieht mir direkt in die Augen. »Ich habe in dieser Sache ein sehr gutes Gefühl. Sorgen Sie einfach dafür, dass Ihr Handy eingeschaltet ist. Ich werde mich auf jeden Fall melden.«

Als ich auf die Straße hinaustrete, schaue ich auf all die Menschen, die an mir vorbeieilen, und kann nicht aufhören zu lächeln. Ich bin jetzt eine von euch. Ich hatte gerade ein Geschäftstreffen. Ich gehöre hierher. New York ist mein.

Mein Handy klingelt: Julia. Ich kann es nicht erwarten, ihr zu erzählen, was passiert ist.

»Jumanji!«

»Pia!«, ruft Julia mit fröhlicher Stimme.

»Die einzig Wahre!«, erwidere ich, genauso fröhlich. »Du wirst nicht glauben, was für einen großartigen Tag ich heute hatte!«

»Deine Eltern sind hier!«

Oh, verfluchte Scheiße, wie haben die mich gefunden? Wie haben die unser Haus gefunden?

»Überraschung!« Julia macht eine Pause, als würde sie meine Reaktion abwarten. »Oh, okay, super. Wir sitzen hier gerade alle zusammen. Komm einfach nach Hause, wir warten auf dich. Ciao, ciao!«

Sie legt auf, bevor ich überhaupt etwas sagen kann.

Ich zögere und denke fieberhaft nach. Meine Eltern. Meine Eltern, die gekommen sind, um mich zu zwingen, Brooklyn den Rücken zu kehren. Und nun muss ich nach Hause und mit ihnen fertigwerden.

34

Madeleine, Julia, Coco und Angie sitzen steif im Wohnzimmer. Dort sitzen auch meine Eltern.

Es ist seltsam, sogar falsch irgendwie, meine Eltern in diesem Haus zu sehen. Das ist unser Haus. Sie gehören nicht hierher. Meine Mutter sitzt auf einer Couch und spielt an ihren Ringen, mein Vater sitzt auf der anderen und unterhält sich mit einer Angie, die wirkt, als sei ihr sehr unbehaglich zumute. Wahrscheinlich horcht er sie über ihre Karrierewahl aus.

»Woher wisst ihr, wo ich wohne?« Meine Stimme ist ganz leise, als würde sie sich tief in meinem Innern verstecken.

»Pia«, sagt mein Vater in dem tiefen, missbilligenden Ton, der mir früher immer so viel Angst gemacht hat. »Ich habe den ganzen Tag versucht, dich zu erreichen. Ich musste unsere Flüge umbuchen. Wir sind heute Morgen gelandet und fliegen morgen bei Tagesanbruch zurück.«

»Ich war beschäftigt«, sage ich, aber mein Körper scheint meine Stimme verschluckt zu haben. »Arbeiten.«

»Was? Sprich lauter.«

»Arbeiten!«, sage ich so laut ich kann, aber es ist kaum lauter als ein Flüstern. Gott, warum haben meine Eltern diese Wirkung auf mich? »Ich war arbeiten.«

Mein Vater lächelt ironisch in sich hinein – oh, diese sarkastisch-ungläubige Miene! »Du hast jetzt eine richtige Arbeit. In Zürich. Du kannst als Assistentin für unseren Nachbarn arbeiten. Er ist Manager bei der UBS. Also geh und pack deine Sachen.«

»Nein.« Das war eine Kurzschlussreaktion.

»Genug ist genug. Du kannst nicht hierbleiben.«

Ich schüttle den Kopf und bemühe mich, mit möglichst ruhiger Stimme zu sprechen. »Mein Leben ist hier.«

Es hört sich schrecklich kindisch an, selbst für mich. Ich nehme wahr, dass die Köpfe der Mädels der Unterhaltung folgen wie bei einem Tennismatch.

»Was für ein Leben? Die Nächte durchfeiern? Den ganzen Tag verschlafen?«, mischt meine Mutter sich von der anderen Couch ein.

»Ich habe Arbeit«, sage ich, während ich sie ignoriere. »Ich verdiene Geld.«

»Ja, das haben wir gehört«, erwidert mein Vater. »In einer besseren Imbissbude. Das ist keine richtige Arbeit.«

»Es ist ein Food Truck«, sage ich. »Und ich bin damit erfolgreich. Du hast keine Ahnung, wovon du redest.«

Meine Mutter wird blass, und ich sehe, dass mein Vater verärgert das Gesicht verzieht. Aber bevor er etwas erwidern kann, klingelt mein Handy. Ich werfe einen Blick darauf: Es ist Lina.

»Ich muss mal rangehen«, sage ich.

O bitte, o bitte, lass es gute Neuigkeiten sein.

»Wie kannst du es wagen …«, schnaubt mein Vater, aber es ist zu spät.

Ich verlasse das Wohnzimmer und drücke auf »Annehmen«. »Hallo, Lina!«, sage ich, bemüht, so selbstsicher und geschäftsmäßig zu klingen, wie ich kann.

»Pia, hallo«, erwidert sie.

Sie klingt sehr ernst. O Gott, ich habe versagt, es ist alles aus, das SchlankMobil wird nie ein Erfolg werden, Lina hat sich geirrt, und ich werde meine Eltern um das Geld für Vic anpumpen müssen.

Dann räuspert sie sich.

»Pia, wir möchten Ihnen gern offiziell eine Funktion

hier bei Carus International anbieten in einer neuen Abteilung, die wir ›Truck-Kost‹ nennen werden. Ihr offizieller Titel lautet Teamleiterin für Neuprojekte, Sie werden an mich Bericht erstatten. Ihr Anfangsgehalt beträgt fünfundsiebzigtausend Dollar im Jahr. Außerdem bieten wir Ihnen sofort vierzigtausend Dollar für einen fünfzigprozentigen Anteil an Ihrem Unternehmen, und im Gegenzug werden wir Sie bei der Expansion unterstützen bis zu einem Limit von fünfhunderttausend Dollar im ersten Jahr.«

Vor Schreck entweicht mir ein kleines Hicksen.

»Allerdings sollen mit dieser Summe die Anschaffung weiterer Trucks inklusive Genehmigung und Ausstattung sowie die Kosten für zusätzliches Personal abgedeckt werden. Es könnte also knapp werden. Sehr knapp. Aber natürlich werden wir Sie in jeder Hinsicht unterstützen, wenn nötig – Mietküchen, Essenszubereitung, Lagerung, Geschäftsstrategien …«

Ich hüpfe auf der Stelle, aber ich bringe keinen Ton heraus. Lina zögert kurz.

»Ich hoffe, Pia, ich habe Ihr Interesse geweckt. Wir denken, es ist der richtige Zeitpunkt, um in etwas Kleines und Authentisches zu investieren, das organisch wächst. Und wir denken, dass Sie die Richtige sind, um dieses Konzept für uns umzusetzen. Judy und Mike waren vor allem von Ihrem Engagement und Ihrer Leidenschaft beeindruckt.«

»Ich … danke … Ihnen …« Die Gedanken in meinem Kopf überschlagen sich. Ich kann das gar nicht alles auf einmal verarbeiten. »Lina, vielen Dank …«

»Und wir möchten gern, dass Sie nach sechs Monaten einen Truck mit Ganztagsfrühstück oder mit italienischer Bioküche einführen, je nachdem, welche Zielgruppe vielversprechender ist«, fügt sie hinzu. »Ich werde gemeinsam mit Ihnen an beiden Projekten arbeiten. Aber bis dahin … ist es Ihr Baby. Das SchlankMobil ist für uns im Grunde eine Art Versuchskaninchen, aber der Umstand, dass das Konzept brandneu ist und trotzdem eine Berechtigung auf dem Markt hat, ist ein Extrabonus.« Lina macht eine Pause, als warte sie darauf, dass ich etwas sage. Ich will gerade den Mund aufmachen, aber sie ist schneller. »Ich kann verstehen, wenn Sie lieber allein weitermachen möchten, Pia. Das ist eine großartige Geschäftsidee, und mir ist bewusst, dass ein Großunternehmen kleine und perfekte Ideen ruinieren kann, obwohl ich fest davon überzeugt bin, dass es in diesem Fall anders sein wird … Aber wenn Sie sehen möchten, wie weit Sie gehen können, ist Carus International der richtige Partner für Sie. Sie werden nicht hinter einen Schreibtisch verbannt, obwohl wir Ihnen natürlich einen Arbeitsplatz einrichten werden. Sie werden nichts von Ihrer bisherigen Autonomie einbüßen …«

»Ja!«, bringe ich schließlich heraus. »Ja! Bitte! Lina, vielen, vielen Dank!«

»Toll!«, erwidert sie, und ich kann das Lächeln in ihrer Stimme hören. »Ich freue mich unheimlich, das zu hören! Können Sie gleich morgen um neun bei mir vorbeikommen, um die Details zu besprechen?«

»Ja«, sage ich. »Auf jeden Fall. Ich werde da sein. Danke. Vielen Dank!«

Ich lege auf und kehre halb benommen ins Wohnzimmer zurück. Dort erwartet mich eine Mauer aus angespanntem Schweigen. Ich weiß nicht, warum die Mädels immer noch hier sitzen – ich meine, schließlich sind es nicht ihre Eltern. Aber ich vermute, das ist die autoritäre Art meines Vaters, in einer Situation Kontrolle auszuüben.

»Du kannst uns nicht einfach so stehen lassen, junge Dame«, sagt er nun.

»Ich habe gerade vierzigtausend Dollar angeboten bekommen für die Hälfte des Unternehmens, das ich vor sechs Wochen gegründet habe«, sage ich leise.

»Wie bitte? Sprich gefälligst lauter«, herrscht er mich an.

»Ich habe gerade vierzigtausend Dollar angeboten bekommen für fünfzig Prozent des Unternehmens, das ich vor sechs Wochen gegründet habe«, wiederhole ich, und endlich klingt meine Stimme laut und selbstsicher. Ich bin innerlich völlig entspannt. Tatsächlich bin ich kein bisschen nervös oder beunruhigt, geschweige denn eingeschüchtert. Ich bin einfach ich. »Und man hat mir eine Festanstellung bei Carus International angeboten. Die wollen mich bei meiner Geschäftsexpansion finanziell unterstützen.«

»Geil!«, ruft Julia, und die Mädels brechen in wilden Applaus aus.

Meine Eltern verziehen keine Miene.

»Hört zu, es tut mir wirklich leid, dass ich euer Vertrauen missbraucht und euch so oft enttäuscht habe«, sage ich, an sie gewandt. »Aber ich bin jetzt erwachsen. Ihr braucht euch um mich keine Sorgen mehr zu machen.«

»Wir haben im Carlyle ein Zimmer für dich gebucht«, entgegnet mein Vater, aber er klingt nicht mehr so sicher. »Und morgen früh fliegst du mit uns nach Zürich.«

»Nein«, sage ich so deutlich, wie ich kann. »Das werde ich nicht tun. Ich bleibe hier. Ich habe einen Job. Ich habe ein Leben. Hier ist mein Zuhause.«

Mein Vater steht auf und sieht meine Mutter an, die wiederum mich ansieht. Sie ist völlig verdutzt.

»Du kommst mit uns«, sagt sie eindringlich.

»Nein, das mache ich nicht«, erwidere ich. »Wenn ihr mich nun bitte entschuldigt, ich habe etwas zu feiern.«

Meine Mutter steht jetzt auch auf, und beide wenden

sich, peinlich berührt, in Richtung Haustür. Ich folge ihnen – mehr aus dem Bedürfnis heraus, sicherzustellen, dass sie auch wirklich verschwinden, als aus Höflichkeit. Mein Vater öffnet die Tür und dreht sich noch einmal um.

»Falls das alles der Wahrheit entspricht, dann … gut gemacht.«

Und dann sind sie weg, und ich werde umringt von einer jubelnden, kreischenden Mädchenmeute.

»Ich kann's nicht glauben! Du hast es geschafft!«

»Ich habe immer gewusst, dass du es draufhast!«

»Ich bin so stolz auf dich!«

»Ich freue mich ja so für dich!«

»Holt Sekt«, sage ich. »Darauf müssen wir anstoßen.«

Kurz darauf ist die Sektflasche entkorkt, und wir sind um den Küchentisch versammelt.

»Auf Pia!«, ruft Julia und erhebt ihr Glas.

»Auf mich!«, erwidere ich. »Und auf euch, weil ihr erkannt habt, dass ich aus dem SchlankMobil etwas machen kann – weil ihr mir dabei geholfen habt!«

»Hurra!«, jubeln alle.

»Auf uns!«, ruft Coco.

»Ich weiß nicht, was ich ohne euch getan hätte«, sage ich. »Übrigens tut es mir leid, dass meine Eltern einfach so hier aufgetaucht sind. Ich frage mich, woher sie meine Adresse haben.«

»Von Benny, deinem Exchef in der PR-Agentur«, sagt Angie und greift nach dem Kartenstapel in der Mitte des Tisches. »Er hatte deine Personalien für die Lohnabrechnungen.«

»Natürlich«, sage ich. »Na ja, früher oder später hätte ich mich sowieso mit ihnen auseinandersetzen müssen …«

Ich mache eine Pause und überlege. Ich wünschte, die Begegnung hätte ein besseres Ende genommen. Ich wünschte, ich hätte mir den Respekt meiner Eltern verdient, statt ihn einzufordern. Aber wahrscheinlich kann man Beziehungen nicht an einem Tag kitten.

»Also, Teamleiterin für Neuprojekte«, sagt Julia. »Wie lautet deine erste geschäftliche Anordnung?«

»Sekt trinken. Danach eine rauchen.«

Julia und Madeleine stöhnen missbilligend.

»Wuuh!«, schreit Angie.

»Außerdem werde ich Jonah anrufen und ihm die Neuigkeit mitteilen. Dann werde ich Phil und Lara Lina vorstellen, damit sie sich mit ihr über ihre Idee, Essen aus der Region anzubieten, unterhalten und herausfinden können, ob sie und Carus International sich einig werden, um das Konzept neu aufzulegen. Das ist nämlich eine tolle Idee, die eine zweite Chance verdient hat«, sage ich. »Und danach werde ich das beste kleine Food-Truck-Imperium im ganzen gottverdammten New York City aufbauen.«

»Darauf stoße ich an«, sagt Julia. »Auf den Aufbau von Imperien.«

»Auf den Aufbau von Imperien!«, wiederholen wir alle im Chor und lassen unsere Gläser klirren.

Angie wirft den Sektkorken nach mir. »Hey, ich bin total stolz auf dich. Habe ich das schon erwähnt?«

»Wisst ihr, es ist nicht alles so gelaufen, wie ich es mir vorgestellt habe, und trotzdem … ist es so gut wie perfekt. Das Bartolo's, Jonah, Bianca, Cosmo, Vic, Lina, selbst der Knast … das alles hatte seinen Grund.«

»Du bist ein unglaublich hohes Risiko eingegangen«, sagt Angie, während sie nachdenklich die Karten mischt. »Vielleicht ist das das Geheimnis deines Erfolgs.«

»Das war ein Rat von Marie«, sage ich. »Hin und wieder ein Risiko einzugehen.«

»Auf Marie«, sagt Julia.

Wir erheben alle unsere Gläser.

»Auf Marie.«

Ich nehme einen Schluck von meinem Sekt. »Marie hat auch gesagt, dass ich mit der Unterstützung meiner Freunde und meiner Familie überleben werde … Das seid ihr, Leute. Ihr seid meine Freunde und inzwischen auch meine Familie. Wir können uns immer aufeinander verlassen.« Ich zögere kurz. »Das hört sich jetzt ziemlich dämlich an.«

»Und, wirst du nun Aidan anrufen oder nicht?«, fragt Julia unvermittelt.

»Möchte noch jemand Sekt?«, antworte ich.

»Warum wechselst du das Thema?«, fragt Julia.

»Warum antwortest du nicht auf die Frage?«, stößt Madeleine ins selbe Horn.

Wir schweigen. Alle starren mich an. Ich hole Aidans Visitenkarte aus meinem Portemonnaie. *Aidan Carr.* Ich starre einen Moment lang darauf und seufze.

»Ich weiß, dass du immer noch an ihn denkst«, sagt Julia. »Dann kriegst du nämlich diesen entrückten Blick, das hab ich doch schon mal gesagt, oder nicht?«

»Entrückt?«

»Stimmt«, sagt Angie. »Das sieht ein bisschen behindert aus.«

Ich werfe den Sektkorken nach ihr.

»Ruf ihn an!«, sagt Coco. »Was hast du schon zu verlieren?«

»Meine Selbstachtung?«

»Die hast du schon vor langer Zeit verloren«, entgegnet Angie.

»Sei ehrlich«, sagt Madeleine. »Willst du ihn anrufen?«

»Ja, schon, aber …«

»NICHTS ABER!«, schreit Coco. Sie räuspert sich verlegen. »Das war lauter als beabsichtigt. Sorry.«

»Das bringt sowieso nichts. Er würde mir nur eine Abfuhr erteilen …«

»Warum sagst du so was?«, erwidert Madeleine. »Kein Mann, der seinen Verstand beisammenhat, würde dir eine Abfuhr geben.«

»Ich kann mich nicht … ihr wisst schon … da reinhängen. Ich kann das Risiko nicht eingehen.«

»Hast du nicht selbst gerade noch davon gesprochen?«, erwidert Julia. »Dass man hin und wieder etwas riskieren muss?«

»Was ist das Schlimmste, was passieren kann?«, fügt Coco hinzu.

»Ein weggeschossener Finger hinter dem Sofa?«

»Bitte, erinnere mich nicht an den Finger«, sagt Julia. Sie hat ihn tatsächlich ins Klo geworfen und heruntergespült.

»Lasst uns abstimmen«, sagt Coco. »Wer ist dafür, dass Pia ihn anruft?«

Madeleine und Julia heben die Hand. »Wir!«

»Ja, zeig mal, dass du Eier hast, und ruf ihn an«, sagt Angie.

»Wenn du ihn nicht anrufst, fange ich an zu heulen«, droht Julia.

»Dann besorg dir schon mal ein paar Kleenex, Mausi. Denn zu einem Anruf wird es nicht kommen.«

»Wie wäre es damit?«, sagt Angie. »Wir werfen eine Münze.«

»Ha«, sage ich. »Das habe ich letztens auch getan.«

Julia zieht eine Münze aus ihrer Hosentasche, wirft sie hoch und fängt sie mit einer Hand auf.

»Sag an, Pia.«

Ich überlege kurz. »Zahl.«

Julia zieht die Hand von der Münze weg und blickt darauf.

»Na bitte. Ruf ihn an.«

35

Eine Stunde später habe ich Aidan immer noch nicht angerufen.

Ich liege ausgestreckt auf dem Bett, immer noch voll bekleidet, und lasse die Geschehnisse Revue passieren.

Ich habe es geschafft.

Ich habe aus dem Nichts ein erfolgreiches Unternehmen aufgebaut, es verkauft, einen Gewinn erzielt, einen Job bekommen, den ich sicher lieben werde, und mein Zuhause und das Zuhause der Menschen gerettet, die ich liebe.

Und das ist erst der Anfang. Ich habe das Gefühl, ich könnte alles schaffen. Ich weiß nun, wie man für das kämpft, woran man glaubt, ich vertraue meinem Instinkt, und ich weiß, was mir wirklich wichtig ist.

Ich kann nicht glauben, dass ich das sage, aber … ich liebe mein Leben.

Dann klingelt mein Handy. Eine unterdrückte Rufnummer.

»Pia am Apparat?«

»Pia, hier ist deine Mutter.«

Ich versteife mich. Was will sie?

Sie räuspert sich. »Ich rufe nur schnell an, solange dein Vater gerade nicht im Zimmer ist, weil ich dir sagen möchte, dass … ich unheimlich stolz auf dich bin.«

»Danke«, stammle ich. Das hat sie noch nie gesagt.

»Sag deinem Vater nicht, dass ich angerufen habe. Du weißt ja, wie er ist.«

»Okay.«

»Ich hab dich lieb«, sagt sie und legt auf.

Sie hat mir schon seit Jahren nicht mehr gesagt, dass sie mich liebt, nicht mehr seit damals, als ich noch ein Kind war und ganz neu auf meinem ersten Internat und vor lauter Heimweh am Telefon weinte. Und sie hat mir noch nie in meinem Leben gesagt, dass sie stolz auf mich ist.

Wow, ich vermisse meine Mom.

Einen Moment lang wünsche ich mir, ich könnte die Zeit zurückdrehen und wieder sechs Jahre alt sein, auf Moms Schoß klettern und sie bitten, mir eine Geschichte vorzulesen, während sie den Arm um mich legt und mir das Gefühl von Sicherheit gibt. Aber das geht nicht, ich bin jetzt erwachsen. Und es ist fünfzehn Jahre her, seit wir das letzte Mal so etwas gemacht haben.

Aber ich nehme mir fest vor, sie nächste Woche anzurufen, nur so zum Quatschen. Wenn ich in Zukunft eine Beziehung zu meiner Mutter haben möchte, muss ich etwas dafür tun. Jetzt.

Dann klingelt mein Handy ein zweites Mal. Wieder eine unterdrückte Rufnummer. Noch mal Mom?

»Hallo?«

»Pia, ich bin es.« Es ist mein Vater.

In meiner Brust macht sich ein seltsam dumpfes Gefühl breit. Was will er?

»Hi.«

»Deine Mutter weiß nicht, dass ich dich anrufe, deshalb muss ich es kurz machen.« Er räuspert sich. »Pia, ich bin sehr beeindruckt von dem, was du in den letzten zwei Monaten erreicht hast. Ich habe mich über Carus International informiert und deinen Food Truck im World Wide Web recherchiert … Gute Arbeit.«

»Danke«, sage ich nach kurzem Zögern.

Passiert das gerade wirklich? Und hat er eben »World Wide Web« gesagt?

»Du hast wirklich Großes geleistet«, fährt er fort. Seine Stimme klingt viel freundlicher und entspannter als sonst. »Ich wollte dir nur sagen, dass ich hoffe, dass du es genießt. Etwas aufbauen, es in einen Erfolg verwandeln … Ich weiß, wie aufregend und befriedigend das ist.«

»Das werde ich, das tue ich, das ist es …«, stammle ich. Ich bin überwältigt.

»Genieß jeden einzelnen Moment davon, Schätzeli.«

»Ja, Daddy, das werde ich … Das mach ich.«

Er hat mich nicht mehr »Schätzeli« genannt, seit ich zehn war. In meiner Kehle bildet sich ein Kloß.

»Also dann, tschüss. Wir melden uns nächsten Sonntag.«

Und dann legt er auf.

Ich blicke auf mein Handy, starr vor Verwunderung.

Ohne zu überlegen, hole ich Aidans Karte hervor und lasse mich zurück in mein Kissen fallen. Ich starre eine Weile auf die Karte.

Aidan Carr.

Soll ich ihn anrufen?

Gründe, die dafür sprechen: Weil ich ihn mag, sehr sogar, mehr als jeden anderen seit Jahren. Vielleicht seit eh und je.

Gründe, die dagegen sprechen: Weil ich das Date vermasselt habe. Weil ich in Sachen Liebe nicht so selbstsicher bin wie in Sachen SchlankMobil. Weil es schiefgehen wird. Weil es immer schiefgeht. Weil mir die Vorstellung mit ihm wahrscheinlich besser gefällt als die Realität. Weil ich nicht weiß, ob ich überhaupt fähig bin, eine Beziehung einzugehen. Weil ich nicht wieder einen Laufpass erhalten möchte. Weil es zu schwierig ist. Weil ich Angst habe, das Risiko einzugehen …

Nein, ich schaffe das.

Mit zitternden Händen – oh, Klischee aller Klischees! – beginne ich, Aidans Nummer zu wählen.

Es klingelt. Mein Herz schlägt bis zum Hals. Gott! Wie kann so was Banales wie einen Mann anzurufen noch nervenzermürbender sein, als in einem Sitzungssaal vor lauter Spitzenmanagern eine Präsentation zu halten?

»Hallo?«

»Hi … Aidan. Hier ist … Pia«, sage ich, bemüht, einen tiefen und ruhigen Ton zu treffen.

»Hm … Pia … Pia …« Ich glaube, ich kann ein Lächeln in seiner Stimme hören.

»Die Frau, die an einem tollen Abend den Knopf für den Schleudersitz gedrückt und ihn so ruiniert hat. Vor ungefähr zweieinhalb Wochen …«

»Ach, DIE Pia«, erwidert Aidan. »So so … Wie geht's?«

»Mir geht es sehr gut, danke«, sage ich. »Eigentlich … äh … rufe ich nur an, um mich zu entschuldigen, weil ich im Restaurant so ausgeflippt bin. Ich war nicht … ich selbst. Ich habe an dem Abend zufällig jemanden getroffen, den ich von früher kannte, und das hat mich umgehauen.«

»Sie brauchen sich nicht zu entschuldigen«, sagt er rasch. »Es tut mir leid, dass ich Sie angeschrien habe. Ich hatte kein Recht dazu … Ich weiß nicht, was in mich gefahren ist.«

Eine Pause entsteht.

»Ich habe mich gefragt, ob wir die zweite Hälfte des Abends vielleicht nachholen können«, sage ich dann. Meine Stimme bleibt in meiner Kehle stecken.

»Lieber nicht«, erwidert er.

Mein Herz setzt eine Sekunde lang aus. Sofort übermannt mich brennende Scham. Ich wusste es. Ich wusste, dass ich mir wieder eine Abfuhr hole.

Dann räuspert er sich. »Ich würde Sie lieber einfach nur wiedersehen. Ohne Erklärungen. Einfach … so.«

Ich springe von meinem Bett und boxe in die Luft. YES!

»Das … sind gute Neuigkeiten«, sage ich, bemüht, möglichst cool zu klingen.

»Was machen Sie gerade?«

»Ich … Mir fällt gerade keine schlaue Antwort ein.«

Mein Gehirn ist leer, und ich kann nicht aufhören zu lächeln.

»Sie wohnen auf der Union Street, richtig? Das ist gleich um die Ecke von der Smith Street, nicht? Ich mache mit meinem Hund Ziggy einen Abendspaziergang. Ich könnte in, sagen wir … sieben Minuten bei Ihnen sein.«

»Ich werde draußen auf der Treppe auf Sie warten«, sage ich.

Wir beenden das Gespräch.

Ich stoße sofort einen ohrenbetäubenden Schrei aus, weil ich weiß, dass ich die anderen damit auf mich aufmerksam mache. Innerhalb weniger Sekunden stehen sie alle in meiner Tür.

»Was zum Teufel ist los?«

»Aidan. Ich habe ihn angerufen. Er kommt. Hierher. In sieben Minuten. Hilfe!!!«

Gott sei Dank habe ich die Mädels: In kürzester Zeit kehrt Coco mit meiner Zahnbürste zurück, auf der bereits ein Klecks Zahnpasta ist, während Angie vor meinem Schrank steht und meine Klamotten und Schuhe durch das Zimmer wirft und Madeleine mir die Haare bürstet.

»Ich bin nicht so gut im Verschönern«, sagt Julia, die sich in aller Ruhe auf mein Bett setzt, immer noch ihr Sektglas in der Hand. »Aber ich werde dich moralisch unterstützen.«

»Behalt die Straße im Auge! Achte auf einen Mann mit einem Hund.«

»Mann mit Hund, *roger*«, erwidert sie und hopst über mein Bett zum Fenster.

Ich trage Selbstbräuner auf und sprühe mir Deo unter die Arme, nebenher putze ich meine Zähne. Dann schlüpfe ich rasch aus meinen Business-Klamotten und wechsle in meine sexy-lässigen Lieblingsjeans, ein Trägerhemd, eine Jacke, schlinge mir einen langen Schal um den Hals.

»Wo ist mein Kiehl's?«

»In meinem Zimmer!«, keucht Coco erschrocken. »Du hast es mir letztes Wochenende geliehen, weißt du noch?«

Ich sprinte die Treppe hoch zum Dachgeschoss, stürme in Cocos Zimmer und halte nach meinem Parfüm Ausschau. Ich entdecke es auf dem Nachttisch und flitze gleich darauf die Treppe wieder hinunter in mein Zimmer zurück.

»Sehe ich okay aus?«, frage ich atemlos.

»Perfekt«, erwidert Angie. »Nur noch die hier.« Sie hält meine kleinen Diamantohrringe hoch. »Als Glücksbringer.«

»Mann mit Hund! Mann mit Hund!«, ruft Julia aufgeregt am Fenster. »Das ist kein Probealarm! Es geht los!«

Ich keuche auf, mustere kurz mein Spiegelbild, während die Mädels meine Lippen mit Gloss betupfen und mir völlig unnötig die Haare verwuscheln, und renne aus dem Zimmer.

»Ich liebe euch, Newcomer!«, rufe ich und eile die Treppe hinunter.

»Wir dich auch!«, ruft Madeleine.

Ich lande mit einem dumpfen Geräusch in der Diele und benötige einen Moment, um mich zu sammeln und durchzuatmen. Dann öffne ich die Haustür und trete lässig hinaus, gerade als Aidan und sein Hund, ein wunderschöner Irish Setter, der einen riesigen Gummiknochen im Maul trägt, an unserer Treppe vorbeigehen.

»Hey«, sage ich.

Aidan dreht den Kopf und lächelt zu mir hoch, sein Gesicht hellt sich auf. »Hallo.«

Die Straße ist völlig verwaist, keine Fußgänger, keine Autos sind zu sehen, nur das warme Licht aus den Fenstern der Häuser.

Ich schaue lächelnd zu ihm hinunter, plötzlich erfüllt von einem wohligen Gefühl ... Ich weiß nicht genau, wie ich es beschreiben soll. Gewissheit. Ich habe das Gefühl, ihn wiederzuerkennen, dieses Gesicht ist einfach so, wie es sein sollte.

Ich gehe langsam die Treppe hinunter, und mein Lächeln wird mit jeder Stufe breiter. Er lächelt auch, wir lösen nicht die Augen voneinander, nicht ein Mal. Und als ich die unterste Stufe erreiche, weiß ich, was ich tun werde.

Ich bleibe ganz dicht vor ihm stehen und lege den Kopf in den Nacken. Aidan lächelt immer noch und beugt sich vor, und wir küssen uns.

»WUUH!« Ich höre Jubelrufe aus dem Haus. Ich schaue zurück und sehe Julia, Coco, Madeleine und Angie, die an meinem offenen Schlafzimmerfenster stehen und uns anfeuern. »Yeah! Wuuh!«

Ich drehe den Kopf wieder zu Aidan und grinse. »Meine Mitbewohnerinnen.«

»Hab ich mir gedacht«, erwidert er lächelnd. »Das hier ist übrigens Ziggy.«

Ich blicke zu Ziggy, der geduldig dasitzt und zu uns hochlächelt auf diese »Glücklicher Hund«-Art. Ich lasse ihn an meiner Hand schnuppern, und er fängt sofort an, sie zärtlich abzulecken.

»Er mag dich«, sagt Aidan.

»Ich mag dich«, sage ich, ohne zu überlegen.

»Ich mag dich auch«, erwidert er. »Kann ich dich für einen Abendspaziergang durch Carroll Gardens begeistern?«

»Au ja.«

Wir setzen uns in Bewegung. Meine Hände stecken in den Jackentaschen, aber nach wenigen Schritten zieht Aidan sanft eine Hand heraus und legt sie in seine.

Hier nun das Merkwürdige, und ich gebe es nur ungern zu: Händchenhalten mit Aidan fühlt sich … perfekt an.

Ich schätze, ich bin wirklich angekommen.